༄༅། །མཆང་ཐུག།

长头

寻找藏地密码

关山飞渡 著

题记

其实每一次藏地旅行都是我内心的长头。如果每个人都能在旅途中寻找到心灵的出口并获得正能量，那么生存与生活在转念间便可能拥有寂静而欢喜的微笑。

一段传奇的旅行，一段对味的人生。

——关山飞渡

测绘出版社

图书在版编目（CIP）数据

长头：寻找藏地密码 / 关山飞渡著. —北京：测绘出版社，2013.8
ISBN 978-7-5030-3151-9

Ⅰ. ①长… Ⅱ. ①关… Ⅲ. ①游记－作品集－中国－当代 Ⅳ. ①I267.4

中国版本图书馆CIP数据核字（2013）第140787号

总 策 划：赵　强
责任编辑：赵　强
执行编辑：徐以达
文字编辑：付永涛
责任印制：陈　超
美术设计：锋尚设计

出版发行	测绘出版社	电　话	010-83543956（发行部）
地　址	北京市西城区三里河路50号		010-68531609（门市部）
邮政编码	100045		010-68531363（编辑部）
电子信箱	smp@sinomaps.com	网　址	www.chinasmp.com
印　刷	中煤涿州制图印刷厂北京分厂	经　销	各地新华书店
成品规格	170mm×230mm	印　张	19
字　数	400千字	版　次	2013年8月第1版
印　次	2013年8月第1次印刷	定　价	48.00元

书　号　ISBN 978-7-5030-3151-9/I·35
本书如有印装质量问题，请与我社门市部联系调换。

自序

长头向何方

“在一个固定的岗位上工作，特别像动物园里的动物，每天有饲养员给你肉，你不会饿着，不会风吹雨打，但在饲养员手中的肉和自由的灵魂之间，你选择哪一个？我选择了后者。”

2012年初，我和中央电视台《活力中国》的《极致玩家》系列摄制组的编导一起做《关山飞渡单车穿越无人区》的后期录音，我和导演说能不能把关于自由和饲养员手里的肉那段话删去，我担心那样会伤害到很多正在靠工作养家糊口的朋友们。要知道在这个压力巨大的社会环境里，不是每个人都能决然地和工作说拜拜，然后潇洒地转身踏上旅行和探险之路的。导演说没关系，这只是一种比喻。的确，纪录片在CCTV-9播出后，很多朋友居然认同了那段话，我感慨，那是我们的现实。

接下来的春天，面对日益严重的堵车和高昂的用车成本，我购买了公交卡，步行、坐公交、乘地铁，顿时让钱包轻松了许多，但突然面对早晚高峰时的人潮我甚至有些恐惧。人们汇聚成面无表情的集群涌向出口，尽管不是所有的目的地都有一个令人满意的饲养员，尽管身体的出口和心灵的出口有可能南辕北辙，但他们身不由己。很快，最不喜欢拥挤的我也安于现状，簇拥在同胞中间我开始觉得踏实和温暖，茫茫人海中不停地擦身而过，匆忙中有些疲惫，其实大家过得都差不多，我不相信有一千个人就有一千个哈姆雷特。

社会处于巨大的转型期，不断加大的生存压力折磨着我们的心，人生的出口模糊不清，代表着正能量的诚信与坚韧开始模糊，几乎到达生存与信仰的两个极端。在这样的环境下，我们的心该放在哪里？回归荒野和孤独吧。荒野是生命的起源，而孤独是人生的重要体验。如果你相信灵魂中的另一个自我，那么孤独就是同他唯一的对话方式。而良好的生活模式也应该是在群居和独处中寻找平衡点。

要感恩的是，在还不算太晚的时候，我进入到了那个足以改变我人生的大气场里，在那里面，我的内心获得了安静并由此产生欢喜，我开始坦然地面对孤独并寻觅自己的灵魂，这个回归感强烈的气场便是青藏高原。抛开个体感悟，拥有青藏高原的中国，气质峻拔超群亦大不相同。

我的藏地旅行有一段巧合的因果。早些年的时候，我经常一个人游弋在中蒙边界寻找草原狼，我亲眼目睹蒙族老猎人下狼夹并驯服野狼。因为生态环境恶化，内蒙古大草原上的野狼越来越难以见到，于是我把目标转移到青藏高原，这里的高原狼还没蜕变成仅在夜晚才跨越国境而来的幽灵。第一次高原旅行后就一发不可收拾了，藏地几乎成为我唯一的旅行目的地，巧合的是每次旅行又都与某种动物有关，高原狼、岩羊、白唇鹿、胡兀鹫、雪豹、棕熊、野牦牛、藏羚羊、藏野驴等，它们和藏地的人文、宗教、自然景观凝聚在一起，成为我拍摄与记录的立体构成。

有了“高原狼”的因，就有了“高原郎”的果，在醉氧中期待高原反应成为我生活的方向，而孤独的高原郎也完成了一次次的藏地孤旅。从长远的计划看，我的藏地旅行是按两至三个阶段进行的，目前基本完成第一阶段。第一阶段的总结是，要入世就去拉萨，那里有大昭寺和八廓街。要出世就去囊谦，那里的深山中藏着马耳狮子天堡。要在出世与入世之间就去甘孜的白玉县，那里有何似在人间的亚青寺。要感受人文风情的野性与绚丽就去康巴藏区，那里有青海玉树和四川甘孜。要在极致中体验纯粹，就去穿越藏北羌塘和三江源，那里有各种无人的喝彩，那里的狂野和高度在世界上都是独一无二的，我的“观音山”就在那里。

人应当是向高处走走的，当前的时代需要精神高地，藏地就是一面高高的镜子，只有站在上面才能看清自己，我就在上面看到过自己的狭隘和自私，羞愧不已并努力改正。所谓的藏地密码其实很直白，阳光、宗教、亲情、坦诚、给予、敬畏自然、天人合一、酥油、青稞、牛粪，这些都是简单易懂的文字，但它们却是真实的藏地密码。其实每个人心中都有一座高原，信仰一如酥油，滋养着高寒之地，也润泽着我们的心。时常回到高原，把心带回家，为自己的心抹些酥油。而说到环保，我在羌塘腹地捡野牦牛粪烧火时顿悟：最彻底的环保其实是做一堆牛粪，来得干净，去得彻底。

人生两大快事，读万卷书行万里路。在当下，旅行似乎愈发难以简单界定，抛开表象和形式，旅行其实是改变自我的人生体验，是去融入别样的生活。融入自然其实是一个逐渐抛弃我执的过程，是在一个相对自由的空间弱化自我意识。旅行即修行，因为真正的旅行能带来智慧与反思。如何与陌生人和谐相处，如何与自然山河动植物和谐相处，智慧与调整自我是发自本心的。从低海拔到高海拔、从有人区到无人区，实际上是在做减法，从充斥着钢筋水泥的城市丛林、蚂蚁一样密集的人群到完全裸露的荒野，从繁复到纯粹的归一，也是精神皈依。

在过去的六年时间里，我六次进藏，其中四次单人单车深入藏地高原，总行程逾45000公里。选择单人自驾方式，是为了更专注更深入，多年积累的四驱车专业技巧可以让我更极限地接近那些远离尘世的地方，而孤独的方式则让我心无旁骛地沉浸于每一次非你莫属的停留中。我的旅行特点决定了自驾车是最合适的方式，大量的摄影器材和野外生存装备只有SUV能承载，而车也是我在旅行中的漂泊客栈，从气候、居住条件、时间效率、安全性等因素来综合度量，我至少有超过一半的时间是住在车里的。我在车里守候过珠峰的星空，也在车里守候过三江源的雪豹，我在车里看亚青寺的兀鹫飘向天葬台，看瓦须那匹被狼咬伤的白马为迎接朝阳而耗尽最后的生命，也在车里度过阿尼玛卿和羌塘无人区沼泽地陷车的漫漫长夜，甚至在经历一次神雕奇缘后发高烧躺在车里昏睡了一天一夜。自驾车旅行绝不是走马观花，它给了我最大限度的独立自由空间和最大限度的为所欲为，它让我把精力用在点上而不是线上，也就是说我可以不必被搭乘交通工具或住宿的事情困扰，从而把更多的精力用在拍摄和记录上。车就是我的家，我可以把它停在任何地方，然后再变身背包客或徒步者，融入当地的生活。

这本书不是攻略，也不是某一次旅行或某一个线路的流水账，它由数个独立的专题故事构成，有人文风情、宗教信仰、地理景观、野生动物、探险穿越。这些元素在故事里是融合的而非割裂的，犹如你走出高原牧区的帐篷，看到女人在挤牛奶，男人去远方放牧，河谷两侧是雪山，裸岩丛林中隐匿着雪豹，天上翱翔着雄鹰，草原上奔跑着大群的食草类动物，草原狼潜伏在某个角落，不远处的寺庙走动着转经的人影，这些场景天生就是在一起的，就像被捏成团的糌粑那样紧密。而我是一个自由的人文地理摄影师和撰稿人，带着地图和GPS，随时可以离开常规道路深入大山或荒野，在自己感兴趣的地方停留下来，和当地人一起生活并拍摄记录所闻所见。至于能有怎样的经历则不必多虑，因为只要你的心沉下去了，缘分自然会浮起来，在藏地，传奇无处不在。

2007年冬，我在尕尔寺见到了老藏医才旺三阶，这位处在病中的白胡子老人微笑着望着我，并用温暖有力的手摇动我的手，直到现在我都后悔自己当初的木讷，如果叫一声爷爷该有多好。2008年冬再去尕尔寺，老藏医已经去世了，丧葬仪式按照活佛的规格火化。巴美村的人都说他是这一带最好最好的人，备受尊敬的原因除去菩萨心肠、治病救人，年轻时磕**长头**去拉萨朝圣也是老藏医受膜拜的缘由，那场翻山越岭的等身**长头**磕了将近一年。

很多旅行者都会在高原看到磕**长头**的信徒并表达敬意，这种顶级的朝拜方式无疑是人在天地间所留下的最壮丽的风景，它让平凡的人生焕发伟大的神采，于是旅途中的我慢慢体会到，每一次藏地旅行其实都是我内心的**长头**。如果每个人都能在旅途中寻找到心灵的出口并获得正能量，那么生存与生活在转念间便可能拥有寂静而欢喜的微笑。

2011年11月14日，坐在空无一人的玉珠峰脚下，我回忆起刚刚过去的恍然如梦的28天，单车无后援连续穿越羌塘、阿尔金山两大无人区，在三江源腹地目击并拍摄野生雪豹袭击岩羊群。尽管刚好也是28只岩羊，但把羊数清并不意味着梦会醒，下一个梦不开始上一个梦就不会醒。

茫茫雪野中只有一双车痕，那是来时的路，内心十分渴望在夜晚长曝一张玉珠峰星空作为此次探险旅行的终结，从我跪拜的位置构图，那将是一幅完美的影像。但玉珠峰距离格尔木是如此的近，山那边的万家灯火居然战胜了冰川星空。我开始嘲笑自己一直标榜的回归荒野。我爱荒野，她是我的出口，但城市亦如原点，她像荒野一样等待我的回归，所以我从来不说逃离城市，因为终归是要回来的，回到有各种问题的城市并等待下一次启程和下一个梦醒时分。

关山飞渡

2013年7月

目录
CONTENTS

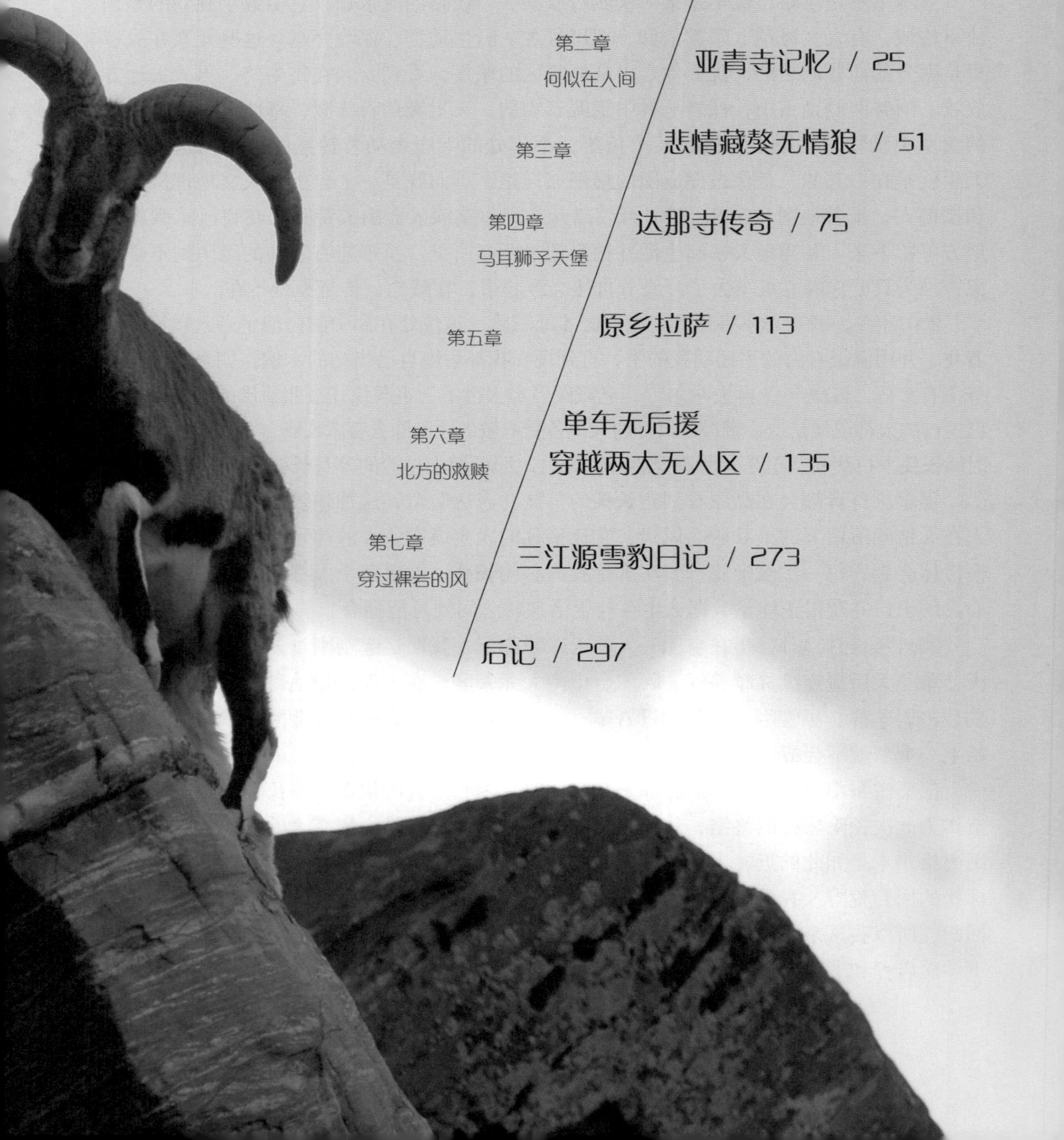

第一章 石渠日记：白马依稀之死

2008年1月，我从青海囊谦的深山中历尽艰险后回到玉树，一个人在结古镇庆祝了自己藏地孤旅上的又一个生日，之后再次进入川西北的太阳部落——石渠。2008年冬季雪灾的序幕在扎溪卡大草原残酷拉开，在藏族兄弟多吉的帮助下，我们穿越到地球上的孤岛瓦须。尽管前去查加部落的高山垭口都被雪灾彻底隔断，但在滞留瓦须深山里的时光中，我还是体味了平凡却充满真诚与快乐的藏地生活。与此同时，一匹被狼咬伤的白马也让我深深地感动与怀念。

第一节　分手饭

时间：2008年1月17日　地点：石渠县城尼呷

等我从唐蕃古道宾馆把第二批行李搬到玉树宾馆停车场，堪布和嘎玛亮宗已经端坐在车中了。厚阔的僧袍裹着堪布高大的身躯，把副驾驶位置填得满满当当，更显雍容气度。嘎玛亮宗则盘腿坐在后厢的车床上，要回家了，已离家一年多的他喜形于色。

从结古镇出发，国道上的雪冻得很硬，为保万无一失，很多弯道都提前挂高四档通过，堪布说坐我的吉普车很舒服，没有晕车，并频繁地念经保佑平安。经歇武向东南，95公里后抵达石渠县城尼呷。

在尼呷小镇北端的三岔路口，有一家邛崃小吃店，老板是山东人，老板娘是四川人。小店饭菜比较可口，位置便利，视野良好。带着一路风尘，我和堪布二人在此吃分手饭。

堪布再次鼓动我一起回他的老家稻城，并答应把他名下的一匹马送给我，供我在稻城游弋使用。这种诱惑使我在吃第一碗米饭的时候怦然心动，川西稻城之绝色我是仰慕已久的。但那样一来，将完全改变事先制订的旅行计划，石渠至稻城沿途全部会在赶路中度过，会错过很多重点拍摄地带。于是我狠心谢绝了堪布的好意，答应下一次旅行会直接奔赴堪布的稻城老家，至少要完成我们在达那寺的辩经议题：稻城真有老虎吗？

分手前，堪布一再郑重叮嘱，沿途民风彪悍，完全不似囊谦山里的样子，枪手刀客出没江湖，让我一定要小心从事。而且一个真实的事情刚刚发生，草原上的两家牧民因为草场纠纷，刚刚用枪打死了人。饭店的老板夫妇证明了这件事情，出事地点我曾在两年前去过，就在过雅砻江去阿日扎一带。

“唉！”我心里叹了口气，藏族朋友其实都是很友善且热爱生活的，但他们耿直的性格在遇到牧场纷争或家族利益受到侵害时，往往会造成不幸。发生这样的事情，无论是活着的，还是死去的，都没有胜利者，或许只能祈祷在轮回中得到解脱。

目送堪布二人乘坐微型客车绝尘而去，街头的我又重回一人孤旅的状态，想起数日前达那寺传奇般的梦幻时光，竟有些怅然若失。坐在小吃店喝茶翻地图打发寂寞，决定下午重返色须寺，然后去参拜巴格玛尼石经墙。

第二节　理发店偶遇

昨晚从巴格玛尼回来，23时照例全城停电，狂风中嗅到了暴风雪的气息。把自己安顿在石渠最豪华的香德尼玛大酒店，当然还是在它的停车场上。我出门一直住车里，这也是单人单车的好处。一般在县城，都会找当地最好的酒店停车场，比较安全。香德酒店正对门是县武警中队，我的车在哨兵视线之内，有种被保护的感觉。

从邛崃小吃店吃过早饭，摸摸长势旺盛的胡子，不照镜子也知道自己的发型更抢眼，寻思着已经出来一个多月了，不如先去理个发，再决定后面的旅程。

县城里有家新建不久的市场，冬季里人声寂寥，只有几张台球桌还在笼络着人气。还好，最里面的一家理发店还在营业，拼的就是服务，不由让我顿生好感，想起多年前北京珠市口西大街一家餐馆门口的迎客语“一心为顾客着想，就不会再次下岗”，看来这个诺言在尼呷也同样被实践着。

进门后就和理发师兼老板的哥们儿聊了起来，也许他不知道这个还在坚持营业的理发店带给我这个孤独的旅行者多少温暖，可以把头发打理得很洁净，可以大声地用普通话聊天，可以对着镜子找回记忆中的自己。在豪华洗头床上等待扑朔迷离的温水时，理发师肯定想不到躺在面前的这个犀利哥居然受宠若惊到想付小费，这就像吃惯了苦瓜的人猛地来份哈根达斯一样不适应。

理完发正用吹风机烘干，从外面进来两个风尘仆仆的藏地老者，还没摘帽子就急切地询问理发师何时可以理完发，因为回家的路很远有100多公里，怕当日赶不及回去。我在老者的话语里捕捉到一个词汇，以为是查加部落所在的乡，就上前询问，结果不是查加，而是石渠长沙贡马乡的呷依，一个温泉众多的地方。

有些后悔自己没有理发的手艺，否则我一定去呷依的温泉边支个摊儿搞一家流动理发店，给藏族朋友们理理发刮刮胡子修修脚，报酬就随意啦，不一定非得给钱，青稞粉、酥油、砖茶、风干牦牛肉什么的都成，有吃有喝还能天天泡温泉洗澡，比在北京立交桥底下给人理发可惬意多了。而且以我泡温泉的经验工作服都省了，就穿条泳裤齐活，有业务就拿着推子裹块浴巾跳上来，即使在冬季有温泉的热量支撑我理个发也不成问题。那样我肯定是地球上最犀利的理发哥，说不准还能成为石渠一景。

2006年8月17日正午，一位藏族老阿妈缓缓走过草原，在她身后就是著名的松格玛尼石经城。相传松格玛尼石经城是格萨尔王为超度阵亡将士而建，最初是个玛尼堆，千百年来，无数信徒前来朝拜并献上玛尼石，遂成就今日之雄伟规模。当地人说此城地下部分与地上部分等高，无论传说如何，松格玛尼的确是扎溪卡草原深处的秘境所在。我曾经亲手刻了块玛尼石，敬献在某个神龛的角落。 NIKON D200、AF80—200F2.8D、F5.6、1/640s、ISO100

“你要去查加吗？我知道那里。”说话的是一个穿着黑皮夹克的当地青年，完全可以称为帅哥了，他正对着镜子整理头发，侧转过头来问我。突然而至的线索令人兴奋，接下来我们进行了简短的沟通，商定下午在县城的一家茶楼碰面，做更深入的交流。

在茶楼见面的时候，帅哥带了两个哥们儿过来，其中一位的身份非常重要，是自愿前往查加部落的藏医，每年会在那里工作半年。另一位青年带着藏式皮帽，始终没有说话，只是频繁起身去外面打手机。

藏医说他每年5月至10月在查加部落工作，11月至来年4月在县城上班，这个季节去查加可能会遇到意外的困难，比如大雪封山。

干掉一壶酥油茶加一壶奶茶后，帅哥说还要回家问问哥哥，如果哥哥同意，他们可以给我做向导去查加，我则表示可以付一定数额的向导费用。

分手后，开车去商品市场，饭馆老板娘的妹妹在那里开了家服装店，考虑到最近青藏高原寒季的大幕已经拉开，我计划补充些贴身保暖衣物。

选了条针织厚毛裤，正和女店主闲聊，推门进来一位藏族青年，正是刚在茶楼一起

▸ 据说，巴格玛尼石经墙是藏区最长的玛尼石墙，我实地测量其长度在1.5公里左右。在宽阔的草原上沿着长墙前行，内心宁静而坦荡。

NIKON D300、AF50F1.4D、F14、1/25s、ISO200

喝过茶的那位，刚才他接了几个电话就失踪了，此刻竟又撞见。令我惊喜的是，他能讲汉语，名字叫多吉。

多吉："刚才商谈结果如何？"

我："没有结果。"

多吉："他们其实想挣你的钱，但路途过于艰辛，就放弃了。"

"哦，"我略一沉吟，"那么你能带我去查加吗？"

本来我有些随便问问的倾向，因为作为主角的帅哥都放弃了，面前这个曾经一言不发的配角我更是没抱希望。但没想到多吉竟然对我点了点头，一下子搞得我有些难以相信。此时我正沉浸在意外的喜悦之中，又进来位老者，一看是昨天中午在邛崃小吃店认识的，老人名叫阿宾，62岁，令人叫绝的是，他是查加的原住民。

小小的服装店里，站着四个人，除了女店主不知道查加，其他三个人都和查加有关：阿宾老人是查加原住民，多吉的家乡紧邻查加，我不远数千里孤身寻找查加。看来服装店可以改名叫查加驻尼呷办事处了。

缘分啊缘分，当你像没头苍蝇一样乱撞的时候，没准就会撞到。

阿宾大叔无法成行，他说如果不是这个季节，肯定会带我去查加。希望自然落在多吉身上，这个眉清目秀的藏族小伙儿很有人缘，女店主经常目不转睛地盯着他，那眼神和看刚买完毛裤的我绝然不同，而我觉着毛裤买得有点贵了。

晚上，我和多吉去了县城最热闹的一个茶楼，多吉神秘地告诉我说，约了两个美女过来一起喝茶，都是他的女朋友。我则对着地图发呆，多吉的家在瓦须，从地图上看，这是一个奇怪的孤岛，除了一个代表乡级建制的圆圈，旁边是大片的空白。但多吉说有路，并且可以从瓦须穿越到查加。

那晚，多吉的两个女友双双失约，我俩喝着酥油茶，吃着我从囊谦买的饼干，等啊等，等到酥油茶把胃里的饼干泡膨胀，喉部产生了类似牛反刍的感觉，顶得实在吃不下任何东西了，就回去睡觉了。多吉住在小吃店后院的旅店里，我仍住车里。走在尼呷黑暗的街上，多吉说："我没有骗你，她们今天确实有别的事情，否则肯定会来。"

▶ 果岔寺中勇呷仁波切活佛的灵塔，每日转经的人络绎不绝，很多藏民不远千里举家前来朝拜。 NIKON D300、AF20mmf/2.8D、F4.5、1/60s、ISO200、机顶闪光灯补光

第三节 瓦须之路

雪后的雀朱拉山豪迈而苍凉，一条山路蜿蜒而上，看不到任何过客，山谷中的风似乎诉说着沉寂。

吉普车正在翻越去瓦须的必经之路——雀朱拉山口。GPS显示，海拔4700米，此时已驶离石渠县城161公里。

2007年冬的藏地孤旅，两个月没有遇到一场雪，但2008年这个冬季，整个藏地都面临着雪灾的考验。我当时并不知道，这场雪灾几乎席卷了全国，我也差点被随后的几天几夜大雪困在瓦须。

还好，雀朱拉山路上的积雪已经被风吹散了一半，吉普车的高速四驱低档位配合"百路驰MT"轮胎完全可以应付。

刚才驶离217省道进入山沟时，遇到一家转场的牧民，牦牛群驮着全部家当踏着冰雪前行，擦身而过走出数里，捡到一幅卷起的唐卡，估计是那家转场牧民遗落的。回去追赶已来不及。多吉说就送给我好了，可以算作缘分。这幅沾满了酥油的唐卡后来被我带回了北京家里。

去果岔寺途中，遇见老僧人亚民，他刚转完经，坐在沙坡山上休息，他是个友善而幽默的长者。 NIKON D300、AF50mmf/1.4D、F4、1/500s、ISO200

翻越垭口的时候，和多吉探讨当地的风俗。石渠草原深处，多为原始游牧部落，纯牧业生产结构。这里的婚俗还保留着走婚、一夫多妻或一妻多夫等习俗。我开玩笑问多吉有多少女朋友，多吉想了一会儿说："30个。"

正在我惊讶得还没合拢嘴时，多吉又补充道："还有一个北京'伯母'（藏语，汉语意为姑娘）。"我听罢哈哈大笑，整个儿一骨灰级花匠。也不奇怪，多吉会汉语、会开车，人又聪明勤快，经常侍奉当地活佛去北京等大城市，如此英姿俊秀、弹一手好曼陀铃、精于跳锅庄的康巴汉子，天生就是为了让姑娘喜欢而存在的。

可能是为了弥补昨晚的遗憾，多吉主动承担了为我介绍女友的任务，搞得我对瓦须、查加之行很是有

◂ 果岔寺的堪布（中）和两位僧人站在大经堂门口，藏历年将至，他们马上要举行开始制作坛城的仪式了。 NIKON D300、AF50mmf/1.4D、F5.6、1/50 s、ISO200、−0.67EV

些期待。于是趁热打铁马上提了一点要求：这件事一定要落到实处，坚决不允许出现多吉有了女朋友而我还处于左手端着咖啡右手没有伴侣的状态。

谈笑间已翻过雀朱拉山口15公里，车停在一个一二百米宽的河谷中。多吉指着路旁一幢黄色的土石结构的房子说："到家了。"

多吉的妈妈泽仁拉姆和哥哥旦正求吉都在家，微笑着迎接我们进屋。这是里外两间的房子，外间存放杂物，里间面积比较大，是起居室兼会客厅，地上居然还铺着地板革，敞亮而整洁，房间干净的程度令我惊讶。

第四节 雪狼

这一夜，大风彻夜未曾停歇，在睡梦中偶尔醒来的时候，我透过车窗，已经能够看见天上的星星，这意味着连续两天的大雪终于告一段落了。

睡在车里的好处是可以随时观察天气变化，前一天的夜晚，我曾半夜降下车窗，伸手去夜空中感受那寂静中飘落下来的天籁使者。在瓦须的山里，仅凭视觉，我似乎无法分辨夜晚车窗外面的世界是雪色还是月光，而手却能感受到那温馨的片片清凉，那是雪花的问候。

有些感冒的症状，裹在睡袋里11点才起，天太冷了，要等阳光把车暖透。尽管今天的阳光不很充足，但也已将车上覆盖的雪融化了，车厢内一夜呼吸所凝结的冰霜，正化成水滴慢慢落下。

我无以复加地热爱着高原的太阳，只要她出现，大地就有希望，心和身体就都温暖。

从“二星级”车床下来，收拾停当，来到多吉家里洗脸刷牙。多吉的哥哥旦正求吉盘腿坐在地上，正在赶着缝制他的藏袍。藏族男人手是很巧的，自己裁剪自己缝纫，通常亲戚邻居也会过来帮忙，基本是见者有份。

旦正求吉是在为自己准备藏历新年的贺岁装。他这几天，每天傍晚都会步行几公里，去女朋友家过夜，第二天早晨回来。很有规律，朝九晚五的样子。

起得晚就直接吃午饭了，在藏区我通常也是一天吃两餐的。午餐吃了两个葱花饼子，还是从玉树带过来的。饼子放在野餐饭盆中，直接放在牛粪炉上烤，不一会儿，冰冷的饼子就会松软并发出诱人的葱香味。多吉炒了牦牛肉白菜，非常好吃，他的另一个拿手菜是牦牛肉面片汤，美味异常。但多吉的亲戚和邻居又准时来了，食物供应顿时紧张，所以我吃得不多，尽管多吉一再让我多吃，以我为先。

两天两夜的大雪把前进去查加和后退至217省道的路全部封死，那两个海拔超过4700米的垭口，已经被大雪严严地堵瓷实了。面对被困的局面，这两天几乎没有了拍摄的情绪，于是从行李中翻出两本书来看。

靠在多吉家的矮窗前晒太阳、喝茶、看书，倒也有滋有味。旦正求吉一句汉语不会，但绝不妨碍他做鬼脸开玩笑的热情，他边缝藏袍边瞪着两只小眼不时跟我这儿逗，假装用缝衣针扎我。倒别说，我从小就怕针和圆规之类的尖锐物，总觉得这种细而尖的东西防不胜防，反而不如直接拿把刀冲我比划。

正觉得闲极无聊的时候，多吉忽然冒出句话，说邻居家的一匹马早晨被狼咬了，样子很惨。

多吉家有两个邻居，东侧是索南旺姆家，西侧是齐眉旺姆家。齐眉旺姆家的马被狼咬了。

我问清大概情况，立即放下书和茶杯，从多吉家出来走到自己的吉普车旁，取了相机向齐眉旺姆家走去。两家离得很近，20米左右。

多吉可能没想到我对狼咬马的事情这么关注。其实从2005年开始，我就已经在内蒙古草原拍摄一个关于野狼的专题了，所以，和狼有关的一切我都有兴趣。

一只大鵟掠过飘舞的雪花，飞向河谷西侧。NIKON D300、AF80—200mmf/2.8D、F5.6、1/1250s、ISO200

◀ 受伤的白马安静地卧在地上，它拒绝了我的饼干，不知道它能否预料自己的未来。NIKON D300、AF85mmf/1.4D、F2.2、1/1250s、ISC200

有意味的是，尽管狼文化的火爆来自于小说《狼图腾》，而《狼图腾》的故事来自于内蒙古大草原，但在此刻，我以经常行走于内蒙草原和青藏高原的经历来判断，高原狼比草原狼更容易发现与接触，这无疑也拓宽了我寻找狼和靠近狼的思路与视点。

在动物界中，我对马的了解比狼要多些，从小就喜欢观察马、画马，长大后酷爱骑马，现在则开始关注马文化。狼和马的冲突史，应当比狼与人类的冲突史时间更长。但狼伤马的概率确实要远远低于牛羊等家畜，因为马的智慧、勇气和速度使它成为另一种杰出的动物。

齐眉旺姆家房前，几个人正围着一匹马。那是一匹白马，因此，它身上的血迹非常醒目。

我走近观察，马已经被控制了，前后腿被绳索束缚，一个壮汉抓住马的双耳控制住马头，另有人控制马尾，还有人安抚着马。一个神态威严的长脸老者在给马清洗并缝合伤口。

这是一匹白色母马，它遭受狼重创的部位有前后两处，嘴部和外生殖器，都被狼牙撕咬得血肉模糊，血流不止。尽管马腹部两侧靠后的位置和腿部也有咬伤，但对于强壮的马而言，这些伤还不是致命的。

事发地点在一条冰河谷，发现时狼已跑远。那场袭击属于小群狼配合作战，前后夹击，使白马首尾不能相顾。而且狼群充分利用了地形，将马逼迫到冰面，白马在又滑又硬的冰面根本无法奔跑逃脱，跌倒是不可避免的。后来我到现场察看，雪地上痕迹纷乱，布满了斑驳的鲜血，真可谓一片狼藉。

白马受伤部位完全体现了狼的狡猾与残忍：马是靠柔软灵巧的嘴唇取食的，白马上唇的重伤使它无法进食，肛门和外生殖器伤势严重，经肠道可引发内部器官感染。要命的是，排泄器官被撕裂，导致白马的体内热量流失极快，每次呼吸，都能听到排泄孔发出气体泄露的声音。在如此严酷的气候里，马几乎无法恢复。

我知道，这场持续两天的大雪，也把狼逼到了疯狂的边缘，食物极度缺乏，强迫它把活动范围向人和家畜逼近。昨天傍晚，这几户牧民家所有的狗都向对面的山上狂吠。

◂ 多吉的舅舅正在为白马清洗缝合腿部的创口，但马的生殖与排泄器官已被狼撕烂。看我围着白马不停拍照，索南旺姆的妈妈觉着有趣，一直在笑。NIKON D300、AF20mmf/2.8D、F16、1/160s、ISO200、-0.67ev、机顶闪光灯补光

我和多吉站在门口，向对面的山上张望寻找，有两只胆大的狗冲上了半山腰，向着一个方向吼叫，多吉说那里肯定有狼。结果，今天一早，齐眉旺姆家的白马就遭到了狼的攻击，而且地点就在她家房后不远的地方。

给马疗伤的老人是多吉的舅舅，老人名叫昂吉。关于这层关系，一开始还有个误会，因为这里藏族亲戚间的称谓和我们不同，最后我搞了半天才理顺这层关系。多吉告诉我老人其实是他爸爸，我就问他："你爸爸为什么不管你妈妈和你们？为什么不和你们生活在一起？"我甚至问他会不会因此恨他爸爸。因为这里的婚姻是很自由的，男人可以随意来去停留，但妇女承担了太多的责任，我认为有些不公平。昂吉舅舅总是亲切地笑着望着我，说实话，我一直喜欢并爱戴这样的老人，透过饱经沧桑的容颜，他们的眼神像山一样凝重，他们的智慧像月光下的高原湖水一样深邃，他们对待朋友像太阳一样真诚温暖，而所有的困苦与风霜在他们面前都不值一提。

我不禁想起了尕尔寺的老藏医拉旺三阶爷爷、玉树草原的养獒人扎西大叔、内蒙草原曾经的老猎人那顺大叔，我觉得他们的存在是一份无法言说的精神财富，那是一个家庭、一个民族的缩影与灵魂。

当然还有另一大收获，瓦须乡最好的马就是昂吉舅舅家的，这在来瓦须的路上我就知道了。在牧区，一匹好马的线索我是不会放弃的。这里最棒的马生长在昂吉舅舅家，感觉如锦上添花般美好，因为有句老话说马如其人，一匹优秀的骏马总是有一位值得尊敬的主人。在一个牧归的黄昏，昂吉舅舅的长子才布为我表演了驾驭烈马，头戴兽皮帽子的康巴汉子策着瓦须最好的铁青骏马一路疾驰，飘雪的河谷中开始弥漫烈酒的味道。

白马身上的血迹这时已经被紫色的药水覆盖了，疗完伤不久，白马就卧倒在地上了，遭遇狼的攻击、惊吓和重伤，马已虚弱不堪。我试图喂它饼干，以增加它的体力，但它拒绝了。多吉告诉我，这马活不过一个星期。

这是一个异常冰冷的答案，我看着多吉没有说话，但内心却有些怀疑，因为内蒙

齐眉旺姆的男友站在门口，沉默地望着白马，可能我们都在想一个问题：白马如何度过漫漫长夜。 NIKON D300、AF20mmf/2.8D、F8、1/320s、ISO200、-1.33ev

古与青藏高原的马都是古老品种，以吃苦耐劳、生命力顽强著称，我以为白马可以扛过这一劫。

齐眉旺姆和母亲回到房里，在给一头死去的小牦牛剥皮，它也是这场大雪的殉葬品。而在离她家一公里远的山上，有另一头小牦牛也被狼干掉了。几天后我和多吉哥俩儿去乡里采购食品，被兀鹫第二次彻底清理过的小牦牛只剩下一具皮筒了，被狂风从山巅吹落，飘滚在行驶而过的车旁。

黑暗的小屋内，齐眉旺姆身旁坐了一位青年，个子不高，一笑就露出一口白牙。他是齐眉旺姆的恋人，也像多吉的哥哥旦正求吉一样，隔几日就探望一下女友。

我站在屋里，想和他们说点什么，但无奈三个人一句汉语也不会，而我所知的藏语词汇也实在是寥寥无几，相互间只能笑着说一些对方听不懂的话。我们也有很容易产生共鸣的时候，那是在齐眉旺姆拿出相册后，里面是一家人在路上磕长头的情景，看得出来，那是她们珍视的一段美好记忆，她们经常手舞足蹈地为我指点相片中的人物。

笑声过后，透过敞开的门，看着院子里面向雪山站立的白马，我在想一个问题：当寒冷随着黑夜来临，白马如何度过漫漫长夜？

夜色终于降临。

齐眉旺姆的妈妈站在屋前，一动不动地看着白马，或许她的眼光并不仅是望着白马的。她经常这样，没有任何表情地站在那里，只有当我远远地和她打招呼的时候，她才露出极浅的微笑。

她的女儿齐眉旺姆也是这样，极少见到她关注什么，两只大眼睛里少有色彩。她的第一次微笑是我努力表演的结果：我从多吉家这边助跑，做势要把手里的不锈钢脸盆当飞碟扔过去，然后，15米外的齐眉旺姆终于露出了灿烂笑容。

对于她们母女的这种沉默，我一开始并未在意。在这样偏远的深山中，冬季寒冷而漫长，每天的日子主要是放牧并照看牲畜，还要去远处的冰河背水，然后就再也没有什么了，人沉默一些也很正常。

夜色越来越浓，环境光的色温也越来越高，我拍了几张照片，端起相机眯着眼看回放，比较着相片和真实场景的区别，D300的自动白平衡较之以前的机型有很大进步，而且后背的液晶显示屏效果非常出色，失真度非常轻微。

再抬起头来，发现白马的面前依然有个人站着，只是不再是齐眉旺姆的妈妈，而是一个英武的藏族青年，他是齐眉旺姆的哥哥白马依西。

白马依西刚刚从附近的山上放牧回来，他在距离受伤白马两米远的地方无语地站立了一会儿，然后走上前，用手抚摸马背，查看马的伤势。

坦率地说，我对白马依西很有好感。他有一种说不出来的气质，外表英武却不逼人，看人的时候眼神中没有任何遮掩，只是他和他的母亲、妹妹一样安于沉默。唯一的区别，就是从白马依西的眼底似乎可以感受到一种心绪，也许用忧郁来形容并不确切，但我实在找不出更精准的词汇了。

给白马依西拍了几张照片，夜色笼罩了雪山雪原，也笼罩了白马依西和他的白马。那个晚上，很晚了，还见到有手电光在受伤白马的身旁晃动闪烁。我知道，那是白马依西在照顾着伤马，但他在具体采用什么措施，我实在不知道。

第五节　康巴复仇记

睁开眼的第一件事，就是在车中探起身看白马。

金色的阳光中，白马还活着，它站在那里。更令我高兴的是，白马的身上盖了羊皮袄，而且受伤最重的后部也用棉布兜上了，这些都是白马依西忙碌一夜的结果。和我昨天想的一样，应该给白马披上马衣进行保暖，但言语不通，而且我也不了解藏民的习惯，就没多说话。

白马依西是这个家现在的依靠，他为白马所做的一切努力说明了这一点。也因此，我对白马依西的好感更深了一层。

▶ 瓦须第一烈马和它彪悍的主人，骑手是多吉舅舅的儿子。如果再有只纯正的藏獒和一杆好枪，就是我曾经以为的可堪托生死了。NIKON D300、AF80—200mmf/2.8D、F3.2、1/50s、ISO1000

白天的某个时候，我在和多吉的闲聊中询问了白马依西家的情况，在聆听多吉讲述的同时，我也解开了白马依西一家的忧郁眼神之谜。

白马依西一家搬来这里的光景不长，他们的父亲因为杀了人，被迫逃离了自己的故乡。起因是有个人杀了白马依西家的亲戚，然后，他的父亲就拿了枪，杀了那人一家三人。这是一个典型的康巴草原复仇记，也是康巴汉子的传统，我的亲人被杀了，就一定要报仇。

多吉看着我略有惊愕的样子，告诉我这很正常，他看了一眼还在低头缝制藏袍的哥哥旦正求吉，说："如果我的爸爸或哥哥被人杀了，我就要杀死那个人。"更令我语塞的是，多吉真诚地对我说："如果你被人欺负了，我也要教训那个人。"

我看着多吉，眯眼微笑的同时，内心涌起一股热潮，就像多年前看《英雄本色》时一样。在之前的藏地行走中，我曾与真正的藏獒为伴，并在黄河九曲第一湾探寻、骑过真正的河曲马。那时曾暗自感叹，如果时光倒退百年，在茫茫青藏高原，一只纯正的藏獒，一匹神骏的河曲马，再来一杆好枪，大概就可堪托生死了。我还可能经常用锋利的藏刀练练书法，写个Z字什么的。

但听了多吉郑重地说出此番话，不得不承认，可堪托生死的还有别的，那就是亲人和朋友。实际上，上面所说的关于獒、马、枪的可堪托生死，深究起来是包含了我一贯孤独的浪漫主义情结的。那是一个流浪意味浓厚的背影，浪漫有余但冷漠孤独，在现实生活中，只有家人、朋友间的帮助，才真的是苦短人生之中最可依托的力量。

忽然理解了，藏族人最重视的，一是宗教，二是亲人朋友。这几乎是他们生活的全部。在这片亘古的高原，天地人的灵魂都是裸露的，坦荡与团结是生存的基础。

白玛依西从山里放牧归来，忧郁地抚摸着受伤的白马，他是这个家里的顶梁柱。NIKON D300、AF50mmf/1.4D、F2、1/80s、ISO400

藏族人对朋友与客人非常真诚。多吉家每次开饭的时候，他的亲戚和邻居都会不请自来，通常是四五个人，围地而坐，多吉会立刻给每个人盛饭。其实他做的饭量是按照他、他的妈妈和哥哥以及我，我们四个人的量做的，他宁可自己不吃，也要照顾客人。

多吉家不富裕，家里每年的收入，全靠旦正求吉在虫草季节进山挖虫草，几

千元收入要支撑家里一年的开销。过年的钱要向马尼干戈的亲戚家借，然后挖了虫草再还，年复一年地往复循环，是一笔还不完的账。

多吉家以前没有房子，住在破旧的帐篷里，生活非常艰苦，跟我要去的查加一样，同属游牧部落。现在的房子，是攒了很长时间的材料，全村人帮助盖起来的。其实，政府已经实施三配套计划好几年了，包括查加在内，都建立了定居点，牧民基本告别了冬季住黑帐篷的艰苦生活。

第六节 蒙娜丽莎的微笑

瓦须乡上也有很多狗，和藏区其他地方并无二致。刚刚在一条街上目睹了帮派仇杀，那是两拨狗在争夺地盘，獠牙上沾满了血迹。不过，这里的狗还不至于和人过不去，不像在亚青的时候，有些有狗的街道令人心惊胆战。

昨天傍晚和多吉到乡上亲戚家串门，留宿了一夜，还是睡车里。亲戚家的小女孩叫娥竹珂，活泼可爱。家里还有一位打卦师，也称洛盖活佛，曾闭关潜修25年，自我节俭，接济穷人，心地、修行极好。据多吉说洛盖活佛打的卦灵验异常，远近闻名。

晚上在院子里看月亮，多吉接了个电话，告诉我竹庆寺那边开始下大雪了，看他比画的样子有10厘米厚，多吉说雪云很快就会飘到瓦须来。果然，一场大雪彻夜未停，我早早起来，徒步去一公里外的果岔（音译，也作“国查”）寺。寺后的半山腰上，是勇呷仁波切的灵塔，活佛德高望重，已仙逝逾百年，经常有藏民携全家老小不远千里而来，每日转灵塔的人流络绎不绝。　雪花纷纷扬扬地飘落，塔旺大堪布带领数位僧人步入大经堂，藏历新年将至，寺里开始制作坛城。而每日下午，年轻僧人则聚在一起，演练金刚法舞。

多吉和他的舅舅昂吉。多吉家很整洁，墙上挂满了唐卡和佛像。NIKON D300、AF20mmf/2.8D、F4、1/20s、ISO400

到乡上串亲戚、采购生活用品，应该是多吉比较重要的社交活动了。而不去乡上的闲暇时候，我们就去索南旺姆家组织个小型聚会，她们家人多热闹，富于生活气息。不过她家的两只藏狗实在厉害，其中一只长着豹眼，瞳孔是极细的圆点，怎么看都是目光犀利，它盯着你的时候连你自己都会觉得自己变成了猎物，即使用粗铁链拴着也不敢从它身旁经过。

在索南旺姆家的聚会。左起：索南旺姆的妈妈、仁措、索南旺姆、摇经筒的老人。NIKON D300、AF20mmf/2.8D、F4、1/20s、ISO640、−1.00ev

以摄影师的眼光看，索南旺姆是个非常棒的模特，身材瘦削高挑，单眼皮小脸庞，某些角度的微笑让我想起大名鼎鼎的蒙娜丽莎。她的大弟弟桑吉当珍拥有完美的额头和鼻梁，犹如大卫雕像灵肉重生。于是，在喝茶、做饭、洗衣等家务事的间隙，借着独窗的柔和光线，我把索南家的小屋当作了影棚。

人群之外坐着位老人，永远是面带微笑摇着转经筒，她是索南旺姆的外婆庄呷，老人70多岁了，眼睛不好，念经非常有名，心地极善良，长年累月地摇经筒，拇指的指甲都磨秃了。

在这样的家庭聚会上，旦正求吉的小品依然是最搞笑的，他一会儿用手翻出红色的眼睑做鬼脸，一会儿又露出肚皮玩倒立，感觉这些都不过瘾了，就绕到牛粪炉的另一侧，趴在地下从下方炉孔中露出半个脸冲我们笑，不知道旦正求吉的女朋友是不是被这样泡到手的。

◄ 藏族妇女的家务活非常繁重，仁措的妈妈、索南旺姆、齐眉旺姆去一里外的冰河背水，装满水的桶重约25公斤。NIKON D300、AF20mmf/2.8D、F5、1/1600s、ISO200

◀ 站在自家牛圈前的索南旺姆，19岁的她承担了家中大部分的劳动，她的微笑经常让我想起蒙娜丽莎。NIKON D300、AF85F/1.4D、F2 、1/500s、ISO200

多吉开玩笑说要索南旺姆做我的女朋友，这事儿被旦正求吉知道了。有一次我推着索南家的胶轮车帮忙运水，路过多吉家的时候，旦正求吉正在门口洗脸，准备收拾停当后去走婚。见此情景他脸上的肌肉顿时拧作一团，一边指着索南旺姆的背影，一边挥舞着手臂原地乱蹦，让我使劲追赶那美丽的姑娘。隔了那么远都能看见旦正求吉小眼睛中的光芒，真担心旦正求吉兴奋过度笑岔气，影响他每日一趟去会女朋友。

索南邻居家有个叫仁措的女孩，开始的时候，一直以为她是男孩子呢，我故意按自己的北京话习惯叫她“认错儿”。而她每次都细细地答应一声：“嗯。”仁措经常会跟她的母亲一起去背水，母亲背上是25升的水桶地，而仁措的背上，是一个捡来的4升汽车机油桶。

平日里，仁措经常在索南旺姆家，任何时候，只要有人招呼她干活，她肯定是立刻起身跑过去，从不耽误。

仁措也没有爸爸，家里只有母亲和她，也是走婚生的孩子。当得知仁措是女孩儿的时候，我心生一种怜爱，毕竟藏族女孩的一生注定劳务繁重，她们的家务工作量确实是太大了。

那段时间我承担了多吉家运水的工作，跟邻居家借几个25升的水桶，开车去一里外的河中汲水，运一次够家里用两天的，这让多吉的阿妈泽仁拉姆轻松了许多。我建议多吉，现在定居了，家里可以添置一个水缸。

哦，这期间我还练成了空手擒飞鸟的绝技。那是托了大雪的帮助，饥饿的鸟儿只顾埋头在雪窝子里猛吃，我装作一尊雕像慢慢靠近，最后闪电出击，连续抓了两三只，还用帽子做暗器，飞掷出去扣住鸟，当然很快就将鸟放掉了。那时候禽流感正在全国蔓延，搞得事后还有些担心呢。

第七节　结局无声：白马依稀之死

将要离开瓦须的时候，白马已经越来越虚弱了。

它每天早晨拼尽全力做的一件事情，就是让自己面对雪山，在朝阳中站起来。但它只能半坐在地上支撑片刻，然后便摔倒喘息，长久地平卧。白马安静地闭着眼，头颈紧贴地面像一具洁白的浮雕，似乎在和它眷恋的高原作无声的告别。很久，等积蓄了一些力量，它又挣扎着扬起虚弱的头颅，再次面向雪山作最后的努力。

站在凛冽的风中，长久地目睹着这个安静而惨烈的过程，我开始相信了多吉的预

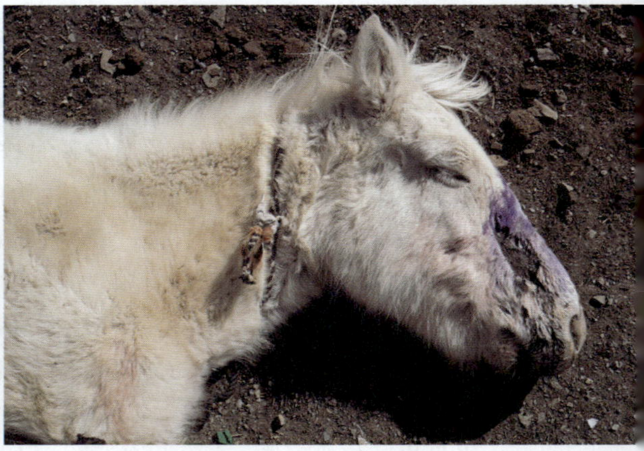

每一个早晨，白马都要挣扎着站起来，面向熟悉的朝阳与雪山。但在最后的日子里，它努力的最终结果就是只能这样坐着，然后倒下来，安静地喘息。NIKON D300、AF20mmf/2.8D、F8、1/250s、ISO200

弥留之际，白马一动不动地平卧，没有剧烈地喘息，甚至不眨一下眼。或许它在倾听大地的声音，嗅着家乡的气息，在灵魂被兀鹫带走前，这是最后的留恋。NIKON D300、AF20mmf/2.8D、F8、1/320s、ISO200

言——白马将不久于世。涅磐如此寂静。

我曾经想给白马送葬的，因为藏族人非常尊敬马，绝对不会吃马肉，死去的白马会被抬去远处的河谷天葬。我想成为抬马人之一，送白马最后一程。但今年的雪灾来势凶猛，如果不趁天晴的时候赶路，以后何时能走真的不可预知，而且，如果留下来的理由是等待白马的死亡，我内心也无法坦荡地面对。

在一个中午，和多吉在瓦须乡上的岔路口告别，按他所指的方向，我独自驾驶越野车驶向一条布满积雪与冰河的山间小路。凭借四驱技巧小心翼翼地穿越几十公里后抵达格萨尔王墓，然后绕道浪多，重返217省道，向马尼干戈前进。多吉临别前告诉我，他请打卦师占卜了，说我此行将一路平安。

后来，艰险地翻过冰雪中的雀儿山，在德格休整的时候接到了多吉的电话，他说白马死的那天来了很多秃鹫。

站在雀儿山宾馆的院子里，我停下整理车中装备的双手，默立着念六字真言为白马送行，默想着多吉、白马依西、旦正求吉他们抬着白马行进在雪原时的情景。白马一定是安息了，它的灵魂随秃鹫飘向天国，在那个空间，它也终于可以俯瞰自己的故乡了，那铺满白雪的群山，就像无数匹白马在大地上迎风奔跑。

一直想给白马起个名字，就叫白马依稀吧，和它的主人一个声音，而它至死都要面对的雪山的尊颜也时常依稀浮现在我的眼前。

后　续

后来，无论如何也没想到，多吉刚到北京就被骗了。

2010年春天，多吉从成都坐火车来到北京，来之前在电话里反复叮嘱让我去车站接他，他不认识路。说好是早上7点左右列车到北京西站，我5点多就起床去车站等着接他，在北京我开车出门的习惯是宁可少睡会儿觉，也得把令人肝肠寸断的早高峰躲过去。

列车进站时间都到了，可多吉一点儿消息没有。电话打过去，一直没人接。终于通了，多吉没事儿似的告诉我，列车要晚点两个小时。电话里听他身边一直有女孩子的声音，后来多吉干脆把电话给了那女孩，让这个四川女孩和我说。看来多吉的姑娘缘还是那么好，他应该去丽江。

我和四川女孩交待，今天我的车限号，7点后无法上路，所以我不能再等了，转告多吉，下火车后打一辆出租车，上出租车后立刻给我打电话，我和出租车司机说路线地址，车到我付钱。不过我心里还是忐忑，北京西站那地方打车比打架都费劲。

回家等了很久，终于接到多吉电话，一切按照原定计划进行，我跟出租车司机说了确切地址及其他事项。挂了电话收拾收拾，准备出门站街等车。谁承想也就抽半支烟的工夫，还没出门呢，又接到多吉电话，问我在哪里，说下车了看不到我。我心想不能够呀，难道出租车都换法拉利了，“二环十三郎”也不可能这么快，这可是早高峰时间，除了坐飞机没有其他可能。

我问多吉现在何处，他吱吱唔唔说不上来，让他问身边的行人，然后告诉我说是在白云路。此时我还没想到多吉被骗了，毕竟刚和出租司机通了电话。我又问打车费用是多少，多吉说50元。我明白了，多吉被那个混蛋出租司机给骗了，从西站出来刚两站地就被轰下来了，说到地方了，然后把多吉身上最后的50元钱给要走了。

我又问了个明知不可能的问题：“你要打车发票了吗？”多吉说没有。我太希望拿着发票找到那位司机大爷了，绝对不惊动出租车公司和交通管理局什么的，就是一私会。您想吧，一个搓着大火的北京爷们儿外加一嫉恶如仇的刚被骗的康巴爷们儿，得把那位司机大爷感谢成什么样儿。如果我用人生道理依然不能将其感化得无地自容，那多吉的康巴式按摩可以把他搞得飘飘欲仙。可惜多吉不是一个好编剧，这条线断了。

意识到多吉被骗后，我的火“蹭”的一下就顶到脑门子了，坐在家里爆开了粗口。之前我把这个过程想得太顺利了，万万没想到北京的出租车行业还出了这么个败类。而多吉呢，亏你还来过北京泡过北京蜜，还有在成都混过的经历，怎么就这么轻而易举地让人骗了呢？这回真是怕什么来什么了。

马上我让多吉再打一辆车，打上车再给我电话，就不信今儿能连续碰见俩混蛋。

没多久多吉的电话过来了，说打上车了，然后把手机转给司机说话。司机一开口我就懵了，河南妇女都到北京来开出租啦，北京的哥看来是真混不下去了。来不及分析其中缘由，我把路线地址又重复了一遍，说车到付钱。对面的河南妇女司机好像明显不放心，先是问："你真的能等着吗？"我说："哎哟，你就放心吧，人都在呢，不差钱。"然后她又问我这段路开车多长时间能到，我说10点多应该不太堵，顶多20多分钟就到了。

河南大姐最后郑重地跟我说："这趟活儿15块钱，您看中不？"

我觉着有些不对劲儿，出租车公司没这套路呀，难道又是黑车？赶紧问了一句："你开的什么车呀？"

河南大姐："三轮摩托。"

都这份儿上了，"残三"就"残三"吧，只要能把多吉送过来啥事儿都好说，15块说定了，又补了句："甭着急注意安全。"唉，多吉真会给我省钱。

我想象着多吉坐在河南大姐的三轮摩托上一路摇摇晃晃的样子，心里说不清是啥滋味，想笑又笑不出来。挺好的一件事咋就搞成这个样子了呢？骑着家里那辆凤凰牌26女车，我沿着人来车往的大街逆行，寻找着英姿飒爽骑着三轮摩托后面坐着康巴小伙儿的河南大姐。正在此时电话铃又响了，这回换成悦耳动听的女中音普通话了："我是XX路汽车售票员，您的朋友在哪一站下车合适？"

我的天，多吉又让河南大姐给甩了，这大姐眼够高的，康巴汉子都看不上。我就纳闷了，我和多吉的组合就那么像忽悠车钱的吗？电话里也听不出来我是黑社会的呀！多吉你真行，到北京不过一小时，已然换了三种交通工具，到北京过车瘾来了吧。终于走上正道了，公交车让人心里无比放心了，售票员大姐的声音就像这三月的春风，温暖和煦得让我暂时忘记了仇恨和那个良心被狗叼了的家伙。

公交车到站了，从后门涌出六七个人，有个拎着拉杆旅行箱的青年在拥挤中落了地，一头乌黑的卷发，身材明显有些瘦了，但清秀依旧，这就是多吉。还没来得及把钱包里的一块钱给李素丽大姐的同事呢，车门"咣当 "一声关上了，公交车奔下一站了。

自2008年瓦须一别已两年整了，只是此刻斗转星移，我和多吉再次重逢已是在喧嚣的北京街头，多吉家那条布满积雪的河谷仿佛很遥远，却也很清晰。可能是刚刚过去的一个小时里发生了太多戏剧性的变化，真正主角登场相见的场面反倒平静多了，但我们相互的微笑与问候却是亲切得没有一点儿间隙，两人心里盛满了喜悦。

走着走着，多吉忽然停下来笑眯眯地望着我："关山飞渡，你今年看起来很帅呀。"

我笑："哦？你是说我两年前不帅吗？"

多吉："对的，那时候你很胖很胖。"

我明白多吉的意思，在藏地旅行时，因为经常吃方便面而导致脸部浮肿，或是风干物燥上火，再加上长时间不能洗澡洗头，冬季穿得又臃肿，还带个棉帽子，个人形象可想而知。尤其是方便面，真是吃恶心了，而且我一朋友告诉我，一袋方便面的毒素需要肝脏清理一个星期，看来我吃方便面浮肿还是有据可查的。问题是，对于长途旅行而言，市面上几乎没有可口的能长期依靠的方便食品，自己做饭是最好的解决之道，但我一个人实在是不善此道。一直在想，下次进藏一定要让自己吃好些，吃健康些，彻底抛弃方便面。

藏族朋友天性爱美，对美的感觉非常敏锐，我在北京的气色的确要比旅途中好一些。记得在亚青的时候，有一次在呷绒旅店洗了头，暂时没带帽子，老板的小儿子吾金求佛仿佛发现了新大陆一样："哎呀，你的头型还不错嘛"我苦笑，就这还能称为头型，我这邋遢形象突然有了点变化，就立刻被发掘了，藏族朋友适合当星探。

我右手推着车，左手拍了拍多吉的肩膀，他还是那么瘦削，但我知道这个青年的力量，在瓦须的家里，我们曾掰过腕子，我败了。那是控制烈马缰绳的手，那是生撕牦牛肉的手，那是甩"乌儿多"的手，那是弹曼陀铃的手，那是挖虫草的手，那也是牵着美丽姑娘的手。

多吉有正式的女朋友了，女友的名字叫梅朵拉姆，很好听的名字，让我想起拉萨有个叫冈拉梅朵的酒吧。多吉和梅朵拉姆相识于甘孜，多吉目前在甘孜某歌厅驻唱，一个月有1000元左右的收入。听了这个我很高兴，加上挖虫草的钱，多吉家的日子就不会那么紧巴了，至少可以多吃几顿牦牛肉了。另外多吉说实话了，他那30个女朋友的故事是临时编的，泡北京蜜的故事也是假的，我听了居然挺失落的。

我问到索南旺姆的情况，多吉说她很好，而且她也有男朋友了，是白马依西。啊！这个消息竟然让我停下了脚步，"天作之合"这四个字都冲到嘴边了，被我咽了回去，多吉会听不懂的。我笑个不停："哦，哦，真好，他们很好很合适。"我仿佛看到了索南旺姆的美丽笑颜，仿佛看到了白马依西略带忧郁的英俊面庞，真是完美的一对。

其实在瓦须的时候我就对索南旺姆与白马依西的感情发展有些预感，但怕给藏族朋友留下北京人喜欢八卦的印象就没说，包括现在，只要和我有来往的朋友在短时间内都会找到意中人。基本上我就是那桃花，把好运带给别人把桃花留给自己，不问人面何处去，只看桃花笑春风。

"关山飞渡，你的杯子还在我的家里。"多吉说起了这个有趣的话题。2008年离开瓦须的时候，我常用的瓷杯忘在了多吉家里，那真是我最喜欢的一个杯子，杯子把儿弧线优美舒适，杯口的唇感非常出色，我用它在藏地很多地方喝过酥油茶。

现在，旦正求吉是杯子的主人，每天用它喝茶。他经常得意地说："我在用关山飞渡的茶杯喝茶，哈哈。"多吉边说边模仿旦正求吉摇头晃脑的样子，我完全想象得到那个场景。杯子很结实，多次掉在地上都没摔坏，他们说这是关山飞渡在保佑它。多吉的妈妈说，关山飞渡的茶杯留在他们家，这是我们之间的缘分。

2009年某个时候，多吉曾打电话向我借钱，提到了公安局和看守所，我当时不知道更多的细节，这次我又问起这件事，多吉说那次是因为打架，用刀伤了人。事情发生在一个饭馆，多吉和几个朋友吃饭，结账的时候被老板多算了一个菜，而多吉说他们根本没有要那个菜，僵到最后动起手来，老板脑袋上被砍了几刀，多吉也受了点儿小伤。不过真正令多吉难忘的是看守所的生活，多吉用手比画着那个窝窝头的大小，不停地唠叨："啊呀，饿得真正的厉害。"

我问多吉如果再遇到那个开出租车的骗子，还能认出来吗。多吉说能认出来，如果下次带着刀看见那个人，一定不会放过他。我看着眼前这个直来直去的康巴青年，他其实是那么的纯朴，但提到仇人的时候却正经有些凶巴巴的，不过我也没反对，坏人就得惩罚。

多吉这次来京，我和玛吉阿米的老板打了招呼，推荐多吉去玛吉阿米唱歌、跳舞。多吉有这个实力，每次喝完酒，我都鼓动多吉清唱一首藏歌，那歌声瞬间冲淡了城市的喧嚣与浮躁。我们去天安门广场，多吉边走边唱，每首歌之间还自己客串主持人，可能是模仿某个藏族著名主持人，非常娴熟有趣，虽然我听不大懂，但我知道他在抖包袱。可惜他这次来京没带着曼陀铃，那样会更加完美。

多吉也很想到玛吉阿米唱歌，北京是令人向往的城市，而且挣钱也会更多一些，可惜他要赶在五六月间回瓦须挖虫草，他说明年再来北京，就去玛吉阿米。

同年秋天，我又接到多吉电话，他居然已经当了一个月爸爸了，一家三口住在甘孜，我送上了最美好的祝福。看起来一时半会儿多吉是来不了北京了，他要在甘孜照顾老婆儿子。但他邀请我明年7月去瓦须，在草原上为我搭个帐篷耍坝子，让我玩得美美的，而且把我停车的位置都安排好了，就放在帐篷前。他会备上两匹马，带我翻两座山，去拍野生动物。当然，还要陪我去查加部落。

我确实也想多吉和他的家人了，想他的邻居，想看看他的儿子和老婆，更想看看旦正求吉如何端着关山飞渡的茶杯喝茶，他肯定会假装把杯子掉在地上吓唬我，然后捡起杯子跳起来做鬼脸说："关山飞渡的杯子真结实，旦正求吉的杯子也一样。"

2011年末，我又接到多吉电话，他说几乎丢掉我的电话号码，如今失而复得非常高兴，因为我是他最好的朋友。多吉把他的QQ号和密码都告诉了我，他不在歌厅唱歌了，开了家网店卖些佛教用品。说话的时候，我听见梅朵拉姆一直在边上哈哈大笑，多吉说她在笑他的汉语水平，其实他的汉语还是有进步的。

令人悲伤的消息也有，索南旺姆和白马依西曾经有了孩子，但出生不久就夭折了，索南旺姆的妈妈也得了一场大病，几乎死去。一声叹息过后，我知道这就是生活，生活还要继续下去。

第二章 何似在人间：亚青寺记忆

▶ 亚青寺觉姆之心，2008年2月14日，一场夜雪让亚青河谷变成了洁白的世界，山坡上是觉姆们闭关修行的简易棚屋，大小仅容一人。这天是情人节。NIKON FM2、AF20mmf/2.8D、反转片、后期IMACCN扫描

第一节　人间烟火半岛尘心

离开亚青的路上，我一次也没回头，克制着自己不去看后视镜中熟悉的红山与转经筒，不去看两旁的草原，余光中掠过的天葬台上空碧蓝如洗，没有兀鹫在飞。那个生活了21天的地方在身后越来越远，身上、车中落满了烟尘，那是亚青留给我心中味蕾上的时光。

刚刚那个上午，我一个人站在阿秋喇嘛的院外，面对着白色的土墙，双手合十，默念的大意是："在亚青的日子里，感谢喇嘛的佑护，无论是作为万众敬仰的大成就者，还是作为一个亲切慈祥的藏地爷爷，我其实都想给喇嘛磕三个头，但喇嘛一直身体欠安，没有机会拜见，希望您早日康复，您受到这里所有人的爱戴。"

的确，到达亚青第一天的夜晚，就能听到那个容纳万人的大经棚内传出滔滔不息的诵经声，彻夜不曾停歇。后来才知道，那是在祈祷喇嘛住世与康复，甚至整个甘孜的寺庙与僧众都在为喇嘛祈愿。而这些，我在来亚青寺前并不了解，对于阿秋喇嘛这样的大成就者更是知之甚少。但在亚青，终于看到了喇嘛巨大的感召力。在亚青，喇嘛一词通常特指阿秋仁波切，是非常尊敬和亲切的称谓。

那个上午,我是幸运的，在喇嘛侍者曲扎的帮助下,我进到喇嘛的小院,并得到了那张著名的印有喇嘛亲按指痕的照片。那时，据说喇嘛的病情已经大有好转，尽管依然不可能拜见到喇嘛，但我很知足。在院中恭候之时，向阳的最中间的那扇窗子里，我看到了端坐的半个身影。后来在色达的网吧看亚青的在线纪录片，赫然发现，那个位置正是喇嘛日常休息的地方。

这一次的藏地孤旅行程中是未包含亚青的。数日前，从大雪围困的石渠瓦须突围出来，翻越过冰天雪地的雀儿山，在德格休整期间，泡网吧时偶然发现亚青寺，顿时了断了我对于在哪里过藏历新年的悬而未决。那一刻，面对被称为觉姆之心的亚青修行地图片，我开始憧憬：这样一个惊世的所在，藏历年法会该是多么恢宏与热闹呀。

然而亚青寺并没有期待之中的盛大法会与金刚舞,在亚青的21天倒让我感觉之前的想法有些肤浅了。从来没有在一个地方停留如此之长，日子一天天地翻过去，有风有雪有阳光，没有刻意去感受什么，但亚青给予我的东西却又无处不在且意义非凡。要么我怎会有这样的旅行感悟呢：心沉下去了，缘分才会浮起来。

在亚青结识了几个汉地修行者。在呷绒旅店门口遇到格拉陈时，她正在洗衣服，看穿戴我以为她也是旅行者，其实她是常住亚青的汉地居士。洗完衣服我帮她拎了一桶水回驻

地，走在山坡上，格拉陈问我对亚青的感受，我说："从人文宗教气息的角度讲，藏地有几个地方令人惊叹，比如大昭寺、亚青、色达。"然后，格拉陈轻语："亚青是这世上独一无二的。"

快走到院门的时候，格拉陈一不小心，手里的洗衣盆扣在了地上，她又跑很远回去重新洗去泥土，我正好得空歇一会儿，借机看看山下的亚青河谷，想想格拉陈刚才说过的话。

其实这个世界上独一无二的事物实在是太多了，就像我们每个人，生下来就是独一无二的，但我并未反驳格拉陈，因为我已经被亚青的独一无二所震撼了。就像环绕亚青的河本来是昌曲，但在这一段它被唤作亚青河，因为这里是亚青——魅力不可阻挡的亚青。

阿秋喇嘛的院子就在亚青著名的桑多贝里神山脚下，相传桑多贝里是莲花生大师的弟子。神山南侧的山体呈红色，西侧山崖耸立着表象奇伟的青岩，齐整叠错犹如众神之门。站在神山之巅自北向南俯望，一股撼动视觉与心灵的力量迎面而至，那就是著名的亚青寺觉姆区，有人称其为"觉姆之心"。

这的确是一个直观的名字，在亚青河三面环绕下，觉姆区形成一个自然的半岛，上万女尼居住的房舍密不透风，以平面的形式覆盖了整个半岛的土地。奇迹之处在于，觉姆们的房舍自然形成一颗巨大的心形，凸浮在宽阔的河谷平原上，令人惊叹不已。

那是一个巨大的心形平面，对于带着俗世风尘的来者而言，可能意味着明净台，

◀ NIKON D300、AF85mmf/1.4D、F2.2、1/160s、ISO400、-0.67EV

抑或颗平常心吧。每日清晨或傍晚，这颗心会被无数缕弥散在一起的桑烟、炊烟笼罩，或浓或淡，随风轻浮于亚青河面。去经堂上课或下课的数千女众分散开来，就像几条暗红的河流涌入烟云笼罩的心。这人间烟火形成的雾霭，使整个亚青半岛笼罩在一种宗教般的神秘氛围中，让人产生身在尘世却神游世外的错觉。

每一个匆匆而过的背影，都像是一个信仰的图腾。担水的觉姆穿行在简陋低矮的街道，但这意境悠长的画面让我清醒，这里依旧是烟火人间，修行者带着尘心而来，等待尘埃落定，可谓半岛尘心。

无法忘怀那些傍晚，阳光被亚青河谷西侧山峦的阴影蚕食，我站在半岛之心的狭窄街头，成百上千的女尼走过，或低语、或电话、或购物、或匆行、或汲水、或负重、或含羞低首而过、或浅笑与我招呼、或任我拍照看回放大笑……暮色垂笼、烟青云暗，一个个裹了暗红斗篷的清修身躯，在充满了透视感的半岛街头，在渐渐暗了下去的直至再无法分辨一点儿光影的时刻，身处其中，我只有一种感觉——浮生若梦。

“起舞弄清影，何似在人间。”

第二节　打狗棒与野狗阵

客居亚青，打狗棒属于居家出门必备物品。

我有根一米来长的竹棒，看外观还是蛮讲究的呢。那还是到亚青的第二天下午，步行去觉姆区，很快发现手无寸铁就会寸步难行，于是寻了根木匠废弃的长木条护身，刀不刀枪不枪的样子很难看。兵器不称手就没自信，于是轻易就被两群野狗阻住去路。

无奈顺着河边回撤，对面走来一位背着木柴的觉姆，手中横握着一根两米来长的竹竿。我俩走到迎面都停住了脚步，礼节性的微笑过后，双方的目光几乎同时游走并定格在对方的手上，我盯着她的竹竿她盯着我的木条。然后没有一句废话，她手中的竹竿换成了

◂ 这是觉姆之心里最常见的背影，当然还有亚青无处不在的狗，刚刚产下狗崽的母狗非常凶猛。NIKON D300、AF85mmf/1.4D、F2.8、1/160s、ISO500、-0.67EV

木条，而我手中的木条变作了竹竿，语言不通完全不是障碍，各取所需的结果是双赢。在亚青，烧火的薪柴是非常紧俏的生活用品，通常是要花钱买的，木条的燃烧效率无疑要远胜竹竿，而竹竿做打狗棒也要比木条合适得多。

道声“扎西德勒”作别，回去后立刻用瑞士军刀将竹竿锯断打磨，在两端缠上红色电工胶带，一根美观称手的打狗棒就隆重出炉了。这根亚青竹棒此后一直陪伴着我，现在正立于北京家中。

但现实依旧严峻，在亚青即使拥有一支打狗棒，我依然破不了觉姆区的野狗阵。这里的几条街区均驻扎着恶狗阻击队，每条街都有两三道无法逾越的恶狗阻击线。最要命的是我来的这个时日，正是母狗刚下完小狗不久，护崽的天性让母狗格外凶狠，而且由于严酷环境的压迫，幼犬的死亡率很高，母狗的伤心与怨恨加剧了它们的攻击性。还有几只脸上长着白毛的硕大老狗，斜眼歪嘴目露凶光，经常追着车撕咬，让人不寒而栗。

记得有一次遭遇战，在别的狗都被打狗棒吓退后，居然有只黑狗斜里冲出来继续跟我厮杀，任我将打狗棒耍得呼呼生风还是步步紧逼，天昏地暗之间幸遇好心觉姆飞石击狗方才解围，惊得我出了一身臭汗，站在原地缓了半晌。而那几条街通常是走不了几十米就要被狗惊出好几身汗，一会儿冷一会儿热的，像打摆子一样。

看来我的打狗棒法完全不得要领，不知洪七公他老人家到了亚青会有何高招。这里的狗明显不好对付，打狗棒有些力不从心，降龙十八掌又有些小题大作，好歹也是天下叫花界的领袖，整天在街上哼哧哈哧、亢龙有悔、飞龙在天的，不像要饭的倒像卖艺的。况且那么高的海拔，过于刚猛的降龙十八掌极易诱发高原反应。

我的车一直停在喇嘛和阿松活佛的大院子里，还是老习惯——睡在车里。这块风水宝地自然也有上天派来的守护神，一对狗母子住在这里。狗妈全身漆黑但嘴唇发白，小狗儿一身黑卷毛且胖嘟嘟的，我给这娘俩起名叫白唇狗和小黑熊。

刚来的时候，白唇狗非常凶悍，经常围着我狂吠并试图进攻，小黑熊也跟在后

NIKON D300、AF50mmf/1.4D、F5.6、1/1250s、ISO200

面狐假虎威，搞得我打狗棒不离左右。白唇狗是真敢下嘴咬的，亲眼见过它袭击进院朝拜喇嘛的藏民，幸好藏袍够厚咬不透。那阵子晚上去呷绒旅店吃饭串门，先要用手电四下照看，然后将打狗棒用力抡动几下并敲击地面，这叫“敲山震狗”，以防白唇狗搞偷袭。

整天提心吊胆的日子不好过，干脆拉拢腐蚀白唇狗、小黑熊母子，每天用饼干喂它们，这在狗粮短缺的亚青是很见效的。混熟后，这娘俩经常睡在我车旁，开门下车都怕踩着它们。寒冷的夜晚，白唇狗的背上总像是背着个登山包，原来是小黑熊把妈妈当作充气床垫了，娘俩都是黑色，黑成一堆了。别看这小家伙脏兮兮的，但衣食无忧，整天甩着小猪样的尾巴扭来扭去，两只小黑豆眼贼机灵，喂了很久也和我保持着距离。

这娘俩似乎各有分工，白唇狗吼叫必是有人进院子，小黑熊嚷嚷肯定是有狗来串门，当然这种串门是不受欢迎的，白唇狗肯定会下逐客令。这样倒好，院子里一直很清静，没有其他的狗来打扰。

第三节　妄念的丛林

“看那些大成就者，无畏地穿行于妄念的丛林中”，2月的一个午后，我和清一起转亚青神山，当转到神山西北侧山脊时，走在我身后的清脱口说出这句话。

尽管耳畔山风呼啸，但此句话却一字不差地进到我的耳中，仿佛春雷击中大地万物瞬间复苏，我的心脏犹如被扔在雪山融水中浸润，顷刻间变得澄澈而振奋。偏巧那时我们站在桑多贝里神山的最北端，眼前是一片豁然展开的宽阔谷地，所有障碍就此瓦解，我如醍醐灌顶般立在那里，竟然意由心生，仿佛看到有无数神仙在充满妄念与业障的丛林中昂然自如地穿行，完全无视身旁的众多诱惑与邪恶，衣带迎风飞扬猎猎作响，洒脱至极，那种自在与无畏的神态令我也随着飘飘然起来。

清对我的表现很诧异，她未料到脱口的一句话险些让我即刻开悟。当然我们心下都明白，这一次的顿悟是不足以让我心如明镜台、从此立地成佛的，我只是在霎那间体悟到了自己的心性，尽管如白驹过隙，但我确信这将是一次宝贵的经验，那感觉直至今天仍令我神往。纽舒仁波切说：“深广而宁静，单纯而不复杂，纯净灿烂光明，

NIKON D300、AF50mmf/1.4D、F4、1/250s、ISO400、-0.33EV

超越思议的心；这是诸佛的心。其中无一物应消除，无一物应增添，它只是自然洁净地看着自己。”

从这个因缘开始，我和清谈起对佛教的一些思悟。

我对清说，自己不会做居士或是成为佛教弟子，但佛教所倡导的一些精神对身在俗世的人还是非常有益的，比如说可以让自己更慈悲些、更智慧些，有一颗宽容的心。而且我很相信因果，行为磊落、多做善事，总是没错的。对一些超自然的东西则见仁见智，保持自己唯物主义者的观点。对“依止上师”这件事，我笑言，如果有一天觉着自己必须找一位导师，那一定是要60岁以上的，除了丰富的人生阅历与深厚修为，还要看起来像父亲，像爷爷。

其实，佛陀最伟大的成就是了知实相，而不是能够飞翔或显示神通。知实相让我们彻底从痛苦中解脱，但多数人似乎更愿意相信神通并加以崇拜，似乎超现实的东西更容易带领我们逃离苦海，使我们在短暂的臆想中获得期待与满足。

神山东侧山坡开阔而舒缓，枯黄的草地被不久前的雪水滋养，透出令人舒服的潮润光泽。清在离我几十米外打坐修行，口中喃喃有声，用藏语背诵大圆满功法中的经文，这是她每日的必修课。远方的山脚下是玛尼石堆、转经筒、缓缓移动的转经人。

去往放生法会的少年　NIKON D300、AF80-200mmf/2.8D NEW、F5.6、1/2000s

亚青神山顶上常年驻扎着一群羊，这是一群“喜羊羊”，它们的生活中没有“灰太狼”。“喜羊羊”们过着世界上最甜蜜的生活，它们每日的主食不是草，而是总也吃不完的糖果点心，信徒们的贡品每天运到神山顶的风马旗下，这些被放生的羊就成了糖果的主人。只是我颇有些担心，长此以往，希望它们不要患上糖尿病。

在一个阳光非常美好的下午，我看羊群钻进一位堪布的院子，可能是吃腻了糖想换换下午茶的口味，于是啃噬一切能消化的东西，把篱笆墙搞得东倒西歪的。用我们俗世人惯常的思维来讲，这成何体统，于是就动了凡心，挥舞起从不离身的打狗棒，羊群听到“呜呜”的棒声，纷纷夺路而逃。我事后看此举纯属多余，干扰了羊的生活，我有点儿“灰太狼”。

清那时正好到神山东坡打坐，于是我们就认识了。那个傍晚，天上的云彩像水彩画一样美，清给我讲了很多佛教知识。清是位汉地居士，她本是一个拥有很高学历的人，如今把身心用在钻研藏传佛教知识上，博闻强记，引经据典，很令人佩服。

清曾在色达修行，但如今她不止一次地感慨：“只有在亚青，才有命中注定的感受。”而清对阿秋喇嘛的崇敬，更是今生无他。清崇敬的另一位大成就者是法王如意宝晋美彭措，已于几年前在色达圆寂。

我有幸看到了两位大成就者的合影，气宇轩昂，面貌宏伟，令人顿生叩拜之心。我把自己的感觉说给清：一个大悲佛，一个大慈佛；悲中有慈，慈中有悲，堪称旷世难遇呀。

法王如意晋美彭措是色达五明佛学院的创建者，是大圆满的继承者，他对弟子们要求极其严格。法王曾对汉地修行者说：“拜师要找修行高尚的师傅，不要盲目地拜师修法，最好是50岁以上的师傅。”我听闻此言甚是喜悦，原来我内心的想法和法王说的一样。

阿秋喇嘛曾在深山中苦修43年，对弟子像慈父一样。但他也曾问弟

NIKON D300、AF24-85mmf/2.8-4D、F5.6、1/1250s、ISO200

放生法会上，阿松活佛带领僧众诵经。 NIKON D200、AF24-85mmf/2.8-4D、F5.6、1/400s、ISO100

子："汉地人供养了那么多，但你们为其传过多少真法呢？"

听过两位大成就者的话语，崇敬之情油然升起，所谓真正的大成就者并非是高高在上的神，而是就在我们身边呀，甚至很多时候和我们的想法一样。其实就像《正见》（宗萨蒋扬钦哲仁波切著，姚仁喜译）里说的，是不是佛教徒并没有一个严格的界定，如果你相信了四法印，就可以理解为是佛教徒。

诸行无常（一切和合事物皆无常）

诸漏皆苦（一切情绪皆苦）

诸法无我（一切事物皆无自性）

涅磐寂静（涅磐超越概念）

NIKON D300、AF50mmf/1.4D、F2.8、1/80s、ISO500、-1.67EV

第四节　情人节的雪和天葬

每日在车中醒来，大概就能知道当天是否有天葬。透过车窗望天空，兀鹫便是答案。

爬上喇嘛院子东南角的阁楼，能俯瞰几乎整个亚青的男众区与女众区，如果向东北张望，可以看见天葬台小山丘上空曼舞的兀鹫群。这些巨鸟驾驭上升气流的能力无与伦比，双翅展开一动不动，数百只一起盘旋，远望竟如仙鹤驭风而翔，又如空气涡流荡起无数纸片，褐色的翅膀反射着阳光，竟像是飘渺在天上的安魂曲谱。

21天，亚青寺飘了两场雪，圆了我拍雪中亚青的梦。但2月14日情人节的雪和天葬却给了我一场震撼，还有绵长的哀伤。

情人节那天我至少看见了四场天葬。其实，亚青的天葬很频繁，几乎每天或隔两三天就有，因为亚青寺的名望，很多附近乡村过世的人也被送到这里天葬。而我对天葬一直敬畏，对该不该近距离观看天葬也有自己的想法。

但情人节这天的一场夜雪忽然改变了我，更确切地说是让我产生了一个大胆的决定：去近距离感受天葬。因为这场雪让天地之间的一切都变得洁白而简单，无论是心理上还是生理上，我也随之坦荡起来。而之前有一天的天葬，尽管逝者的家属曾经鼓励我到近处去看，但我实在没有勇气，只在几百米外远远观望，并为逝者祈祷能有如愿的轮回。

情人节的天葬完全出乎意料。先是亚青一个老僧人的葬礼，我到的时候，仪式已经进行到尾声。念度亡经的天葬上师和负责肢解的天葬师都让我拍了个人肖像，并示意可以再近些，但我觉得已经够近了。

就在我收拾东西要离开的时候，草原上驶来了一队摩托车，有辆车的后座上驮了个黑色布包，缠捆得非常紧。天葬上师的助手告诉我，包裹里是个女性死者，而且很年轻。

摩托车手是死者的家属，他用生疏的几个汉字告诉我年轻女子的死因和名字：跳河，卓玛。

得承认我是一个来自俗世的人，当听到这个死亡方式的时候，我立刻想到当天是情人节，然后不可避免地和情人节的特殊意义联系在一起。我很想知道这个叫卓玛的年轻女子为什么会跳河，甚至私下推断应该和大多数看过言情小说和电视剧的俗人一样吧，这样的原因我们在书中看得太多了，就像《神雕侠侣》中李莫愁所言“问世间情为何物，直叫人生死相许”。在没了解事情的真相前，我已经凭借情人节跳河这五个字编造了一个悲情故事。

没过多久，我就明白了自己是多么地幼稚可笑。

卓玛的躯体被放在了小天葬台上，这里有一大一小两个天葬台，相隔数米。一开始我以为小的是备用的，或者大的男用小的女用。但后来得知，大台用于自然死亡或是病死的人，小台用于非自然死亡的人，如车祸、自杀、他杀等。卓玛的死因决定了她上小台。

天葬师用尖刀麻利地割断缠绕的绳索，打开的黑布包里还有一层蛇皮袋。当所有的裹缚如蚕茧般被剥开的时候，一具红色的女性躯体在白雪碧空下展现在眼前：被紧束过久的身体蜷缩成一团，侧卧在天葬台上，膝盖顶在胸口，低垂着头，双眼紧闭，黑色长发散盖在脸上。离得太近了，我注意到她的头顶和腿上各有创伤，身体发红应该是在冰冷的河水中冻泡的结果。

阳光下的卓玛像是一具熟睡的腊像。略微的逆光中，天葬师手持一把七八寸长的锋利尖刀，那是他的手术刀，他摆了摆手，示意我走到跟前。

我的天，我已经在几米之近了，脚下是无数人的碎骨，每走一步都会发出“咯嘣咯嘣”的声音。看了看手中的定焦广角镜头，我很清楚如果再向前几步，在距离小台的三米之内能得到怎样的构图：左上角是天葬师腰部以下，右手的肢解锋刃在阳光下闪动；卓玛的蜷曲身体侧躺着面向我，处于画面中部靠下的位置；画面中部稍远是在塔前坐着念度亡经的天葬上师；右边更远处，是积雪的山丘和空中盘旋的兀鹫，甚至还有几只极少见的印度黑兀鹫。

在高原强烈的阳光下，收缩光圈后，广角镜头的大景深可以容纳这一切。

面对天葬师的召唤，我的心在闪躲，就像我的目光始终无法长久地注视卓玛。那不是我应该站的地方，作为摄影师本能的拍摄欲望在那一刻竟荡然无存，甚至土崩瓦解。

NIKON D200、AF20mmf/2.8D、F5.6、1/60s、ISO400、机顶闪光灯补光

汉藏的文化及生活习惯或者说生死观的巨大差异在那一刻强烈冲击着我，尽管非常崇敬天葬这种最坦荡、最接近自然的安葬方式，但如果那么近地站在卓玛面前，自己依然无法承受，最重要的是，我不想用镜头如此之近地冒犯卓玛。

在天葬师善意的笑容中，我开始后退，并不时放下相机，双手合十为卓玛祈祷。空气中因数百只兀鹫巨大羽翼的挥动而弥散着一种奇异的香气，不断有新赶来的兀鹫在极近距离掠过头顶，带着羽翼发出的呼啸声冲入争抢的行列。有些大胆的兀鹫迫不及待地跳上天葬台，然后被天葬师挥舞着手臂喝退。

去往天国的仪式终于开始了，我继续后退。

真正令人心碎的消息在我退出30米外时来临，卓玛的一个亲戚会说汉语，他告诉了我卓玛的真正死因，卓玛是在河边洗衣服时失足坠河而死。

我非常惊诧不解，在冬季枯水期，附近的河都很浅的，怎么会淹死人呢？亲戚告诉我，卓玛家附近的河上游建有水电站，放水冲冰的时候，卓玛被大水冲走，三天后才找到尸体。

我听了悲伤不已，也明白了卓玛身上为什么有那么大的创伤，那是在急流中被锋利的冰块和巨石撞击与切割所致。而藏族同胞在冬季穿的厚重藏袍，在水里立刻会变成沉重的逃生障碍。

最令人心痛的是，卓玛家里还有一个三岁的女儿，上有一老母，弟弟出家，孩子没有父亲。

一想到三岁的女儿自母亲出去洗衣后就永远没有母亲了，我的眼睛总是抑制不住地湿润、模糊，一个远方来的旅人看着最后的卓玛，而她的小女儿还在等妈妈回家。不知道那个深山中的家以后还能否听到孩子的笑声。卓玛的亲戚也一直在叹息："作孽呀，作孽呀。"

我拿了些钱给了孩子的舅舅，并把车上的黄色哈达系在了天葬师的小窝棚顶部，本想烧了祭卓玛，但生丝点不着。也许，卓玛和老僧人一起走，在轮回的路途中，还能听到熟悉的诵经声。

NIKON D300、AF50mmf/1.4D、F3.5、1/25s、ISO200、-0.67EV

天葬结束后众人散去，天葬师走下天葬台，来到自己的小棚子旁边，用水洗去溅在头上、手臂上的血浆及筋肉碎屑，然后背起装着刀锤的大口袋，踏过铺满粉碎的人骨的天葬区，孤独地走向草原小路。半途中，他偶尔会停下来回望天葬台，再习惯性地整理一下工具袋，干咳几声后继续前行。那个场景令我印象深刻，似乎他永远都走不完那段路。

从天葬台回来后，我去转神山脚下的301个大经筒，在亚青的日子里几乎每日都要去转，只是今天我想为卓玛而转。跟随在转经藏民的队伍中，默默地为卓玛祈愿，阵风荡起的尘土像往常一样，粘在前面转经人的藏袍上，粘在我的衣襟上。

转到东北角拐弯的时候，心仿佛被什么东西刺了一下，人也戛然而止呆立在那里，从起始点转动一个个经筒，到这里居然刚好是第214个，而只有这个位置刚好可以看到远方山坳里的天葬台。难道是天意吗，这般巧合，2月14日，214个经筒。我心里轻唤了声卓玛，目光透过廊柱，掠过道路，远远地望向天葬台，天色渐晚，那里的人还未散去，卓玛的亲戚们依然围坐在草原上喝着茶。

恍然中听到身后传来转经人的脚步声，伴随着"吱吆吱吆"声转动的经轮，刚才走在前面的人绕行一圈后又到了身后，我也该走了，继续转下去，为卓玛、为自己、为所有惦记着的人。

生死茫茫，或者该释怀，其实每个人都有最后的仪式，在兀鹫看来，只是站着和躺着的区别而已。卓玛的家里依然会有孩子的笑声，应该会有的，在时光中，记忆之痕会被泡得柔软，会被抚摸得接近平坦。

关于天葬的照片，我想我肯定是不会给人看的，即使是自己，我也在回避去看。事实上，一直不想拍天葬，尽管有摄影师本能的拍摄欲，但也有一直不能清晰地得到拍天

NIKON D300、AF85mmf/1.4D、F6.3、1/15s、ISO400、-1.00EV

葬的理由。卓玛是个例外，或者说是上天注定，我拍了，也刻意地避免了直观的血淋淋的镜头。但一切都那么清晰，以至于到现在也没有力量再重新看一遍那些画面。什么时候心里能释然，能坦荡地面对那些镜头呢，不知道。

从天葬台回来，笔记本电脑开始出现一些小故障：USB接口的问题，复刻光盘的问题，电源连线的问题，等等，以前从来没有过的。后来旅行结束回家，家里一位亲戚的生活发生了严重的变故，是位女性。相信因果的我偶尔有些迷信，也许仅仅是巧合。

一年以后在北京的家里，又一个情人节临近，呆呆地坐在沙发上，不知咋的就想起了逝去的卓玛和她的小女儿，一个旋律在我的耳畔悠悠响起：

我的阿姐从小不会说话/在我记事的那年离开了家/从此我就天天天天地想阿姐啊/一直想到阿姐那样大/我突然间懂得了她/从此我就天天天天地找阿姐啊/玛尼堆前坐着一位老人/反反覆覆念着一句话/唵嘛呢叭咪吽唵嘛呢叭咪吽/唵嘛呢叭咪吽唵嘛呢叭咪吽/我的阿姐从小不会说话/在我记事的那年离开了家/从此我就天天天天地想阿姐啊/一直想到阿姐那样大/我突然间懂得了她/从此我就天天天天地找阿姐啊/天边传来阵阵鼓声/那是阿姐对我说话/唵嘛呢叭咪吽唵嘛呢叭咪吽

在歌声中，卓玛幻化成了阿姐，外婆是玛尼堆前的老人，卓玛的女儿会等着阿妈回来吗？也许外婆会告诉她关于阿妈的事情。小卓玛会长大，有一天她会懂得阿妈。而我，没有办法阻止眼泪。

下面，我必须说说自己对天葬的再认识。

关于天葬，我曾经和很多人一样，以为人死后躯体喂食兀鹫，是为了灵魂随兀鹫去往天国，但深入了解藏传佛教后，才发觉这个认识是片面的。

从传统的角度看，天葬风俗与佛教教义十分吻合，是与佛教的发展息息相关的一种藏俗。行天葬是最高境界的施舍，在佛教中，布施是信徒的标志之一，它直接关系到信徒未来能否得道成佛，而布施的最高境界是施舍。

按照佛教教义，人死以后，灵魂便离开肉体进入新的轮回，而肉体只像一件衣服一样再无用处。但死后将尸体喂鹰，又算是人生的最后一次行善，作为布施施舍给其他生

NIKON D300、AF50mmf/1.4D、F2、1/80s、ISO640、-1.00EV、利用汽车灯光补光

物也算是发挥了其最后的作用。天葬就是一种最彻底的施舍，而并不是死者要借鹰的翅膀把灵魂带上天界。

在藏族的丧葬文化中，灵魂和躯体是两个各自独立存在的概念，无论是藏族原始宗教（苯教）对死亡的认识或者藏传佛教对死亡的解释，都是把灵魂和躯体截然地分开，天葬这种丧葬方式把尸体喂鹰，只不过是这个死者的最后一次施舍，灵魂已经离开了的躯壳，让它喂鹰就是发最后的一次慈悲。将自己的肉体奉献给天葬台上的兀鹫和那些无形的生灵，从而在此生的最后做了一件有功德的事情。藏族的丧葬习俗与藏族人的生活密切相关，天葬里有佛的慈悲、爱心、利众、施舍的观念在里面，应该肯定的是它们都受到宗教的深刻影响，共性很多，人们对死的观念也几乎是一致的．正因为佛教的慈悲之心在天葬得到充分的体现，所以这也是绝大多数的藏族人选择这一葬仪的原因。

看过这些后，我想我们会对天葬心生敬意。

从天葬这种最坦荡的仪式，我想起城里人倡导的低碳和环保，然后想起了火葬场的浓烟，还有像房价一样飙升的墓地价格，很不低碳，很浪费资源，很不环保。人这辈子能留下什么呢，如果你我真有灵魂，你想它会憋屈在那个冰冷的水泥坑洞里吗？人的名声是留在思想、文化中的，是留在亲人的记忆中的，我们虽然不会搭兀鹫的便车，但把灵魂化在风里、海里、山里多好。最后我还想给大家推荐一本著名的书，《西藏生死书》（索甲仁波切著，郑振煌译），相信大家看过后会很有裨益。

第五节　被决定性瞬间

青藏高原有一种特有的雕，学名叫胡兀鹫，藏语称“果忽”，在藏地旅行的时候经常可以看到。此雕非常警觉，大多数的时候都盘旋在空中，可达数小时之久，偶尔落地也是片刻即飞。胡兀鹫经常吞吃整块的骨头，以消化能力超强著称。遇见巨大不能直接吞食的骨头，它会抓起骨头飞向高空，然后把骨头扔在地上摔碎后食用。我一直想近距离观察并拍摄它，尤感其头部的浓黑眉羽颇有些神秘。

但凡比较喜欢摄影的人应该都知道五个伟大的字眼——“决定性瞬间”，这是布列松老师的经典语录。其定义为：在生活中发生的每一个事件里，都有一个决定性时刻，这个时刻来临时，环境中的元素会排列成最具意义的几何形态，摄影师必须抓住这一瞬间。

但布老师没有告诉我们当决定性瞬间来临时，摄影师手里如果没有相机的时刻又该如何定义，“藐视决定性瞬间”或者“绝望的决定性瞬间”？无论如何，这都绝对是一个相当痛苦的理论，我曾经在半小时内学习过两次。

那是一个拥有金色阳光的傍晚，我站在亚青神山之巅拍摄落日余晖中的半岛之心，相机架在三脚架上，用广角镜头拍完全景，想换支80—200的望远变焦镜头变换构图拍摄。返回五米外车中取出镜头，回来走到一半时眼前出现了蒙太奇景象：几米外一只胡兀鹫迎着阳光，自东向西在我面前横向掠过神山断崖，飞行轨迹略高于崖边。

它本就是极擅滑翔的大鸟，从容不迫且慢而舒展，高原的金色阳光打造了极佳的视觉光线，能看清它凝望我的眼睛和每根羽毛，巨翅前缘划过迎面而来的劲风发出锋利的“嗞嗞”声，利爪中的白骨闪耀着清晰的磷光，而数百米外的背景是那颗巨大的觉姆之心。

我在惊憾中怔在原地，相机装在三脚架上，我站在离相机两米远的地方，相机距神雕大约三米多远，三点肯定成为了一条直线，但一切都不在点儿上。那一刻我一定是接近窒息了，绝无仅有的决定性瞬间就这样来了又离去，可悲的是我和我的相机，都成为几何元素之一被排列在画面中了，或者可以理解为：我被决定性瞬间了。

一个摄影师的人生中最遗憾

▶ NIKON D300、AF50mmf/1.4D、F2.5、1/500s、ISO200

的事情莫过于此，如果上天再给我一次机会，不需要一万年，我只要1/500秒。之后，被决定性瞬间的我已然没有任何继续拍摄的欲望，脑子里不断冒出各种乱七八糟的理由来为自己开脱。然而伟大的上天很快就给了我第二次机会，大约20分钟后，那只神雕又一次光临，这次的飞行轨迹稍高于上一次，但也属于绝佳了。只是沉浸在巨大哀怨中的我仍然毫无准备，眼睁睁地看着神雕再度离去，我甚至看到了雕目中流露出的失望。摄影师最痛苦的事情,在20分钟内两度降临在一个人身上。唉，如果布老师站在身后多好，一脚把我踹下山去得了，那也算个决定性瞬间，他肯定不会失手。

痛定思痛，看着腕表暗自思量：这只雕在短时间内两次飞临同一地点，也许是一种规律，它有可能在每天的这一时刻出现。也许我还有救，于是立刻拎起相机等待神雕的再次光临，可惜的是，直到夜色降临它也没有出现。

接下来的几天我开始了等待神雕却没有侠侣的日子，每天傍晚站在亚青河谷风最大的断崖上，像根木头一样孤零零地矗着等那只雕。掠过断崖的劲风一刻不停，风力在五六级至七八级之间飘忽不定。在那样凛冽的寒风中站上30分钟就必须躲避一下，近旁有个觉姆闭关修行后废弃的土坑，尽管只有半米多深，但风要小一些。第一天等待两个小时一无所获，晚上钻进睡袋，冰冷的身体到了后半夜都依然没有温暖过来，左小臂因为长时间端着镜头也僵直疼痛。

第六节　神雕奇缘

很快两天过去了，绝大部分时间里，神雕作为一个黑点出现在遥不可及的天空，另一些时候会在东南侧的山间盘旋，只有成群的像抹了黑鞋油一样的巨鸦在山崖前闪亮地飞舞。如果三天过去依然拍不到它，我就准备放弃。

第三天中午，自己在呷绒旅店炒了鸡蛋，美美地吃了四个馒头。然后穿越河谷草原去7公里外的河边泡温泉。

泡温泉回来，比以往提前抵达拍摄点。到车后座取相机的时候犯了犹豫，是用AF-S300mm f/4D定焦镜头还是用AF 80-200mmf/2.8D的变焦镜头，考虑到需要手持拍摄，并要展现尽可能多的背景，而且面对突然变化变焦镜头会更方便一些，于是把尼克尔AF 80-200mmf/2.8D安装在D300上。设定连续追踪对焦、高速连拍、光圈F5.6、ISO400、RAW+JPEG存储格式等一系列程式，反复检查了几遍，所有能看到的设定都是准确无误的，甚至把从来不变的中心单点对焦都调成5点。但我似乎总觉着哪里存在问题，毕竟有句话像摄影的魔咒一样如影随形，“无论你如何准备，总有出错的时候”。

一切来得超乎意料之快!

站在三天前的伤心之地，把焦距推到200毫米端，预设好焦点，准备在第一时间用AF咬住出现的目标。刚刚准备就绪，在我的正东方，一个伸展成线状的褐色身影在上升的气流中静静地飘来，庞大安静如悬浮在空中的巡洋舰，100米、50米、30米，取景框中神雕的身形越来越大，丝毫没有在意我的存在，笔直的航线直达我头顶。

由远及近，我阶段性地按动快门连拍，尼康的连续追踪系统精确地追随着目标，当神雕进入最后的十几米范围内，决定性瞬间再次神奇降临。右手食指不再点动，死按住快门钮持续释放，但激动之余隐隐觉得快门声音有些不正常，只是电光火石之间早已无暇顾及。

说时迟那时快，神雕已飘临至我百会穴上空，血贯瞳仁之际发现画面早已爆框了，只见那雕略感诧异地歪头看了我一眼，似乎在说：这个世界是属于偏执狂的，我看好你哟。它的眼神犀利异常，腹下还抓着一截白骨，那是它带回家的晚餐。

最后一声快门响过，我甚至来不及转身看神雕离去的背影，这个只能怨自己小时候没有学过体操，否则继续向后弯腰还能有再拍一张的机会。

激动地站在山顶看液晶屏幕回放，最后两张特写让我产生了骂人的冲动，实在是太近太锐利了，这个决定性瞬间实在是决定幸福与否的瞬间。顺手查看了拍摄数据，瞟见一个数字：14bit。

我咬着下嘴唇原地转了两圈，那个总会出错的魔咒终于有答案了。

尼康D300的最快连拍速度是6张/秒，但这是RAW格式设定为12bit时实现的，如果设定为14bit，则连拍速度下降至2.5张/秒。我在昨天拍摄一些静态场景时，用的是14bit格式，忘记调整回来了，这正是刚刚拍摄时感觉快门又涩又慢的原因。回放整个拍摄过程，至少漏拍了十张。继续抓狂。

不过，时隔半年多后这个疙瘩终于解开了。那是在北方草原继续拍摄牛仔专题时，烈马冲过河滩迎面疾驰，D300高速连拍十余张后，快门完全没有反应了，我看着最后的画面从身边飘过有些发懵，相机还从没坏过呀，怎么回事?

定睛观察，机背的存储显示灯一直亮着，是JPEG+RAW格式下高速连拍导致缓存不够，文件存储发生堵车了。当时立刻就忆起拍摄亚青神雕那一幕，如果从看见神雕出现就连拍，到最后关键时刻，很有可能因数据堵塞而无法拍摄，从而再次望雕兴叹，经历第三次“被决定性瞬间”的悲惨现实。还是老祖宗说得好，“塞翁失马，焉知非福”。有人说缘分妙不可言，现在看，有些错误也妙不可言呀。现在，每拍到自己满意的瞬间都会觉得与自己无关，和摄影技巧、器材等没有关系，好瞬间与幸运有关，是老天给的机会。

连续三天在山巅玉树临风，高潮过后是高烧，我拍到了神雕优雅的风度，但它带走

亚青的神雕，尽管付出了连续等待三天外加一场高烧的代价，但这个爆框的瞬间弥补了所有的遗憾。裸骨是胡兀鹫的主要食物，鹰爪中紧抓的白骨是它的晚餐，鹰巢中可能还有雏雕在等待它归来，因为冬季是胡兀鹫的繁殖期。这种鸟惊人地长寿，寿命可达40年之久。NIKON D300、AF80-200mmf/2.8D NEW、F5.6、1/1000s、ISO400、-0.33EV、14bit、AF-C对焦模式

了我的温度，这是我在藏地旅行中第一次真正地发高烧。从山上下来那晚就预感不妙，整夜都觉得浑身发冷，挨到第二天中午，昏昏沉沉地到呷绒旅店给保温杯灌满了热水，回到车里吃药并猛喝热水，钻进能在零下30度使用的羽绒睡袋后身体依然感觉很冷，把能盖的东西全都盖上，我要用自己的方法迅速退烧，否则后果难料。再次醒来已是24小时之后，睡袋像从水里捞出来一样湿，尽管疲惫不堪，但高烧终于退去。后来，呷绒旅店老板的三女儿告诉我，一整天没见到我很不放心，曾到车边看了好几次，看我一直在睡觉，没有叫醒我。被人关心的感觉很美妙。

取得阶段性胜利后，为了拍到有背景的胡兀鹫照片，我在呷绒旅店要了块牦牛骨，刚剔掉肉的骨头上还有红色的细肉丝。我另找了块石头和骨头捆绑在一起，这样可以使胡兀鹫多在地上耽误些时间，不会抓了骨头就飞走，能多拍几个镜头——这种大鸟会花费极多的时间飘在天上，对地面则很吝啬。但那个下午，我在车里伪装好后，不知不觉睡着了，等再睁眼，连骨头带石块都不见了。四下寻找，发现一只臭狗正在不远处津津有味地啃着那骨头，完全是左手叉右手刀的西餐架势，我顿时火冒三丈，拎了打狗棒下车就追。后来我想，老天已经够照顾我了，就别太奢求了。追拍没有侠侣的神雕就告一段落了。

第七节　亚青的年三十与元宵节

到亚青的第三天就是春节，这也是我连续第二年在藏地孤旅中过年。

阿秋喇嘛的院子后面有一家客栈叫呷绒旅店，可以提供餐饮和住宿。尽管我一直住在自己的车里，但每日的正餐还是要到呷绒来解决。呷绒旅店门外有自来水，是寺里安装的，极大地方便了远离河流居住的众生用水。水管被砖墙围护着，夜晚会在里面塞满炙热的灰炭，即使酷寒的天气也不会断水。

呷绒旅店也算是个家族式企业，索巴南江大叔和老伴带着六个子女外加大女婿经营着这份产业。大叔老家在囊谦，后来全家搬到结古镇。因为爱囊谦的缘故，我心里把大叔一家看作半个老乡。

大儿子格莱、二女儿才旺卓玛能说汉语，和我交流比较多。才旺卓玛有着不凡的经历，曾经孤身到印度修习佛教6年之久，气质沉静而从容，但她骨子里的幽默和机智也时常冒出火花。有天晚上才旺卓玛正在给客人炒菜，家里的柴油发电机发生故障无法供电，我掏出手电给她照明，手电的电路由于接触不良时亮时灭，才旺卓玛扒拉菜的同时很严肃地看了我一眼："你的手电也高原反应了吗？"

小儿子吾金求佛为我提供了一个深具价值的线索，亚青寺附近有温泉可以洗澡。听到这个消息后顿感周身瘙痒难忍，从德格出来后一路经八帮寺、宗萨寺、麦宿、白玉到达亚青，还没洗过澡呢。在达那寺泡过朗波切尼这样的绝品野温泉后，对泡温泉有些上瘾了。

开车从亚青半岛南侧绕行觉姆区，然后穿过平坦的河谷平原，向西北方向的河谷前行，经过一个刻玛尼石的地方，就能看见河边的茶尼卡温泉了。从喇嘛的院子算起大概有7公里。

把车停在河岸旁的高地，换了泳裤裹上军大衣再拎着要换洗的衣物，我向温泉走去。河边有两处泉眼，一个被砌成长方形的水泥池子供男性使用，稍远处的另一个则依巨石之势做成半封闭状态供女性使用。来此泡温泉的人基本上是洗澡、洗衣服、刷鞋一并搞定。呷绒旅店也会定期过来，但动静要大得多，会开一辆货车把发电机、洗衣机、所有换洗衣服、被单都运过来，简直就是一场爱国卫生运动。

离温泉池还有数米的时候，池中三个年轻僧人主动和我打招呼，像是对相识多年的老友一样。我微笑致意，但实在是想不起相识何处。这时，中间的僧人扬起双臂响亮地击了一掌，然后右手掌在滑行中戛然而止，明确无误地指向我。如此干净漂亮的辩经动作——哈哈，八邦寺，一定是八邦寺的僧人。数日前我在德格八邦寺佛学院学习辩经动作的热闹场面又浮现在眼前。

“八邦寺”三个字脱口而出的同时我也回敬了相同的动作，三个僧人对我潇洒依旧的辩经姿态哈哈大笑，不住点头。他们分别是：24岁的桑珠，23岁的才仁，21岁的完多。我向他们提及达那寺的堪布，桑珠说认识，堪布是他的学长。闻此言不由得感慨，我在他乡遇到他乡的故知了。如此偏僻的河谷，浮云游子的暖意，天涯何处不逢君的感叹，四海之内皆兄弟的豪情，都偶遇在这小小的四方的温泉池里了。

如果天上盘旋的兀鹫能变成信鸽，我一定托它把这个消息告诉堪布。

八邦寺僧人的高素质即使在洗澡的时候也能体现出来。我洗头、洗衣服的时候，用脸盆盛了水在池子的水泥边沿洗，脏水到在外面，这样可以保持温泉水的清澈。桑珠看到后，也借用我的脸盆这样做，他的伙伴们也学着他的样子。其实，即使他们不这样做我也没意见，出门在外的时间长了，适应性早锻炼出来了，但桑珠这样做确实令人感到非常舒服。旁边不远的那眼温泉也有几个人在洗澡，鞋、衣物等泡了一池子，纵使我适应性再强，也真是不敢跳进那浑黑的水里。

每天午后，亚青都会迎来大风，荡起的烟尘几乎包裹了大经棚。NIKON D300、AF50mmf/1.4D、F5.6、1/640s、ISO100

背水的觉姆，阿秋喇嘛就住在远方的红山脚下，画面右侧那幢金顶白墙建筑即是。NIKON D300、AF50mmf/1.4D、F5.6、1/640s、ISO100、−0.33EV

我在亚青的第一道大餐是年夜饭。

年三十那天中午，大叔一家邀请我和他们一起吃年夜饭。真是意外又温馨的新年礼物，觉着自己来亚青就是寻找远方的亲戚来了，就像小时候去乡下的姥姥家过年一样。对于身处僻静的亚青而言，年夜饭算是很丰盛了，有好几样炒菜，还有炖鸡。没有包饺子、

一位觉姆走过亚青河畔，远处的小阿卡正在冰面上摔打僧袍。很多藏族朋友都喜欢这样清洗厚藏袍，尤其是刚下过雪后，雪屑可以有效清理粘在藏袍皮毛上的灰尘，我将其命名为“藏式干洗”。 NIKON D300、AF50mmf/1.4D、F5.6、1/200s、ISO200

放鞭炮，当然也没有春晚。席间的话题基本以囊谦为主，看得出来，大叔对自己的家乡很有感情，而子女们则更喜欢后来搬迁到的玉树结古镇。他们告诉我，或许再干一两年，就要回结古了，计划再开一家小饭店。

我端着年夜饭，暗自许下一个小小的心愿：希望呷绒旅店的生意红红火火，也许这样，大叔一家就能安心地留在亚青了。而我肯定还要再次回到亚青寺，因为我喜欢来自囊谦的一家人。

这个心愿或许有些自私吧。实际上看，呷绒旅店在亚青还只此一家，没有竞争对手，回到结古镇开店，能不能火过亚青还真未知。效益与乡情哪个重要不好说，但亚青如今是信徒心中的殊胜之地，即使离开却也难免会忆起亚青，毕竟“风景旧曾谙”。

情人节那天为故去的卓玛转完经，我和呷绒旅店的孩子们一起爬到神山上，早就答应为他们拍照了，刚好那时候八关斋戒，下午生意也不忙，就一起来个超短途郊游。那是一段快乐的时光，格莱兄妹们就像喜剧演员，在镜头前摆出各种造型。最具表演天赋的是小女儿美嘎，即使在平日做饭择菜的时候，她手里挥舞两棵莴笋也能摆出若干个Pose，把大家逗得前仰后合，自己也笑得东倒西歪。

如果你在呷绒旅店附近的街上遇见一个托着座机电话满口叽里呱啦外语边走边

聊，即使身后开来一辆东风大卡车也浑然不觉的觉姆，那八成就是阿若姐姐。其实应该说是十成，因为汉语、英语、藏语都能说得那么溜的人在亚青实在是非阿若姐莫属。不过我和阿若姐的相识却是打出来的。

到亚青第一天的晚上，我背着摄影包拎着三脚架来到大经棚，小心地穿行在暗影中，僧人们都友善地微笑致意。绕至东北角时，有个声音从身旁响起："这里不让拍照。"说话的人正是阿若姐姐。

我笑着冲她摊开双手，意思是手里没有相机。但阿若姐继续警告我："在这里拍照必须要得到寺管会的允许。"我"哦"了一声没再言语，但听她的口音像是汉地人，就蹲下来笑着问道："您会说汉语呀，老家在哪里？"

我站在吊索桥上打了声招呼，在河边洗衣的觉姆抬头观望。河水冰冷刺骨，还好橡胶手套已成为洗衣的标准配置。NIKON D300、AF50mmf/1.4D、F5.6、1/500s、ISO100、－0.33EV

阿若姐姐冷若冰霜："我从哪里来与你无关。"

本来刚刚就有些强颜欢笑的意思，肚子里的小火苗还不旺，但阿若姐又扔了颗手雷进去，瞬间引爆了我按捺着的脾气。我"腾"的一下站了起来，气呼呼地反击："我今天才到亚青，遇见的藏族朋友都很友善，为什么只有你是这样的态度，莫名其妙。"然后就离开了经棚，整个晚上都受这件事情影响，情绪不佳，甚至第二天在日记本上写下这样一句：昨晚在经棚遇到一事儿妈觉姆。

我发现人在旅途中漂久了，心情会变得不易觉察的脆弱，好几个月都在路上，孤零零孑然一身，什么事情都要考虑周全，时间久了身体的疲惫和内心的孤独就开始默默滋生，尤其是每天太阳落山至晚上睡觉前的几个小时，是最孤独的一段，而这样的境况最怕遭受意外打击。

第二天下午，我计划从觉姆之心西侧的吊桥进入女众区拍摄，那时候女众区和外界的通道只有两条，东边有座能通车的桥，但比较远要绕行，走的人少，西侧这桥正好相反，每日过桥的人络绎不绝，尤其上午或傍晚，桥上永远是川流不息的红潮，那是出行或归来的僧众们。

NIKON D300、AF50mmf/1.4D、F5、1/1250s、ISO100、−0.33EV

接近桥头的时候忽然有人叫我："居士你好！"循声望去居然是阿若姐，她红着脸笑道："居士，昨天你肯定是误会我了，我的意思是你要拍照的话先跟寺里打个招呼就可以了，我真的没想影响你的心情，让你那么不高兴，真对不起。"

人潮中面对阿若姐的坦诚，我双手合十都不知道说啥好了，连藏语都冒出来了："谢谢您特意和我解释，没关系的，卡卓卡卓。"

我忍不住回头，看着阿若姐消失在熙攘的人群中。高原的晚风渐冷，但我只觉着暖。而阿若姐一直没有回头，因为她放下了，我也放下了，而且开心之极。后来经常能见到她，毕竟都在亚青生活，低头不见抬头见。有时去神山会在山脚下瞧见她，每次她都是抱着无绳电话座机神采飞扬地大秀"鸟语"，我走到她身边打招呼她居然都没反应，完全忘我，完全旁若无人。有一次格拉陈带我去她家做客，我问她："最近咋没见到阿若姐打电话呀？"阿若姐大笑："没有钱交电话费喽。"

阿若姐是湖南人，世代书香门第，精通汉、英、藏三种语言，曾在拉萨生活工作十多年。在汉地时她已经是居士了，所以法名还是汉地师父给起的，其中有个若字，所以我在本文中称其为阿若姐。在亚青，阿若姐和80岁的母亲一起生活，这些年都是这样，她走到哪里都带着母亲，母亲也是居士。与其他修行者一样，母女俩的生活非常清苦。那天我在呷绒旅店买了几个炒菜带过去，她家的午饭极其简单，可能也仅够阿若姐和母

NIKON D300、AF50mmf/1.4D、F4、1/100s、ISO320、-1.00EV

亲吃的。

正月十五过得不仅奢侈，还足够开心。这要感谢清和她的两位朋友，她们是来自汉地的出家人，睿智且幽默，虽然有正式的法名，但在朋友间则互称为莺莺燕燕，因为她们原来的名字分别有莺、燕这两个字。二人在亚青的修行已超过五年。

来自天府之国的莺、燕在清的家里展示了出众的厨艺，端上来的四菜一汤是我旅途中最可口的一餐。那顿饭加下午茶用了三个小时，头一个半小时聊各种有趣的事情，我相信自己在90分钟内说的话超过了之前两个月的总和。后一个半小时喝茶，话题开始郑重起来，她们仨开始探讨佛法与修行，我安静倾听之余，也提一些自己的看法。这个时候我能感受到莺和燕的智慧，将佛法与自己的修行体验结合在一起，所讲见解深入浅出且很有道理。

三个人对数年前的亚青充满怀念。那时候亚青的修行者远没有现在这样多，每家的院子都足够大，别墅级的。草地开满了野花，莺和燕的修行日子过得有滋有味，修习经文之余，品着咖啡听风看山，灵魂与身体都安放在美好之地。清如今在狭窄的院子里晾衣服时总是怀念当初的那种宽敞，那时花不多的钱就可以置办个大院子，院里是“落霞与孤鹜齐飞”，院外是“秋水共长天一色”。好个亚青！

随着修行者的不断涌入，亚青变成了一座城。觉姆之心在扩大也在收缩，扩大的是体积，收缩的是距离。如今的亚青住房紧张，就像宽敞的郊区农家大院变成了北京城里拥挤的大杂院，再也看不到摇曳的野花了。与此相对，房子缩小了但房价却翻了十多倍，地少人多也让亚青步入了寸土寸金的时代。

亚青河谷，沧海桑田。

▶ NIKON D300、AF50mmf/1.4D、F4、1/125s、ISO320、-1.00EV

NIKON D300、AF50mmf/1.4D、F4.5、1/320s、ISO100

NIKON D300、AF50mmf/1.4D、F5.6、1/500s、ISO100、-0.33EV

后　续

2008年3月，我离开亚青在暴雪中重归色达，山谷中，漆黑的风雪之夜有神坛明亮的灯光引路。

2011年8月，我在博客上看到好友女竹的留言，才知道阿秋喇嘛已然在7月圆寂。不知道该如何描述自己的心情，一直是计划重返亚青的，但此去经年，那种巨大的感召力尚在否？无论是在佛祖所言的末法时代还是在世风缺失的今天，无论你是否身为佛教徒，都会感到大成就者的远去是沉重的损失。寂静涅槃，大成就者不常有，但总会有，这是信心。总会再回亚青的，转喇嘛的灵塔，还有301支转经筒。

在别人近期拍摄的亚青照片里，男众区的大经堂已经竣工投入使用，而亚青河上又架起一座新桥，依旧会有无数的修行者走过。算起来，亚青河上已经有三座桥了。

现在知道，朱哲琴还有一首歌《卓玛的卓玛》。

我想着，再去亚青。

第三章

悲情藏獒无情狼

▶ 当我向扎西大叔家的院子靠近时，草丛中突然立起一头金色的藏獒，这是我和泰格的第一次会面。NIKON D200、AF80-200mmf/2.8D ED NEW、F5、1/160s、ISO200

狼是一种传奇的动物，我一直保持着对它们的兴趣与关注。1998年夏季，我去呼伦贝尔草原是为了看两只狼仔，回来的时候被嫩江洪水困在火车里。2005年秋，我到中蒙边界地带寻找草原狼，这也是我正式探秘草原狼的开始。机缘巧合，第一次边界之旅就认识了蒙古族老猎人，从而有了现实版的狼夹与狼的故事。但在内蒙草原，狼神出鬼没如幽灵，寻找它们是相当困难的事情。于是在2006年8月，我来到青海玉树草原，想把野狼专题继续下去，因为青藏高原的狼要比内蒙古草原的狼更容易发现。没想到的是，第一次高原寻狼之旅却遇见了狼的对手——藏獒，而且是一只带有悲情色彩的藏獒。

本文讲述的就是藏獒与狼的故事，它们既不是童话也不是小说，都是我的亲身经历。在我的旅行中，动物始终是不可或缺的兴趣点。这两种动物也曾因为两本热销小说而引起世人广泛的关注，甚至引发了狼性、獒性、人性的思考与辩论。在本文中，它们各自的故事构成了两个独立的专题：“悲情藏獒”与“狼咒——中蒙边界寻狼记”。不过我也曾犹豫，这是一本关于深度藏地旅行的书，加入内蒙古草原狼的章节是否合适，但为了更好地讲述二者的故事，让关注两种动物的读者多少了解一些现实版的狼与藏獒，我还是决定把青藏高原的藏獒和内蒙古草原的狼放在了一个大的故事结构里。其实要说起来，我在高原旅行中遇到并拍摄过的狼，比在内蒙古草原要多得多，只是限于语言交流等问题，高原狼与人的故事还无法展开。但此情可待，来日方长。

第一节　偶　遇

跨出扎西大叔家的院门，巴塘草原漆黑一片，这个夜晚没有月光，只有河水流淌的声音。我掏出头灯，有些忐忑地寻找着一个家伙。微弱的灯光中，茂密的长草丛迷幻般随风摇弋，蓦然间，一对红彤彤的亮点在西北方的深草中抬起，我径直走了过去：“嘿，泰格，原来你在这里。”

泰格趴在草丛中，伸过鼻子嗅我的脚踝，大尾巴扫着身后的草，我蹲下来把手放在它的头顶，轻抚它粗硬的颈毛。泰格的头部平坦，颈部宽阔而有力，当我的手滑到靠近肩胛部位时，那种平阔厚重的感觉犹如山脊一般，这是一只健壮的玉树草原虎獒。

泰格温柔地吃着我手里的肉食，湿润温暖的舌头也有薄薄一层倒刺样的东西，像砂纸一样摩擦着我的手心，很是舒服，我关了头灯，黑暗中和它相依而坐。8月的夜风冷冷地掠过巴塘草原，那种感受有些特别，一只威震雪域、以凶猛博得江湖如山名号的藏獒就这样卧在身边，和我一起守望高原之夜，而我们相识不过半天时间。坦率地说，我

觉得自己的胆子有些莫名其妙地变大了，居然敢在这种条件下和传说中狂暴如雷的藏獒在一起，而且还没被撕碎，相反在藏獒的地盘，我有超出以往的从容，要知道我一直是对大型猛犬非常戒备的。

与泰格相遇纯属是个意外，尽管2006年的时候藏獒在国内火爆到顶峰，但我到玉树草原来和藏獒没有关系，我寻找的目标是另一种犬科动物——草原狼，从这个意义上讲，我找的是藏獒的对手。

那日下午，我被迫在玉树草原深处一条险峻的山谷里停了下来，路越来越窄，山道上散布着滚落的巨石，山势愈发狰狞恐怖，我的嗅觉让我对继续深入感到有些不安，于是返回。驶出河谷，沿河的西岸顺山而行，经过一个山坡后，忽然发现距河边几百米处有一户人家，几间房屋，土石围成的院落，院子里的牧草异常茂密。

来时我曾走错过路，所以这一带仅有的几户牧民院落我都清楚，但这个院子却是刚看到。它在河西侧的山坡上，离其他牧民家有很远的距离，所以显得异常安静，没有烟火，甚至没有狗叫。

驱车从山坡上径直过去，院子周围的草长得非常好，不像周围其他牧场被大群的牛羊把草啃得矮矮的。我小心翼翼地驾车靠近，避免做一个很突然的闯入者，牧民家里都养着狗，激怒那些狂躁的狗，很容易造成紧张局面。

等待护院狗先发现我，然后主人闻讯出来，我再下车，这已经成为了一套固定程序。但这次很特别，四下一片寂静，甚至安静得让人心生忐忑。在我认为的安全底线停住，不能再靠近了，需要看看到底是什么情况，而几乎就在同时，在前方七八米距离的草丛中，突然立起一个身影。

那是一只通体金黄的大狗，这是我的瞬间感觉，但很快就意识到要换一种称呼了，因为这只金色的大狗很像是传说中的藏獒。其实在此之前，我很少在现实中见到真正的藏獒，但在网络或报刊上看了很多名獒的图片，也曾慕名到藏獒展上观摩过，对这种被传得神乎其神的猛犬是有兴趣的，所以进入青海以后我就一直注意遇到的各种犬类，想找到藏獒。但很可惜，此行只在玛多的鄂陵湖畔见到一只带有獒样的一岁雄狗，在青海湖鸟岛附近牧场也见到一只，但这两只我认为充其量只能算是有獒的血统，不是真正的藏獒。

但这次完全不同，面前这只狗的气势和体型与之前遇到的藏狗都不一样。这只狗的头部硕大宽阔，双唇下垂，脖颈粗壮，叫声浑厚，更重要的是，迎着临近傍晚的阳光，它停止吼叫低头逼视我的目光，让我立刻就想起了非洲草原上的狮子，还有我曾拍摄过的东北虎，配以它那厚重的头颅和深沉的表情，这不是一只藏狗能装得出来的，这是属于獒的神态。

初步判断后，立刻从副驾座椅抄起相机，以打开的车门做掩护，拍摄眼前的藏獒。内心不禁激动起来，没有找到野狼，但遇到了藏獒，而且是一只金色的虎獒。

透过长焦镜头看清这是一只自由的藏獒，没有绳索的束缚，但奇怪的是它始终没有扑过来，而是一直蹲在草丛中，联想到之前它行进的姿态，我不禁产生一个疑问：或许这只藏獒行动有障碍？因为传说中的藏獒都是异常凶猛的，攻击性极强，而眼前这只虎獒似乎没有发动攻击的意思，只是不停地向着河的方向叫唤，但目光始终不离我的左右。

继续观察，我明白了问题所在，这只虎獒确实是有行动障碍，它的四肢下端是畸形的，两个前肢能勉强支撑起身体，但后肢完全无法站立，只能靠前肢的力量拖地而行。但同时我也发现了另一个问题，这只虎獒的眼神里始终笼罩着一层深邃的忧郁，这种忧郁甚至冲淡了藏獒所拥有的凶猛。确定这是一只不寻常的藏獒后，我想了解它的愿望战胜了恐惧。

就在这时，一个藏族大叔从河边顺山坡走了过来，他就是藏獒的主人扎西大叔。大叔会说些汉语，虽然有些词语我要说好几遍大叔才能听懂，但不影响我们的交流，尤其是对这只虎獒，我的一个手势和表情通常就能引来大叔会心的微笑，表达到兴奋处，大叔会哈哈大笑，这是一个令人喜爱和尊敬的老人。

能感觉到大叔对虎獒是非常怜爱的，看我不停地对虎獒竖起拇指表示赞赏，大叔非常高兴。我问獒腿的残疾是怎么回事，大叔走到虎獒面前，虎獒兴奋地摇着尾巴，扫得地上草叶横飞。大叔用手抚着虎獒的残腿，说这只獒生下来时是健全的，但三个月后四肢开始畸形。我问是遗传的原因吗，大叔说它的妈妈正常，但父亲也有些跛脚。我心里非常遗憾，这么好的一只獒却成为残疾，太不幸了。

扎西大叔说起獒的问题也有些黯然，但老人是开朗的，他说如果这只獒没有残疾，你绝对不会在这里遇见它。我问为什么，大叔说它肯定被人买走了，至少要卖几十万。我听了心里咯噔一下，刚刚还以为自己遇到了草原上纯粹自然的藏獒呢，看来那是自己一厢情愿的想法。在藏獒经济的驱动下，人数众多的狗贩子们把藏区草原已经不知梳理了多少遍了，哪里还轮得到我来猎奇呀，何况，这里离结古镇并不算远。

大叔的家有三间正房，这个季节只有大叔一人在家。院子南墙下是一排狗舍，空荡荡的，大叔说有两只非常棒的母獒跟小儿子到深山里的夏季牧场放牧去了，9月初会回来，说我可以那时候过来，看看那两只母獒，其中有这只虎獒的妈妈。

这一刻我很感激泰格，它在距我半米的距离之内安然入梦，只有对彼此信任的朋友才会这样。

NIKON D200、AF20mmf/2.8D 、F4、1/40s、ISO400

东厢房是大叔的房子，西屋是儿女们回家时住的地方，小儿子一家从夏季牧场回来过冬也住这里。在西屋的门框上方挂着一个大镜框，有几只不同颜色的藏獒被印在同一幅画里，大叔指着中间那只黑色的面相很古老的铁包金藏獒说，这是女儿、女婿的獒场养的，去年卖了100多万，而当初从草原牧民手里收购时才花了几万。我听惯了动辄几百万求一獒的故事，但对眼前这种巨大的差价还是有些吃惊。

大叔家的生活水平确实不低，锅里是大块的牛肉、白面馒头，柜上是彩电和VCD机。老人喂獒的食物是满满一锅白色的牛油脂肪，里面掺着牛肉骨头，我知道这种伙食标准不是一般的草原牧民能承受得起的。大叔看出我的想法，说："在草原上，如果你的家里有一只好藏獒，你却不给它喂好的食物，人家会说你的脑子有毛病。"

我问这些牛肉和牛油平日怎样储存，大叔说女儿的獒场在结古镇，场里有冷库。看来大叔家的獒产业链已经形成了，有强大的经济支持，獒的伙食才能这么好。但无论如何，我对老人是肃然起敬的，对一只残疾的已经卖不出大价钱的藏獒，老人没有一点儿嫌弃，怜爱且无微不至地喂养，这是一个真正藏族汉子的本色。

扎西大叔60岁了，身体硬朗结实，膝下有九个子女，三男六女，老伴已经去世了。我在心中对故去的大妈默默悼念了一下，因为在草原久了，我非常了解，无论是蒙古族还是藏族，妇女们在日常生活中是异常辛劳的，做饭、洗衣、背水、挤奶、照顾孩子、牧群等等活计，从早忙到晚，从春忙到冬，而大叔家有九个孩子，生活的艰辛可想而知。

后来，在2007年1月，我又来此看望大叔，正巧大叔的二儿子、小儿子都在家，提起以前的生活，二儿子啧啧感叹，小时候生活非常艰苦，没有房子，全家住帐篷里，那种受冻挨饿的日子记忆犹新。现在日子好了，有了固定的房屋。二儿子坐在热炉边，喝着奶茶，吃着可口的风干牦牛肉，我吃着小儿子做的米饭炒菜。两个儿子都有自己的车，二女儿的獒场生意红火，其他女儿都有工作，大儿子从小就出家了，在草原上的一个寺院修行。

对于大叔家生活的改变，我想，时代进步是大的背景，但决定性因素的是藏獒。一只优秀藏獒的经济价值比一群牦牛要大得多，通常情况下，一头牦牛的价钱不过是两千至四千左右，一只100万的藏獒能顶多少只牦牛并不难计算，而经营牦牛群所付出的人力物力比藏獒要大得多，但收效却远不如藏獒那么直接。对于养藏獒所带来的生活改变，大叔的二儿子非常肯定，而对于人，他也很直接地告诉我："我们都感激马俊仁，是他让藏獒有了市场。"看来马教练功德无量呀，但有一个关键的问题，我一直想说，那就是关于藏獒的本质。

第二节　藏獒的自卑

和扎西大叔在屋里喝茶聊天的时候，我心里一直惦记着外面的藏獒，而且根据它是虎獒的特点为它起名叫泰格，如果非要起个藏语名字，考虑它那像阳光一样的金色皮毛，叫尼玛泰格是最合适不过了，尼玛在藏语里是太阳的意思。看窗外的光线有些不早了，我和大叔说得出去看看虎獒了。

泰格卧在草丛里，见到我已经不再吼叫，它已经知道了我的客人身份。这时候，大叔端着大锅走了过来，那里面是泰格的晚餐，大叔把满满一锅的牛油牛骨头倒入它的食盆。

泰格和食盆之间隔着一段距离，中间还站着我，它要从我旁边绕过去，确切地说是爬过去。任何一只狗对这样一顿晚餐都会兴奋得发抖，藏獒也不例外。

它爬得很慢，用上肢支撑着身体，两条后腿拖地而行，爬几步就会低下头停顿，然后偷偷地看我。不长的一段距离，它停顿了三四次，看它的样子，如果是一个人，我会认为它心事重重。它看我的神态非常复杂，侧着脸露出眼白像是偷窥，好像它要吃的晚餐并不属于它，它羞于这样做。在距食盆很近的时候，它的动作才快起来，在最后一米的距离上最后看我一眼，然后享用它的食物。

我知道，它绝对可以爬得很快速，但它很慢，那种偷看我的眼神隐隐地刺痛了我，

泰格爬到了食盆前，看我的眼神中带着伤感与自卑。
NIKON D200、AF24-85mmf/2.8-4D 、F5.6、1/125s、ISO400

NIKON D200、AF24-85mmf/2.8-4D 、F5.6、1/160s、ISO400

我想了很久才得出一个令我非常不安的词：自卑。

这种自卑其实是源于一只优秀藏獒的自尊。面对现实，我承认，它拖着下肢爬行的姿态非常狼狈，可能有些固执地深爱藏獒的人并不喜欢狼狈这个形容词，因为那是藏獒的敌人，有损藏獒的神圣。但确实如此，我一时找不到更好的词来形容。而泰格好像非常在意这一点，它不愿意把这种难堪的姿势让我看到，它是一只优秀的藏獒呀，它有强烈的自尊心，它蜷缩后肢跪着吃食的样子确实令人心酸。

我绕到它的正面拍摄，一开始我离得较远，因为狗都是护食的，藏獒也避免不了吧。但泰格抬头看我的眼神甚少敌意，更没有龇牙咧嘴和喉咙中呜呜作响的恐吓，我蹲在它前方一米多远的距离看着它，有几次它停下来看我，但表情怎么形容呢，居然像个受委屈的孩子。

泰格很快地吃完了一盆晚餐，挪到旁边的草丛去方便，然后爬到一片干净的草丛里准备休息。不知为何它扬着头叫了一阵，平静下来后，扭转身体背对我，专心地看着远处的河岸，那里有个小型水电站正在施工，一些工人在劳动。

我蹲在它身后不足一米远，我的重心在右腿，过了一会儿我累了，想把重心调整到左腿，但就在调整到一半的时候，我注意到虎獒的耳根和身体几乎同时一震，然后迅速地回转头注视我，没有发现异常，才回过头去。我的心里大感惊奇，要知道，我对接近它是非常小心的，我的重心移动很慢，几乎没有任何可觉察的声音，但依然被泰格洞悉。

过了一会儿它就把身体转回来向着我，然后慢慢躺下，美餐过后，困意来袭。为了求得最近的拍摄距离，并能很好地体现周围的环境背景，我换上一支20毫米的广角镜头，这支镜头的最近对焦距离是25厘米。我斜躺在地上，镜头几乎贴上泰格的鼻子了，它把鼻子探过来嗅我的镜头，显然没什么可闻的，然后就把头放在草丛里合上眼睛睡

20:40，夜色笼罩了巴塘草原，我用相机的红外夜视模式拍摄泰格，它似乎和草原融为了一体。

SONY F717红外夜视模式 、F2、 1/30s 、ISO500

觉。看来它对我一点儿戒心也没有了，仅偶尔半睁开眼看看。有两次它突然睁眼立起头颈，警惕地向我的斜后方望去，我扭头一看，大概有二十多米远的院墙上落了几只鸟。可以说那一刻我完全被打动了，我坐在它身旁，好像突然成了它的主人，即使坐到深夜也不怕，因为我的身旁是一只即使在休息状态也保持超级警觉的藏獒。

这段时间扎西大叔几次出来，看我对泰格如此专注，就在一旁呵呵地笑，到后来老人也懒得理我了，回屋念经、转经轮去了。远处的扎加河依旧在哗哗地流淌，太阳最后一抹光辉消失在河东岸的山顶。

暮色已经到了最凝重的时候，常规相机已经无法拍摄了，我取出能红外夜视拍摄的相机，想拍一些特殊气氛的画面，但拍了没几张，泰格开始狂躁地向河的方向吼叫。过了一会儿，有两个黑影从河沟底下爬了上来，是两个水电站的民工兄弟。他们好像对大叔家很熟，警惕着虎獒的动作，直接进到院里去了，泰格快速地爬行追过去，带起一地烟尘，冲着院子里吼。

在昏暗的光线里，泰格的背影模糊在草丛深处，我愣在那里，如果这是一只健全的藏獒，别说进院子，方圆几百米内是没有人敢接近的，但这只是假设，因为如果真是那样，我也不可能站在这里，我甚至根本不可能遇到藏獒。

食物依然是和动物亲近的最好介质，我从车上拿了火腿、香肠，还有很香的一种肉肚，泰格吃得津津有味，它舔着我的手，动作轻柔，舌尖柔软，但舌心却有涩涩的磨擦力。天完全黑下来的一刻，我已经可以随意抚摸它的头部、下颌及至全身了，这个进展非常重要，否则晚上我出来看它肯定有些害怕。

陆续又有几个民工来到大叔家，其实这些民工是来大叔家看电视的，每晚都来。大叔在放VCD，一部很像日韩风格的古装剑侠片，已经被翻译成藏语。大叔躺在床上看，经常乐得哈哈笑。他给我准备了牛肉，但我那天胃口不对，自己煮了两袋五谷道场面。

那一晚月光不错，我经常忍不住出来看泰格，它隐没在草里，我不知道它在哪儿，就用手电照，它昂着头看我，我就发现两个红点，那是它的眼睛反光。头几次我是呼唤着走过去，再小心地抚摸它的头部，到后来，只要我发现了它，就径直过去，替它抓挠脖子，抚摸它宽大的头部，它总是摆着尾巴任我亲热。我对这种信任非常感动，有这样一只健壮而异常警觉的藏獒，在深夜里我毫无不安。

实际上，我在后来的旅行中还专门到唐克、黄河九曲第一湾，深入地探访、寻找了中国三大著名马系之一的河曲马，当我骑上牧牛女才旦卓玛那匹优秀的坐骑时，我忽然产生一种感觉：如果时光倒退一百年，在青藏高原，一匹河曲骏马，再加一只真正神武的藏獒，那真的是可堪托生死呀。

第三节　冷眼观獒

最近听我的一位玉树朋友抱怨，近几年在拉萨接待了不少来自玉树的官员、生意人、文化学者等。很遗憾，每次谈到玉树时他们大部分都滔滔不绝地只谈藏獒与虫草，而不谈玉树独有的藏族歌舞及藏区最多的格萨尔说唱艺人，还有世界上最大的玛尼石堆等。他们说，真希望玉树真正的名片永远是老祖宗留下的文化遗产，而不是虫草和藏獒。

我听了这些话深表认同。记得那年在结古镇，我偶然认识了当地的一位局长，正好路旁的一家卫生所在给一条藏狗输液，我们就从藏狗聊到了藏獒。我说在巴塘草原看到了藏獒，结果局长带着很不相信的表情说：“你遇到的肯定不是藏獒，因为你们旅行者是不可能看到真正的藏獒的。”然后他告诉我，他养了四只真正的藏獒，全都锁在自家院子里。

时间短促，我无法给他讲我的藏獒奇缘，我也没机会看他的四只藏獒，但我确实相信，他说的话是一种现实。我看了很多关于青藏高原的游记，也看了很多各式各样的照片，但我确实是没有看到一只真正的藏獒。可能我是一个比较特例的旅行者，为了一匹好马、一只野狼、一只藏獒，就可以离开路深入到很远的地方去寻找。当然，我不是狗贩子，我只是喜欢动物，而通常，一只独特的动物与它的主人、与它周围的山水是有密切关系的。

无论白天或黑夜，泰格都忠实地守卫在院门外。SONY F717红外夜视模式、F2、1/25s、ISO2500

近些年来，藏獒已经被成功炒作成一种神秘的动物，它的天价、它的凶猛已经超出了犬类的范畴，甚至有些神化色彩了。在网络上关于藏獒的介绍有很多，基本上以“东方神犬”称之。经常能看到关于藏獒与其他犬类、甚至是兽类的争辩，无非就是谁更厉害、更凶猛。网络上有很多斗狗的视频，比如藏獒对比特，藏獒对高加索等，其实就是个噱头，因为我没看见过一只真正的藏獒。再说了，即使是那些几百万一只的所谓獒王就能轻易灭掉比特吗？这本身就是两种不同用途的狗，比特是狗里面的职业拳手，藏獒是青藏草原上的重型护卫犬，藏獒没有比特善于近身肉搏，但也很难想象比特可以独自对付几只草原狼。

也只有人才会无聊到让这些不同用途、不同特点的狗打来打去争个高下。更有甚者，居然认为藏獒与虎有一争，好像有人真把所谓藏獒带到动物园的老虎面前，证明藏獒不惧怕老虎。真是太扯了，我曾很多次去东北的野化基地拍摄东北虎，作为陆地上最大的猫科动物，东北虎的杀伤力非常令人震撼。平等地看，同样是发育充分的雄性藏獒和雄性东北虎，虎的体重会是藏獒的四倍以上，成年虎立起来，前掌摸高可以轻易达到2.5米左右。猫科动物的猎杀天赋本身就远超犬科动物。东北虎巨大的掌力威力无比，虎掌上是锋利如剃刀般的虎爪，这是虎的绝杀利器，远非犬科动物所能承受。

举个例子，非洲的斑鬣狗非常凶悍，嘴部咬合力排在动物界前十名之内。但在一部动物纪录片中，一群斑鬣狗围攻母狮争抢食物，母狮敌众我寡之际，狮群首领赶到，暴怒的雄狮追上一只斑鬣狗，一掌将其击倒，随后杀之，斑鬣狗毫无反抗之力。还有其他视频也显示了雄狮对斑鬣狗极强的攻击性，基本是秒杀。不过严格地说，斑鬣狗已非犬科，而是鬣狗科。

当然，打得最厉害的肯定是獒狼之争。小说《狼图腾》空前火爆之后，《藏獒》继续火上浇油，导致獒狼之间一时势同水火。以我看来，《狼图腾》更像是一部史诗，《藏獒》则是童话。我在草原听说过很多狼的故事，但藏獒的故事翻来覆去只是那么两句，比如一獒敌四狼，一獒敌一豹。但那些玩命赞美藏獒的人，恐怕没有谁亲眼见过藏獒恶战狼群，更别说迎击雪豹和棕熊了，所有的人都在反复咀嚼着有限的故事。

但我相信，在青藏高原牧区的真正藏獒确实有抵御防范野兽的作用，当然还包括那些藏狗。只是它们和野兽的对峙基本都发生在夜间，没有人能看到而已。高原牧区的狗，每天晚上都要面对来自野兽的威胁，按出现概率排名，它们的对手大致是：狼、熊、雪豹。我在三江源腹地拍摄雪豹时，我住宿的地方，几乎每天晚上都会有棕熊过来，对面的山上住着雪豹，六只健壮的藏狗，白天睡大觉养精蓄锐，晚上对付棕熊，我运气好，拍到了六狗斗一熊的现场照片。至于狼就更普遍了，我在可可西里亲眼见到七匹狼追击一群藏野驴，在三江源腹地见到依然是七匹狼分食牧民家的牦牛，在甘孜石渠，狼群还袭击了一匹白马。在内蒙古草原也是一样，小股狼群依然活跃在边界线附近，袭击牛羊等牲畜。在冬季大雪后狼集中的现象更多些。最近，在内蒙古一个自然保护区拍摄了红外视频，七匹狼袭击马群，但没有成功，儿马子护群的能力还是很强的。

但具有讽刺意味的是，当今在高原牧区玩命干脏活、累活、苦活、险活的基本都是藏獒的穷亲戚藏狗，并且它们还经常被一些居心不良的人戴上红项圈来冒充它们的富亲戚藏獒，碰上不识货的还能蒙个好价钱。本该驰骋在高原的藏獒却被带到了平原上的现代化都市，锁在深宅大院或铁笼中，成为一部分人炫耀自身或发财致富的手段。不过，在很多年前，优秀的藏獒也多在寺庙或贵族的手里，作为高贵的展示。据说文革期间因为打狗运动，很多优秀藏獒就此绝迹。

无论如何，具有中国特色的商品化把藏獒毁得不轻，失去了雪域高原的依托，藏獒在内地基本处于无用武之地的窘境，做工作犬它远不如德牧和拉布拉多，做宠物也很难普及，能到仓库、工厂担负看守任务已经是最大用途了。我有个朋友是训练警犬的专家，他们单位有很多品种的狗，包括十余只藏獒。每年经他训练毕业的工作犬有很多，但提到那些藏獒，他会无可奈何地摇摇头，因为除了按时吃喝，那些被喂养得膘肥体壮的藏獒们确实无事可做。确实挺可惜的。我见过那些大家伙，关在笼子里愤怒咆哮，吼声震天，其中有一只品相很好且非常凶猛的獒，眼睛是深邃的暗绿色，如果在草原的夜晚，这双与众不同的眸子该是多么的野性啊。

那些吹嘘藏獒忠诚凶猛的人经常自相矛盾，一会儿说藏獒对主人无比忠诚，一会儿又说藏獒凶起来连主人都敢咬。其实狗的天性都是对主人忠诚，咬主人的狗应该属于失格。至于鼓吹藏獒一生只认一个主人的说法，基本属于胡说八道。狗贩子经常从牧区买来成年藏獒，然后或者留下或者再倒手卖出去，只认一个主人的说法根本不成立，事实证明，藏獒对新主人的适应能力很好。很多狗都有留恋旧主的习性，但也会接受新主人，不过狗一生的主人不建议超过三个，大多数狗都一样。另外，经常有人标榜藏獒是世界上唯一敢和野兽搏斗的狗，我觉得这是鼠目寸光，因为在这个世界上，能和野兽搏斗的狗还是挺多的，很多不同种类的猎狗都有与野兽搏斗牺牲或受重伤的案例，这比空洞地吹牛皮要令人信服得多。

我在玉树草原还见过几只藏獒，都是在牧民家，但它们明显是参与到了藏獒经济中。其中一只真是体大如驴，但异常温驯，对我这样的生人到访，连眼皮都不抬一下。另一只据说是开价百万以上，我进院子时，先是三只藏狗从三个方向扑咬过来，吓得我一下抓住了女主人的胳膊。进到后院看见那只百万藏獒，个头不很大，但很健壮，看见我后暴跳如雷，还真把我镇住了。但当女主人把它牵到前院的木台上，并按惯例把它脖子上的毛使劲从项圈后面拽到前面，使它的头部看起来更庞大时，这只暴怒的藏獒突然变成了任人抚摸的商品，温顺地晒起了太阳。

我在藏区印象最深的一只獒出现在青海年保玉则，它颇有些符合时下关于原生獒的说法，除了体型外貌吻合外，更重要的是它表现出的极度狂野。它体态非常矫健，眼光中野性凝聚，似乎要喷出火来，头顶上的一撮立毛似乎被心中的怒火点燃，带着火药味道随风飘摇。幸好它被主人拴上了，但它依然带着沉重的铁链上下腾跃奔跑，用牙齿狠狠地咬着拇指粗的铁链。它的吊嘴并不夸张，这更利于它在搏斗中撕咬。它的体型也没有很多獒园的藏獒高大，但绝对彪悍灵活。其实我们看到的那些体型高大威猛，但性格温顺无比的藏獒，很多都是为了迎合市场而杂交改良的，据说常用于与藏獒杂交的犬种有圣伯纳、纽芬兰、马斯提夫、罗威纳、大白熊、蒙古獒等。

第四节　狼　夹

结束藏獒的话题，我们来谈谈狼。

2006年深秋，中蒙边界。

正午的骄阳烘烤着异常干燥的丘陵、戈壁，一条干涸的河道从中国国界一侧坚固的铁丝网下横穿而过。高大的铁网在狂风中发出呜咽的声音，这样的伴奏旷日持久，因为中蒙边界的大风从来没有停歇过。

最下层的一道铅丝上，有一簇青黄色的毛，在风中舞动。这是一簇狼毛，它来自于一匹草原狼的背部。在过境的时候，这匹狼稍微疏忽，俯身的幅度有些不够低，背部划过铅丝上纠结的铁蒺藜，于是留下了自己的标记。

狼毛的正下方略偏境内一侧，一具打开的狼夹静静地躺在刚刚刨好的沙坑里，蒙古族老猎人小心地用锡纸盖住狼夹上最关键的部位，狼夹是否一触即发全靠它了。然后用一些干马粪和牛粪覆盖住狼夹，再用沙土铺在上面，最后是利用干草或细沙石砾作伪

▶ 为了模拟狼夹的工作方式，我用一只被狼吃掉的野驴腿做演示。 CANON 1DMARKII、EF28-300mmf/3.5-5.6L、F3.5、1/4000s、ISO200

装。当然，最终的痕迹消灭大师依然是风，用不了多久，狼夹上面的地表就会和四周没什么两样了。

但是，经过精心布置的狼夹会有收获吗？我和老猎人都沉默着。我保持着和狼夹的距离，只是用相机记录，让自己的脚印和气味尽量少一些。我知道另一具狼夹在几天前刚刚捕到一只狼，但对于狼，谁也无法作出预言。草原上的事情，用蒙古族人的话说，只有长生天知晓。

在设置狼夹之处几米外，老猎人又设置了硬草梗和土块，因为那个地方也可以成为狼的过境之道，必须将其封堵。当一切布置完毕，这条十多米宽的干河床，就只有狼夹上面可以作为唯一的狼道了。

几天后，临别的早晨，我一个人驱车来到边界战备公路，远远地看着狼夹的位置，没有任何变化。那时的心情复杂而矛盾，一方面，任何一支遭受狼夹之吻的狼都会因此改变命运。另一方面，独自面对一只狼夹下的强悍草原狼又似乎是我暗自期待的。

深夜，回北京的高速公路上，强劲的北向侧风吹得车不时摇摆晃动，在一辆辆长途卡车缝隙中穿行，逆向的车灯晃过，我眯起双眼，似乎在瞬间感受到了什么。在数百公里外的北方边境，此刻正有无数条暗影幽灵般越过国境线，潜行于黑夜中，萤石样的眼眸贪婪地扫描着牧民的牛羊，伺机制造一桩桩屠戮。

当然，主角一定是草原狼，我的感应也绝不是幻觉，因为每天晚上草原狼都是这样行动的，然后在太阳升起前撤回到中蒙边境之间的狭长地带。这些家伙实在是潇洒，出国就是为了下馆子。

时空交错，倒觉得自己并不孤独了，同是午夜疾行，我和草原狼只是目的不同而已。

想起2005年末怀着一颗充满期待的心深入草原，探寻草原狼，如今几年过去了，内心已平静异常。深入草原后，我明白了一个现实：拍摄野狼专题真的不是一朝一夕的事情，跟蒙古人与草原狼之间千万年的纠缠比，我的介入只不过是一段小插曲。

盘石峡谷的晚霞，峡谷上的这些石磨盘，据说凿于500年前，曾经运到赤峰去卖，而现在，它们安然沉睡在旷野的风中，只有草原狼是这里的常客。NIKON D200、AF20mmf/2.8D 、F8、1/15s、ISO100、离机闪灯补光、使用三角架

第五节　狼的故事

第一次到内蒙草原寻狼时，我认识了巴雅尔大哥，那阵子他正在跑运输，开着大拖挂车为矿上拉矿石，家里的羊群由妻子和小舅子照看。那天晚上在巴雅尔大哥家吃饭，我拿出了车上带的浏阳河酒。我们几乎吃光了一脸盆肉包子，一开始巴雅尔大哥说是牛肉包子，我当时已在草原转了一天，饿得眼冒绿光，只是觉得好吃，已顾不得分辨肉的种类，反正隐隐觉得比牛肉好吃。后来酒喝开了，巴雅尔老哥神秘地问我："你确定这包子是牛肉的？"然后哈哈大笑起来。巴雅尔大嫂看我们干掉一瓶白酒后，适时地揭开了谜底：巴雅尔大哥有两年多没打猎了，这是黄羊肉，前两天才打的。我听后咂了咂舌，黄羊也是国家保护动物啊，但我没挑明说，既然都吃进肚子了，就别再败坏酒兴了。本来巴雅尔大哥下午要开车送几头牛去镇子里的，为了陪我喝酒找狼才留了下来。

吃过饭，巴雅尔大哥抹抹嘴站起来说："走，我们打狼去。"简单的一句话，透露出草原牧民和狼的关系。我笑着说："走，我们去找狼。"改动一个字，因为我确实不是来打狼的。然后我们开车去找他的老朋友斯青，他说斯青是这一带最懂狼的。

出发的时候，巴雅尔老哥说城里人在草原开车不行，走夜路更不行，然后把我轰到了副驾驶上。体重超过100公斤的他坐在方向盘后面就像是一头硕大的公熊，但他明显开不惯越野车，把车开得轰隆轰隆的就像拉着几十吨矿石，半路还是换我开了，其实我就是正常速度，但他又说城里人开得太快了。

夜穿草原10公里，10点半到了斯青大哥家。斯青大哥个子不高，看起来精干睿智，其实他的名字就是聪明的意思。由于我们黑夜突兀来访，而且是两个喷着酒气的人来找他谈狼的事情，斯青大哥一开始有些摸不着头脑，而且对我这个从北京来草原找狼的人感觉很惊讶。但他和巴雅尔是多年的朋友，无法拒绝。巴雅尔大哥看见窗台上的白酒后又来情绪了，斯青大哥是个有涵养的人，一看这架势，干脆支上桌子摆好大碗，每人倒了一碗酒，边喝边聊，下酒菜是一盘咸菜。

说实话，刚在巴雅尔大哥家喝了半斤酒，感觉刚刚好，现在就是茅台、五粮液也咽不下去了。斯青大哥也是不善饮酒，但在巴雅尔大哥的热情劝导下，慢慢进入了状态。他告诉我们，也就在半个月前，他的朋友乌力吉家的羊群被四五只狼冲散，村里牧民骑了七八辆摩托追狼，但狼已经吃红了眼，无论怎么轰赶就是不走，而牧民也没有武器，与狼周旋很费力。今天他的邻居在放羊时又看见一只狼钻进了羊群，但那狼看起来在别处吃饱了，并没有攻击羊群，最后被牧

矫健的蒙族猎手带我去寻狼，却意外拣到被毒死的狐狸，我对毒杀野生动物的行为非常不齿。距草原不远的镇子里有个皮毛黑市，这只狐狸的皮市价不超过100元。一个自由的生命自此消失，没有买卖就没有杀戮。

NIKON D200、AF24-85mmf/2.8-4D 、F8、1/125s、ISO100

羊人赶跑了。打开了话匣子后，斯青大哥开始讲述亲身经历过的狼的故事。

有一次他和同伴骑摩托外出，途中遇见一只狼，于是紧追不舍。大约追了5公里后，狼的体力明显下降了。这时，两个土丘之间出现一片水洼，水洼那边是孤零零的一丛茅草，茅草后面是个小土包。慌不择路的狼跳进了水洼，速度顿时慢了下来，摩托车随后也追到了水洼处，于是兵分两路，从水洼两侧夹击。狼奋力冲出水洼后，拼命向前奔逃，摩托车即刻赶到，但令人匪夷所思的是，狼不见了。斯青大哥二人继续向前追了一小段，没有一丝狼的踪迹，犹如人间蒸发。于是返回头寻找，狼从水洼里出来后，会洒落一些水迹，但极度干燥的荒漠草原上，水迹已经模糊不清。狼唯一能藏身的就是那丛茅草了。两个人在那个地方及其周边足足找了两个小时，最终得出判断，狼可能是将整个身体盘在了茅草根部，狼尾遮脸，狼皮的颜色和枯黄的茅草混为一体。这最后的一招骗过了斯青大哥二人，他们被狼最后狂奔的假象迷惑了，继续向前追的时候，狼已离开草丛，翻过土丘向另一个方向逃跑了。

还有一回，斯青大哥拿着火枪去猎狼，一边追一边用火枪射击，颠簸且处在运动中，再加上狼的狡猾，整个追逐的过程放了26枪，方将野狼打死。但最令他震撼的是另外一次，他拿着火枪去巡视一处狼夹，看到狼夹夹住一只大狼。狼看见他后，猛扑过来，但由于后腿已被狼夹夹住，一下扑空。其时狼后腿已断，只剩下筋脉相连，在猛扑的时候，筋脉带动身体一伸一缩，颤动不止。斯青大哥被狼的凶悍镇住了，赶快跑到附近的军营报信，战士们都不相信，但随斯青大哥回到现场后，方知其所言非虚。举枪射狼，一枪中头未果，再一枪中胸，狼死。事后我分析，中头未果可能是射击角度和位置问题，狼素有铜头铁背纸糊的腰之称，狼头坚硬，子弹入射角或部位不正，未必能一击致命。

最令人唏嘘的是掏狼仔。那次是在边界线掏狼，打死两只狼仔，大狼带走两只，有经验的老猎人把小狼的肺取出，仔细察看后，断定狼洞里还有四只幼狼，根据是狼的肺叶上有八道痕迹。于是钻洞掏狼，但狼洞非常狭窄且有浓重的腥臊臭味，令人窒息。遂改用铁丝探洞，根据铁丝弯折的状态来确定狼洞走向，然后在地表，以1米为间隔，向下深挖。总共挖了八个小时，垂直深度达到1.7米。在狼洞最深处，发现两个耳洞，每个洞里各有雌雄两只小狼，洞里除了铺垫的枯草，还有羊头羊骨。众人骑着马将小狼运回，在路上，小狼的目光从不和人对视。回来后，四只小狼被杀，狼皮全部被一个人拿走。第二天晚上，那人家里的牛、马、羊全部遭到狼群袭击，而每当此人穿着小狼皮做成的坎肩外出，去牧区办事串门时，所有的狗都会向他狂吠。

狼十分顽强，耐力惊人。一般情况下，牧民骑摩托追狼，狼始终将距离控制在50米左右，一旦狼跑上山头，看似已精疲力尽，但等人爬上山头，再看狼已在几百米开外了，这是狼的救命绝招，借下山之势狂奔逃命，而牧民无论骑摩托还是骑马，在下山的时候都不可能跑那么快，否则会有人仰马翻的危险。

但骑摩托在平坦的草原追狼，狼通常在十公里后就会体力不支，瘫倒在地上伸出长

探秘野狼的过程中，我在紧贴中蒙边界的一个牧场里遇见了一小群蒙古野驴，这种动物在我国境内已经极其罕见了。它们原本有八只，误入牧场后被牧民保护起来，尽管躲开了偷猎者的子弹，但草原狼的威胁却挥之不去，已有三头野驴葬身狼腹。2006年10月末的一个黎明，我费尽周折才拍到它们奔向朝阳的画面，但它们的未来注定是自生自灭，这是一群数目只能不断被做减法的驴，直至归零。 NIKON D200、AF-S300mmf/4D、1.7倍增距镜、F8、1/250s、ISO800

舌苟延残喘，此时不能掉以轻心。曾有年轻牧民追狼到此时，近距离停车看狼，未料及狼突然跃起，咬住人的脸颊。

其实，也未必是当地人就更了解草原狼。我曾在边界小镇搭载一位乡村医生去给草原深处的牧民看病，偏巧他知道《狼图腾》，但仅限于在朋友家看了一页。那页讲狼杀了一只羊，于是乡村医生就说《狼图腾》是胡编乱造，因为他听到的狼杀羊都是动辄七八十只甚至上百只，尽管医生就住在草原，但他从来没见过狼，只是听说。那一路上，我和他说什么他都不信，他就只咬定狼不可能一次只杀一只羊。分手时望着执着的医生，我叹了口气，狼杀一百只羊是新闻，狼杀一只羊，牧民都懒得提，正直善良的医生自然不知道了。实际上在锡盟草原就有真实的故事，一只狼潜伏在牧场里，每次猎食只取一羊，从未被人发现，直至狼洞口里的羊骨实在放不下了，牧民才发现了这个狼洞，但孤狼已远遁。

在深入狼话题过程中，我特意询问了斯青与巴雅尔两位大哥是否看过《狼图腾》，他们都没看过，甚至没听说过这本小说，但他们说的很多真实故事，都和《狼图腾》的

临时焊接的铁笼上挂着狼夹，年轻的雄狼把头抵在角落，躲避着人的目光。NIKON D200、AF24-85mmf/2.8-4D 、F9、1/60s、ISO100、外置闪灯引闪

描写吻合。所以说《狼图腾》这样史诗般的作品并非虚构，而是以蒙古草原千万年来的真实故事为强力依托的，所以它才能如此精彩。这一晚酒夜话狼，有残酷有唏嘘，但狼与人之间的对峙，无疑是永远鲜活的传奇。

那次半夜话狼，斯青大哥还特意把叔叔叫了过来。叔叔是个老羊倌，就住在一里外的草原上。当时老人已经进入梦乡了，硬是被从被窝里叫了出来。结果这一来就回不去了，巴雅尔大哥把我和夫人安排在叔叔家里睡觉（第一次边界寻狼，夫人不放心，和我一起去的）。叔叔的土炕和被窝特别暖和，不过我有些难为情，因为叔叔无法回来睡觉了，刚才我看他端着酒碗发愣，一定是在留恋刚焐热的被窝。

凌晨4点，我开车到斯青大哥家接巴雅尔大哥，我们之前说好了，天亮前到边界埋伏，如果运气好，会看到返回边界隔离区的狼群。巴雅尔大哥鼾声如雷地和衣而卧，怎么叫都叫不醒，窗台上放了三个空酒瓶，那是我走后他们三个人干掉的，而且我碗里的酒也被巴雅尔大哥喝了，算起来他喝了将近二斤白酒。最后，还是住在隔壁的斯青大嫂亲自出马，用蒙语轻声细语地叫醒了巴雅尔大哥，我看他坐在床上醒酒的样子，忍不住笑了起来，刚才我用力拽他那熊掌般的大手，用了十五分钟都拽不醒他，可能是斯青大嫂念了醒酒咒语了。

那个凌晨，如果没有巴雅尔大哥，在黑夜的草原绝对会迷路。我同样见识了他的神力，每遇见围栏，他几下便可推断碗口粗的水泥桩子，虽说我也跟着搭把手，但我那点力量实在惭愧。推断桩子，巴雅尔大哥和我夫人就躺在围栏上用身体压住弹力十足的铁丝，让我开车过去。那一带的围栏实在是结实，每次回头看，水泥桩子都挂在重新复位的栏网上晃荡着，还有夫人羽绒服被刮破后飘出来的羽毛在飞。我知道那样做是不对的，但跟着巴雅尔大哥，我别无选择。或许，这本身就是蒙古汉子处理问题的方式，充满了雄性气息。

巴雅尔大哥一路上都在批评斯青大哥的叔叔，因为把被窝让给我，叔叔嘟囔了一晚上。我听了挺自责的，既感动于蒙族汉子的豪爽仗义，又觉得对不住叔叔，半夜给人家拉出来喝酒，随后又占了人家的被窝，好一出调虎离山和趁虚而入啊。

天亮前我们终于赶到边界线，在遍布乱石的丘陵沟壑间穿行，拿着望远镜在山头瞭望，但我们一无所获。太阳升起来后，巴雅尔大哥一头扎在副驾座位昏睡不起，除了中途遇见流动边防哨醒了一次外，大哥一直睡到回家。然后他又出车拉矿石去了，我们就此分别。

第六节　老猎人与年轻雄狼

面前的这双眼睛从来没有迎接过我的目光。我长久地注视着它，但它却长久地看着

只要狼被夹住，沉重的铁块将使它无法逃脱。但截止到2007年7月，这个狼夹一直默默无闻地藏在土里，狼的智慧超出了我们的想象。或许，很多年以后，等所有的痕迹和气味消失，这里的狼都忘记了这个陷阱，狼夹会等候到属于它的机会。

狼紧贴在土墙上，阴影将狼头一分为二，这似乎是狼性的写照。NIKON D200、AF24-85mmf/2.8-4D 、F5.6、1/500s、ISO100

老猎人把狼抓出铁笼，狼用力扫着尾巴，卷起的尘土激荡在逆光中。NIKON D200、AF24-85mmf/2.8-4D 、F5.6、1/100s、ISO100

别处。每次走进这个狭长的土围墙做成的羊圈，这只被捕获的草原狼都会轻背双耳，把头偏转到一个无法和我直视的角度。几天前，它还在草原上自在穿行游荡，但如今，它只能在钢筋焊成的兽笼中回忆往日时光了。

几日前，这只两岁左右大的年轻雄狼和它的伙伴们度过了一个饕餮之夜，它所属的狼群干掉了一只健牛，宴会地点在距老猎人那顺大叔家七八公里远的一处沙窝子里，比我到小镇上的距离近一半。

牧民为此承受了数千元的损失。但事情并没有完，因为看起来肇事的狼群并不太大，它们仅仅是吞食了牛的内脏就撤离了，所以第二天它们肯定还要回来享用余下的牛肉。这个时间差已经足够老猎人做些事情了。

在第二场夜宴中，一只狼被它的左后腿拖累了，深埋在沙土中的狼夹毫不留情地咬住了它，强力的铁夹直透筋骨，在沉重铁链的羁绊之下，狼无力逃脱。狼夹的主人正是那顺大叔——曾经是当地最好的马倌，也是最优秀的枪手，更是当地最有名的猎狼人。

那顺大叔的儿子琴格打电话告诉我这个消息时，我正在医院陪着刚刚做完大手术的父亲，手术很成功，所以我能在24小时之内从北京赶到中蒙边界线附近的老猎人家。

年轻雄狼的伤爪已经严重肿胀，它的身下是一截牛腿，那是它的战利品，但它看起来毫无食欲。我在想，当它受困于狼夹的时候，它的同伴曾做出了怎样的反应呢?

在超近距离内，我仔细观察着它。这是一只真正的草原苍狼，在阴影的漫射光下，其周身闪耀着青芒，其实是白、黄、黑混织在一起。精黑的瞳孔，逐渐向外扩展成青、黄，眼神很冷，和狗完全不同。

雄狼肩高约65厘米，头顶至鼻尖约27厘米，爪尖至肘部约40厘米，不含尾巴，体长1

◂ 它原本是草原上前途无量的年轻才俊，可惜一步之差，命运就此改变。最后是一辆军车把它带走了。NIKON D200、AF24-85mmf/2.8-4D 、F5.6、1/500s、ISO100

米左右。其实它原本是狼族中的年轻才俊，丰神俊朗，但也许是疏忽，或是命运捉弄，它的命运由此完全改变。

这只被俘之狼依然展现了狼性的生存观：当其处于绝对弱势的时候，表现得谨小慎微、委曲求全。它蜷缩在人面前，小心地不发出一点儿声音，永远躲避人的目光。甚至是我把铁笼拖到院口阳光处，打开笼门与它相距不到半米，它依然安静。只是偶尔看到远方的牧羊犬跑过，它才会伏下身，两只狼眼于瞬间被激活，显露出狼的警觉与专注。

我隔着铁笼轻轻触摸着草原狼的背部，这时，地上的阳光中出现了一个身影，那顺大叔走进了院子。他说："把狼拉出来你仔细看。"

神奇的画面出现了。那顺大叔从兜里拿出一根浅绿色的尼龙绳，打了个结，然后轻探左手伸进铁笼里，抓住狼的右耳，狼没有丝毫反抗，身体和头部紧紧地贴伏于地，只是目光中流露出惊惧。

大叔用右手的尼龙绳套住狼的长嘴，熟练地捆紧，并和狼脖子上的皮套连接，防止松脱。这样，野狼唯一的武器狼牙就被控制住了，大叔牵着铁链把狼拽到院子中央。

年轻的雄狼显然不适应像狗一样被铁链牵扯，用力地扭动头部试图挣脱，嘴部流淌出了黑红色的血迹，毕竟，它是一只纯正的野生草原狼。最后，狼紧贴在院子南侧的土墙上，一动不动，左脸处在阴影中，右脸颊暴露在阳光下。

这样阴阳的光线切割，似乎暗合了野狼比较极端的两面性：忍耐与肆虐。白昼里，狼处处回避人，总是落荒而去，但回归暗夜之后，狼就会变成无法无天的恶魔，胆大而嗜血，杀戮无度。

曾经有一个夜晚，五六只大狼盘踞在那顺大叔家屋外，随时准备攻击羊群。老人曾经是当地有名的神枪手，但家里的枪早就上缴了，面对野狼的极度嚣张，老人忍无可忍，拎了根长扁担就冲了出去，但野狼居然不惧，和老人对峙，呈胶着状态。

大叔和狼打了一辈子交道，光亲手抓的狼就超过了二十只，对狼性了然于胸，但说起那几只大狼的嚣张来，老人的情绪仍然有些激动难平。

我肯定是个现实主义者，不会把老猎人写成狼魂附体的神人，但老人抓狼时的轻松似乎就像面对家里养的狗。比较遗憾的是，那顺大叔徒手抓获被狼夹所伤的野狼时，我没

狰狞的狼牙。 NIKON D200、AF24-85mmf/2.8-4D ED 、F8、1/250s、ISO100

有在现场，没有看到老人如何接近狼、解除狼夹，然后如何把狼运回来，而遭受狼夹之吻的野狼是怎样一种状态也没看到。

但第二天上午，我随大叔去查看牛尸，因为老人又在那里布置了两个狼夹。我还在草丛间行进，就听老人在前面骂了一句，等我爬上土丘才看清，原来是一只野狗误踏狼夹，后腿被狼夹咬住了，野狗在低声哀号。

大叔呵斥着野狗，走近前，伸出右手在野狗头顶，嘴里喃喃细语。野狗昂着头探出鼻尖，嗅着老人的气息，颤巍巍地被老人抓住耳朵，被尼龙绳套住嘴部。然后老人解除了野狗腿上的狼夹，松开嘴套，野狗一瘸一拐地离去了。

我想，这应该就是那顺大叔抓狼的版本重现，后来我特意询问了大叔，得到了肯定的回答。但老人把手伸向野狼的头顶时，野狼的眼神中又是怎样一番流露呢？那是人、狼之间最初的交锋，也是最关键的交锋，可惜，现场再也没有第三人，只有两个主要角色的表演。当然，从人的立场看，结局是正义战胜了邪恶，因为祸端是狼挑起来的。

那天上午，那顺大叔布置了三个狼夹，最后一个是边界铁网下的那一具。

第七节 狼 思

“其实，我并不反对大叔抓狼。”

当琴格听到我说这话的时候，眼睛散发出不易觉察的光芒，睁大眼睛问：“真的吗？”我感觉他甚至有些惊喜了，因为他的眼角已经有笑意了。

其实，琴格一家从来没有问过我为什么拍摄狼，他们只是知道我喜欢狼。但这其中有一个大家都心照不宣的事情：狼是国家二级保护动物。

“当然是真的。”说完我也笑了，但很快正色道，“大叔这种捉狼的方式，不会对狼的种群造成影响，真正对草原狼与其他野生动物形成致命威胁的，是其他一些原因”。

几十年前，狼曾经被作为害兽，在全国范围内遭到追杀，导致这种生存范围比人还要广的动物在很多地域灭绝。当然，同样命运的还有虎、豹这样的顶级食肉猛兽。

面对野狼的纠缠，蒙古人也组织过打狼队，但也没有用火药武器去做斩草除根的事情，蒙古族猎人的狩猎方式是人、狼之间智慧较量的方式，也是相互平衡的方式。有草原狼的存在，蒙古族人、蒙古马、羊群、牛群，都可以保有警觉的基因，草原也可以始终保有自然的野性，不致沦为农民的庄稼地。野狼也依然可以用它的处世哲学，和人类、草原共享一片自由的天空。

但是，尽管打狼队早已消失，而现实的问题却依然存在：在受到保护的情况下，野狼的繁殖速度非常迅速，频频造成狼害。2006年春季，一场大雪过后，我和蒙古族兄弟格日勒穿越雪原，到距离边界很近的一个苏木去探寻狼的线索，那个地方叫萨麦，蒙古语意为白尾鬃，格日勒的深入解释是，马的黑尾巴里有两根白尾鬃。这种阐释真是令人着迷。

但我们看到的现实是另一种冷酷，雪灾之后，饥饿的狼群开始攻击牧民的牲畜。我们探访了两户牧民，其中一家的草垛下堆满了被狼开膛破肚的死羊，另一家还没来

当这只被囚禁已久的母狼看见狐狸尸体后，突然间就疯了，玩命的撕咬着铁笼，它发自体内的狼性令人震撼，我顿时明白了，食物对于狼意味着什么。NIKON D200、AF24-85mmf/2.8-4D ED 、F8、1/250s、ISO100

的及清理，蒙古包外的牧场上羊尸横陈，两家合计损失了几十只大羊。其实这还不算最多的，有些牧民家的羊圈被狼掏了，狼大开杀戒之后，会咬死上百只羊。面对巨大的经济损失，牧民恨得咬牙切齿，因为羊群是牧民生存的基本保障，出栏的羊可以换钱，留下的羊可以继续繁殖，并提供日常使用的肉、奶、皮。其实狼也吃不了那么多羊，但狼入羊群，兽性大发控制不住。要说起来，很多羊并不是被狼咬死的，而是因为绵羊性格软弱，不敢出声或反抗，羊群拥挤踩踏在一起，叠压窒息而死的，人都无法拽动。

说到底，这是一个保护与抑制的平衡问题。最早的时候我们鼓励杀狼，后来觉悟了便立法保护狼，但现实情况的复杂，不是立个法就万事大吉了，狼的数量怎么科学掌控？狼给牧民造成的损失如何妥善处理？这些问题解决起来难度很大，而且具有长期性，比立法要复杂得多。而且我掌握了一些信息，也得到了牧民朋友们的证实，每年入冬11月光景，有些人会到草原上驾车猎杀黄羊、狼等野生动物，而且用的是制式武器。

后　续

藏獒与狼的故事讲完了，我不想也无权评价它们的对错、优劣，那些狼獒之争的话题不过是出于人本位的自以为是，站在人的立场，以人的利益为出发点，那么这个世界难免失衡。

说到底，藏獒只是狗的一种，生长在特定区域，有自身的特定气质。在没有被市场炒作之前，它们在雪域高原生活得好好的，做着自己份内的事情，生于斯逝于斯，无论是与狼斗、与熊斗、与豹斗，最终都相伴高原风化成典。现如今，藏獒这潭水又深又浑，走下高原的藏獒要与钱斗与人斗与其他的狗斗，这的确是一件悲凉的事情。单就此点评析，狼就比藏獒要幸运的多，即使狼被人们形容得无恶不作，但它始终拥有高贵的自由，它的灵魂从来就是自由的，始终在按照自己的方式生存，狼的主人是天，它是自然界中不可或缺的物种。藏獒真正的主人是谁呢？它们什么时候能真元归位？我笑而不语。

我只是个旅行者，以上有关藏獒的话题只代表个人看法，纯属隔靴搔痒。回到那位玉树朋友的话题，我想，只有当整个社会从浮躁状态安定下来，国民整体素质提升，生活水平、社会福利保障能充分满足需求，靠藏獒来暴富的畸形价值观才会得到扭转，藏獒才有可能结束颠沛流离的日子，回归原乡，那才是它真正该有的生活。

第四章 / 马耳狮子天堡：达那寺传奇

第一节　黎明的星空

2012年8月28日凌晨5点，我已经站在尕吾拉康那个山坡上了，暗夜依然像潮水一样包裹着达那寺，夜雨后独有的清冷贴着脸颊，经由鼻腔进入肺腑。我起得比山上的藏马鸡要早，尽管峰顶的马耳和狮头依然和夜空融为一体，但留给我拍摄星轨的时间大概只有一个小时了。

架好机器，调整好构图、焦点、拍摄数据，我拿了强光手电沿着转经小道走向格萨尔护法殿和帕木竹巴灵塔，必须用光绘才能把寺庙和背景的山影分离开来。这里的狗很友善，懒懒地蜷缩在木匠工棚的刨花锯末上，没有发出一点儿声音，于是我放心地用手电的光影把整个寺庙描绘了几个来回，甚至还照顾到了西侧峭壁上的闭关小屋。然后，我回到护法殿的门廊里歇息，夜风把门上的经幔吹得左右飘摇。我在想，此刻的自己是不是也可以成为一个护法，或者是伟大的格萨尔王的临时护卫。

5点半，一点儿微弱的灯光伴着脚步声走近，他是护法殿僧人嘎玛拉萨，一个非常友善的戴眼镜的僧人，微笑着打过招呼后我跟着他进了护法殿。不过有些奇怪的是，他对黑暗中守在护法殿外的我毫不诧异，连眉头都没皱一下，似乎我就应该守在这里而没有为什么。

嘎玛拉萨依次点亮了数盏酥油灯，然后回到他的位置坐下，沉吟片刻后开始诵经，我坐在旁边的垫子上闭目打坐。那一刻达那寺是沉寂的，只有嘎玛拉萨的诵经声，那一刻我隐在恍惚的酥油灯影里，仿佛回到了四年零四个月前。那时我也是坐在这个位置，只是嘎玛拉萨的位置上坐着一位父亲般年纪的老僧，也带着眼镜，老僧旁边是一位年轻僧人，年轻僧人浑厚低沉的声音给我留下了深刻印象。这次重返达那寺，我又看见了他，并且得知他的名字是嘎玛顿珠，达那寺护法殿通常只有两名僧人诵经，现在的诵经者是嘎玛拉萨和嘎玛顿珠。果然，没过多久，随着“吱扭”一声

夜雨初歇，清晨转经的藏族妇女。NIKON D700、AF-S24mmf/1.4G、F4、1/40s、ISO800、-0.67EV、慢速同步闪光模式

达那寺星空 CANON EOS 5D MARKII、EF14mmf/2.8L、F8、1/3074s、ISO200、手电光绘、使用三脚架和快门线

门响，一位年轻僧人走进护法殿坐在嘎玛拉萨身旁，他就是嘎玛顿珠。

在达那寺听经是一种独特的感受，这里没有几百名僧人一起诵经的庞大气势，也没有数量众多的外来者，但就在孤独的诵经与孤独的听经之间，冥想就在寂静中升起，那是非常珍贵的体验。尽管非常沉醉于这个情境，但我在享受片刻的出世后又忙不迭地入世了，尕吾拉康所在的东山上还有一架开着快门的相机呢。

曝光3074秒后，我关闭了B门，回想起在藏地旅行中的几次夜晚长时间曝光，不由得有些感慨，2007年2月在曝珠峰星空那张时无疑是最艰苦的，狂风并且是零下30度的低温，这次的海拔和气候都要舒服得多，但还是出于懒惰而没把那套中画幅胶片机器背上来，尽管我认为胶片更适合夜晚长时间曝光。

黎明之光渐渐照亮麦曲河峡谷，身后是已经在此矗立将近千年的尕吾拉康神殿，它和麦曲河互相印证着自己的沧桑，它的沧海桑田写在脸上身上，外墙上全部是风雨的痕迹，泥土、卵石、草料、玛尼石构成了粗砺的容颜。我的目光掠过天空、峡谷，最终停留在达那寺的山路上，然后回忆起第一次来达那寺时的惊心动魄。

▶ 在囊谦的经济结构中，畜牧业占有非常大的比重，牦牛、高山牧场与山地，是典型的囊谦风景。 NIKON D300、AF80-200mmf/2.8D ED NEW、F5.6、1/1600s、ISO200、-0.33EV

第二节 达那寺之路

2007年12月26日下午6点30分，一辆牌号为京C86585的吉普车停在达那寺喇嘛学校的大门外，两个小阿卡气喘吁吁地跑过来扒住车窗，脸色煞白地拍着胸口说："害怕的有，害怕的有。"回想起半个小时前，那块被当作绞盘锚点的巨石从山坡上滚落直接砸中车头，十多个喇嘛、村民四散奔逃的惊险场面，我的心也有些余悸，那巨石足有数百公斤重。

把分动器从低四摘下，熄火，拉手刹，变速器挂入一档，下车确认停车的位置为平地，我才舒了口气，笑着问身旁还在喘息的小阿卡："我是第一个把车开到达那寺的外乡人吗？"

他俩也笑了，用力点头："是的，是的。"两个阿卡一位叫嘎玛亮宗，一位叫银平道吉，会说些简单汉语，他们连比画带说地告诉我，上山的路刚修好时，第一辆车上来了，第二辆车掉到山沟里去了，后来就没有车上了。

偶然间成为了国内自驾车旅行抵达青海省囊谦县达那寺的第一人，听起来似乎值得

庆祝一下，但心情却没那么激动。暮色中，低头俯望布满浮石的陡坡和古树林，回想起进入囊谦后这一路的险象环生，不由得心生感慨，虽然自驾旅行这些年经历过多次险境，但这一次却非比寻常，极限旅行的时候惊心动魄甚至有死里逃生的感觉。夕阳收起了最后一丝暖意，心中闪过一念：经历过风雨，达那寺会给我彩虹吗？

在2007年底之前，汽车是无法开到达那寺的，囊谦县城到达那寺，被当地人称为尕松盖，意思是翻不完的山梁。极少数到这里的人都是从囊谦县城香达出发，先乘车到吉尼赛乡，然后换乘马匹到达那寺，骑马大概用时两天。我在2007年12月到囊谦时，也做好了骑马去达那寺的准备，但在汽修厂检查车辆时听说达那寺那边可能通路了，于是我又通过不同机会问了几个人，基本确认去达那寺的路可以走了，至少是正在修。这条路线是香达-着晓-东坝-尕羊-达那寺，路况很差，第一天走了150公里到尕羊，第二天又行48公里到达那寺。其实确切地说，第二天我也没把车开上马耳狮子山，因为尕羊到达那寺的路比之前的150公里要困难得多，还要不停地涉水过河，傍晚到达山下时，没敢贸然通过麦曲河，于是返回到朗波切尼温泉洗澡过夜。

此次达那寺之旅，先是经历了冰坡侧滑掉进山沟，车险些侧翻，然后是正常行驶中毫无征兆地落进冰坑，靠绞盘和岩石锚点脱困，至于翻山越岭和麻花状反复穿越冰河就不计其数了。但有两次惊险完全超出了我的能力控制范围，甚至可用匪夷所思来形容，最终获救靠的是绝处逢生的运气和他人的帮助。

飞过214国道的秃鹫，路旁有一顿大餐在等着它和同伴。214国道就是著名的“唐蕃古道”，因文成公主经它进藏而闻名。 NIKON D300、AF80-200mmf/2.3D ED NEW、F5、1/1250s、ISO400、-0.33EV

第三节　生死时速

话说2007年12月22日下午3时许，我已经是一年半时间内第三次独行在唐蕃古道了，心情就像冬季高原的远山那样舒缓平静。从结古镇向囊谦行进的中途，到江西林场岔口的时候，又看到了那个如天工开物般的景象：两块相距数米几乎一样的褐色岩石，拔地数丈高，一条如翡翠般的河水，从两石间缓缓流出。

前两次经过的时候都没有停车，只在心中惊叹天公造物的神力，而这次我想走到近前去看个究竟，车头左转，从国道下到县道。在一个弯道处停车，熄火拉手刹下车，拿相机寻找角度拍摄，大概走出二十多米，举起相机正在构图中，就听身后有响动，一回头不要紧，这世界变化太快了，我的车学会无人驾驶了，它顺着山路倒溜了下来，在弯道处下路基的时候几乎要翻车，但靠惯性冲下路后，开始露出加速狂奔的迹象，这毕竟是个山坡啊。

还处在蒙太奇中的我终于觉悟了，人在呢，人在呢，这唱的是哪出啊，追吧！拔腿就冲了过去。关键时刻，我一贯遇事不慌的优点再次得到体现，奔跑中我用余光感觉到有片平地，立刻猫腰把右手的相机扔在地上，然后正好顺势完成起跑冲刺的动作，有点像一个人在接力赛跑。时速不详，但我确实是追上了正在下溜的车，左手抓住车门把手，一边随着车跑，一边打开了车门。

车在崎岖不平的山坡上上蹿下蹦，曾经重复过无数次的上车动作却在今天成为一件大事了，车在跑我也在跑，而且是从山坡上向下跑，我头一次不知道该先迈哪条腿上车。在剧烈的动态中脑子里闪过两个方案：一是用鱼跃动作飞进车里，用手按住刹车踏板；二是用常规上车动作跳进车里，用脚踩住刹车。但车在惯性的作用下越来越快，已经看不清刹车的位置了，而且即使手能够到，但在熄火状态下刹车是没有助力的，单靠手的力量根本不可能刹住车。只能用第二方案了。

我承认我是白看《铁道游击队》了，怎么往车上跳是一点儿没记住，但别无选择，如果再不行动，车溜过这几百米长的山坡后，是个断崖，断崖下面是一条河。

咬牙跺脚之后我进入动作大片的状态，绝对没用替身。左手撑住车门，右手抓住方向盘，左脚蹬地的同时右腿跨进了驾驶室，但就在左脚刚刚离地的刹那，只听“砰”的一声闷响，车的A柱不偏不倚地撞在了脑门上，瞬时我这100多斤的身体就被满载后接近2000公斤的汽车撞得飞了出去。《黑客帝国》中经典的慢动作场面在脑海中闪现，那感觉相当莫名其妙，有点像你兴致勃勃地去某酒店，然后直接撞大堂的玻璃门上了，人还没进去呢，就出来了。

仰面后倒的过程中，天空没有任何可以看清的焦点，车门像巨雕的翅膀“呼”的一声擦着鼻子尖向后掠去，在我记忆中留下难以忘怀的阴影，我还没见过向后飞的鸟呢。紧跟着又是“砰”的一声，后脑算是枕在地上了，这接地气的角度完全不对，否则我不会感到天旋地转。不过这两个“砰”拿捏的时间实在完美，就像放了个二踢脚。蛮幸运的是，脑袋接地气时枕上的是冻土层而不是旁边的大石头，车门也很仗义没让我流鼻血。

我晕晕乎乎地躺在地上，天空像是朦胧的被子，我有再睡一会儿的想法，但从北京好几千公里跑到这儿，要说就是为了头朝下睡在这荒山野岭上，那可是有点儿玩过了，还有那车和一车的装备，不能放弃啊。其实整个思想斗争用了也不到两秒钟，我就挣扎着向左打滚一骨碌爬了起来，刚好这片的地势比较平缓，我打着醉拳摇摇晃晃地居然又追上了车，但右手抓住ARB前杠的同时我就明白了，我留不住这辆车了，两股力量的交锋在瞬间就令我陷入绝望，我的努力不过是螳臂当车，而车已如脱缰野马无法阻挡。

时至今日我也无法清晰回忆起当时的感觉，只记得自己停下脚步站在那里，伸出的右手无奈垂下，看着车在脚下的山坡飞速离去，在巨大的黄色草场上不时起伏跳跃，越来越小。我尽力了但无法挽回，那么就平静地等待结果吧，于是我把视野放得更远，车后是一道牧场围栏，更远的地方就是断崖下的那条河了，浅绿色的翡翠一样的河。

其实我根本就没拿牧场围栏当回事儿，从我站的位置看它比蜘蛛网都细，全力下冲的吉普车肯定会痛快地将其绷断，我已经提前听见砰砰的断音了。这时候切诺基真正回归了印第安部落，它变成了一支箭搭在了围栏铁丝做成的弓弦上，有只无形的巨手在向后拉它，同时把弓弦拉出一道至少六七十米长的豁口。可惜的是没有预期中的绷断声音传过来，因为不可思议的事情发生了，切诺基之箭定格在那里不动了！

NIKON D700、AF-S70-200mmf/2.8G VRII、F5.6、1/320s、ISO100、-0.33EV

算得上是个奇迹吗？但霎那间我的脑海却一片空白了，就像没收到信号的电视，屏幕上全是雪花，

没有欢呼也没有雀跃，我狠狠地咽了口唾沫，然后痛苦地扭曲了脸，喉咙像刀割一样疼，刚才玩命冲刺追车，喉咙受伤了。从山坡走下去的过程中我不停地咳嗽，用手掐着喉咙围着车转了一圈，眼前的场景有点接近UFO降落现场的感觉，但惊喜的场景很快被另一种糟糕的情况叫了暂停。

不知道该用怎样的方式感谢这些草围栏，是它们拦住了车，让它和我都获得了救赎，但仪式太热烈了，车的后轴上缠满了铁丝，MT轮胎被勒得七扭八歪，就像是极度变形的脸。比较幸运的是两条后刹车油管没有被勒坏。最后的结论：草围栏在和吉普车谈恋爱，但明显拥抱力度过大，从初恋直接演变成畸恋。

我从工具箱拿出钳子试了试又放弃了，那些粗铁丝实在是硬，完全铰不动。不过后来我明白了，铰断这些铁丝是有窍门的，不完全是力量不够的问题。

缓过些神来后，回去捡相机和摔飞的帽子。向上爬的时候忽然看见山顶上有个人，那是个骑自行车的藏族男孩儿，正跨在车梁上呆呆地看着我，我被他迷一样的表情逗乐了，刚才这一幕可能够他琢磨一辈子了。只是可惜了这场动作大戏，如果小朋友手里有台DV就好了，把刚才追车的一幕全拍下来，然后再倒着放一遍：一辆吉普车挣脱草围栏的拥抱，自己往山上爬，中途有个头朝下躺在山坡上的人突然爬起来跳到车上，很快又跳下来，然后屁股朝前猛跑，半路又捡起一台相机搞创作，车继续向上爬到山路停好。

没笑够呢，牧场的主人来了，虽然我省了打捞车的费用，但草围栏的损失是必须要赔偿的。

陆续来了四个牧民，轮流钻到车下，用了半个小时才基本把我的车解脱出来，其中有一个年轻人，在之前的冰坡历险时就主动帮助了我，干活非常卖力气，其实他只是过路，但摩托车被扎了胎，就到牧场主家修车。出于感谢，我给了他30元钱，至少他换车胎的钱有了。我跟他学习了铰断粗铁丝的技巧，铰的同时拉动钳子的刀口，猛地用力，

◀ CANON EOS 5D MARKII、EF14mmf/2.8L、F8、1/320s、ISO400、手动曝光、三张图片接片

铁丝应声而断。

解决完车的事情，就该谈钱的事情了。我把牧场主人拉到一旁，心里飞快地衡量了围栏的价值，那些铁丝都还在，把断的部分连接起来就可以了。这样想着，我伸出了一个手指说："100块，可以吧？"牧场主看着我的食指坚决地点了点头："1000块，少了不行。"然后伸出五个指头："我们是五家人共用一个牧场，你要赔五家，一家200。"

我的天，几根铁丝就要1000块，还得挨家挨户地赔，够狠啊。最要命的是，以我对藏族朋友的了解，他们很不喜欢讨价还价，只要决定了就非常难以改变。果然，我们陷入了僵局。

"好吧，1000块钱我没有，我留下来给你们修围栏，修好了再走。"我镇定地拿出了解决办法，"如果今天干不完，有可能还要住在你家里。"牧场主绝对没想到我有此一招，诧异道："你一个人修不好的，你拿钱，我们自己可以修好。"

我没再说话，嘴角带着韧劲儿十足的微笑，戴上工作手套开始修理围栏，几位牧民一开始原地没动，站在那里观望，过了一会儿看我玩真的了，踱着步子围拢过来，那个骑摩托的小伙子一直在紧盯着我，我知道他想过来帮忙，于是用眼神制止了他。但是我旺盛的工作热情很快就遭遇了冰冷的现实，这段将近100米长的损坏围栏，看起来很容易修复，但扯动的时候才发觉重量超过想象，就像在与30个人拔河，颇费了一番功夫才把两边摆成接近直线的曲线，但一个人的力量完全无法将最后的缺口连接上，现实的情景是，我用手拉起这一端，另一只手无论怎么伸都够不到另一端。

我所有的努力与坚持都被牧场主人看在眼里了，我被网栏的弹性带着一起跳摇摆舞时看到他脸上的表情在逐渐和缓，我知道他心里在说什么：这个不知道从哪里来的家伙很像我们藏族人啊，倔起来就像我们的牦牛。

牧场主也加入了修复围栏的工作，但经过吉普车的剧烈撕扯，再经过钳子的无情铰断，这个围栏铁定是连接不上了。停下来休息，我气喘吁吁地连说带比画："由我开车去县城买一卷围栏用的铁丝网，把最后的缺口连接上，成本加上油钱也没有赔款贵，如果几位担心我跑掉，我可以把重要的证件留下来，或干脆你们派个人跟我去。"几位藏民聚在一起开了个现场会，一边说着藏语并时不时地冲我笑，然后牧场主充满豪情地对我说："一家100元，我的不要了，你给400元钱就可以。"

成交了！这是一个公平的价格，大家似乎都高兴了，气氛不再沉重，我感慨地和他们道别，用低速四驱冲上山坡，重新上路后再次向他们挥手致意。关于这件事，我后来做了个梦，梦见得到一本藏语字典，然后回忆起当时几个藏族朋友说我的话，经过艰苦的翻译，查到两个字：衰人。

事后反思：溜车原因是手刹失效，其实出发前是检修过的，但老款切诺基的手刹是个永远的痛。这次惊险给我留下了后遗症，之后无论是在多么平的路面停车，我拉紧手

刹后都会再做一个动作——将档杆推进前进一档，如果是在山路停车，还要在轮胎下塞石头。而如何在奔跑状态下跳上飞奔的车，我认为还是采用鱼跃前扑的动作为好，动作更合理，只要胸部趴在扶手箱的位置，腿露在车外都没关系，一翻身就可以调整好坐姿，先用力踩刹车，同时踩离合挂档，如果还能找到钥匙并启动成功，就更完美了。这次意外犹如梦游，而我也知道，不是每次失误都有一道围栏等在那里。

第四节　步步惊心

如果说香达到达那寺山脚下的190多公里不太好走，但它毕竟还是路，至于攀登达那寺所在的马耳狮子山，简直可以用尖峰时刻来形容了。老实说，在山下的牧民家喝酥油茶的时候，给寺院放马的阿猜强烈建议我骑马上山，并且让老婆在河边抓了马准备上鞍。那时候我还不死心，决定开车上去。

达那寺的山路，在刚修好的时候，有一辆本地的车上去了，据说也是切诺基，第二辆车在半途落入深沟，幸好被树木拦住。以后就很长时间没有车再上去，至于自驾车旅行者，由于道路的原因，再加上达那寺本身在旅行者当中一直神秘，到我上山之前，还是零纪录。

狭窄的山路年久无车经过，路表面覆盖了一层厚厚的浮石。而且每一个弯都无法一次通过，都要几上几下调整角度，大坡度加浮石路面，难度可想而知。果然在第二个弯，六缸切诺基就宣告前进失败，单侧车轮悬空，前后两只轮胎失去附着力，强悍的百路驰MT也无能为力了，因为它没有差速器锁的支持。将车熄火，挂上前进档，用大石块把车轮顶死，然后徒步上山探路。上面的弯道转弯半径更小，而且有几处布满了冰面，我绝对没胆量继续前进，于是放弃努力，下山想办法。

NIKON D700、AF-S70-200mmf/2.8G VRII、F5、1/1600s、ISO400、-0.67EV

回到阿猜家时，遇见两个达那

寺的年轻阿卡骑摩托经过这里，一个叫银平道吉，一个叫嘎玛亮宗，他们友善又聪明，而且在摆弄我的500毫米镜头时，居然通过镜头发现了麦曲对岸山上的白唇鹿群，那个全雄鹿群隐秘在山腰的灌木丛中进食，毛色绝妙地和山体融为一体，若非他俩的慧眼，我根本无法发现。真是失之东隅，收之桑榆，整个下午我都用来观察白唇鹿群，晚上把车停在山腰缓坡处，在车中过夜，半夜做梦又溜车了。

第二天，银屏道吉和嘎玛亮宗从山上下来，说堪布要见我。搭乘他们的摩托上山，但半途我决定下车步行，因为125CC摩托车的动力根本无法把两个人载上山，摇摇晃晃很危险。后来见到达那寺堪布，盛情邀请我上山，得知山路艰难后，派了十来个小阿卡帮助我，我带着小阿卡们把危险的路段修理了一番，在每个弯道，他们都搬石块塞在车轮下，防止打滑和溜车，七八个弯道过来，这些平日里在山上活蹦乱跳的孩子们已经累得上气不接下气了。于是，我决定放弃最后几个极刁钻的弯道，看好了一条直线，直接向上冲去，但没料到精密计算后还是出了纰漏，一个隐藏在树丛中的树根半路伸出一脚，把我搁浅在山腰。

那是个极为坚韧的古树根，高出地面30多厘米，车的前轮冲了过去，但后轮被卡住了，动弹不得。幸好周围有树，再次用绞盘脱困。但这里的地形太复杂了，山坡上布满厚厚的浮石，身后是陡坡和树林，我尝试了好几次，不仅无法原地起步，车还向下侧滑了，右后轮悬空。

周围已经没有可用的锚点了，而且我也不想再用古树做锚点，它们的年龄都在几百年以上，我不想冒犯它们。唯一可以尝试做锚点的，是车头上方山坡上11点位置的一块高耸的石头，距离车头有20多米，小阿卡和村民们齐心协力把绞盘钢缆拉了过去，那场面绝对是群情激昂。

我曾经以为那块巨石也是深埋地下，有足够的支撑力，但当我扳动WARN9000的控制擎，绞盘钢缆绷直两秒后，那块巨石突然立了起来，原来它埋在地下的部分只有地上部分的1／2。停止收线为时已晚，只见巨石已被连根拔起，以矗立的姿态停顿了有一秒钟后就开始自由落体向下翻滚。我坐在车里右手握着绞盘控制器两眼发直盯着那巨石，余光中就见车两侧的小阿卡和村民们发一声喊，纷纷四下逃散。

巨石带着烟尘翻滚而下，它是略有些扁平的，滚动轨迹是忽左忽右，略扁的形状抑制了它滚动的速度，最后十米它开始加速，然后听到它和ARB前杠碰撞的声音，车猛地一震，然后一切重归于静。

巨石撞在车头右前方，被反作用力弹向一旁，停在两米外的山坡上。这时候，小阿卡和藏民们又围拢回来，每个人都面无血色，刚才那场景确实是有些让人失血。银平道吉站在那块巨石上，带着劫后余生的傻笑看着我，嘎玛亮宗看我的目光也有些发直，所有人都皮笑肉不笑的，那石头至少有250千克以上。

最后，经过大家齐心协力，我终于把车开上了马耳狮子山，停在了阿卡学校的门口。但我不知道的是，经过巨石的撞击后，车看似无恙但已经受了严重内伤，右前下支臂后一寸位置的车身纵梁被强烈冲击绷断。其实也不一定全是这次撞击的结果，这几年用车实在太狠了，不仅是长途旅行、探险穿越，还参加了数次比赛，切诺基的承载式车身已经不堪重负了，后来回北京车伤发作，三环路上随便一个起伏就能让车尾门打开，仔细检查才发现不仅是纵梁断了，从两个A柱开始，全车多处断裂，只能以换车身的方式解决，但即使如此，六缸切诺基也没把我扔在任何一次旅行途中。

第五节　狂野的温柔——大象鼻子温泉

漆黑的夜晚，就像一张没有曝光的底片，两旁的山谷没有任何轮廓。我知道这几天是月圆之夜，一定会有月光的，只是达那寺峡谷的山太高了，月亮正在山的另一侧努力地爬着。终于，东方的山峰变成了剪影，眩目的月光从所有可能的缝隙迸射出来，和西北方向群峰顶部的积雪交相辉映。

借着月光的映射方才发觉，自己被腾腾升起的热气包裹着，浓重的硫磺味在风中弥漫，身旁是一块两米多高、有两头牦牛长度的圆弧形巨石，表面覆盖着乳黄色、呈细鳞状的矿物质，滚烫的泉水顺着巨石上的天然水槽倾泻而下，注入下面大小不一的几个圆形石臼里面，就像是弧形排列的浴缸。

坐在靠东侧第二个浴缸里，我的头刚好露出水面——2007年12月24日夜晚，在远离北京数千公里的青海西藏交界处的深山里，在藏地最寒冷季节的雪后，我赤身裸体泡在热热的温泉里，温泉的名字叫朗波切尼。

朗波切尼是藏语，汉语意为大象鼻子。的确，我在初次看见朗波切尼的时候，它的线条让我想起了大象。整块半圆状巨石犹如大象的身躯，东端垂下的部分神似大象鼻子，不过，整块石头上像大象鼻子的地方也不止是这一处。后来到达那寺后，我问当地藏民温泉的名字是什么，藏民听不懂，于是我就夸张地表演洗澡动作，然后藏族朋友说："哦呀哦呀，朗波切尼。"

我曾和朋友们说起，生活在藏地，在生活自给自足的基础上，如果再有一处温泉，那就是别无所求的完美生活了。郎波切尼绝对是达那寺传奇的重要组成部分，它位于麦曲河滩的边缘，海拔4200米，距离达那寺四公里多，它就像是上天赐予达那寺地区的福祉，周边地区的牧民都来这里泡温泉。尤其是夏季，泡温泉的人络绎不绝，人们在河滩上扎了帐篷，就像郊游度假一般。幸好这里远离尘世，否则那七八个浴缸是绝对不够用的。

2012年重返达那寺，得益于道路条件的改善，四天时间里，团队两次下山去泡温

夏季，来朗波切尼泡温泉的人络绎不绝，有些人干脆在河边扎起帐篷。远方的山峰就是马耳狮子天堡。CANON EOS 5D MARKII、EF50mmf/1.2L、F4、1/1250s、ISO200

泉。在这里泡温泉是自觉的先后顺序，先来的人泡罢温泉更衣离去，后来的人用公用铝盆把石臼里的水淘干净，再放入新的泉水就可以泡了。泉眼在巨石的顶部，石头上分布排列着沟渠，通达不同的石臼浴缸，石头上的布条是封堵改变水路用的，现在又增加了一条皮水管，方便多了。泉水很热，硫磺味浓重，浸入后皮肤表面很滑，泉水中富含矿物质，对促进血液循环很有裨益，据说还有养生的效果。

第二次泡温泉时细雨蒙蒙，空气湿润，温度适宜，简直太诗意了。我们洗浴完毕时天将傍晚，一队红衣觉姆来到温泉，她们13个人挤在一辆猎豹越野车里，加上司机一共14人！确实挺令人动容的。觉姆们非常友善，因为她们的到来，朗波切尼顿时欢快起来，她们来自吉曲寺，从尕羊方向过来，开车的师傅叫松尕，是经营运输的个体户。有个叫宗治藏姆的年轻觉姆用手机和我们互相拍照，并留下了电话和姓名，那一刻远方的马耳狮子山沉浸在暮色中犹如幻境。

回达那寺的路上不停地遇见野兔跑到车灯的光柱里，每遇见一只我们就把它和团队里的某个人画上等号，六只以后就用完了团队名额，第七只自然就化身为因高原反应中途离队的老哈，结果最后冒出第八只野兔的时候，我们只能想起那个原本要来最后没来的某杂志记者了。短短五公里的路程就看见八只肥硕的野兔，可见当地生态的良好。

2007年来朗波切尼，是我第一次泡野温泉，夜晚的山谷一片沉寂，开始还是有些担心的，拿出护身用的刀，和汽车遥控器一起放在身边，准备随时应付突发事件。但当身体完全沉入温泉，头靠在光洁的石台上，身体完全放松下来，仰望夜空和山顶的积雪，我想，如此天人合一的情境怕从何来啊，害怕是因为自己的内心不够坦荡，只要心无杂念，赤条条地和藏地高原的山水融合在一起，自然无畏。于是长舒了一口气，全身心投入到朗波切尼的怀抱里。

泡到酣处，我想唱首歌，给寂静的山谷增加点声音，那时候正喜欢《天上的西藏》，但炙热的的泉水加上四千米以上的海拔，刚唱几句就接不上气了，温泉卡拉没有OK。其实这首歌的音域跨度很大，尼玛拉毛在演绎时也是倾注了全力。在后来的旅程中遇到几位爱唱歌的藏族朋友，想让她们唱给我听，但都说这首歌难度太大不好唱，更

▸达那森格南宗译成汉语就是马耳狮子天堡，在多云的雨季，天堡宛如神话般存在着，与格萨尔王的神武相得益彰，震撼着朝拜者的内心。山腰的庙宇便是达那寺。

CANON EOS 5D MARKII、EF28-300mmf/3.5-5.6L、F5.6、1/1600s、ISO400

别说是我这种不太会唱歌的人了。

朗波切尼的热情持续高涨，我越来越频繁地跳出浴缸让寒风给身体降温。在高原的冬季泡野温泉，一定要保护好自己，重点是头部不能受风着凉，所以洗头最好放在最后，洗完后立刻带上帽子。身体被热水泡透后，即使裸身出浴，短时内也不必担心着凉，我穿着泳裤收拾东西、架相机自拍，都没有问题。有个脸盆是美妙的，就可以享受到痛快的风中淋浴了，这也是开车旅行的好处，可以带上全套生活装备，另外，喜欢泡温泉的朋友不要忘了带上泳裤。

达那寺的僧人说，我是第一个把车开到寺里的旅行者，也很有可能，我也是第一个在冬季的深夜独自享受朗波切尼的旅人。但可惜的是，在达那寺的十余天里，我只是在往返的途中泡了温泉，因为开车上达那寺所在的马耳狮子山太困难了。

大象鼻子给了我非常难忘的体验，尽管在藏地也泡过其他温泉，但无论是名字还是环境，朗波切尼目前都排在首位，希望以后能发现更多的藏地野温泉。另外想说的是，希望当地的藏族朋友们能爱护朗波切尼的环境，因为温泉的周围已经开始有垃圾了，这影响了朗波切尼的完美。

第六节　格萨尔的马耳狮子山

达那寺所在的山有一个非常威武且尊崇的名字——达那森格南宗，汉译为马耳狮子天堡。作为格萨尔王的家寺，这个名字的气势的确配得上格萨尔王的英名。

从尕羊方向过来进入到达那寺峡谷，绝大部分时间可以直接望到马耳狮子山。先看到的一定是马耳，那是非常形象的一对马的耳朵，峻立于山颠，闪耀着灰褐色的光芒。这无疑是一双战马的耳朵，它的左耳尖如竹削，但右耳上有狭长的缺口，那一定是随格萨尔冲锋陷阵征战沙场的洗礼。两耳之间，居然还有一簇随风扬起的马鬃，真的是非常形象与神奇。但有一点，如欲看清整个马耳的形象，在朗波切尼温泉是最合适的位置。

真正到达马耳狮子天堡脚下，因为角度变化，峰岭横侧高低亦随之变幻，马耳反而看不真切了，但随着峰回路转，一颗巨大的狮子头便跃然眼前，那是一个狮头的侧面，深沉而威武。在这个角度看，整个天堡更像是一个战神，狮头是戴着盔甲的头颅，一侧的马耳和另一侧的危岩，就像是两肩高耸的吞肩怪兽，而陡峭的山坡上，无数呈枪尖状直指苍天的巨石，仿佛是格萨尔麾下的众位虎将，随时严阵以待，而那战神，无疑就是

绕到山脚下，马耳不见了，一个巨大的侧面狮头出现在峰顶，我深深佩服先人的想象力，马耳狮子，多么神武威严的名字！狮头两侧隆起的岩石像是神雕的翅膀，又像是古代武将肩膀上的“兽面吞头连环铠”，好一座名副其实的神山！格萨尔王的岭国寺名不虚传！ NIKON D200、AF90-200mmf/2.8D ED NEW、F5.6、1/800s、ISO200

在南面看，山顶最高处的岩石如战马的双耳，故称达那，藏语里，达是马的意思，那是耳朵的意思。西侧马耳尖上有个豁口，我想，在冷兵器时代，这一定是随格萨尔王征战沙场留下的记号。 NIKON D300、AF90-200mmf/2.8D ED NEW、F5.6、1/640s、ISO200

英武的格萨尔王本人。

寺院周边地形也是极为奇特，主要由七座形状不一的山峰环状围绕，自东至北依次为：将军峰、白象峰、金轮峰、大相峰、马耳峰、神珠峰和妃子峰。青海、西藏交界处的深山峡谷中，奇崖怪石遍布，但达那寺的马耳狮子天堡的确是不同凡响、独一无二。我心底里不由得赞叹格萨尔王的英明与智慧，因为只有战马和雪山雄狮才配得上战神的称号呀。

第七节　达那寺的前世今生

我两次达那寺之行，分别得到寺里堪布和活佛的热情接待，第一次到达那寺时，阿边活佛去四川成都了，格勒嘉村堪布接待了我，我们成为了非常好的朋友。第二次来达那寺，在吉尼赛至达那寺的路上我们超越了一辆越野车，因为在网络上看到过阿边活佛的照片，所以我认出开车的人正是阿边活佛，在路边经过简单交谈，得知格勒嘉村堪布已经不在这里，原来的阿卡学校也迁到其他地方了。这导致重返达那寺的那个傍晚我是很失落的，我带了当年为孩子们拍的照片，四年过去了，每个孩子都应该发生了变化，我期待看到他们的成长，但曾经充满活力的那个院子如今寂寞荒芜，笑声不在，我想拥抱格勒嘉村堪布的想法也一起成空。

幸运的是，阿边活佛同样是充满魅力的人，他的家就在吉尼赛乡，1992年坐床成为达那寺活佛。阿边活佛比格勒嘉村堪布年长几岁，和我年龄相仿，我不由得想到他成为活佛的那年我在做什么。阿边活佛带着我们走遍了达那寺的每一个佛殿、每一处古迹，对达那寺的历史传承做了详细深度的介绍，还派人带领我们爬上悬崖上的闭关小屋，参观了莲花生大师修行过的神秘山洞。

通过阿边活佛的讲述，辅以查阅达那寺的文史资料，我对达那寺

文革期间，达那寺文物损毁严重，很多极其珍贵的佛经被付之一炬。阿边活佛介绍，达那寺曾藏有二万卷珍贵经书，我问现在还保留多少？阿边活佛托着手上的经书残卷，痛心地说："所剩无几。"

CANON EOS 5D MARKII、EF50mmf/1.2L、F2、1/320s、ISO800

近处峭壁上，是达那寺僧人闭关的小屋，峭壁后面还有一个天然洞穴，相传是莲花生大师修行的山洞。远处靠近山顶，岩壁凹陷处的白塔，就是著名的格萨尔三十大将军灵塔。因山势险峻，抵达灵塔绝非易事，身手矫健的僧人，马不停蹄地攀登也需三个小时左右。NIKON D700、AF-S70-200mmf/2.8G VRII、F5.6、1/3200s、ISO400、-0.67EV

的前世今生有了系统的了解与认知。

根据《达那胜地经》及相关史料记载，达那寺始建于公元686年，初为苯教寺院，后改奉藏传佛教叶巴噶举派。寺院建筑为藏族风格，主要建筑包括尕吾拉康、格萨尔三十大将军灵塔群、嘎嘉玛大经堂、帕木竹巴灵塔殿及叶巴经堂等。

噶举派是所有藏传佛教中派系传承发展最多的一派，有四大派八小派之称，而达那寺是八小派中现今唯一一座叶巴噶举寺院。叶巴噶举的创始人叫桑吉耶巴，他一生修建了四座叶巴噶举寺院，其他三座已经湮没在历史的风尘中了。现今世上只有这座保留完整的叶巴噶举寺院了，这和它坐落在澜沧江上游腹地不无关系。这里海拔虽然很高，但纬度相对较低，因而沟壑纵横雨量充沛，草原林木植被非常茂盛，既远离尘世，又拥有极好的自然条件。

达那寺为世人所称道的重要原因是因该寺与藏族古代英雄史诗《格萨尔》的传说紧密相联。该寺不仅拥有唯一一处格萨尔三十大将军灵塔群，还收藏有岭国四世王族所珍藏的上万件珍贵文物，虽历经文革浩劫，许多文物流失，但保存至今的仍然为数颇丰，是一座当之无愧的岭国博物馆和纪念馆，故又享有“岭国寺”的美誉。

尕吾拉康是该寺历史最悠久的建筑，是康区建成最早的佛殿，素与卫藏地区的藏王宫殿雍布拉康齐名，是1068年印度高僧公丁传教至达那寺所建。殿内供有许多文物，其中一

2008年1月4日，一场期待已久的雪在夜间悄然降临。两个阿妈在虔诚地转经，在这个几乎与世隔绝的寂静山谷，这是她们一生中不曾间断的仪式。那时候的达那寺刚刚开始重建不久，百废待兴，今天再去达那寺，已经有了很大的改善。 NIKON D300、AF20mmf/2.8D、F5.6、1/500s、ISO200

樽“乌金鱼翅臼”极为珍贵，其材质似金非金、似铁非铁，其形天然生成，神奇无比。

该寺最珍贵的文物当属格萨尔三十大将军灵塔群，经中科院考古研究所碳14测定，灵塔及相关遗物当属于1115年左右的古物，造型带有明显的宋代艺术风格。塔中内藏大量擦擦以及做工精细、造型精美绝伦、艺术价值极高的文物，其中有一世噶玛巴像、四臂观音像、千手千眼观音像、文殊菩萨像，破碎的擦擦肚中还有古老的贝叶经文，上刻藏文字母：嗡啊吽。

嘎嘉玛大经堂是该寺最大的建筑，可惜主体建筑大部毁于文革浩劫，现有嘎嘉玛大经堂是八十年代初仿原建筑式样在原址重建，规模较原有的为小，大经堂内供有两樽传自古印度的释家牟尼和金刚手菩萨等身铜像，是极其珍贵的文物。

帕木竹巴灵塔殿位于寺院中心地带，殿内供有三座灵塔，藏传佛教帕木竹巴噶举派创始人帕木竹巴舍利塔居中，藏医学鼻祖宇妥元丁公波灵塔及藏传佛教“希杰决”派集大成者著名的女活佛玛吉拉准灵塔分列两侧。尤其是达那寺的帕木竹巴灵塔，作为目前存世的唯一一座帕木竹巴舍利塔，在藏传佛教界拥有崇高的地位。

叶巴经堂因供有叶巴噶举派创始人桑吉耶巴的鎏金等身像而得名，殿内藏有大量与格萨尔史诗有关的珍贵文物，其中最珍贵的有：用金粉在蓝黑色的狼毒草纸上书写的三十大将传记，是仅有的现保存完整的一部。我对这部传记有两个深刻记忆：一是格勒嘉村堪布手捧传记顶礼膜拜，二是阿边活佛小心翼翼地展开劫后余生的狼毒草纸。据说当年达那寺保存的文献有数万之多，现在仅剩下几件。这个强烈的落差不由得让人扼腕叹息，在那场波涛汹涌的残酷浩劫中，即使达那寺这样偏居一隅的世外之地，也是在劫难逃啊！

还有传说为格萨尔王及其部将使用过的盔甲、头盔、盾牌，以及珠母王妃的海螺腰带；还有一批罕见的宋代木刻经文夹板，刻有极为精细的佛像等各式鎏金图案，并镶有极为珍贵的珍珠、玛瑙、猫眼石等，其中的一颗九眼石，更是珍贵无比。

现在的达那寺，见不到华丽辉煌的场景，历史的原因，使其外表与显赫的身世难以辨别。它静静地立于马耳狮子山的腰部，灰黄色的外表和村子里的藏民宅融为一体，那或许是一种曾经沧海后的平静，历史的长河，暗淡了刀光剑影，只有高耸的马耳狮子山，依然昭示着达那寺的威严，还有过往的风云。

中国有句古话叫“大隐隐于市”，那么对于修行者而言呢？是在大闹之市修还是在大寂之山修，何种修行更有益呢？当商业的味道充满一些名刹圣地的时候，如果是我，会选择偏远的达那寺，于荒野的寂静中，冥思默想这短暂而虚幻的人生。

牧女依托正在备马，准备运送货物。远方的雪山距我们所在的位置约11公里，那是尕羊到达那寺的必经之路。NIKON D300、AF20mmf/2.8D、F5.6、1/200s、ISO200、-0.33EV、闪光灯补光

达那寺的喇嘛极少，无法看到壮观的红衣潮涌，每日在大经堂诵经的，三个老喇嘛，两个年轻喇嘛，但这五个喇嘛也未必每天到齐，至少我在的那段时间是这样。用格勒嘉村堪布的话说，老喇嘛念经非常狠，这里的狠是用功、用力、用心的意思。老喇嘛不仅要念经，还要同时身兼击鼓、打镲等几项工作，隔段时间还要起身为酥油灯添油。经常是刚刚翻过一页狭长的经文，双手便

达那寺护法殿内的野兽标本，包括珍贵而神秘的雪豹。当然，这些都是很早以前收缴的猎物，达那寺倡导保护自然，护法殿里还有很多收缴来的刀具、猎枪。寺庙周边区域，生态环境优良，白唇鹿、岩羊、藏马鸡寻常可见，雪豹、棕熊也时有出没。

烛火、经文、青稞谷粒。NIKON D300、AF85mmf/1.4D、F2、1/125s、ISO400、−0.33EV

2007年12月，格勒嘉村堪布在膜拜用金粉写就的古老经书。NIKON D300、AF50mmf/1.4D、F2.2、1/40s、ISO200、−0.33EV

马上扬起，右击鼓左鸣锣，一人手舞足蹈之际，却有千军万马的气势。

当正午的阳光透过窗棂射入经堂时，我经常是靠在幽暗而厚重的墙角，闭合着双眼，聆听耳畔的诵经声，时而高亢密集，时而低沉舒缓，这是一种在荒凉的山谷中修行的艺术，年复一年，永不停歇。这时的我，不再是个单纯的旅行者、旁观者，我身处其中，恍然中在某一刻融入了达那寺的今生。

在达那寺，我体会着寂寞的自由，怀着恭敬的心放松游走、拍照。每天，会随着几位藏族老阿妈一起转经，沿着崎岖的转经路，上坡、下坡、转弯，累了就在灵塔后面一处固定的地方歇脚。那是一根两米长的方木，经年累月，已经被阿妈们的藏袍磨得圆滑闪亮。用最舒服的姿势坐在上面，可以看到达那寺大部分的房子，高远湛蓝的天穹下，四五只胡兀鹫在马耳狮子天堡上空盘旋。经常是坐在那里就失了神，忘记自己因何到这里来，也不知道还要去哪里，等又转了一圈的阿妈们经过，才把我从恍惚中拽回来。

小村转经的人很少，最多的一次也就七八个，其中有两位阿妈非常有趣。一位面对我的镜头时，总是用手捂着嘴红着脸笑，后来熟悉了，阿妈用手指着自己的牙让我看，原来是少了两颗门牙，阿妈认为不好看，后来每次遇到，就用围巾遮住嘴让我拍照。另一位阿妈则酷酷的，出门总是带一副很古旧的风镜，开始总是躲避镜头，后来阿妈看我虔诚地每日转经，就把风镜摘了才允许拍照，原来阿妈是嫌戴着风镜不好看。不过，距离近一些的时候，阿妈会用转经轮向我示威，假装生气的样子，笑着用藏语说着什么，那样子让我想起小时候，北京胡同里的街坊奶奶，用山东口音骂淘气的我们：“驴筋子！”那表情真是一模一样的。

第八节　寂寞山谷中的小学校

2007年的达那寺之旅，我一直住在格勒嘉村堪布的居所。那是连在一起的三间房子，靠西的里间是堪布的卧室，中间是大屋，用于会客、讲学、日常起居，做饭也在这里。西墙角的床上住着堪布的表弟嘎玛亮宗，从四川稻城老家来，负责照顾堪布的起居，也跟堪布学经。最小的东屋是储藏室。

我和嘎玛亮宗住在中间大屋，靠北墙的长条型坐垫就是我的卧榻，用自己的睡袋，倒也舒服。每日吃饭、喝酥油茶、聊天、检查图片、存储刻盘，全在这里解决，基本成为我在达那寺的生活办公区。

那段日子，没事的时候就坐在那里，靠着墙看电脑里储存的《越狱》。烤着热热的牛粪火，喝着酥油茶，在藏地深处的达那寺看《越狱》，能把我拽回到现实中来，而剧中绝处求生的情节也给了我很大的精神动力。我不由得会联想起自己同样惊险曲折的旅途，同样要精确、要谨慎、要有耐心。后来一朋友说我："你个野人，在那么偏僻的地方看《越狱》，最合适不过了。"当然，我没告诉她，看到女主角死去后，我很是伤感了一阵子。

不过，迈克和我都有难题，迈克的难题是如何带着一群乱七八糟的哥们儿越狱，我的难题是如何去朗波切尼洗澡。上山时候的艰险仍令我心有余悸，开车去洗澡是没胆量的，而徒步往返将近十公里去泡个澡也让我头疼，可惜了那个绝世的温泉。坦率地说，那时脑子里几次闪过一辆车，短轴版Rubicon，三把差速锁配合短轴距，拜见格萨尔王家寺的不二之选。

堪布住的院子，是达那寺领地内最大、也是最平整

慢速同步闪光结合我无意识的拍摄动作，让阿妈的转经轮产生了奇异的力量，好像强大的冲击波向四周扩散一样。

NIKON D300、AF20mmf/2.8D、F10、1/60s、ISO100、−2.67EV

夜色中，孩子们用不同的动作向我展示自己的创造力，吃过晚饭，他们还要上晚课。NIKON D300、AF20mmf/2.8D、F4、1.3s、ISO800、-0.67EV、慢速同步闪光

的一块地方，这也是寺院的小学校。堪布房子的旁边，是达那寺阿边活佛的居所，但活佛那时在成都，无缘相见。

学校的孩子小的有五六岁，大的有十六七岁，吃住全在学校。这些孩子上午由寺里年长的喇嘛带着学习藏文，然后到堪布的房间听堪布讲经。阳光暖和的时候，集体坐在院子里学习，下午继续念经，或学着做一些供奉用的供品，有时候也帮助寺里的藏医用刀和锤子加工藏药。晚上的时候，无论年岁大小，都要自己生火做饭，生牦牛肉、简单的蔬菜、糌粑、酥油，都是家长定期送过来的。吃完晚饭，还要上晚课。

周末休息的两天，可以到堪布的储藏间看电视，这里没有电视信号，只能看光盘，最受小喇嘛们欢迎的是武侠剧，都已被翻译成藏语，不懂藏语的人听起来倒像是原版的日、韩剧。在大屋里听到里屋笑做一片的时候，肯定是剧中的男女主角有亲热动作，这时候我就推门进去，指着电视说少儿不宜，然后捂住自己的眼睛，小喇嘛们笑得更厉害了，有羞涩的就红着脸低下头，真不看了。

很多个夜晚，我会拎了相机到小阿卡们的宿舍串门。他们欢迎我的方式是各种表演，这时候的宿舍仿佛变成了艺员培训班。他们各出花招，用各种表情出现在镜头前。孩子们的生活环境绝对称不上舒适，但藏族人天性中的乐观与幽默，深深地扎根

安卓 NIKON D300、AF20mmf/2.8D、F3.2、1/30s、ISO800、-1.33EV

于雪域高原的每一个角落，扎根在每个孩子的心里。在啃生牦牛肉时，脏脏的小脸和酱黑色的牛肉已经快分辨不出来了，但我内心里更多的是欣赏，因为这才是高原上最可贵的生命力。

安卓最先成为我的朋友，因为他会一些汉语。那天在另一个屋子里，安卓让我给他拍照，我逗他说："你的脸太脏。"他说："叔叔，跟我来。"然后我们到了他的宿舍，他站在那里背对着我，我看到他向手里吐了唾沫，在脸上抹了几把后转过身说："可以了吧，叔叔。"其他的小喇嘛都被他逗乐了。我发现，安卓有一张非常白净的脸庞，连高原红都几乎没有。

安卓原来是拉萨人，确切地说是和母亲在拉萨乞讨为生，父亲不知所踪。后来，达那寺的阿边活佛把他带到了这里，供他生活与学习。平日里，我注意到安卓有时会独来独往，似乎是一副蔫有准的样子。别的孩子家长会来寺里送牛肉或生活用品，但安卓没有，我有些忧虑，如果没有家人的关爱，他会不会变得伤感和孤僻。后来我问堪布，安卓有没有牦牛肉吃，堪布说寺里会给他提供的。

我还有个好朋友叫扎西桑巴拉，这名字老让我想起巴西足球来。他是个小个子，小眼睛，不会汉语，但非常聪明，据说他十多岁了，但个子和七八岁的小喇嘛差不多。我管安卓叫演员，管扎西桑巴拉叫歌唱家，这小子的嗓子非常好，人又聪明，藏语歌的旋律拿捏得非常出色。他也是个照相迷，一见到我就不停地招手，不停地叫"捞班捞班捞班"（老板老板老板）。不过，他闭着眼拍照的样子，像个小老头。

我在达那寺做了一件旅行中最有意义的事情，同时也是我摄影生涯中迄今为止最有意义的事情，我摇身变成了证件照摄影师，给小阿卡们拍证件照。那是政府的要求，要给每个阿卡做身份证，但那时的达那寺既没相机也没胶卷，堪布说唯一的办法是把几十个小阿卡都拉到县城去拍照，想想孩子们只能挤在大卡车后厢里，翻山越岭200公里，不仅艰辛而且十分危险，而且车辆与费用都是需要解决的问题，那几天看堪布确实有些为难，但那时候我还不知道整件事情的来龙去脉。

某日偶然间，格勒堪布看到了我摄影包里的胶片暗盒，他试探着问我："飞渡，你能照相吗？"我有些诧异，因为很明显我是个摄影师，于是就问照什么，堪布说是拍身份证照片。我飞快地罗列出拍摄身份证照片的关键点：大头照但不能变形失真、脸部受光均匀、纯色背景。我摄影包里能完成这个任务的镜头有4支，而且我还有至关重要的杀手锏：三支带同步器的热靴式闪光灯！足以布置成一个小型摄影工作室了。于是我充满自信地回答堪布："没问题，这活儿我接了。"我没和堪布解释，在大城市里，如果不是逼到养家糊口的地步，我们这些搞艺术创作、玩纪实摄影的人是绝对不会拍身份证的。不过拍身份证也不是那么容易，至少要会用灯光，会控制光比。这些都难不倒我，我甚至还学过用8×10座机在一张底片上拍几十张一寸免冠照呢。

堪布显然很高兴，一个劲儿地说"哦呀哦呀"，但没想到的问题马上出来了，堪布指着我的数码单反让我用胶片来完成拍摄。我不理解，那可是专业反转片。然后我们俩就拍摄方式陷入了僵局，你们可以想象我给他解释起来有多大的难度，因为我们的语言沟通真的无法解释什么是负片、什么是反转片、什么是C41冲洗、什么是E6冲洗，我费了很大力气来证明数字相机里没有装胶卷的位置。我摄影包的角落里是塞着尼康FM2呢，也有外用的测光表，用闪灯准确曝光问题不大，但难道拍完反转拿到囊谦县城用C41负冲吗？我对囊谦县城的照片冲洗水平真的不了解，而且据说冲洗照片的店铺也关门了，人都回家过年去了。

僵持了很久，堪布终于同意按我说的做。他拿了块大红布挂在墙上做背景布，派了个小阿卡给我做助手。我用三脚架支好相机，左手的柜子上刚好可以放置闪光灯，另一支闪光灯由小阿卡拿着站在右侧，两个灯都以45度角朝向背景布，用尼康D200的内置闪灯做引闪，调整完拍摄数据和闪光输出量，我试拍确认无问题后，先从堪布开始拍摄，把堪布拍得神采奕奕的，他看了很满意，然后小阿卡们排队进来，逐个拍摄。

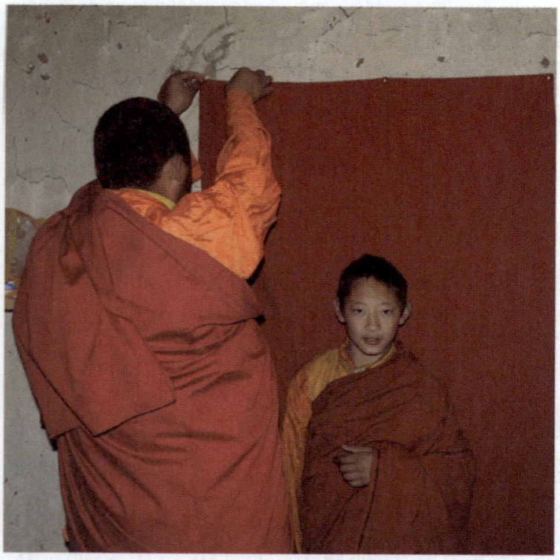

格勒嘉村堪布正在布置影棚的背景墙，安卓担任试镜嘉宾。NIKON D300、AF20mmf/2.8D、F4.5、1/60s、ISO200、机顶闪光灯强制闪光

为了这次拍照，小阿卡们已在昨天提前去大象鼻子温泉洗了澡，刚洗完的时候都非常干净，个个小脸蛋上白里透红，但刚过了一夜脸上就有泥巴了，尤其是那几个鼻涕流个不停的。全部拍摄完毕，通过堪布验收，并在堪布的帮助下为每张照片都标注上名字，为求保险刻了两张光盘，一张交给政府，一张备份。

在朝夕相处的日子里，格勒嘉村堪布和我已经成了无话不谈的好朋友。他老家是四川甘孜州稻城人，13岁出家，到著名的噶举派本寺八邦寺学习，17年后取得学位。囊谦县的大藏医出资，把他请到达那寺做堪布，给小阿卡们传道授业解惑。

格勒堪布勤奋好学，为人敦厚，富于幽

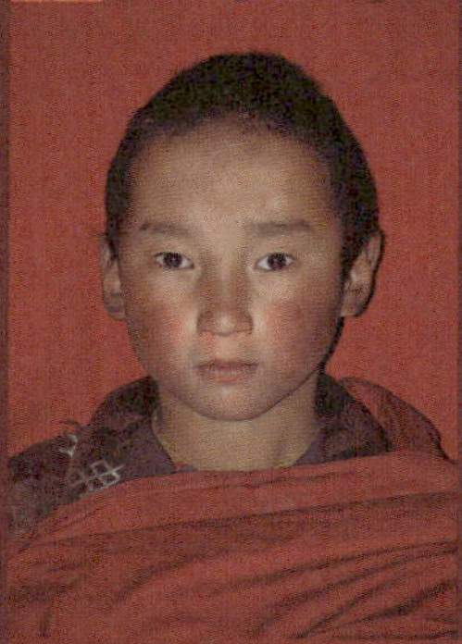

从左至右依次是格勒嘉村堪布、阿波、阿布、阿牛、安卓、昂宾、白马文达、才旦邦交、胆优、嘎玛参巴、嘎玛次川、嘎玛诺森、嘎玛去原、格宗江尊、江村扎西、拉瓦丁青、去原道吉、赛那巴丁、羊洛、依西、扎西丁道、扎西桑巴拉、尊驰。

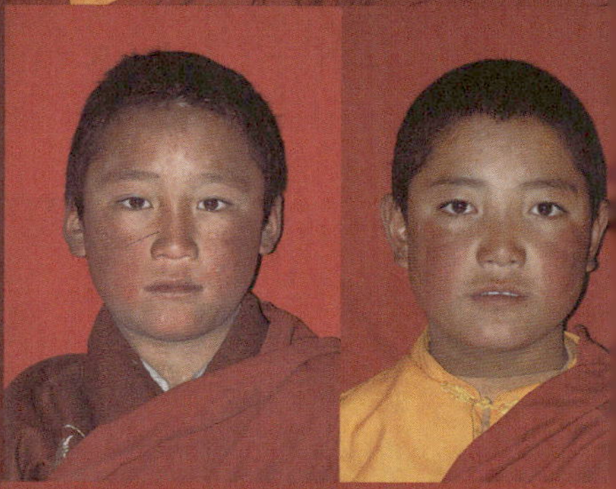

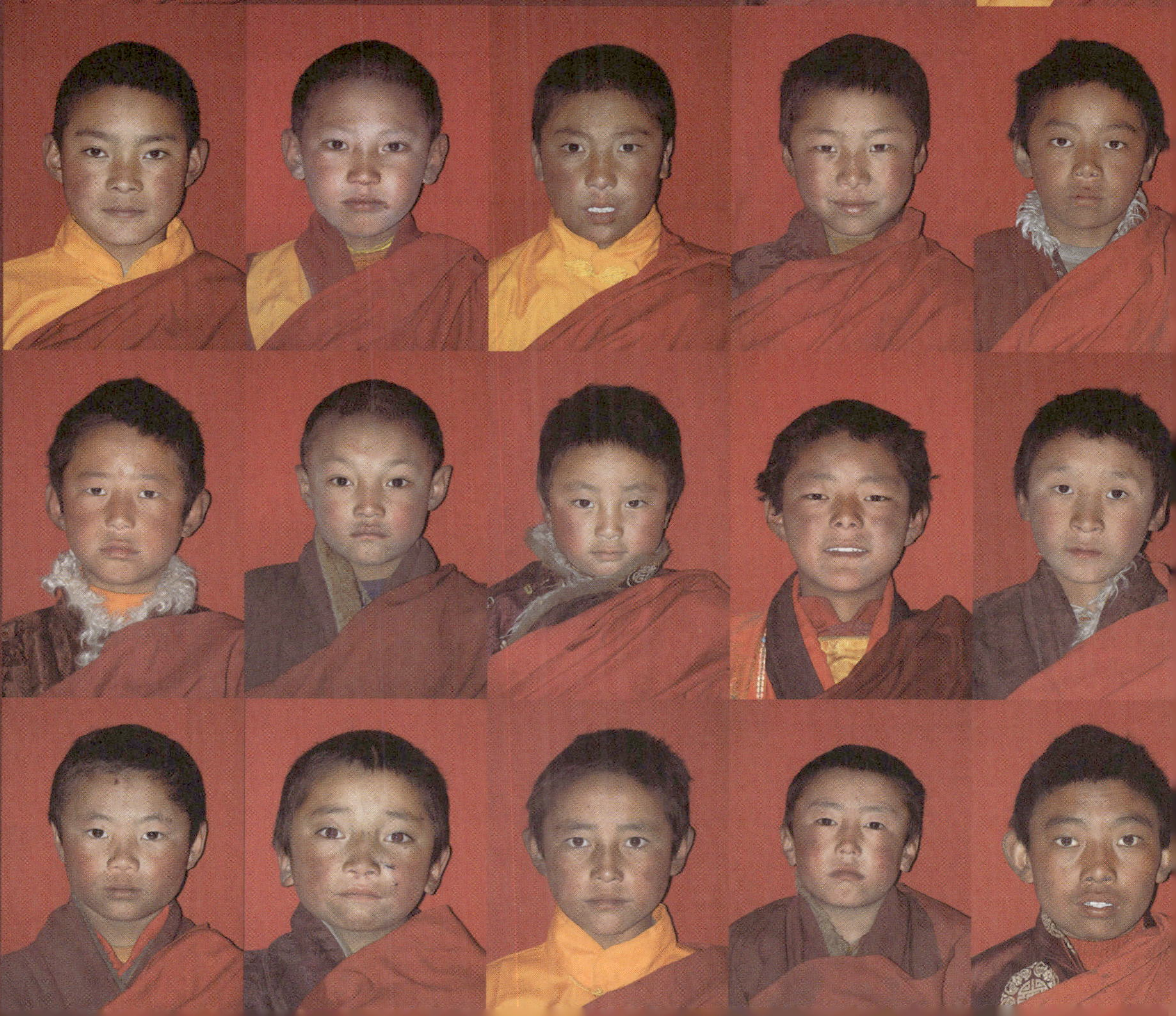

NIKON D300、AF20mmf/2.8D、F3.2、1/25s、ISO800、-1.33EV

默感。通过他身上所体现的素质，我相信了关于八邦寺治学严谨的声誉。后来我真的去了八邦寺，那里的佛学院纪律严明，学习风气浓厚，难怪八邦寺盛产著名的堪布学者。非常有趣的是，我曾经在八邦寺佛学院学习喇嘛辩经用的整套动作，还和一个很酷的年轻僧人像武林高手用劈空掌对决一样，做完辩经动作后两人就站在那里不动。停了片刻，我冲他竖起拇指，他很有型地甩头走人，搞得周围的喇嘛们大笑。学监喇嘛过来，小声对我说："拍照的可以，辩经的不行，影响课堂纪律，场面过于不严肃了。"

辩经是藏传佛教非常好的学习方式，我实际体验过它的厉害之处。在达那寺的时候，有天晚上和堪布闲聊，堪布先是写了些工整的汉字，问我如何发音，字义是什么，然后我们聊起了他的家乡稻城。

堪布饶有兴致地介绍了自己的家乡、家人，以及稻城著名的寺庙。接着我又问了些野生动物的情况，堪布在介绍了几种常见动物后，扔出一颗炸弹："那里还有老虎。"

当然堪布并不知道这句话是一颗炸弹，也不知道他面对的是个大猫迷。很早的时候我就去东北拍老虎了，虽然是野化饲养的，但手里的图片也可以出一本书了，而中国野生虎的生存状况更是一言难尽。作为虎类的发源地之一，中国曾经广泛分布着虎的几个地理亚种，只是如今再难觅踪迹，大部分已灭绝，偶有残存亦是极度濒危。但川西高原出现老虎还闻所未闻呀，所以堪布这颗炸弹听着响亮，却未在我心里炸出弹坑。有意思的是，接下来的谈话竟然开始带有辩经的意味。

我："有老虎是听说还是亲眼所见？"

堪布："亲眼所见，有一次坐车行在山道，一只老虎在车前不远经过。"

我："身上是斑点还是条纹？"

堪布想了想："条纹。"

我："虎的身体有多大？"

堪布："哦，这个，身体不大好说，但尾巴有这么长。"

堪布双手比画的尾巴长度把我惊呆了："不可能，东北虎是世界上最大的虎类亚种，尾巴都没这么长。"

堪布咬定就是那么长，甚至更长，我则坚持不信，然后堪布绕了个弯子："世界上有很多老虎，尾巴有长有短，也许有的老虎尾巴就这么长，你认为可能吗？"说完他比画了一下大概20厘米长的老虎尾巴。

这个不大不小的问题把我困住了，如果我承认有短尾巴老虎，那就等于承认那只长尾巴老虎的存在。我说："也许是老虎受伤尾巴断了，也许先天就是短尾。"但堪布说和这些都无关，只是反复问我世界上到底有没有短尾巴老虎，最后又咄咄逼人地追问道："难道你认为一只都没有吗？"

我明显感觉到格勒堪布开始有些兴奋了，身子也坐直了，伸出的手臂开始有辩经的信号了。我绕了好几个圈子都没冲破他的控制范围，不能束手就擒，我决定反击。

我："你说稻城有老虎，但证据何在？"

堪布："我亲眼所见。"

我："口说无凭，要有证据。"

堪布："什么证据？"

我："照片或实物。比如说达那寺有雪豹，这个我信，因为大经堂有雪豹标本。"

堪布挠了挠头："哎呀，这个可没有。"

我知道这个确实是难为堪布了，赶紧见好就收："那好，今天咱俩是个平手，短尾巴老虎我无法回答，稻城有老虎你也拿不出证据，你看如何？"

堪布也乐了："哦呀哦呀。"

八邦寺出来的堪布，辩经都是绝顶高手。我承认，向堪布要老虎证据有些无理，国内那么多科研机构、专家找了那么多年都没证据，堪布常年在藏地修习佛法，和老虎根本风马牛不相及。但如果不那样做，堪布抛出的短尾巴老虎论就会将我逼入死胡同。细一想，堪布这理论也有些蛮横，我倒也不必自责。而稻城那一带自然环境绝佳，如真有老虎生存堪称天大幸事，至于堪布比画的虎尾，多长出个二三十厘米也不算什么，惊"虎"一瞥，谁能保证那么精确呢，况且这世界上的老虎尾巴有长有短，还真不能一概而论。后来，随着对青藏高原野生动物的深入了解调查，我有九成把握确定堪布所见到的是雪豹。2011年我在三江源腹地目击并拍摄到野生雪豹袭击岩羊群，雪豹的大尾巴真的有格勒堪布说的那么长。

更神奇的事发生在四川甘孜白玉县的亚青寺，那里的山中也有一个温泉。有一天我去洗澡，正走着，听温泉池里有人和我打招呼，一看是三个年轻的喇嘛，我一愣，不认识呀。正在我犹疑不定之时，其中一个喇嘛双掌猛击后右掌指向我，这么漂亮的辩经动作，让我脱口而出："八邦寺！"然后三个喇嘛一起点头，然后我们一起大笑。在泡温泉的时候，我提到格勒嘉村堪布，他们居然认识，格勒堪布是他们的学长。天哪，这就是传说中的缘分呀，正是天涯何处不逢君！

格勒堪布曾经盛情邀请我去稻城，去他家里做客，并答应把家里属于他的马送给我，供我在稻城使用，但我原定的旅行计划实在是改不了。本来堪布说好搭我的车一起离开达那寺回家探亲，但他突然又有讲经的安排，还要耽搁至少一个星期。而我那时已经在达那寺住了12天，跟家里没有任何联系，极担心家人为我的安全担心，所以就先堪布一步出山，果然，到囊谦后和家人联系，家里说再没消息就要报警，并要过来找我了。

在囊谦等待堪布期间，我又去了尕尔寺送上次拍的照片，回来后还是没有堪布的消息，就回到玉树结古镇，刚好赶上过生日，自己庆祝了一下，菜单是回锅肉和鸡蛋炒西红柿。等了两天，堪布终于到了结古镇，到我住的唐蕃古道宾馆与我会面，他说已经把光盘交给政府，县里对照片非常满意。我觉得自己做了一件很有意义的事情，靠自己的手艺将一件可能很艰苦的事情变得轻松且皆大欢喜，这个身份证摄影师的经历让我很有成就感。我没告诉堪布，在囊谦等他的时候我曾去过离县城不远的康国寺，如果他看了寺里的证件照，一定会和康国寺的活佛说："哦呀，我有个朋友叫关山飞渡，他最擅长拍身份证了。"

第九节　隐形的翅膀——小村帕尼巴

2007年12月31日早晨，我站在才巴拉丁家土木结构的二楼平台上，手中端着一杯滚热的酥油茶。阳光已经从麦曲东侧的山梁掠过，跨过麦曲，把河西岸缓坡上的小村庄帕尼巴染成金色。

这已是来到帕尼巴的第二天了，时值冬闲时节藏历新年前夕，格勒嘉村堪布被请来讲经，随行的有银平道吉、嘎玛亮宗等三个年轻僧人。当然不能落下我，一方面我要给堪布的讲经拍照，另一方面，带着北京来的朋友去讲经，堪布也觉得很有面子。这个还是能看出来的，昨天下午，格勒堪布去拜望同来讲经的拉迦寺格桑顿珠堪布时，特意叫我一起去，并正式介绍给格桑堪布。事实上我也有一种感觉，帕尼巴似乎从没有游客涉足过，就像囊谦的很多深山一样。

每喝一口酥油茶，都有浓重的热气随呼吸融入清冷的空气中，藏地阳光的解析力是如此的无法抗拒，我几乎能看见热气中的每一粒酥油茶分子，由紧紧浓稠地抱在一起到被冷风吹散，然后分解弥漫消失。正在我独自沉醉于如何描述这情景时，一个小小的影子透过酥油茶的热气，出现在街对面的巷子里，很小的一个孩子，跑起来有些蹒跚，终归还是摔倒了。

好像是三岁的冬吉呀，他的爸爸和奶奶我都有印象，怎么就一个人跑出来了呢。我赶紧拎了相机从平台上跑下来，冲到巷子里一看，果真是冬吉，小冬吉已经爬了起来，厚厚的藏袍保护了他。这条小巷的另一端向左拐就是讲经大棚，昨天傍晚我看见冬吉的爸爸在那里用羊皮袋打酥油，还有些村民在做酥油花，用青稞面捏制多尔玛，酥油灯也陆续点了起来，小家伙应该是去那里找爸爸。

这意外的跟头把冬吉摔得有些迷茫，他咧着嘴却没哭出声，眼睛里噙着泪水，一束阳光斜斜地射进小巷，映着冬吉的脸庞，看得我都有些呆了，以至于到现在都没想起来冬吉是怎样离开的，好像是被一个路过的妇女带走了。当然是去经棚找爸爸，这个村子的人就像一家人一样。也可能是我吓着冬吉了，毕竟帕尼巴是极少有外来者的。

康巴妇女的头饰　NIKON D300、AF85mmf/1.4D、F2.2、1/100s、ISO400、−1.00EV

帕尼巴地处偏僻，行政区划属于吉尼赛乡，因紧邻麦曲，可谓和达那寺一衣带水。囊谦县属于纯牧区，这个村子也是以养牦牛为生，全村仅在麦曲岸边有两片巴掌大的青稞地。而在风俗习惯上，这里依然保存有古老的一妻多夫制现象。

达那寺的堪布驾到，当然要享受最尊贵的待遇，我们这些随从也跟着沾光，住在了才巴拉丁家的二楼。晚上睡觉的时候只有四个床垫，我问堪布如何分配，堪布耸了耸肩膀："你一个我一个，剩下两个让他们三个自己想办法啦。"说完两人都笑了，三个人分两个床垫是解不开的数学题，但用几何移形换位还是有办法的，横着睡呗。

铺床的时候我想拿条被子垫在睡袋下面，格勒堪布制止道："我们藏族的规矩，被子是用来盖的，只能在上面，如果你垫了，它就只能永远当垫子，谁也不会再盖它。"

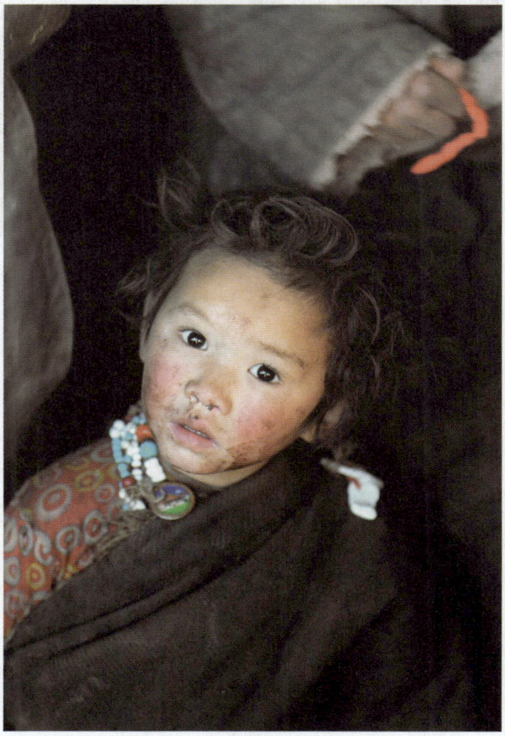

冬吉　NIKON D300、AF85mmf/1.4D、F2、1/80s、ISO400、−0.67EV

知道堪布爱开玩笑，我略作夸张地问："当真？"

堪布一本正经地说："是真的，没开玩笑。"

整个晚上都是很热闹的，村民们分成若干小组上到二楼拜见堪布。堪布给每个人都

赛娜巴措和伙伴在讲经法会上 NIKON D300、AF20mmf/2.8D、F4、1/80s、ISO500、-1.00EV

做了加持灌顶，我则拿出虔诚肃穆的仪态坐在一旁，看着这些仪式，然后下到一楼探望才巴的家人。

下楼的时候，才巴一直伸着胳膊在前边保护，这段位于室外的楼梯实在不规则，每个阶梯都在你想不到的位置，稍有疏忽就会掉下去，而且肯定是脸先着地。

才巴家的晚饭时间确实不算早了，可能和下午忙于接待堪布有关。灶台边站着一位健壮的康巴女子，头上身上戴满了银饰和各色松石玛瑙，灶上的大锅冒着热气，里面是面片、牦牛肉、土豆混在一起煮。靠南墙的两张藏式卧榻上坐满了人，不断地有同村的邻居、朋友进来，加入吃饭喝茶的圈子。

才巴家目前的人口是16人，育有子女六人。才巴最小的兄弟年方12，而最小的儿子刚刚出生数月，一直被奶奶抱在怀里。一妻多夫在一些藏地原始闭塞地区比较常见，这是由当地的物质条件与经济结构决定的，主要是防止家庭财产的分散流失。打个比方，假设才巴家有60头牦牛可以养活全家老小，如果每个兄弟成家都要分走10头牦牛，最后的结果就是每家都吃不饱。才巴家的情况也说明了这一点，全家人在一起过得其乐融融，自给自足，而一妻多夫的婚姻也和谐美满，远没有我们城市人想的那么离奇。

讲经法会是帕尼巴最重要的日子，经棚是非常简单的土木结构，数根立柱支撑着平

讲经法会上的康巴母女 NIKON D300、AF85mmf/1.4D、F2.2、1/400s、ISO500、-1.00EV

薄的顶棚，大概能容纳一百多人。北侧是连成一片的酥油灯，西侧是格勒堪布、格桑堪布讲经的法座，南侧是黑色牦牛帐布。因为远离外部世界，女人们的装束体现着地道的康巴藏区服饰风格。男人们因为经常骑着摩托外出，在外面混得久了，装束上有汉化的倾向，这是一个令人担心的事情，毕竟，只有藏袍的厚重才配得上这雄伟的高原呀。

经棚里的听众似乎分成了两个阵营，大人们全都面向西方，安静地听两大堪布讲经论道，而孩子们则和大人们背道而驰，全都聚在东侧入口处，看我如何摆弄相机，拍摄他们纯洁的童颜。

我一直相信，在藏地的深山，有孩子的村落就有天使，但帕尼巴的天使有些扎堆儿，才巴拉丁的女儿赛娜巴措、小不点儿冬吉，还有那个爱流鼻涕的可爱男孩儿亦西措木，尽管他们的小脸上总是沾着泥巴，但正是因了这泥土的芬芳，才滋养出清澈纯真的眼睛。

经棚里的集束光很有些戏剧感，7岁的赛娜巴措像个明星一样和伙伴们坐成一排面对我的镜头。不过孩子们玩高兴了容易扰乱会场秩序，他们如小鸟般叽叽喳喳，声音越来越大，我可不想因此对佛祖不敬，就把食指放在嘴前发出嘘声，示意大家要安静，结果适得其反，孩子们马上学会了这个动作，集体回敬嘘声。我转身挑门帘迅速逃出经棚，该到白马央宗家喝口茶啦。

讲经大棚就在白马央宗家的院子里，所以央宗家的院子总是人声不断，附近村庄的人也都赶来听经，刚有位康巴汉子牵了匹漂亮的青马进院，正在卸马背上的驮物。

我注意到这个院子也是年轻康巴小伙儿扎堆之地，有位鼓捣摩托车的青年冲我笑，然后向央宗家屋里努了努嘴："美女，是吧？"这几个字说得磕磕巴巴的，还没说完青年人的脸就先红了。

晚上，在赛娜巴措家的院子里，格勒嘉村堪布在给村民灌顶加持。

NIKON D300、AF50mmf/1.4D、F2.8、1/60s、ISO800、机顶闪光灯强制闪光

我嘿嘿一笑表示英雄所见略同，虽然有各花入各眼之说，但在白马央宗面前，美女是唯一的答案，这可能也是那些频繁进出此院的青年小伙儿们心照不宣的秘密。

白马央宗的妈妈巴楞吉赛音措长着宽厚的鼻子和嘴唇，正在灶台上炒菜。实际上清晨的时候，我们就在麦曲河边碰过面了，她背了一大筐牛粪回家，估计正是此刻午饭的燃料。我发现即便是帕尼巴这样闭塞的村落也依然可以吃到汉族人常吃的炒菜，比如圆白菜。而在尕尔寺东多普大叔家的高山牧场，也可以吃到尖椒炒牦牛肉丝，还有米饭、发面饼之类的主食。

傍晚，格勒堪布在才巴家院子里单独开了场法会，给村民们讲经、加持，我爬到屋顶上拍全景。随着人群外围一阵骚动，允吉和他的几个兄弟来了。允吉在囊谦县城上高中，所以显得与众不同，而且总带着一脸标志性的坏笑，他不是帕尼巴人，看样子是过来参加法会的，也有些想丰富寒假生活的意思。允吉身边有几个兄弟，穿衣风格是藏汉混搭，像是这一带的F4。而白马央宗经常是和两个要好的姐妹在一起，三个女孩儿形影不离犹如SHE，基本上SHE出现的地方肯定能找到F4。

白天在经棚里F4总是坐在离SHE不远的后面，允吉的汉语还能交流，看着SHE的背影跟我说："她是我们这里的美女呀，你要多拍哟。"允吉向我要烟的时候，我几乎可以想见他们在县城上学时阳光灿烂的日子，躲在操场抽个烟，聚在校门口哄哄女同学，偶尔打架发泄一下过剩的精力。可惜我不抽烟好久了。

F4一进院子，气氛立刻有些变化，闪光灯暴露了我的位置，允吉压着嗓子冲房上的

我喊道："美女，美女。"其实我早看见了，央宗和她的姐妹排在人群的中间，黑色的藏袍几乎和夜色融为一体。

暮色中一个身影爬上旁边的房子，原来是嘎玛亮宗，他脸色有些惊慌，使劲冲我摆手："不要美女、美女，害怕打架。"原来嘎玛亮宗以为美女是不好的称呼，担心引起混乱。

第十节　今宵别梦寒

月有阴晴圆缺，人有悲欢离合，遗憾的事情来了。格勒堪布原定五天的讲经要提前结束，因为有个大堪布从外地到达那寺来探望他，格勒堪布要回寺迎候。这个消息令我失落，一方面在帕尼巴的拍摄非常快乐，那些被定格的瞬间令人珍爱。另一个原因来自我内心的小秘密，今日傍晚白马央宗赶牦牛群回来的时候，站在牛圈里冲我回眸一笑，搞得我枯井般的心荡起阵阵涟漪，甚至计划明天下午陪央宗去山里放牛。

其实下午的时候，我并不知道央宗去放牛了，她不在的那几个小时我竟然莫名其妙地怅然若失，干什么事情都提不起兴趣，甚至连按快门都失去了灵感，不停地在央宗家和经棚之间往复，估计央宗的妈妈都没见过这么能串门的人，后来干脆躲到经棚听堪布讲经去了。

央宗家没人，她的藏银戒指放在一个小铁盒上，在午后的阳光中闪着光亮。本来我已起身离开，但很快又折了回来，我想仔细看看这枚戒指，尽管成色做工都很普通，但它是白马央宗的。如果你喜欢上一个人，那么她所有的东西都是独特的。对于一个习惯隐藏自己情感的人来说，站在那里偷看别人的戒指并不从容，我一边注意窗外和门口的动静，一边想着白马央宗的样子，意识到难为情之后，我问自己："关山飞渡，你没事儿吧？"

终于，我伸手触了一下央宗的戒指，转身离去。

晚上喝茶的时候，格勒堪布说明天一早就要回达那寺，我怀着冰冷的心情放下手里热热的酥油茶，下楼向央宗家走去。如果不是想最后看看她，我不会冒这个险，村子里漆黑不见五指，街上野狗在游荡，而我两手空空走在黑暗中。

路上想了各种借口，毕竟这么晚串门有些蹊跷，如果央宗家都不再烧酥油茶了，我干坐在那里说些什么呢？央宗家门口拴着的两条狗又让我胆战心惊了一番，但进院后我发现自己刚才实在是多虑了。

央宗家里居然有只节能灯，只是很小很暗，那是太阳能供电的。灶台上依然煮着茶和饭，热气在窗户上凝结成水汽，但站在窗外依然能看见屋里挤满了人，北、西、东侧

三张床都坐不下了，有的人只能站着，央宗母女忙着给大家倒茶盛饭，节能灯的光偶尔映衬出央宗的笑脸。

屋里的景象令我哑然失笑，刚才预想的种种借口和尴尬都不会出现了，这么挤的屋子我就不进去凑热闹了，就当是自己刚刚被从屋里挤出来透口气，在外面看看就算道别了，这样我轻松了许多，而且这默默的方式很适合我。央宗家的狗实在是不解风情，对傻站在院子里的不速之客很愤怒，不时恶狠狠地吼几声，但屋里的人听不到。

那个夜晚繁星满天，但我无心流连。

躺在才巴家厚厚的垫子上，临睡前想些事情，很久很久没有这么明确地想些心事了。何时才能再回帕尼巴呢？路途遥遥，并不容易呀。再来的时候，赛娜巴措、小冬吉他们都该长大了，白马央宗呢，也许已经出嫁了，她也会延续一妻多夫的传统吗？想到央宗可能会有几个丈夫，生很多孩子，站在灶前煮饭，背着一大筐牛粪从麦曲河岸边走来，我不由得昏昏睡去。

那是2007年最后一天。

第十一节　告别日记　2008年的第一场雪

2008年1月1日下午，我随堪布一行回到马耳狮子山，回到了分别几天的达那寺。小阿卡们站在山坡上分列两侧迎候我们，先是异常恭敬地迎接堪布，等堪布走过，立刻拥过来欢迎我，就像一个人先是绷住脸保持严肃，然后终于忍不住“扑哧”一声笑出来。

扎西桑巴拉还抓住我的手，我居然看得出来他有些感动呢，小眼睛都红了，安卓也是那种见到久别亲人的感觉。走在前面的堪布收获了属于堪布的威仪，而走在后面的我则被真情包围着、感染着。我开始怀疑自己，前阵子都积了什么德让孩子们这般想念我，这个头绪一定要搞清楚，然后按这路子加倍努力，这场面太感人了，有点像八路军回到根据地的感觉。

傍晚前，嘎玛亮宗骑摩托载着堪布去尕羊会那个大堪布了。2008年的元旦之夜，我坐在火炉旁看帕尼巴的影像。拿刀割了块酥油放进茶里，披着冲锋衣，腰后垫着军大衣，靠着墙看照片，帕尼巴的时光如此鲜活地重现。良久，炉子里的牛粪已经烧过了劲儿，茶也不那么烫了，尽管IBMT41的扬声器实在一般，但“奶茶”的《后来》还是让我想起了所有可能的后来。

2日上午十点，允绪江尊的敲门声惊醒了我，昨晚边刻盘边看《越狱》，凌晨三点才睡。堪布不在家，我一下子恢复到在北京的夜猫子生活了。

用松枝牛粪生了火，洗头、刷鞋垫、洗睡袋罩，然后煮茶。

正午，门敞开着，视线穿过达那寺峡谷，可以直接望见远方的雪山。这次给自己煮了一壶加糖的酥油茶，藏地的酥油茶通常是微咸的，但一个人出来久了，孤独与枯燥使我对甜产生一种渴望，而甜的酥油茶果然好喝，奶香甜润，还有一丝不易觉察的牛粪味道。

听音乐，拿出从结古镇带来的饼子，十多天的光景，饼子已硬得不成样子，得用膝盖顶断才行。将饼掰开放进茶杯泡软，包裹着酥油的润泽，在口中溶化。

中午沿转经道转了一圈，下午五点继续转剩下的两圈。天气明显阴冷了许多，大片的云从西南方向涌来，预感要下雪了。转经途中遇见三窝刚出生的小狗，一窝黑一窝花一窝黄。转完经发现堪布已经回来了，知道我坚持转经他很高兴。

晚上10点05分，和阿卡们一起看完《雪山飞狐》，拿了手电走出屋子，堪布正好也拿了手电巡视回来。我们抬头的时候，不仅看见对方，更看见漫天的雪花

站在牛棚前的白马央宗。 NIKON D300、AF50mmf/1.4D、F2.2、1/50s、ISO400、-0.67EV

白马央宗的妈妈。 NIKON D300、AF85mmf/1.4D、F2、1/80s、ISO640

在飘舞，我哈哈大笑："下午我说要下雪，你说不会下。"堪布："哈哈，你预报得很准。"

5日是个多云的天气，中午修理吉普车发电机小故障的时候还飘了微雪。今天要正式告别达那寺了。堪布本来计划和我一起出山，他要回稻城老家过藏历年，还执意邀请我一起去他老家。但最后又有变化，附近村子有个小孩生病去世，堪布要亲自过去做法事，时间还说不准。那时我已经进山十多天了，和家人没有任何联系，我知道他们一定很担心，事实也确实如此。

临走的时候，堪布出现低烧症状，给他留了药。附近另一个村庄的人过来拜见堪布，说是有23个人等待召见，然后还要去朗波切尼洗澡。我立刻启程，于下午3点50分告别达那寺，堪布要派人护送我下山，我说那条路自己可以下去。最终平安下山。

23人的洗澡团给我很大压力，这些天想大象鼻子都想疯了，排队泡澡肯定会急出一身痱子，一定要抢在前面好好泡一泡。实际上一直泡到很晚那个23人澡团也没来，只有一头青色的牦牛过来喝水，顺带看我边洗澡边摆出各种滑稽的姿势自拍。在大象鼻子挥霍的时间过多，横渡麦曲后天已经完全黑下来，翻越刚刚打通的垭口已经不可能，晚上就睡在了麦曲河滩北侧的谷地。

6日晚，穿过最后一段峡谷，终于再次见到香达的点点灯火。

后　续：

2008年之后，格勒嘉村堪布每次从山里出来都会和我联系，比如他回到八邦寺或是回稻城老家。有一次通话快结束的时候，堪布问我什么时候再来达那寺，我说很想念那里，然后堪布嘿嘿笑着说："帕尼巴的姑娘还等着看照片呢。"我也大笑起来，而且莫名其妙地觉得有些脸热。

2010年玉树大地震后，堪布到结古镇参加祈愿法会，从电话里听出来他正感冒。有几次他和我提到一些困难，主要是达那寺小学校的经费拮据，他也把自己的钱投入进去，但解决不了大问题。我提到了囊谦县大藏医给他的钱，他说藏医给的10万块钱是不能动的，只能作为本钱存在银行，学校只能使用这10万元产生的利息。那时候我有些愧疚，我的能力也仅仅是偶尔客串一下证件照摄影师，没有能力去帮助他们解决更大的困难，但我希望将来能够有能力帮助他们。

2012年8月，我和团队踏上朝拜格萨尔王之旅，达那寺是绝对的重点，我打印好照片，准备送给格勒堪布、小阿卡、帕尼巴的孩子们。夏季的达那寺之旅非常令人震撼，

阿边活佛，回望壮观又曲折的麦曲河谷，历史是由无数改变书写而成的，他最大的愿望是重建资金尽快落实，尽早恢复达那寺的辉煌，并保护好寺里的文物。CANON EOS 5D MARKII、EF70-200mmf/2.8L IS、F8、1/320s、ISO200

雄奇险峻的峡谷不断冲击着视网膜，但当我跨越千山万水到了达那寺，面对的是人去屋空的小学校。我一个人来到萧索荒芜的院子里，站在堪布的门前回忆从前的时光，那一刻我很失落，原本我是想给他们一个惊喜的。

阿边活佛告诉我，格勒嘉村堪布去稻城的著杰寺了，小学校搬到另外一个地方了，值得欣慰的是，只是搬走但并未解散，我还有机会再次见到孩子们。而帕尼巴依然没有通路，所以我没能去成那里。

现在的阿边活佛是尕玛周久丁增成林公恰巴桑布的转世灵童，原名布吉，于1970年生于吉尼赛乡一个普通牧民家庭，父名东琼永加，母名阿吉，他从小就是一个乐善好施的孩子。20世纪80年代，随着民族宗教政策的好转，藏地的寺院兴起一股寻找活佛灵童的浪潮，但那时达那寺交通不便且经济贫困，虽有找寻阿边活佛灵童的念头，可由于力不从心一拖再拖。

1992年布吉被确认为转世灵童，噶玛巴赐法名给阿边活佛的转世为尕玛周久丁增成

麦曲河谷，烟云随风飘过。 CANON EOS 5D MARKII、EF14mmf/2.8L、F8、1/800s、ISO200

林公恰巴桑布，并于当年在叶巴噶举唯一的宗寺达那寺举行了隆重的坐床典礼。

阿边活佛23岁时正逢藏历火狗年，即公历1993年，他在楚布寺闭关中心闭关三年有余，其间在噶玛巴等许多高僧前领受了许多殊胜的灌顶。30岁时阿边活佛回到家乡，承担了活佛的职责，在寺院老喇嘛的帮助下，整理叶巴噶举一些传统的诵经调音乐、跳神舞等，为叶巴噶举这一藏传佛教百花丛中的一员不至于消失而努力创造条件。34岁时阿边活佛到印度、尼泊尔朝拜了所有与佛教有关的名胜古迹，拜见了很多高僧大德。回到寺里以后修建了从山下到寺里的简易公路，修建了自来水，修建了小型水电站，阿边活佛为寺院付出了很大心血，并于2003年获得国家颁发的活佛证并重新坐床。

在阿边活佛的努力和带领下，达那寺的恢复性建设正在稳步推进，阿边活佛在寺庙修缮重建上花费了大量心血。2006年达那寺大经堂由于年久失修终于倒塌,阿边活佛负责新建经堂的任务,亲自到整个大藏区去找最好的画师和建筑施工队。阿边活佛说，寺庙建设最大的困难是资金不到位，最令他焦急的是文物的流失被盗问题，主要是山上的三十大将军灵塔很难控制，目前正在施工且有专人看守。

达那寺在我心中占有很重要的位置，它拥有超然世外的气质、辉煌传奇的历史，它和格萨尔王的故事源远流长，它的马耳狮子山、大象鼻子温泉、三十大将军灵塔、尕吾拉康神殿，在夏季的苍茫云海中演绎着穿越历史的沧桑。岁月流转，烟消雾散，不变的是麦曲河谷的坦荡和天堡的庄严。

第五章 / 原乡拉萨

第一节 难忘的栈逗

2009 年 5 月 20 日，黎明中的拉萨影像小栈一片寂静，大家都还在酣睡，赶火车的我提前起床做了最重要的工作，在小栈的留言墙布上写下自己的感言："难忘的栈逗，代号——木槿花 + 棒棒糖。"20 世纪 80 年代之前出生的朋友可能会想起那部老电影《难忘的战斗》，没错，有它带给我的灵感。木槿花和棒棒糖的缘由下文中有答案。

写完感言后意犹未尽，又画蛇添足了一句："太高了，该准备梯子了。"因为墙布下方已经写满了过往客人的留言，我只能站在椅子上。

在过往小栈客人的留言中，很喜欢一个南方女孩的话，因为她在小栈的日子里以每天给大家做饭为乐，所以写道："那一年，我用打折机票来到拉萨，不为朝拜，只为做几顿饭。"

有一天我在小栈厨房洗碗时，也和王郢、阿芳说："那一年，我坐了两天火车来到拉萨，不为朝拜，只为洗几个碗。"

拉萨影像小栈会在博客上介绍每一位客人，具体形式是让客人举着一块牌子，上面写着自治区公安局第 xxx 号，拍照存档后再加上几句个人"作案"特点简评，挺有意思的。想起那些到处漂泊的驴友们，还真是名副其实的"流窜犯"，那些老驴们更是死不悔改的惯犯。王郢在小栈博客上介绍我时是这样说的：很严谨，每天拍摄很晚才回来。呵呵，过奖过奖，但拍到很晚回来倒是真的。

通常，为了躲避下午的强烈日光，我会先到拉萨的甜茶馆泡些时候，一般是光明港琼、光明商店、仓姑寺三个甜茶馆。

稍晚些时候，就顺着八廓街转，在玛吉阿米或大昭寺门口晒太阳听音乐，一直等到傍晚光线合适了，真正按快门的机会才多起来。通常我收工很晚，比如晚 10 点、11 点左右，然后到广场西端的德克士解决晚餐，偶尔也在玛吉阿米解决，完事花十块钱打车回小栈。

剩余的时间段，会在小栈吃着棒棒糖上网、喝茶、听音乐、聊天、给做饭的人打个下手洗个碗啥的。其间会认识一些朋友，比如风子，我一开始以为大家叫他疯子呢，因为他最牛的一件事情是单人登顶海拔 8200 多米的卓奥友峰，好像还是国内的一个纪录。风子经常带队登山，后来约了一些旅伴去尼泊尔了，临出发那晚我问了问情况，临时组成的八人团，有七个女孩。

唉，看来是水平问题，我出门总是遇到七个小矮人，人家风子就留个电话，七仙女就上门了。我送上的唯一祝福是"注意身体"。用北京话说就是"悠着点儿"。

千百年来，大昭寺的白墙印证了无数的身影，也见证了无尽的轮回。NIKON D200、AF50mmf/1.4D、F4、1/1000s、ISO100

因为这次不再一个人单车孤旅往藏地深山里扎，旅途中遇到的人多了，艳遇指数相比以往是空前提高。这不，刚到没两天，小栈就来新客了，一位长得有些像张曼玉的江南小美女（以下简称曼玉）坐了两天硬座来到拉萨并自己摸到小栈。第二天，老板娘王郢一边听着张震岳的《爱我别走》一边若无其事地给我安排了任务："关老师，你带曼玉美眉到拉萨城里转转吧，啊哈，行不？"

我心里别提多感激了，到底是历尽人生、阅遍风情的老板娘（王郢你不要打我），不动声色地就让我期待已久的艳遇变成了现实，完全化解了我异乡的惆怅，一个人的苦日子到头了。我知道王郢假装若无其事一样，但绝不会放过我显露的任何心理变化，一个旅途中的孤身男人每天无时不刻都在期待的是什么，用脚后跟都能想出来。但我一个老演员的修养也不是白修炼的，先是没听见似的木了几秒钟，盯着王郢确信她没有看出一个老农民的久旱逢甘露，然后欲就还推地说："我是要拍照的，人家跟着我怕玩不好吧。"王郢说："没关系啦，边走边拍啦，你可以教教人家摄影嘛。"

我甚至开始怀疑王郢了，这葫芦里卖的到底是什么药？小栈的服务项目里有路线咨询、免费上网、无偿提供洗衣机和自行车等，没听说还给孤男寡女牵线搭桥啊。我原本以为艳遇只能在自然状态下发生，没想到还有生塞的，不过看王郢的认真劲儿不像逗我玩，那只有一个答案，王郢真把我当好人了。

如此这般更麻烦了，在真艳遇和假好人之间该如何选择？世间安得双全法，不负如来不负卿。

第二天，关山飞渡、曼玉双人摄影拍档正式出炉。走在仙足岛小区，我含着一根棒棒糖对曼玉说："在拉萨这段期间，我要完成对你的改造。"因为曼玉告诉我她单身来拉萨的目的就是要把自己扔在红尘里，太刺激了，关老师当然要言传身教了。不过面对非常单纯的曼玉，红尘中的我叹了口气，一个不经意的你和一个沾满了红尘却又时常忘了红尘的我。毕竟连我这样的人都时常想找一面墙诉说心底最深处的秘密让自己流流泪。一个人需要隐藏多少秘密，才能巧妙地度过一生，这佛光闪闪的高原，三步两步便是天堂，却仍有那么多人，因心事过重，而走不动。

曼玉在家的时候做过短时间的摄影助理，虽然只有一个卡片机，但对拍摄还是挺有热情的。她跟着我在拉萨走街转巷、泡茶馆、晒太阳，每每拍到不错的照片我都大加鼓励，而她对我的这种节奏也很认可，摄影热情高涨。我还发现，有小美女在身边，在甜茶馆拍摄的时候，人们对我拍摄的警惕性降低了许多。

5月17日，王郢还组织我、阿芳、曼玉去浚巴渔村体验了一回民俗。尽管是非渔期，但村长还是背着4张牛皮做成的渔船走到几里外的小湖，给我们表演了渔民打鱼的场景，村长荡起双桨，小船推开波浪，湖面倒映着雪山白云，真是美丽的画卷。

一艘牛皮小船要四个人做两天才能完成，然后再晒五天才能下水。1～3月、7～9月可以打鱼，多的时候每天能打150多公斤，少的时候二三十斤。村长介绍情况时，几个村里的孩子在湖岸边用羊粪蛋互相投掷打闹，最大的孩子有台山寨手机并不奇怪，令人惊奇的是山寨手机震天响的喇叭里居然放着《加州旅店》——这曾经是我牛仔生活时最喜欢的音乐。其实村长瘦削的脸庞戴着毡帽很像牛仔，可惜他是个渔民，不过渔民里也有海盗啊，那就和牛仔形象比较接近了。

从浚巴渔村出来，我们又到雅鲁藏布江畔的沙滩上过了一回林卡（郊游野餐）。下午返回拉萨城里继续转八廓街，采购些小物件，到玛吉阿米喝茶，晚上又找个地方吃大餐。

第二天，我陪曼玉去了东措，她想拼个团去纳木错，记了几个电话后我们去了隔壁的八郎学旅馆，琴川曾住过那里，她让我看看街对面的饭馆还在不在。

正当我和曼玉越来越靠近红尘的时候，我有了新的任务。我的朋友飞猫 echo 在拉萨有个好姐妹叫根涅顿珠，一直在做慈善方面的事情，目前在帮助一家叫群增的家庭福利院。福利院有个12岁的女孩儿央金，在院长离校期间被养父带回山南老家了，回家后又被养父送给一个亲戚家做保姆。曾经是藏画师的院长也叫顿珠，顿珠院长听说后非常着急，央金是学校藏戏团的成员，而且聪明懂事的她很会照顾弟弟妹妹们，院长担心孩子荒废了学业和藏戏课程。

顿珠院长立刻给央金的养父打了电话，陈述了利害关系。央金从小失去父亲，顿珠院长有街道开的领养证明，如其养父不把孩子送回学校，就要打官司起诉央金养父，央金养父赶忙答应第二天送央金回学校。但等了将近一个月，央金依然没有回来。顿珠院长决定亲自去山南把孩子接回来，于是我和根涅顿珠、顿珠院长、一直帮助学校的司机边巴师傅启程去山南接孩子。

一路上我们还担心央金的亲戚拒绝孩子返校呢，尽管出发前已经和当地乡委书记打了招呼，但顿珠院长依然做好了双方矛盾激化的准备。午饭是在乃东县城吃的，令人感慨的是吃饭时来了一位要饭的，我从来没见过穿戴那么整齐干净的乞讨者，洗得发白的衬衣外面是四个兜的蓝色干部服，扣子系得一丝不苟、严严实实，整个人看起来像是位最正统的村干部。我邀请他坐下来一起喝茶，他和我们不卑不亢地聊起来，实际上他曾经真就是一位村长，今年50多岁，老家在甘肃，因为干旱才背井离乡。我给老村长要了份饺子，我说您看起来真的不像乞讨的，人们相信你吗？老村长的脸色有些红了，他说不会一直要饭，他要到拉萨去找大儿子。临别时我又给老村长留了些钱。

下午抵达那个雪山映衬的偏僻山村后，我们站在村口等央金从亲戚家回来。央金见到顿珠院长后哭了，顿珠院长把孩子搂进怀里，学校的每个孩子都是他的孩子。央金回家后不久姥爷就去世了，然后就被送去亲戚家当保姆，如今突然看到顿珠院长和我们从天而降，央金呆呆的有些不知所措，但很坚决地说要回学校。

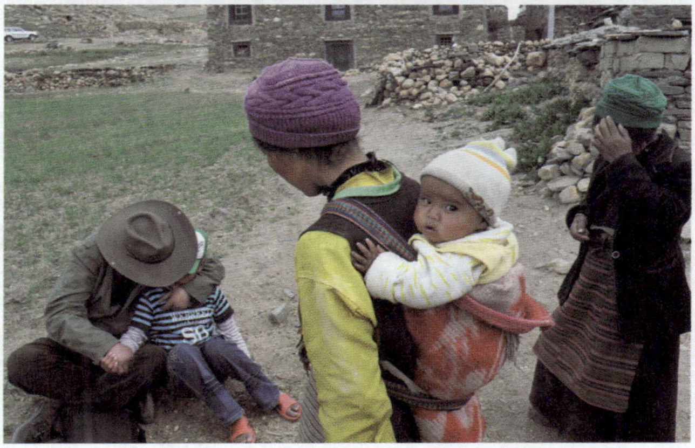

在山南一个偏僻的山村，我们找到了央金，她见到顿珠校长就哭了。如果顿珠校长不下决心来接她，小央金就将一直承担繁重的家务和各种劳作，我不是说这样不好，但回到拉萨接受教育、学习藏戏和音乐，无疑更有利于她的人生。

NIKON D300、AF20mmf/2.8D、F11、1/160s、ISO200

回拉萨的路上，央金失神地坐在我和根涅顿珠之间，她很内向，心事重重的样子，我不知道她在想什么，但根涅顿珠一直在笑，她告诉我孩子心里很高兴。其实央金家里很困难，招待我们喝茶时，那块酥油都是借来的，所以可想而知送央金回拉萨的往返路费肯定是个大问题，这可能也是家里没有及时送孩子回来的原因之一吧。

回想起我们在藏地的旅行，无论走到哪里似乎总能看到真诚的笑容、喝上热香香的酥油茶，于是我们就认为每个藏族家庭都应该有用不完的酥油。但真实的情况往往不是这样，寺庙里的酥油有广大信徒供给，牧区的酥油可以自给自足，但农区没有那么多牛羊，家庭困难的就可能没有酥油或买不起酥油。而打酥油本身也是一项非常辛苦枯燥的工作，一个健壮的牧区妇女，每天可以挤出一百斤左右的牛奶，再从中提炼出一斤半左右的酥油。酥油是整个西藏牧区的精华，在人们的日常饮食及生活中占有极其重要的位置，也是宗教及民俗活动中不能缺少的宝物。

隔了一天，福利院的儿童藏戏团去曲水附近的麻风病院表演藏戏，我跟随他们全程拍照，一起去过山南的边巴师傅到仙足岛接我，打开车门吓了一跳，丰田 LC80 的后备箱里坐了七八个孩子，孩子们快乐地挤在一起打闹着，还好，这种车的后背箱比较宽敞。

5 月的天气温暖晴朗，大片的白云掠过雅鲁藏布江，掠过山脚下的麻风病院。换上戏装的孩子们都变成了小藏戏艺术家，他们的表演打动了现场的每一个人。刚一开嗓，纯净的童声便震撼了我，麻风病老人手中的转经筒在转啊转啊，杨树叶子在风中哗哗地响啊响啊，我真想放下手里的相机什么也不做，只是静静地欣赏孩子们的表演。

顿珠院长的眼睛有些湿了，这是孩子们的第一次正式演出，他期待已久。顿珠院长计划给藏戏团录制 CD，进行一些推广的尝试，如果可行的话，对状况的改善、对孩子们的未来都是一个不小的帮助。回北京之后，我和一些朋友也为学校尽了一些绵薄之力，因为通过两次随行观察，我发现顿珠院长和他的福利院确实在做着实在的事情，孩子们也是那么的活泼可爱懂事，但日常运转存在很多困难，需要更多人的帮助。

结束麻风病院藏戏演出回到小栈那天晚上，曼玉已经出去一天了还没有回来，我和王郢都挺担心的。第二天她回来了，告诉我们她要搭车走川藏南线去稻城、亚丁，然后回家。我们问她昨晚去哪里了，她说和一帮朋友吃饭喝酒唱歌，而且是刚刚认识的朋友。虽说这样的事情在当今的旅途中很平常，但我还是谨慎地批评了曼玉，人在江湖小心为妙，红尘也未必是这个搞法呀。

尽管多年来习惯了一个人的旅行，但曼玉搭车走后的一两天，我还真感到些寂寞。可能这几天我忙着自己的事情无暇顾及她，曼玉觉得闷只能自谋出路。其实临行前她已经被我们忽悠得不想走了,但无奈订金都交了,最终还是成行。关老师的心里也有些遗憾，改造任务还没完成呢，而且一个人再出门居然不太适应了，曼玉消失在红尘里，我却留在了沙滩上。后来的某一天，曼玉给我发了短信，说已经在米堆冰川了，感觉小丫头很兴奋的样子。

刚到拉萨那天晚上，地主王郢请吃饭，一起的有旅行者巴戈、阿芳、我。席间喝了几瓶拉啤，感觉挺爽。回来后大家在小栈客厅聊天，来了不少朋友，这时王郢突然从二楼卫生间冲了下来，容光焕发地告诉我们："我的手机掉进去被冲走了！" 看着她眼中兴奋的光芒似乎是在说别人的手机，而且她还不停地连比画带感叹："真准啊，哪儿都没碰到，直接就进去了。" 好像那手机自带精确制导装置，简直就是手机中的战斗机，不知道她是在夸手机还是在夸自己。可能王老板从来就没干过这么有准头的事儿。

我和巴戈互相交换了一下只有消防队员才能看懂的眼神，这事儿不能就此打住，如果能把那个手机找回来应该能修好，对于我们这些无产阶级来说，1000 块钱不是个小数，能省点就省点吧。开店挣的也是辛苦钱，像我那张大床，要睡满 20 天才能挣 1000 块呀。再说了，如果手机跳水前黑盒子自动启动打开拍照或视频功能，在它完成转体翻腾三周半的过程中没准

准备上场演出的孩子们

还能扫一眼王郢打中十环后的狂喜。

我和巴戈仔细查看了二楼和一楼的下水管道，二楼卫生间的管道正好在一楼卫生间的天花板上。于是我上楼搬梯子，梯子很长很重费了不少力气。巴戈站在梯子上拧开管道弯脖，在混沌中确认手机还在，并以高度职业的态度将其捞了出来。我站在地上高举着套了塑料袋的垃圾筐，眼巴巴地等着巴戈把汤汤水水倒进去，然后一直举着垃圾筐穿过客厅走到院外，摸黑倒在一棵树的根部，算是施肥了。我对那棵小树说，好好发育吧，有王总的关照，你肯定能出人头地。

经过这一轮折腾，尤其是楼上楼下地搬运梯子后，我觉察到心脏开始不适并有疼痛感，回到房间休息，整个前半夜都有胸闷憋气症状。虽然已多次进藏，并且拉萨的海拔只有 3600 米左右，但初到高原确实不能剧烈运动，尤其是喝酒之后从事大体力劳动，很容易诱发各种高原反应症状，希望到高原旅行的朋友们引起注意。令人欣慰的是，王郢的手机很快就修好了，费用可比买新手机便宜多了。

很多年前用 BP 机的时候，我那台汉显也曾掉进单位的厕所里，用铁丝钩出来冲洗后送到门口的华讯服务部，哥们儿问我掉哪儿了，我说掉水池里了，不一会儿哥们儿从里间出来了，嘿嘿怪笑着说："你丫甭蒙我，一打开那味儿就蹿出来了。"因为想起这件事，王郢修手机回来我问她："修手机的师傅没问你手机掉哪儿了？"

王郢很淡定地耸了耸肩："什么都没问啊。"

第二节　木槿花开在原乡

火车徐徐驶进拉萨站，厚重的户外鞋刚刚踏上站台，好友琴川槐序关于拉萨的那一句"尖锐却已柔软的暮阳"扑面而来。可不是嘛，走出站台的霎那，脸上犹如被人迎面挥了一捧细沙，沙子窸窸窣窣落下去后，炙热感随之而来，每个毛孔都在提醒我：拉萨到了。

拉萨的阳光总是富于强烈质感，尤其是傍晚的时候，似乎能听到金属碎末的声音。如果不是随行的两个大包达到了 25 公斤左右，我十有八九要去大昭寺门口坐看暮光中的绰约人影。

来之前，委托朋友拷贝了几百兆的歌曲，想搜一首可以作为在拉萨逛街或晒太阳时听的背景音乐，但几度寻觅均无法达到彼时的心境意境。倒是后来某个悠然的日子里，阿芳在小栈放的一首我没听过的歌——《木槿花》，让我怦然心动。此歌原为旋律婉转优美的冲绳民谣，经姚谦老师配词后更显浑然天成、楚楚动人，袁泉演绎得也着实不错。

没有一点儿时间差就喜欢上了《木槿花》。不过王郢不喜欢这样风格的歌，她那时的主打曲目是张震岳的《爱我别走》，除了没完没了地播放还时不时地和着旋律吼两嗓子"爱我别走"。关键是有时候小栈客厅没别人只有我们俩，她旁若无人跟着吼两句，但我这儿可是人在呢。即便流水无情、落花无意，但从歌词角度分析，我要和王老板对歌的话，只能唱蔡健雅的《达尔文》了，因为我们还没进化成那样的人呢。一般我遇到特喜欢的歌会没完没了地反复听，所以我鼓动阿芳无限期循环播放《木槿花》，并把两只音箱霸占过来对抗王郢的《爱我别走》。

大昭寺墙外的小木槿花，木槿花的花语：坚韧、永恒美丽，当然她还有着俏皮可爱。NIKON D300、AF20mmf/2.8D、F5.6、1/50s、ISO200、-0.67EV、离机闪光

实际上，这首《木槿花》的确是此次拉萨之行最好的背景音乐，一句"他乡遇故知，化解了愁肠"，让我站在八廓街头，面对来自不同地域，却又都把拉萨当故乡的旅人时，内心充满淡淡的感动。歌声、煨桑、酥油混杂的气息，包裹了我这个异乡人。

如果抛却有关爱情的歌词，那姚老师的填词适合很多到拉萨的人，尤其是暮色时分的大昭寺广场，那些转经或磕长头的信徒，素颜优雅，回到他们心中原来的地方，祥和淡然，所有温柔的坚持，都会得到原本的芬芳。

也许连爱情也不需要回避，因为爱情并不意味着非要男女之间才有，爱是属于时光的感触。

沾满了烟尘的身躯，的确是少了些潇洒，但这样更符合彼时或此刻的八廓街，因为在这里，潇洒倒显得有些轻薄了。

幸福的是，在听到木槿花的那个傍晚，就在大昭寺正门墙外遇到了一个小女孩，红红的小衣服和脸庞，顽皮的笑容，活泼的眼睛，妈妈在她头上梳了个朝天的小辫子。妈妈在磕长头，“小木槿花”就围着妈妈跑啊跳啊笑啊，或学妈妈的样子匍匐在光洁的石板街上。直至今天，她一直是我心中的木槿花，花语：坚韧，永恒美丽。

第三节　布达拉是酥油灯，大昭寺是转经筒

据说有这么一个故事。有位初到拉萨的异国人看到布达拉宫后惊叹：“买嘎，就像长在山上一样！”

旁有小和尚闻此言后不屑道：“嘎个头啊，布达拉宫分明是盏酥油灯，白墙是酥油，红墙是火焰，山体是灯座。”

这场想象力的 PK 着实有趣，既形象又生动，可惜当时我不在场，否则我会说：“嘎嘎，如果布达拉宫是世界上最大的酥油灯，那大昭寺就是世界上最大的转经筒，八廓街上川流不息的信徒就是转动经筒的人。”

2007 年 2 月我在拉萨过春节的时候，一天早晨到药王山观景台上拍布达拉宫。这地方平日是收费的，但看场子的人早就封门回老家过年了，我又没有崂山道士的神通，只能翻墙进去。后来又翻上来两个康区的藏族朋友，其中一个去过北京并曾在长安街上看到过故宫，说你们北京的故宫和布达拉宫比起来太矮了。看着他连说带比画的样子，我也不想和他解释故宫和布达拉宫分别有自己的建筑风格，如果他站在景山上看看故宫八成也会赞叹故宫真大呀。我承认，“长在山上”的布达拉气势的确雄伟无比，但大昭寺与八廓街才是雪域圣城真正的灵魂殿堂。面对布达拉永远需要仰望，而面对大昭寺却可以低着头看自己的内心。

还记得年少时的梦吗，像朵永远不凋零的花，陪我经过那风吹雨打，看世事无常，看沧桑变化。有些东西似乎永远在那里，未曾改变，但我们却禁不住时光的流逝，渐渐老去。NIKON D200、AF50mmf/1.4D、F5、1/250s、ISO200

大昭寺是人世间永不停滞的转经筒，即使是在无人的深夜，它依然转在信徒的梦里，转在远方思念者的心里。

完成朝拜的老奶奶，心满意足地离开，也许老人还会去甜茶馆坐坐，喝几杯甜茶，这就是拉萨的生活。 NIKON F4S、AIS28F2、FUJI RDP3、后期IMACON扫描

千百年来，这个转经筒永远没有停歇过，如果你爱它，它就摇转在你心里。

拉萨有两个最具气场的地方，一个是大昭寺，一个是甜茶馆。前一个是佛祖的气场，后一个是众生的气场。如果从人人都具佛性的角度看，则二者的气场是相通的。我执着的其实是大昭寺的气场，无数岁月、无数信徒、无数转经筒围着它转了无数的轮回，有无数的人不远千万里来朝拜，有无数的人用一生的时间在朝拜，转啊转啊，心的力量催生了大昭寺的气场。

大昭寺藏语称为祖拉康，始建于公元643年，是藏王松赞干布在唐朝文成公主和尼泊尔赤尊公主协助下兴建而成，距今已有一千三百多年历史. 被誉为雪域高原第一圣地。大昭寺主神座上的释迦牟尼12岁等身佛像，是文成公主于公元641年从长安带来的，在佛教徒心中具有最崇高的地位，无论风霜雨雪还是春夏秋冬，围绕佛祖转经的信徒始终川流不息。

围绕佛祖的转经路分为内、中、外三个圆圈，内圈在大昭寺里面，围绕释迦牟尼佛殿转圈称为“朗廓”；中圈围绕整个大昭寺转，称为“八廓”；外圈则围绕整个拉萨城转，称为“林廓”。当然，现在的拉萨城在现代化建设中面积愈来愈大，所谓的林廓并不是说绕整个拉萨市区转一圈，而是有它的特定线路：从小昭寺北面出发，向东经过门仲桥，再向南到拉萨河边，再向西围绕药王山、磨盘山、布达拉山。

映着傍晚的阳光，大昭寺发出眩目的色彩，两个远道而来的年轻僧侣加入了朝拜的人群，优美的朝拜动作一如舞蹈。冬季是拉萨藏传佛教信徒最集中的时候，牧区和农区的信众风餐露宿，跨越千山万水，只为朝拜圣城。NIKON D200、AF24-85mmf/2.8-4D、F5.6、1/350s、ISO100

大昭寺，倚门而立的女子专注地打手机，似乎在聆听着某种召唤，而她的后面刚好走来一位微笑的阿妈，转经筒吱吱地转着。 我时常为这个带有穿越感的画面感动，她也会成为她，岁月快得就像门外的白光。NIKON D300、AIS28mmf/2、F2、1/1000s、ISO640、-1.00EV

暮色笼罩大昭寺，老人优雅地转经前行，每次看到这个画面，我都会想起《木槿花》，我们都一样，都少了些潇洒，所以在失落时，还守着优雅。NIKON D300、AF20mmf/2.8D、F7.1、1/20s、ISO320、-0.67EV、离机闪光

记忆着已经流逝的那一段时光，温柔地坚持，在月光下。 NIKON D300、AIS28mmf/2、F2.8、1/5s、ISO1000、−1.33EV

转经老者友善的微笑让我想起瓦须的老僧人亚民。这是我拍过的最美的转经筒了，快门速度恰到好处。NIKON D200、AF24-85mmf/2.8-4D、F7.1、1/13s、ISO100

◂ 姐姐抱着哭泣的弟弟，匆匆走过大昭寺。NIKON D300、AF20mmf/2.8D、F7.1、1/3s、ISO250、-0.67EV、离机闪光

早晨，朝拜大昭寺的阿妈。这只小狗是幸福的，每天都能随阿妈漫步八廓街。两年后，我在北京拍摄到另一个瞬间，一位女性到麦当劳买快餐，她的狗静静地蹲在门外等候。两张照片摆在一起对比，有趣且令人感叹。NIKON D300、AIS28mmf/2、F5.6、1/250s、ISO20

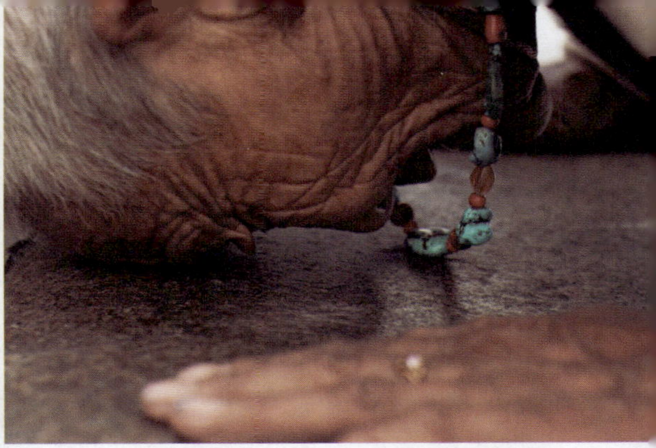

超长焦镜头强烈压缩着画面的空间透视，几乎使远处的布达拉宫和祥麟法轮贴在一起，经杆上的宝瓶与五彩经幡熠熠生辉。 NIKON D300、NIKKOR 500mmf/8折返镜头、F8、1/2500s、ISO500、−0.67EV

大昭寺前的石板就像光洁的磁石，阿妈脸上的皱纹就像岁月的歌。 NIKON D200、AF50mmf/1.4D、F3.5、1/80s、ISO200、−0.33EV

我觉得接近大昭寺最好的方式是一墙之隔的八廓街。离得远了你会有城市的世俗感，进到寺内则会有宗教的凝重感，而八廓街刚刚好。身在墙外，神在墙内，心在自己肚子里向着佛。从规模上看，大昭寺的尺度也是绝佳，绕寺一周，看众生百态，也不觉累。

现在的大昭寺广场早先是古老的民居建筑，1983 年拉萨旧城改造中被拆除了。回溯历史可能是个损失，但展望未来却又美好蓬勃，站在广场上，庄重祥和的千年宝刹朗然在目，连时光也仿佛变慢了脚步，有时候感觉这个广场犹如心里的明镜台，了无一物。

我真希望自己生活的城市里也有这么个地方，每天去转一转、念一念，累了就坐下来看看如自己一般的众生，再到甜茶馆坐坐，然后带着一颗平淡轻松的心回家，日复一日地转一生，无欲无悔。

第四节　拉萨的甜茶馆

刚过中午，日光倾城，不是摄影的好时候，我在八廓街转了一圈，拐到光明港琼甜茶馆。把相机放在桌上，又拿些零钱放在相机旁，不一会儿，甜茶馆的服务员阿姐就过来倒茶了。我取下尼康 F4S 的取景器并将机身紧贴桌面，一边喝茶一边低头对焦构图，热闹嘈杂的茶馆里只有我能听见 F4S 的快门声。

对面那桌的藏族汉子抓起茶杯向桌上倒了些许甜茶，然后把报纸按了上去，茶水迅速洇湿了报纸的中部，同伴把一副扑克甩在报纸上，几个人优哉游哉地打起了牌。看到这儿我才明白，原来甜茶还有固定报纸的作用，抓牌的时候报纸就不会和牌一起移动了。小举动大智慧，拉萨甜茶馆就是这么吸引人。

过了一会儿，我转移到里面靠墙的位置，这里的视野更加开阔，而且光线更暗更隐蔽。强烈的阳光从西侧临街的窗户漫射进来，两个老僧人和一个戴毡帽的汉子对坐聊天，年老僧人的眼镜片不时反射着阳光，85mm f/1.4 镜头刚好捕捉这个画面，而反转胶片比数字相机更适合这种大光比大反差的场景。

右手桌子旁边坐了几位颇具江湖气质的藏族汉子。我换上尼康 AF50mmf/1.4D 镜头不动声色地盲拍，这里的光线就必须用到数字机身了。最令我感慨的是靠南墙坐着的那位阿叔，那个位置离门不远，而且是我刚刚坐过的位子。戴墨镜的阿叔呆呆地望着门口，我仿佛穿越了，因为那神态就像看到了我自己一样，我经常那样坐着，似乎在想很多事又似乎什么也没想。甜茶馆的阿妈累了，坐在我和阿叔之间喝着茶，阿叔茫然，阿妈悠然，什么时候我到了阿叔的年纪，我也会回到今天这个原来的地方坐坐，望望门外街上经过的人们。

莲花开了，满世界都是菩萨的微笑。

如果用两句话来总结对拉萨的爱，我会写上“转不够的八廓街，泡不够的甜茶馆”。尽管拉萨也和中国其他城市一样向着现代化的目标前进着，但八廓街和甜茶馆是这个城市的生活哲学，八廓街围着大昭寺，甜茶馆温暖着拉萨城。

要说起来，拉萨的甜茶馆虽多，但甜茶并不是西藏人发明的，甜茶属于舶来品，和英国、印度、尼泊尔有很深的渊源。起初西藏人并不喜欢甜茶，和自己的酥油茶、青稞酒比起来，他们觉得甜茶很没劲儿，既没有酥油茶的醇厚，也没有青稞酒的酣畅。而且在早些时候，大多数西藏人把去甜茶馆的人看作不规矩且没有家底的人，有句民谚说“喝甜茶的说明家无酥油，吃烧饼的说明家无糌粑”，讲面子的人不会进甜茶馆。

窗棂不打折扣地传递着拉萨阳光的热情，两个长者在和男子交谈，服务员过来添茶。我坐在光明港琼甜茶馆的角落，将卸下取景器的F4S放在桌上，俯视取景，没有惊扰任何人，拍下这个画面。这样强烈的光比是正午茶馆的特色，我稍微加了些曝光，令人脸的细节更充分一些。 NIKON F4S、AF85mmf/1.4D、FUJI RDP3、后期IMACON扫描

后来，到西藏的西方人多了，去国外的西藏人也多了，喝甜茶的习俗从印度、尼泊尔、英国传了进来。甜茶的香甜滋润、营养可口慢慢获得了大家的喜爱。甜茶只能用红茶烹煮，印度北部盛产红茶，所以被大量进口到西藏，既方便又便宜。

很快，甜茶馆就成了大众喜爱的休闲娱乐场所，来

这里的人三教九流、五湖四海，堪称无所不包。人们在这里品茶聊天、娱乐休闲，这里成了社会新闻和舆论的传播中心，人文历史、商业政治、歌谣民谚、时事评论大都从这里流传，所以说在甜茶馆学到的东西并不比课堂上学到的少，甜茶馆就是一所社会大课堂。

幽默风趣是藏族人的天性，所以起绰号是拿手好戏，这个才能用在甜茶馆上更是令人捧腹。布达拉宫前曾有个甜茶馆，两层藏式楼房，雕梁画栋光彩照人，但有段时间偷工减料，甜茶稀淡如鼻涕，于是人们叫它“华丽鼻涕”，以此来讽刺它，来这里喝茶的人越来越少。据说后来茶馆闻过则改，很快做了改进，因为这家茶馆地处拉萨人朝佛转经的必经之地，很多早晨转完布达拉宫的人喜欢在这里喝甜茶吃早饭，后来人们就改称这里为“朝佛饭店”了。还有家茶馆的房子是两层楼，像是倒扣的箱子，人们就叫它“小箱子茶馆”。有家晚上营业的甜茶馆被称为“猫头鹰茶馆”。东城清真寺附近有家“毛驴茶馆”，因为来此喝茶吃饭的以赶驴进城的乡下人居多。还有羊圈茶馆、拖拉机茶馆、老太婆茶馆等，茶馆特点一目了然，比正式的名字要好记且有趣得多。

拉萨人的慢生活非常令外地人羡慕和感慨，泡茶馆的拉萨人似乎都是时间的富翁，他们把一生中相当一部分时间都用在了泡甜茶馆上，这种淡定悠闲的生活值得我们思考。反观我们很多人被金钱名利所累，压得透不过气来，身体被紧张的精神拖垮。人生在世，权力与金钱并不是唯一的目标啊。拉萨的甜茶只要几毛钱一杯，但它能让人幸福起来。

最近有一天夜里，我突然冒出一个念头，强烈地想要在北京开一家甜茶馆，这个城市需要一杯甜茶来温暖、来获得温馨与从容，需要一杯甜茶让大家的节奏舒缓下来，这个念头让我兴奋得整夜失眠，但天亮的时候我又心灰意冷地睡了过去。现实让我很疲软，每一杯甜茶卖多少钱才能取得最低限度的收支平衡，甜茶馆开在哪里才能保证客流、保证茶钱能交上房租不倒闭？反正我知道，如果像拉萨那样卖几毛钱一杯，即使把茶馆开在六环外我都死定了。所以空欢喜一场，最终身心俱疲地再次进入梦乡。

不过我现在开始自己熬甜茶喝了，不仅自己在家喝，每次有聚会或活动，我会给朋友们熬制甜茶，并命名为“关山飞渡移动甜茶馆”。要温暖别人，就从自己身边开始吧。欣慰的是，朋友们一致反映关山飞渡甜茶味道不错，这让我产生了很大的信心，今后无论是在城市还是穿越无人区，“关山飞渡甜茶”将始终伴随着我和身边的人。

真要说起拉萨的甜茶馆，我以为廖东凡先生的《藏地风俗》和平措扎西先生那篇《西藏甜茶馆》是最为生动详尽的文字诠释，上面很多关于甜茶馆的描述也是来自二位老师的书，对拉萨甜茶馆感兴趣的朋友们可以找来深入品读。我所能做的，是用影像来展示拉萨甜茶馆的一些时光，虽有浮光掠影之嫌，但也包含了我对甜茶馆的喜爱之情。

第五节　寻找玛吉阿米

那一刻 / 我升起风马旗 / 不为祈福 / 只为守候你的到来 / 那一天 / 我闭目在经殿的香雾中 / 蓦然听见你诵经中的真言 / 那一夜 / 我听了一宿梵唱 / 不为参悟 / 只为寻找你的气息 / 那一月 / 我摇动所有的经筒 / 不为超度 / 只为触摸你的指尖 / 那一年 / 我磕长头匍匐在山路 / 不为朝拜 / 只为贴着你的温暖 / 那一世 / 我转山转水转佛塔 / 不为修来世 / 只为途中与你相见

尽管六世达赖喇嘛仓央嘉措的一生带有伤感的悲剧色彩，但他的坎坷身世和他的情诗感染了无数后来的人。而在拉萨，提到仓央嘉措就不能不说说玛吉阿米。相传玛吉阿米是仓央嘉措的情人，玛吉阿米藏语意为未嫁娇娘。

在八廓街周围有一些黄色的房子，据说是仓央嘉措情人们住过的地方，拉萨的老百姓把它们粉刷成黄色，表达对这位活佛的怀念。现在的八廓街上，最著名的黄房子要数玛吉阿米了，这是一家藏地风情的餐馆，在旅游者中富有盛名。

好心的姑娘给我一个凳子，让我坐在她的货摊旁，于是我等来了这个美丽的背影，我在寻找玛吉阿米。 NIKON D300、AF85mmf/1.4D、F5.6、1/160s、ISO100

最开始的时候，我对玛吉阿米餐馆是有抵触甚至是畏惧的，那里给人的印象似乎是小资云集、恣意吐露伤感或陷入自恋自怜的所在。我怕走进去后陷入不知如何是好的窘境，但深入地感受拉萨、感受八廓街，肯定无法回避这座黄房子，因为它和六世佛爷有很深的渊源。2009 年拉萨行之前，我给自己拟定了一个小章节叫“寻找玛吉阿米”，我想至少要拍摄几张不一样的玛吉阿米才好，初步构想是以玛吉阿米为背景，在转八廓街的人群中寻找与之有关联的人。

拍摄的时候也不是很刻意，因为每转一次八廓街都会路过这座黄房子。从东边转过来时，我很远就开始物色拍摄角度，真是没有什么与众不同的位置能让我立刻拍出气质

用F4S盲拍按下快门时，我并不知道反转片上的精确构图，快速抓拍甚至都来不及调整焦点。但扫描后的影像令我恍然，玛吉阿米惆怅俯瞰，年轻的母亲望着孩子，男孩却仿佛看着世外，他的眼里没有大千世界。如果时光倒退数百年，这个充满灵性的孩子会不会写诗呢？“世间安得双全法，不负如来不负卿。”我很感激这个瞬间，似乎那个下午我站在那里，只为中途与你相见。

NIKON F4S、AIS28F2、FUJI RDP3、后期IMACON扫描

迥异的大片来，倒是有个好心的妹妹主动给了我一个小凳子，让我坐下来歇歇。这位妹妹是在八廓街摆摊卖工艺品的，生意不是很好，但一来二去我们成了熟人，后来我特意在她那里买了一些手链回去送给朋友，虽然钱不多，但她很开心。

有时候我干脆坐在玛吉阿米东侧对面商店的台阶上，晒太阳听音乐，顺便用超焦距结合盲拍搞搞创作。那时候看着潇洒的旅行者们进出黄房子，我一个人还是没提起精神爬上黄房子的二楼。这种状况直到曼玉到拉萨后才改变，我第一次踏进玛吉阿米是因为有曼玉陪着，后来又和王郢几个人一起来。真正坐在黄房子里后，我觉着自己之前想得

黄昏，年老的觉姆走过玛吉阿米。NIKON D300、AF20mmf/2.8D、F8、1/50s、ISO400、离机闪光

太多了，这就是一个吃饭的地方，有一些独特的情调，那些本子放在书架上，有兴趣就翻翻，没兴趣可以完全无视。总的来看玛吉阿米还是挺好的，环境舒适，位置和视野都非常好，而且现在的旅行太普及了，西藏也远非遥不可及，到玛吉阿米泛滥情感的事情自然就少了。

离开拉萨之前的夜晚，结束拍摄时已经晚 10 点 30 分了，一个人到玛吉阿米小坐，一瓶拉啤，一份咖喱牛肉饭，算是我 2009 年拉萨之行的最后一顿晚餐。店里除了我已空无一客，只有伙计慵懒地靠在沙发上在等我吃完打烊了。透过木窗玻璃向外张望，八廓街灯火阑珊，行人寂寥。

我走出黄房子，在八廓街西南角拐弯的地方停下回首，五月的拉萨偶尔会有几场夜雪，但落到地面已化作水汽。据说当年六世佛爷就曾在雪夜幽会情人，返回布宫时被雪地上留下的足迹暴露了行踪，看来世间真的没有双全法啊。

我在拉萨时曾探访过哲蚌寺与色拉寺，但都是开车到寺庙门口看看就打道回府了，那时候我对买票参观寺庙总有些反感，所以宁愿白跑一遭。但后来对哲蚌寺生出额外的好感，说起来也是因为六世佛爷。当年西藏的政治环境极其复杂险恶，藏王第巴・桑结嘉措和蒙古首领拉藏汗之间斗得你死我活。1705 年，53 岁的藏王被拉藏汗的妻子次仁扎西杀死在堆龙河边，失去庇护的仓央嘉措被康熙皇帝废除达赖喇嘛名号，并责令将他带回北京审查。途经哲蚌寺时仓央嘉措被该寺僧人强行救走，被安排在甘丹颇章宫保护起来。拉藏汗闻听后派重兵包围了哲蚌寺，而哲蚌寺僧人为保护仓央嘉措决心反抗到底。仓央嘉措不忍看到哲蚌寺僧人血染寺庙，自己走到拉藏汗军中说：“此时生死对我已经毫无意义。”之后继续踏上押解进京之路，据说抵达青海湖时圆寂，时年 25 岁。

关于仓央嘉措的命运还有另一种版本，说他被押解至青海湖畔时悠然远去，从此隐姓埋名周游印度、尼泊尔，回到国内后在青海、甘肃、内蒙古等地宣扬佛法普度众生，1746 年在内蒙古阿拉善旗喇嘛庙圆寂，享年 63 岁，而那时候已经是乾隆十一年了。

我想，每一位喜爱仓央嘉措的后人无疑都更愿意相信第二个版本，虽然之后的岁月里仓央嘉措没再写过一首情歌。

那一年我站在青海湖畔想起这位六世佛爷，遥望烟波浩渺中若隐若现的海心山，倒

我们都一样，都在原来地方，记忆着那爱情来过的芬芳。夕阳的最后一抹余辉洒到大昭寺的门口，一位女信徒默默地站在那里微笑。得益于胶片对高光弥散的控制，才让这个逆光场景有了如此独特的韵味。（注：这里所说的爱情，泛指生活与信仰的美好。）NIKON F4S 卸掉取景器俯视取景对焦、AIS28F2、FUJI RDP3、后期IMACON扫描

有些希望六世达赖当年遁世的身影是飘向海心山了，崇拜他的后人可以站在湖畔以神思穿越空茫，看着另一个自己用凌波微步穿越海面，落在如仙界般的海心山上去朝佛。你见或不见我，我就在那里。

后　续

北京是我的家乡，如果有另一个，一定是拉萨，正所谓心安处即故乡。

2009 年 5 月在拉萨时，我曾计划每年到拉萨住一段时间，并认为完全可以做到，不过是两天两夜的火车而已，比自己开车要快多了而且省很多钱，未料到从此后年复一年，拉萨只能魂牵梦绕。尽管我能凭借记忆、凭借木槿花、凭借拉萨的影像清晰闻嗅到大昭

寺广场的煨桑烟气和雨后清新味道，但难以成行的煎熬真是谁苦谁知道。偶尔打开尘封的 MSN 遇到王郢在线，听我声泪俱下地诉说对拉萨的思念，王郢总是哈哈大笑着对我说："来吧，拉萨欢迎你！"

说到玛吉阿米，居然也有一些缘分。那年我在北京参加一个兄弟婚礼，兄弟们当年都是同事，中午没喝尽兴，商量晚上找个地方接着 high。有个刚打入我们团伙的姐们儿建议我们去团结湖的玛吉阿米，而玛吉阿米的老板娘居然是她妹妹。那天下午和晚上都是在玛吉阿米团结湖店度过的，大家都喝爽了。当然我们还认识了玛吉阿米的老板娘晖，晖是位知性美女，她幸福地告诉我们，刚在拉萨住了几个月，才回到北京。后来我的藏族兄弟诚力多吉来北京，我还通过姐们儿和晖总打了招呼，想介绍多吉到玛吉阿米唱歌跳舞打工，晖说没问题，但多吉那阵子急着回家挖虫草，回甘孜了。

世事多变，过了 2011 年夏季，王郢和银翘离开拉萨奔大理了。我知道，近几年很多老驴都开始在大理安家置业了，在风花雪月中颐养天年是相当不错的选择。只是过了这村就没这店了，我这张旧船票已经无法登上拉萨影像小栈的客船了，那写在墙上的字是否依然清晰？

2011 年 5 月，阿芳来北京公干，我们一起吃了饭，她已不在《西藏人文地理》杂志社，而是在西藏旅游局工作了。我又提到《西藏人文地理》创刊号，《寻找乌金贝隆》那篇实在是太精彩了。

2011 年 10 月，我单车无后援穿越羌塘、阿尔金山两大无人区，到了离拉萨近在咫尺的当雄时，我和力哥说："干脆我们去拉萨不去无人区吧。"心里这么想嘴里这么说，但还是一打方向盘转向了北方，因为我们要去双湖。再次与拉萨擦肩而过。

2012 年 2 月，我到北京国家会议中心参加中国户外金犀牛颁奖典礼。刚好那里同时举行 ISPO 户外用品大型展会，我在里面乱窜时居然遇见了风子，当然他不是一个人而是和一个姑娘在散步，风子可比在高原的时候白净多了。尽管据我观察风子不像是重色轻友的人，但他确实是想不起来我是谁了，就像我永远记不住董永长什么样子一样。我赶紧喷出几个重点词汇"2009、拉萨、王郢、小栈"帮助风子写回忆录，风子好像若有所悟地把我给想起来了。我也假装以为他真把我想起来了，问他现在还做珠峰南坡的徒步旅行项目吗，风子说一直在做，今年还会分几期进行。有兴趣的朋友可以去风子的网站看看，我觉着这条线路还是挺经典的。

2012 年 4 月 9 日，朋友转发阿佳组合中泽旺娜姆的微博：我们还有很多约定没有兑现，还有你的音乐、你的画、你要拍的电影、你的学校、你要传承的文化，还有那么多的孩子需要你。也许你是真的累了，知道你很累，知道你一定会去天堂！一路走好，我的老师兄长，群增家庭福利院顿珠院长。

我震惊无比地看了这条微博，知道顿珠院长已然在 4 月 7 日中午辞世，正当壮年，令人扼腕叹息。有博友告诉大家，顿珠院长是个退休的铁路工人，靠退休金照顾 70 多个孩子。我知道有很多爱心人士也一直在帮助福利院，但顿珠院长的压力还是很大的，非常操劳，身体状况一直不太好。尽管我们个人的力量也很有限，但在未来的岁月，我们还要继续坚持帮助福利院，让孩子们过得更快乐，以便慰籍顿珠老师在天之灵。后来在拉萨群增家庭福利院微博上欣喜地看到，2010 年，孩子们先后参加了《我要上春晚》和《非常 6+1》栏目，他们用纯净的心灵演绎着最纯洁的天籁之音。

"唵嘛呢叭咪吽！"

2013 年 3 月 16 日，北京西城区护国寺胡同，一个男人捧着大花篮穿过熙熙攘攘的人流，花篮里盛开的康乃馨、郁金香和百合发出阵阵幽香，男人是我，旁边女子是《西藏人文地理》编辑冯帅。这是个与众不同的日子，我们去拜见廖东凡先生，在心里，这不亚于一次个人的朝圣。在当代西藏文学与影像领域，马丽华老师、廖东凡老师、陈宗烈老师都是偶像级的学者，这种敬慕是因为他们的作品和他们将自己的青葱岁月融入藏地历史的人生经历。我知道廖老师缘自他的《拉萨掌故》一书，这本书真是了解拉萨的顶级读物，内容底蕴之丰厚就像马丽华老师在序言中说的那样：本书信息浓密黏稠且老故事陌生久远，适合不断复读。本书是吃百家饭且日积月累集腋成裘的结果，更发自一腔经久不衰的热爱之情，此前和今后的同类题材，怕是无人能及了。

从《拉萨掌故》开始，我才知道廖老师写了那么多反映藏地文化与生活的优秀作品，才知道他从 1961 年到 1985 年在拉萨生活工作了整整二十四个春秋。2002 年 1 月，廖老师在北京突发脑溢血，经医院全力抢救恢复后，在家人的帮助下，整理出版了十本藏地题材书籍，合计文字百万，《拉萨掌故》即是其中之一。但是，繁忙的写作导致廖老师第二次突发脑溢血，目前卧病在床。

听我说到西藏两个字，廖老师是那么兴奋动情，听到马丽华和陈宗烈两位老师的名字，他伸出了大拇指，表达对老友的尊敬。握住廖老师手的一刻，我感受到内心的力量在发生另一种蜕变，未来的藏地旅程，我会时常地忆起今天，并且有两个字会令我心怀感动：传承。这是对藏地文化热爱的传承，尽管自身学识尚浅，但我的内心是虔诚的，廖老师温暖的手给予我继续探究与学习的动力。

就像刚站在病房门口的时候，我看见 75 岁的廖老师静静地躺在病床上，明亮的眼睛望着天花板，我知道他的视觉焦点一定不是屋顶，因为那样的眼神来自思绪的回忆与空茫。在无人打扰时，他静静的思绪一定飘到了雪域高原，他用自己风华正茂的 24 年拥抱了那片高原。可以无憾了，人终有老、病，但能留下来的唯有文化，廖老师做到了，他的系列藏地文学作品是藏地文化的重要记录，我由衷地向他致敬！

第六章 北方的救赎：

单车无后援 穿越两大无人区

青藏高原的无人区是当今地球上海拔最高、真正稀有的、最值得珍视的荒野地带之一，也是自驾探险的最顶级形式。单车无后援穿越无人区是一个复杂的系统工程，面临空前的未知与终极考验。2011年10月，我单车无后援连续穿越两大无人区，中央电视台-9活力中国极致玩家摄制组同步拍摄了纪录片。这次穿越使用天宇卫星跟踪定位系统，在北京越野联盟网站同步直播，单车无后援+同步拍摄纪录片+卫星跟踪，这种全新的捆绑式穿越开创了无人区穿越的新纪录。这一章我将从信仰、心理、技术、车辆、装备、路线、气候、高原反应、野生动物、自救脱困、摄影摄像、应急预案、人性撞击等全方位解读整个穿越的经过，因为穿越无人区就像一次人生的长征。

北方的救赎

放逐僵硬的灵魂/我走过北方空地/匿名的足印指向河畔/彼岸躺着寂寞的角/记忆跳进冰冷湖水/像清晰沉没的石头/远古的化石鱼溶在天空里/幻作高原之泪/滑向悲喜

野牦牛顶住山谷的门/执着在恐惧中穿过牛角/旷野之眼哽咽迷茫/雪原尽头是梦里的观音山/千万里追寻解脱/却在那一刻忘了证悟/藏羚羊跑过山脚/像偶然路过的风/寂静涅槃

山口的花火照亮黑雨/荒原撒满了佛珠/熊在前方画着诱惑的弧线/我们在黑色火山石上跳舞/爱着风的云变成单行线/路在远方的北方/穿越是活着的宗教/宿命虚幻无解/淹没在正午沼泽/其实我知道/北方没有救赎/但我的心在北方

◀ 穿越两大无人区的行车轨迹

第一节　缘起

N计划演义之N4、N5、N6

2011年11月14日下午，青海玉珠峰冰川一片沉寂，主峰在云雾中时隐时现。面对完美的冰川，面对万山之祖昆仑山，我跪在雪坡上低语，拜谢上苍！如果从10月17日从双湖进入羌塘腹地开始算起，至11月13日我穿越出三江源腹地，用了28天，我完成了自己的又一个N3计划。这个超高难度的N3在成为现实的时候我也觉得它离我依旧遥远，就像现在每拍到满意的照片一样。我觉得这似乎都不是自己做的且和自己无关，而是老天赐予的好运气而已。所以我感谢上天、感谢高原、感谢雪山、感谢雪豹、藏北棕熊、狼群、野牦牛、藏羚羊，甚至感谢羌塘那些让我陷入困境的沼泽与冰河。说说我的N计划。

2010年10月2日下午，一个年满四十的中年面瓜男冲出十月围城，开着一辆老年犀利车连续穿越了中国北方三个沙漠：库布齐、腾格里、乌兰布和，面瓜男是我，犀利车是1995年出厂的吉普切诺基E6Y（手动档六缸小切，以下简称六缸切或六缸老切）。至今还记得穿越完最后一个沙漠乌兰布和时两手空空攥不住一颗沙粒的感觉，直至我在包头某酒店酣睡一夜后醒来，现实的对碰才激活了过往八天的一些回忆。那些细节像内裤里的黄沙，窸窸窣窣地撒落一地。我趴在床上用手机写下：“身在其中的时候，觉得一片空茫，正午沙山顶上银光闪烁。当潮水退去，记忆如礁石浮现，过去的八天犹如梦境，我在包头的旅店流下眼泪。那一年我来到你们中间，不为朝拜，只为能做一颗沙粒。”

这个穿越被我命名N3（N是英文north的首字母），意思是中国北方的三个沙漠，单人单车的形式套用登山界的术语也可以称为阿尔卑斯式穿越。完成N3后觉得这个N计划可以延续下去，原本2011年的计划是完整横穿巴丹吉林沙漠，但随着秋季的临近，一个更明晰的新目标逐渐让巴丹吉林的高沙山模糊起来。虽然巴丹吉林的必鲁图峰是世界上相对高度最高的沙山，号称沙漠珠峰，但那个新目标里面最深的湖底都要比必鲁图峰高上几千米，这便是藏北羌塘和新疆阿尔金山两大无人区。两大无人区加上三江源探秘雪豹，三个目标又是一个N3，于是今年的N3加上去年的N3，遂成N6。其实，这个N字并不能把我完全限制在北方。如果以后去南方探险穿越，也可以算作N计划，因为用汉语拼音来说，南的首个字母发音也是N，这真是中英、南北通行的一个字母啊。

N计划的改变并非是我一时的心血来潮，尽管沙漠穿越在驾驶体验和技巧上非常令人着迷，但青藏高原的壮观景象、人文风情无疑要立体丰富得多，尤其是无人区里面大群的野生动物十分令人神往。在我们自己的国家也有这样的生命自由奔放之地，那感受非常独特且重要。无论如何，青藏高原始终是我的最爱，没有其他地域可以比肩。我是孤独的高原郎帕拉仁戈（汉译：关山飞渡），穿越是我的宗教，在醉氧中期待高原反应是我的标签。

从2008年晚春结束三个月的跨年藏地漂泊回到北京后，我有三年多没再驾车朝拜高原了，这对于一个热爱藏地高原、视高原为精神故乡的人来说犹如异乡游子梦里听到乡音的召唤，一旦动了思念便再也无药可救。2009年5月我第四次回到高原，这回坐着火车去拉萨，本想每年都到拉萨住段时间，但这个舒坦的计划实施起来却是此恨绵绵无绝期。

我的第一本也就是这本关于藏地高原的深度旅行书的写作计划已经拖沓了好几年。一方面我要无情痛斥自己的懒惰，另一方面是一直觉得书中还空着两个重要专题的位置。开始时并不知道欠缺的具体内容是什么，但在临近新计划尘埃落定前才幡然顿悟自己的任务——单人单车穿越羌塘与阿尔金山两大无人区，深入三江源腹地寻找、拍摄雪豹。其实我自己心里清楚，这是两个听起来兴奋但实施起来充满困难与变数的计划，穿越无人区是现实的困难，寻找野生雪豹则犹如梦幻，以至于我都不好意思把这种不可能完成的任务说出来，自己的梦自己做吧，梦醒了才能找到答案。

另外还有个人因素是我未曾表白过的。2011年我的生活曾一度跌进了无底洞，有几件事把我压迫到未曾有过的低迷无助的状态。不是危言耸听，像我这样怀揣梦想、自命清高、穷欢乐、死要面儿的中年屌丝，能敞开心扉抖落出隐私是需要勇气的。我知道生活就像熬粥，很多事都是熬过来的，但熬过那些事之后白了多少头发又有几人知晓？于是内心深处有个声音对自己说，找个最纯粹的荒野去低语吧，把包裹的心打开那么一回，无论时间长短，一定要无所畏惧地打开一回。所以我需要的语境是极度开阔和纯粹，一眼就能看到至少几十公里外的空间，而几十层楼高的沙山和连绵不绝的刀锋肯定不是我所寻求的心境。

第二节　概念还是噱头

无人区与穿越无人区

在中国有四大无人区的说法，即：羌塘、可可西里、阿尔金山、罗布泊。严格地说，无人区的官方称谓往往是自然保护区而且还是国家级的。比如羌塘国家级自然保护区、可可西里国家级自然保护区等。因为这几个保护区地处高海拔，自然条件恶劣，不适宜人类长期居住，所以在民间有无人区的说法。但无人区不是绝对无人，而是相对无人。

无人区其实也是一个江湖，无人区也有人来人往。首先，尽管无人区里绝大部分地方荒无人烟，但某些区域仍然有人间烟火，大致是西藏和青海的牧民。在高海拔无人区看见牧民在生活，不由会感叹人类生存的意志与适应性。另外一些出现在无人区的人群，正面的有：地质科考队、探矿勘测队、反盗猎巡逻队、野生动物保护监测队等。反面的有：偷猎盗猎队、非法淘金开矿队等，但在近些年的严格治理打击下，反面人群已经很少出现了。

还有一部分中性人群：无人区穿越者、探险旅游团队等。这类人群以开阔眼界、锻炼自身承受能力、探索未知领域为目的。他们主要采用两种穿越方式：以自驾车穿越为主，极少数人采用自行车推行的方式，比如杨柳松大侠和更早的几位侠客。杨柳松孤身推车77天横穿羌塘，已经把人的能量用到极限了。综合衡量，越野车是最适合穿越无人区的，上面提到的正面人群也是使用越野车在无人区工作的。

人们总是习惯比较，即使那些最自诩淡定无争的人也难以免俗，总是能从解释或话语间露出端倪，所以不如开诚布公地正面评价一下。对个人意志、体力、承受力考验最苛刻的是单人自力穿越，双人搭伴自力穿越在强度上其实也不逊色，毕竟每一步都是自己走出来的，极限上的区别是路线和季节。另外，首次以自力方式穿越羌塘的人是老外，两个德国人在1997年自力穿越了羌塘中线，之后又有瑞典双人组和丹麦孤侠分别走不同路线穿越成功，有兴趣的朋友可以通过网络查证。

中国人首次自力穿越是2009年4月，丁丁和老苟搭档从双湖至茫崖。我看过丁丁的网帖《一越千里走羌塘》，挺受震动的，对老苟也挺感兴趣的，因为从始至终没见这哥们说过什么。2010年4月，杨柳松单人自力横穿大羌塘，历时77天——这是一个令人头皮发麻的数字。柳松的这次穿越是时间与里程跨度最大的一次，他以逆流之河为网名发表的穿越帖引起了很大轰动。应该说，前面的每次穿越都为后来者提供了可借鉴的经验，每一次穿越都值得大家尊敬。

这些大侠里我只认识杨柳松，牵线人是紫衣侠。他们的缘分发生在2004年4月，紫衣侠、神仙老豹诸位老兄组队，以越野车的方式自西向东横向穿越了羌塘腹地。这是目前已知所有记录中首次有人穿越此线，被他们自己命名为北北线，在越野车圈也是一次引起轰动的穿越，同样给很多后来人提供了借鉴。在那年4月，紫衣侠车队和杨柳松是前后脚横穿的北北线，当然，他们采用的结组方式、借力方式是不同的。紫衣侠他们穿越成功后，听说有个人孤身穿越同样路线，就一直关注此事，很久没有消息之后，大家都为这位孤身穿越者担心。当柳松最终奇迹般地走出无人区后，侠哥和柳松成了朋友，并组织了两次见面会，由此我们这些越野圈的朋友也认识了柳松。胡杨大姐在第一次见面会时还买了好几本杨柳松著的《结，起点亦是终点》送给大家，那是柳松徒步穿越雅鲁藏布江大峡谷的纪实。柳松给我的印象是个纯真少年，因为他的眼睛里就有这样的气质，他是一个内心很自在并强大的人，清晰地知道自己能做什么。

2012年2月，我领金犀牛奖的时候，邻座是代柳松来领取金犀牛奖最佳读物奖的朋友，获奖作品是他的新书《北方的空地》。领奖后我赶赴侠哥为柳松组织的第二次接风宴会。那次和柳松有了进一步的交流，我们都对无人区、野生动物、纪录片这几个词汇感兴趣。虽然我一直有摄影师的身份，但柳松的执行能力很强，2012年他已经再次深入无人区了。我认为他总能击中最重要的那个点，他目前在做的比纯粹的穿越探险更有文化层面的意义，我希望看到他的新作。

毫无疑问，同样是穿越无人区，驾驶越野车要比单人自力舒适得多，风险也小得多。但驾驶单车无后援穿越还是有些问题的，高海拔汽车陷车自救的难度要比自行车大得多，可以按两者重量的倍数关系来计算难度倍数。而如果汽车出现严重故障坏死在无人区，除了外部救援也别无他策。在最初的探险计划里，我想在车顶行李架上安放一辆自行车，如果车辆出险，就靠自力推车完成余下的穿越。对我而言这是可行的，对力哥而言更无问题，他的耐力和吃苦能力都在我之上。而且我们也携带了最基本的野外生存装备，包括高山帐、高山气罐炉具、可卷曲折叠的太阳能光电转化设备、高能量户外食品等。如果真发生这种情况，把这段故事加入纪录片，无疑更出彩，而力哥扛着大机器徒步穿越无人区更是一段传奇佳话。但我们毕竟同时还是摄影师，到无人区拍摄图片和纪录片是我们穿越无人区的重要诉求，不可能舍弃车里价值几十万的摄影器材和其它装备（当然也可以就地隐蔽掩埋）。最后还是决定只靠越野车的力量穿越，携带了从行车电脑到传动轴等大量零配件，因为携带装备过多，就把自行车计划放弃了，而六缸老切也很争气，毫无问题地把我们驮出无人区。

还有朋友咨询过摩托穿越无人区的事情，个人认为很困难，摩托车刚好卡在越野车与自行车之间，既无法携带充足的装备与油料，过河、穿越沼泽地时也没有自行车轻便，无人区里那么多的河都要推过去，极其消耗体力。除非有补给车随行，否则摩托车穿越会很困难。另外，摩托车也不适合长距离穿越沙漠，大量的野外生活装备和备用油储备会把摩托车逼进死胡同，更别提爬沙山或过刀锋了。

靠畜力穿越羌塘有没有可能？很多人否定了。但我听说了一件事情，20世纪80年代初，有一位特立独行的中国科学家，骑着马赶着一群牦牛，穿越并考察了羌塘腹地。虽然只是听说，但我认为这是可能的，羌塘腹地的游牧人就是最好的证明，我下面会有关于他们的故事。这是一种纯天然的穿越方式，可谓天人合一，但你要学会全套的牧民生存本领，要会照管牦牛群才行。

说到自驾越野车穿越无人区，在国内的越野江湖里无疑是最高端的话题。最早提出四大无人区概念并首次完成穿越的民间队伍，是段晓光大哥、大何等五人，他们先穿越完罗布泊后，在2005年10月14日至20日，又成功穿越了阿尔金山、可可西里、羌塘。在此之后，“四无”的名头越来越响，成为国内越野爱好者心中最顶级的穿越线路。尤其在最近一两年，穿越无人区的车队络绎不绝。在网络论坛里，只要题目挂着无人区的名号，从来不愁点击率。坦率地说，我不反对穿越无人区这种方式，尽管这个星球已经被人类毁得差不多了，但作为人，本身就有探秘未知地带的欲望，在法律允许的情况下，我们也有这个权利。

穿越无人区还要注意以下几点：第一，要获得国家管理部门的许可，要缴纳费用并通过检查，获得进入保护区的证明。我们要知道，保护区地处高寒地带，无论是管理部门还是工作人员，生活工作条件都比较艰苦，我们按规定缴纳费用，是对他们的起码尊重，也是为保护区建设作出一点贡献。第二，要调整自我心态，明确穿越目的。穿越无人区不是为了征服无人区，也不是为了增加炫耀的个人资本。穿越无人区是探索未知地带，是开阔眼界，是心灵与荒野的对话，是观赏大自然与野生动物之美，是磨练自己的意志品质，增强战胜困难的信心，从而反思自我人生，反思人类如何与荒野、与野生动植物和谐相处。第三，严密准备，不冲动、不盲目，确保自身生命与身体的健康安全。第四，越野车穿越无人区的最佳时间是每年10月至次年5月。

截至目前，还没有人完成的无人区穿越线路是东西一气呵成横穿羌塘、可可西里，最长的线路是界山达坂、松西至不冻泉一线。最近也有人明确提出了穿越时间与计划。这条线的难度是线路过长，油料补给困难。全部自负给养的话，车辆负载压力过大，比较好的解决方案有两个：双湖北上设立补油点；越野车后挂两轮拖车穿越，由拖车负载驮运更多的油料，这个方案很早以前就想过，后来有人实施了，需要提醒的是，拖车的质量一定要过硬。

第三节　淡定的疯狂

首部单车穿越无人区纪录片

大概是在2011年8月，我接到冯骥导演的电话，得知中央电视台9要拍摄活力中国大型系列纪录片，展现当代中国人的精神面貌。冯导是极致玩家系列的制片人，他看了我在2010年连续穿越三大沙漠的网帖后找到了我。我说自己是个最底层的无产阶级草根，恐怕难以展现当代国人的面貌。冯导坚定地说：“我们要展现的就是草根！要展现的就是普通百姓的追求与生活。”

见面后我们详谈了拍摄计划，初步计划是拍摄我单人单车横向穿越巴丹吉林沙漠，这也是我在完成N3后的计划。之后在很短的时间内，我提出了穿越无人区的计划，冯导认可了方案，因为无人区的看点要比穿越沙漠丰富得多。之后又认识了傅琼导演，她那时是极致玩家系列的总导演，那段时间我、冯导、傅导经常碰头开会，当时的问题有两个：单车无后援穿越无人区的风险控制，全程跟踪拍摄纪录片的摄影师人选。我的风险控制预案通过后，摄影师人选就成了最大的问题。

时值盛夏，我们坐在越野联盟俱乐部的临街露台上，我噼里啪啦地拍蚊子，冯导和傅导全神贯注琢磨摄影师人选。专业技巧过硬、豁达包容、不怕苦不怕累、能胜任高海拔工作，还要档期合适，他们共同认可的男一号叫李力，说他是最合适的人选，但那时力哥无法确认档期。之后还联系了几个重点摄影师，档期都不合适，连李力老师也没消息。等了大概一个多星期，我以为这件事要黄了。说实话，那时候我对摄影师还是挺担心的，如果进入无人区后，摄影师身体出现严重状况崩溃了，我就惨了。

本来单车穿越无人区就是挺疯狂的事情，同步拍摄纪录片则把疯狂演绎到极致了，绝对没有先例。茫茫无人区充满艰险未知，进了无人区，穿越者和摄影师要共同面对所有的事情，必须配合默契甚至生死与共。无人区无小事，小问题也会放大成大问题，任何一方出现状况都事关生死，尤其是心理上的承受力不能出问题。

就在我犯嘀咕的时候，冯导来电，说李力老师答应接下这份工作，我顿时感到柳暗花明。第一次见到力哥是在花家地南街，那天我们派人去修理厂提车，然后去潮白河试车，力哥神采奕奕，尤其是两撇大胡子先声夺人。冯导驾驶“大切”载着傅导、力哥、李嘉、我去取全面检修好的车辆，潮白河试车拍摄非常顺利。我发现，我和力哥之间根本就没什么需要磨合的，难怪他获得了两位导演的一致推崇，果然是于无声处显实力。而且对于这样一次难度很大的穿越，力哥从来没说过担忧的话，也从来没问过如果失败怎么办。那种淡定与从容的风度其实才是穿越无人区最需要的气质，真正的疯狂是淡定，真正谨慎的人才能完成大胆的事情。

在越野联盟俱乐部谈拍摄的时候，宫老师知道了这件事，他把自己赛车上的天宇卫星跟踪系统竞赛版拆下来，安装到我的车上。由此，单车无后援、同步拍摄纪录片、实时卫星跟踪，形成一次罕见的捆绑式无人区穿越。

第四节　穿越概况

时间、线路、里程：2011年10月4日北京出发——10月15日到达双湖——10月17日进入羌塘——10月29日进入阿尔金山无人区——10月31日凌晨到达茫崖。全程用时27天，其中无人区穿越用时14天。北京至茫崖5000多公里，无人区穿越1100公里。

穿越海拔高度：羌塘无人区在4800~5500米之间，阿尔金山在4200~5100米之间。

穿越方式：单车无后援，自负给养，采用自救脱困方式。

穿越车辆：1995年出厂六缸切诺基，16年车龄。自2008年3月结束三个月的藏地自驾旅行，并在同年五一期间穿越了科尔沁穿沙地后，我的六缸切基本处在闲置状态。但之前连续几年的高强度使用，包括沙漠拉力赛、沙漠穿越、长途探险旅行等，由于切诺基是承载式车身，所以后果是严重的：车身多处断裂，两个A柱齐断，B、C、D柱撕裂，前梁头断，底盘右纵梁断，三环路上随便一个起伏就能让尾门张嘴。一时间风雨飘摇，难堪重任矣。但对自己的老伙计我没有放弃，在2010年6月为其更换了车身，经过一番调理，它犹如伤愈之后的印地安雄鹰，迎风振羽，渴望重回沙场。我不由得感叹，在小切逐渐没落、淡出越野舞台的当口，我们俩又重回那个几乎消失的离路状态。偶尔我会坐在方向盘后面胡思乱想，被我这样的衰人驾着，六缸切会不会早生厌倦之情。还好，看起来我们的节拍目前还在一个点儿上，无论如何，权且当是为老年后的回忆延续一些往事吧。

说到无人区穿越用车，切诺基在很多朋友眼里是根本不带玩的，更别说是16年的老切，而且还是单车无后援，大多数人以为这是天方夜谭，因为无人区汽车穿越史上还没有这个先例。但我在以往的长途孤旅或穿越中经常对自己说的一句话是："控制好自己才能控制好车，了解了一辆车的弱点才能开好一辆车。"当然还有更糙的一句是："再牛的车也得看什么人开，再不牛的车也得看什么人开。"从这次穿越结果看，人车无恙，4000多公里行驶里程，1100公里无人区恶劣地形穿越，老切始终在前进。它用玉汝于成的经历证明了自身价值，老骥伏枥、志在千里用在它身上很贴切。我师父来叔说这辆车的使用已经达到了极致，在切诺基里无出其右。每每念及它在未来的某一天也会进入报废厂，我就别是一番滋味在心头，但我相信它会无怨无悔，因为一辆越野车的灵魂只能是它的经历，与其它无关。

穿越人员：无人区穿越两人，穿越者关山飞渡，纪录片摄像师李力老师全程跟踪拍摄。成功穿越无人区后，两人在格尔木分手，李力老师回北京接受新的任务，关山飞渡单人单车深入三江源腹地，寻找并拍摄野生雪豹。

车辆负载：处于超重载状态，自负全部给养物资，包括：两名乘员，共约320升汽油，五箱24瓶装矿泉水，25千克桶装水一桶，食品两大整理箱及大米、馒头、蔬菜等散放食品若干；大型专业摄像机、三脚架一套，摄像设备七个箱包，摄影设备四个箱包，笔记本电脑二台，单反相机三台，120相机一套，镜头十余支，专业摄像头三个及零部件若干，备用电池若干；户外服装二大整理包，二套完整野营装备（帐篷睡袋、气罐、高压锅茶壶等餐饮设施）；车用逆变电源二套，车辆备用维修零件两箱及散放若干（从行车电脑至传动轴减震器，各种油液，维修工具二套），自制锰钢地锚板一块，拖车绳二根，9000磅绞盘一台，车顶重载行李架一个，备胎一个（计划用二个，但实在没地方安置了），双电瓶；各种药品及其他物品若干。

通讯及导航设备：铱星电话一部，天宇卫星监控系统越野竞赛版一套，二台GPS。实际上我在路线准备上非常简单，带了一本《中国高速公路及城乡公路网地图集》，出发前在谷歌卫星地图上查了几个无人区重要湖泊及山脉经纬坐标点，输入至GPS，没有使用任何现成的航迹。虽然还请神仙老豹和老菜鸟把北北线和阿尔金沙子泉的GPS线路

图存至我的电脑，但我不太精通这些东西，没有天线也没有预先存储卫星图，因此在无人区没有使用，不过我依然要感谢他们的帮助。还要感谢两位没见过面的朋友，我在网络上下载了一张无人区穿越草图作参考，那是一份罗布泊工匠为子弹头画的简易草图，它发挥最大作用的场合，是从普若冈日冰川向西北方向山口直切的时候，那一带山口挺不明显的，我看着这张图凭感觉走，还真没遇到大问题。

我的穿越风格同样简单，先确定好大方位，有重要地理坐标的经纬点，实战中GPS、地图、个人经验并用。多年积累的全路况越野经验发挥了作用，什么样的地形能通过，什么样的地形要迂回，各种地形的通过技巧，这些方面我比较熟。在方位判断、选路、无路状态下走捷径等方面，得益于之前的沙漠穿越经验，在无人区也发挥得不错。因为纯沙漠里是无路可寻的，一般情况下，只需要两个GPS点就可以完成穿越，点与点之间就完全依靠个人经验了。早年在中蒙边界寻找草原狼时，在戈壁荒漠夜行的经验也帮上了忙，从措折罗玛走神秘小道去双湖，后100公里夜行，经常要在沟壑纵横的河床里找路，与中蒙边界寻狼非常神似。而多年积累的自救脱困经验无疑是穿越成功的最底线支撑，没有这些，可能就会崩溃在那两次屡败屡战的陷车现场，羌塘的沼泽与冰河都给我留下了深刻印记。

平均油耗：约30升/百公里。原因：车辆重载；高海拔行驶；地形复杂，翻越山脊无数，穿越河流河床无数；穿越大型黑石滩4～5个，最长有几十公里；大面积积雪区域行驶；长时间使用高速四驱一档和二档，困难路段经常频繁用到低四档位；沼泽及冰河陷车，车辆长时间处于怠速状态，用以融化冰冻沼泽及防止排气系统河水逆灌或冰冻；配合纪录片拍摄往返跑位；等等。

穿越主要难度：（1）2011年度是西藏丰水年，很多以往可通行的地形都被大水淹没，需重新选择新路线绕过；（2）10月下旬河流尚未封冻，沼泽与冰河极易陷车；（3）穿越车辆为16年老车，在单车无后援的情况下，需要驾驶者极度小心谨慎控制车辆，否则一旦出现严重故障形成死车，只能向外界求助，或自己走出无人区；（4）在无人区腹地，如人员身体出现重大状况，比如脑水肿或肺水肿，后果会很严重，极可能有生命危险；（5）高海拔陷车自救，穿越者的生理与心理都将承受巨大考验。

遇困状况统计：遇困全部发生在羌塘无人区，阿尔金山无陷车。

（1）多格错南部沼泽地陷车，海拔4943米，脱困用时两天。挖锚坑，自制锚板、绞盘、备胎，深挖冻土泥沼，千斤顶举升底盘，低速四驱结合离合器生崩，失败无数次后脱困。

（2）东温河冰河陷车，自救六小时，并于河中修理绞盘故障，因河岸为松软流沙质地，没有可靠冻土层，拉豁无数次锚坑后，于黑夜气温骤降后脱困。

（3）兔子沟山脊雪坑陷车，海拔5000米以上，利用火山石结合绞盘脱困，报废轮胎及轮毂各一个，高海拔换轮胎。

（4）另有两次落入冰泥水混合坑，均在一个半小时内脱困。去普若冈日冰川途中因寻找温泉，河岸泥地陷车一次，处理得当，快速脱困。

（5）巨石沟一侧山坡因积雪导致侧滑一次，车辆侧倾严重，搬运大量岩石垫高巨石缺口后脱困通过。

穿越收获：穿越无人区真正的收获是内心的磨砺与精神的升华，荒野是生命的起源，而且已经成为地球的稀缺之地。在回归荒野的同时，高原的野性连绵不绝、扑面而来，我拍摄了大量野生动物，在羌塘近距离拍摄了藏北棕熊，在三江源拍摄了野生雪豹袭击岩羊群，立体地展现了青藏高原的野性世界，体验了人与自然高度融合的境界，这是探险穿越的真正意义。

第五节　双湖路漫漫

我非常钟情于无人区的狂野魅力，但比无人区沼泽陷车更令人头疼的是北京到双湖的八千里风尘路，它使得去无人区变成了一次长征。

老吉普再赴征程　北京——西宁——格尔木

2011年10月4日清晨，16岁老切的发动机听起来更像是一架柴油机，“嗒嗒嗒嗒”的说不清是敲缸声还是气门声。挡风玻璃正中有一摊伍分硬币大小的鸟粪，倒车时左后轮又压扁了像三根积木搭在一起的狗屎。我出门总是习惯随机确认吉祥物的，去年穿沙漠之前从工具箱里跳出来一根不知猴年马月摘的老玉米，于是这干瘪的东西被我当成吉祥物放在了挡风玻璃下面，三个沙漠穿下来，老吉普连个零件都没坏。但这回有些复杂，在鸟粪与狗屎之间，我到底该相信哪一坨？

此次进藏没走国道6（京藏高速），而是选择了京港奥——京昆——青银。

在西宁的酒店安顿下来已是10月5日下午，西宁市区的交通环境也让人乐不起来，酒店刚好处在市中心繁华地带，在停车场找车位就像玩华容道。房间网络有问题，到酒店大堂上网，发现梧桐兄发了个帖子，叫“宫老师给关山装了个家伙式”，说的就是我这次穿越，大家可以用公开的登录名和密码登录卫星追踪网站，随时关注我的行踪。

其实，对于这么重大的个人穿越行为，能否成功完成实在是个未知数，我是想默默进行的，公开进行不是我的风格。2010年穿越三大沙漠时，只有家人知道我的计划，出了最后一个沙漠，我才给胡杨大姐和油哥打了电话。这次穿越无人区，因为人穷志短，向朋友们借了很多东西，所以保密就无从谈起了。现在卫星实况转播，就当是给关注我的朋友们解个闷儿吧，毕竟用卫星跟踪穿越在国内还是头一份。单车无后援、拍纪录片、卫星跟踪，这种捆绑式的穿越在无人区穿越历史上也是首次，但如果演砸了呢？还好，我没有过多考虑失败的问题，如果那样的话，我早就放弃这个计划了。所以我建议梧桐兄，把现有的名字改成“用卫星跟踪关山穿越无人区”，让大家看得更直观一些。当时估计这个帖子应该是宫老师让梧桐兄发的，后来回到北京和宫老师喝酒，得知确实是他安排发的帖子，后来觉得，这颗卫星放得好，效果还是很不错的，而且宫老师对我这次穿越非常重视和关注，在幕后做了很多工作，和青海、西藏的越野人都打了招呼，制订了救援方案，一旦我在无人区出现状况，宫老师就直飞拉萨，带车队北上无人区救援。

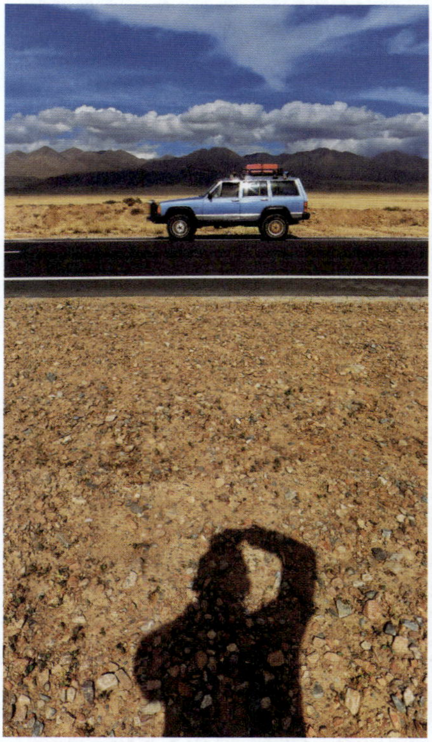

对于自驾旅行者而言，在路上是一种生活方式，摄于格尔木至那曲途中。

LEICA D-LUX5、F8、1/400s、ISO80

我也上了卫星监控网站，看见自己的车精确地定位在酒店的停车场里，然后和沙狐车队通了电话，他们已经在花土沟集结完毕，下一步就要横穿塔克拉玛干沙漠了。在北京时，沙狐老大紫衣侠拍板了：“关山，陷车了招呼一声，我们肯定去救你。”其实，沙狐也是我预想中的第一救援队，他们穿越的塔克拉玛干就在新疆阿尔金山无人区的正北，救援路线是最近的，而且沙狐车队的紫衣侠、神仙老豹、小辫普洱都是越野穿越的高手，为人坦荡且心态平和。他们曾完成了国内首次北北线穿越，即自西向东横穿羌塘无人区腹地，还成功穿越了藏北通向新疆的库亚克大裂谷。2010年十一期间我完成N3的时候，他们成功横穿了巴丹吉林沙漠，这是我非常欣赏的几位越野人。

接着我又和力哥通了电话，按计划明天中午他飞抵西宁，我问他带多少行李，力哥说大概四五个箱子，我和力哥说要尽量精简，因为车里几乎没有空间了。放下电话，我开始迷糊，这到底是一次穿越还是一次拍摄，它比穿越复杂多了，摄像装备已经和野外生存物资发生了冲突。在北京的时候，我们的目标是拍一部好纪录片，但随着目标区域的临近，事情开始变得现实并且不那么浪漫了。我告诉自己，最低限度：不能本末倒置；最佳方案：最好两全其美。

一辆小切能塞进多少东西呢：几箱常用汽车配件，大量衣物、食品、各种野外装备、摄影器材，我自己的装备刚刚好。但从北京装上七八只沉重的摄像设备箱包后，车里基本没地方了，那个170升副油箱还没加满，四个油桶还是空的，力哥可能至少还要带四只箱子，而我们进无人区之前，还要采购至少六箱矿泉水和其它物资，放在哪里呢?

我们此行还带上了摄像机用的滑轨，那还是在798拍前期画面的时候，力哥问我能否带上这东西，我第一反应是不行，但想到我们对优秀影像的追求是一致的，而且还从未有人带着这东西穿越无人区，车里再怎么挤也不会就差这么点空间，于是就带上了滑轨。再有，我对摄像机的选择也有些不理解，剧组决定使用大型的专业摄像机，我认为这在高海拔极限穿越中将可能成为严重问题，力哥也将承受很大的压力，使用起来也很不灵活。但冯导、傅导都拥有多年的专业经验，应该是经过深思熟虑的，最有发言权的是力哥，他已在摄影机的后面站了三十年，他对我说：“等你看到出片后的影像，你就明白为什么了。”

穿越无人区最大的困难就是陷车。这么多的装备会导致车重急剧增加，我开始担心了，临行前做的板式地锚能扛得住吗？而六缸切的动力，这次也将受到严峻考验。

力哥飞到西宁后，我们哥儿俩的两个光头肯定会撞在一起，有没有火花不知道，但必须要想个解决方案。令我充满希望的是，力哥往车里塞东西的能力据说很强，他有几样野外生存装备也很厉害。

如果单纯说穿越，单人单车对我而言是最合适的，车辆的负载情况要好得多，面对藏北的积雪区、泥地沼泽、大坡会轻松一些。但在北京的时候，通过和摄制组的几位编导接触，感觉都是很敬业的人，所以我没理由不作出配合。而这次和我一起穿越的李力老师，确如剧组导演所言，非常之棒，所以困难再多，我都相信这次合作是值得的。在承受力与经验上，我的直觉告诉我，力哥至少在我之上，而他的形象也是别具魅力，我形容他是一位只吹胡子不瞪眼的大哥。果然，后来进入藏区，力哥的形象很受藏族朋友的喜爱。

10月6日，因飞机晚点，力哥下午到达西宁，我惊喜地发现他只带了两箱装备，力

109国道2854公里处，上面留有骑行者的笔记。一队长长的军车伴着冰雹驶来，这条路即是著名的青藏线。NIKON D700、AF-S70-200mmf/2.8G VRII、F5.6、1/320s、ISO1000、-0.67EV

哥说他最后放弃了广角镜头和一些设备。傍晚前的时间，我和力哥整理车内物品的摆放，尽量把空间利用得更合理，我看出来了，这的确是力哥的强项，实际上力哥的强项还有很多。晚上我们出去吃饭，又说到大机器的问题，力哥告诉我两点：大机器的像质更好，控制景深的能力更强。我对摄影器材还是比较了解的，但对摄像器材就是外行了，听力哥的没错，我只是担心力哥会受累。席间两个人合着喝了一瓶啤酒，算是预祝合作顺利，今后将滴酒不沾。我们都知道，如果再有端起酒杯的时候，一定是成功穿越无人区之后的回味。但是我们无法预料的是，在无人区腹地，我们还是打破规则喝酒了，因为有一段奇缘令我们不得不喝。

晚饭后回到酒店上网，看到我师傅来叔开始发威了，连续发了几个帖子，从战略和战术上作了精辟尖锐的分析和嘱咐。这么多年来，极少看到他这么“如临大敌”啊，就像他说的，是希望看到我们全须全尾地回来。来叔是国内越野界的前辈，我们的师徒缘分要追溯到2005年五一，那是我第一次参加越野者俱乐部活动，来叔带队穿越巴丹吉林沙漠，由此我进入了这个前辈众多、人才济济的圈子。

带着感动，我回了帖：“我真的没想到，吃饭回来，就看见这样令我震动与感动的嘱咐，嘱咐的人不是别人，正是当年带我第一次参加越野者正式活动的人——来叔，所以有时候我说来叔是我师傅，呵呵。就像梧桐兄说的，字字珠玑，而且拳拳到肉，每句话都令我感受至深，从来叔的话里我读懂了信任、鼓励、关心，老实说，我很受感动，也感受到了一种支持与鼓舞。无论是对事情的见解还是对越野环境地形的分析，我都记下了。”

10月7日早8点30分，正式出发，当天的目的地是776公里外的格尔木。上了湟湍（湟源至到湍河）高速不久，力哥在车头和车身侧面安装了两个高清摄像头，车内还有一个是始终对准我的，那个大型摄像机从出发开始就立在力哥两腿之间，一直到穿越结束，力哥几乎就没和摄像机分开过，而副驾驶位置脚下，也放满了各式各样的设备零件。

到青海湖时，远方的山岭上是皑皑白雪，我似乎立刻嗅到了酥油茶的味道，去年穿越三大沙漠时，看到贺兰山顶的白雪，我也是一样的条件反射，真的是高原后遗症啊。青灰色的天空笼罩着一望无际的青海湖和南方的雪山，王昌龄的边塞绝句

青藏铁路大桥，背景是连绵的昆仑雪山。 NIKON D700、AF-S70-200mmf/2.8G VRII、F5.6、1/200s、ISO1000

跃然纸上：“青海长云暗雪山，孤城遥望玉门关，黄沙百战穿金甲，不破楼兰终不还。”

在湖边和国道上拍摄了一些镜头，我们找了一家饭店吃午饭，西宁到青海湖只有100多公里，我觉得和力哥的磨合已经结束了，因为就没什么可磨合的，没有客套也没有矛盾，无论行车、工作、拍摄，全都处在自然而然的状态。我判断两个人之间是否合拍的标准是，当你不用刻意为对方去做什么的时候，你们就是合拍的。我的适应性没问题，有30年职业经验的力哥更是经历过各种各样的环境，有道是，生活把我们磨圆，是为了让我们滚得更远。两个年龄相加超过90岁的男人正处在圆溜无比的时候，滚起来自然很舒服。

一路走一路拍，天黑前我们到达都兰，车加油人吃饭，力哥脸色不太好，感觉是受凉了，到车里找了厚衣服穿上，我很担心他感冒，按一般感冒的爆发时间推算，两三天后我们刚好到达可可西里，高反加感冒可不是闹着玩的。我问他用不用吃药，力哥说没事，他要了碗热腾腾的米粉汤，又把随身的保温杯灌满了热水，在高原长途旅行，热水非常重要。

其实我在都兰还有个素未谋面的好朋友呢，野生动物摄影师马才让加先生就是都兰人，我们在博客上有过交流，他热爱自己的家乡，执着地用摄影镜头展示野生动物之

电闪雷鸣、疾风冰雹，我和力哥不会躲在车里错过这样有气氛的时刻，力哥在拍摄中。NIKON D700、AF-S24mmf/1.4G、F5.6、1/320s、ISO1000、-0.67EV

美，拍摄了很多精彩作品。但考虑到都兰到格尔木还有340多公里路程，而且大部分将是夜路，所以不能长时间停留，我没有联系他，但我吃饭的时候也在留意着街上过往的行人，都兰县城不大，也许我会偶遇马才让加先生也说不准。值得一提的是，都兰境内公路两侧树木的黄叶非常美丽，为高原的秋天平添了许多亮丽。

到格尔木已是深夜，就在火车站对面找了家酒店住下，安顿下来已是10月8日凌晨1点，从出发到现在用了16个半个小时，感觉很疲惫，但洗完澡还是坚持上网发图片，那么多朋友在后方关注，我不能偷懒。发完最后一张帖已经是凌晨3点16分了，赶紧上床休息。

第二天收拾停当，我们到市中心吃午饭，来到繁华热闹的昆仑花园广场，斜对面是曾经住过的东方宾馆，宾馆旁边有家规模挺大的东乡羊肉羊脖食府，这里的手抓羊肉非常地道，是我所吃过的东乡羊肉里最好的一家，其他菜品做得也很讲究，而且环境很干净，我和力哥很清楚地知道，过了这村就没这店了，未来的一段时间是肯定无法享受到这样的美味了，所以，第一盘手抓羊肉吃完后又要了第二盘。

饭后，我们去对面的药店、超市作最后的大批量采购，把可能用到的药品、食品、用具尽量备齐，氧气瓶和高压锅也在这里采购，毕竟格尔木是西宁和拉萨之间最大的城市，物品种类和质量都更有保证，如果有少量遗漏的话，到那曲后再进行补充。出发前，又到加油站补充燃油，这次把170升副油箱彻底加满，进无人区前，不再使用副油箱里的油，一方面是格尔木的油品质可能要好一些，价格也便宜一些，另一方面也算是顺便最后检查一下这个副油箱的状况，如果有渗漏，到那曲还来得及修理。

可可西里高——甩甩头，高高反

出格尔木，路两旁是荒凉的戈壁，沿途在重点场景跑位拍摄，我和力哥都开始进入状态了。进入山区后，遇见一辆桑塔纳陷在路边的沙地里，我们过去将车拖出。然后力哥在车里采访了我，大意是自驾旅行这些年，对越野车有什么体会。我的回答概括为：

我没有想到一辆四驱车可以改变我的生活，当然这个四驱是分时四驱，因为只有低速四驱才能最大限度地帮助我们驶离困境。四驱车可以让我们走得更远，站得更高，获得更广阔的人生视野。然后用刚刚完成的救援举例，说明四驱车可以在自然灾害的救援中发挥作用，可以把救援队或物资尽可能地送达目标区域，而且配备的绞盘也可以发挥很大作用。所以我建议，国家对越野车的改装政策应该适度放宽一些，一旦有了突发灾害，完全可以征调民间越野车和志愿者参加抢险救灾。对于这一点，2012年北京的7·21大洪水，很多民间越野车发挥了正面作用。

国道109行至2854公里时，遇见四位青海黄南藏族自治州的僧人，他们拉着车去拉萨朝圣，我从车上抱了一箱方便面追上去送给他们。这时天气骤变，乌云将白昼变成暗夜，密集的冰雹倾盆而下，天空中狂风呼啸、电闪雷鸣，不过我和力哥都没回到车里，而是第一时间寻找最佳角度拍摄，我们心照不宣，越是恶劣的天气越容易出产好的影像，刚好有一队长长的军车经过，更增添了威武雄壮之气。不过骤然变冷的温度让我有些扛不住了，拍摄间隙从车里翻出羽绒夹克与专业冲锋衣穿上，旅途刚刚开始，绝对不能埋下生病的隐患。

一道闪电撕裂黑云，紧接着“轰隆隆”一个炸雷响起，我暗叫声“可惜”，因为当时我背对着它，力哥的摄像机似乎指着那个方向，我问他拍到了吗，力哥惋惜地说：“没拍到，就差一点儿。”我们都乐了，吃苦受累风吹雨打都不会令我们后悔，有时候某个瞬间没拍到，会小遗憾一下。

冰雹雷电停止，昆仑山上方的天空与白云就像湿润的水彩画，我们带着满身的冰碴儿水气坐到车里重新上路，干燥的荒野随着冰雹的光临变得清新起来，湿漉漉的国道109静悄悄的。

过西大滩，路南侧是昆仑山连绵不绝的雪峰，海拔6178米的昆仑山东段最高峰玉珠峰也位列其中，李白曾有诗云：“若非群玉山头见，会向瑶台月下逢。”自格尔木向西大滩途中，过纳赤台不远有一向西的路口，可以进入野牛沟，那里有传说中的西王母瑶池。

到达昆仑山口的时候已经是晚7点左右了，在这里我们要拍一组镜头，在打开车门脚落地的刹那，我就感觉刺骨的寒意袭来，呼吸也开始不顺畅了，我知道肯定会有一些轻微高反症状，因为格尔木市区平均海拔2780米，昆仑山口海拔4767米，几个小时之内海拔陡然跃升近2000米，有高反是必然的。但没想到的是，之后的高反症状是历次进藏最严重的一回，力哥也一样中招了。

古书记载昆仑山是玉龙腾空之地，素有亚洲脊柱之称。在中华民族历史上，昆仑山被誉为万山之祖。昆仑山系自帕米尔高原隆起，凌空而下，浩浩荡荡，横贯东西约2500公里。中华文化中很多神话故事均和昆仑山有关，如女娲炼石补天、精卫填海、西王母蟠桃盛会、白娘子盗仙草和嫦娥奔月等。中国古典名著《西游记》《封神演义》等多部

昆仑山口，青藏铁路与青藏线并驾齐驱，火车上方的云像一条游龙，龙头龙眼栩栩如生。从格尔木至昆仑山口，在几小时内海拔陡升近2000米，我和力哥都觉察到“高反”来袭。 NIKON D700 AF-S70-200mmf/2.8G VRII、F5.6、1/60s、ISO200、-1.33EV

通俗小说都提到昆仑山。

我不由得想，嫦娥和神仙们穿那么少，在苦寒的青藏高原如何挨得住啊，冰冻蟠桃怕是要吃坏肚子的，但很快我就觉得自己out了，人家嫦娥可是住在月球的广寒宫，夜间最低温度为零下183度，而且吸的还不是氧气，人家到地球来吃桃还要忍受醉氧的折磨。别替神仙们操心了，先考虑自己的问题吧，我后悔没有在格尔木再增加一条保暖裤，这本是计划中的事情，结果一忙起来就忘了。无论是从季节走向还是从海拔走向，我们面临的是海拔越来越高、温度越来越低的现实，格尔木是个重要的临界点，在这里不仅要完成物资装备的补给，还要提前增加保暖衣物，尤其是内衣。因为外衣可以在路上随时增减，而更换内衣则不太方便。

力哥扛着摄像机和三脚架走向山口的经幡，我问他冷不冷，他说还可以，但我观察他的脸色也不是很好。然后我开车在山口两侧跑位，两个人用对讲机交流，茫茫夜色中，吉普车的车灯划过青藏线。这段拍摄用了大约半小时，再次出发前，力哥在前护杠上安置了一枚高清摄像头，车灯的光晕里，小雪花拉出一条条直线。当晚的目的地是著名的索南达杰保护站，昆仑山口就屹立着索南达杰的雕像。

这一带是冻土荒漠地质，公路开始变得起伏不定，雪花扑朔迷离，时密时疏，路消失的地方，黑沉沉的天空露出一抹灰蓝，偶尔有闪电照亮天幕的一角。原本我们没有计划在索南达杰保护站住宿，而是过了保护站之后，随便在公路旁找个地方扎营，可可西里的海拔在4500米左右，刚好可以检验携带装备的性能，重点是做饭用的炉头、帐篷和睡袋，两个人也算是为无人区露营热身了。但天色已晚，再扎营是不太可能了，尤其是我们都感受到了高原反应，运动量和体力劳动越少越好，投宿在保护站是最佳选择。

50公里后我们到达索南达杰保护站，保护站停电了，我摸着黑把车倒着停好后，感觉到强烈的头晕恶心，其实只是倒车的时候看了看两侧的后视镜而已，但就是这两次快速的甩头动作，立刻让我头晕眼花，有要吐的感觉。保护站当夜只有一个值班人员，他把我们安顿在后院的客房里。上次住在这里还是2007年2月，我从拉萨走青藏线回北京，晚上到这里的时候，保护站的人告诉我屋里住了某地理杂志的牛人，进去认识后，原来是杨勇老师带领的南水北调西线项目独立科考队，队员中包括“苍狼”徐晓光、“二郎山杀手”税晓洁等几位大侠。杨勇老师带着棉帽子穿着军大衣，为大家做饭炒菜，地质科学家和厨师的身份混为一体。那时候索南达杰保护站还没有很多客房，我当夜是在车里睡的。第二天杨勇老师的考察队沿青藏公路向西，然后下到一条土路，沿楚玛尔河向北进入可可西里无人区了，我目送他们两辆车消失在茫茫雪野。在这个天寒地冻的季节科考，科考队将面临很多艰险挑战，那时候的夜间最低温度在零下30度左右。

还是回到现实吧，现实是我和力哥都蔫巴了，沟通后症状一致，后脖颈好像长出一截钢筋直接顶入后脑，动作幅度稍大就疼得厉害。走路、搬运行李时只能低着头慢慢走，搬一次东西要坐在房间休息会儿再去搬第二次。力哥的状况比我稍微好一点儿，还打开电脑存了图片，貌似还记了日记。尽管又累又饿，但两个人都没有吃晚饭的胃口，吃了些威化巧克力就上床休息了。我半夜梦见无人区了，但因为喝水少加上吃巧克力上火，半夜燥热难耐，热醒了把睡袋掀开降温，也忘了梦见在无人区做什么了。

第二天早晨醒来，两人的症状依旧没有好转，走路都很慢，飘乎乎的，头仍然疼，因为体内没有热量，感觉身上很冷。我和力哥都有过几次高原经历，以往都没什么问题，没料到这次的高反如此严重，力哥的脸和眼睑也有些浮肿了。回房间休息，我们觉得这样下去不是个事儿，今天的目的地是那曲，全线都是高海拔，4500米只不过是个下限，唐古拉山口一线超过5000米。于是我们不再硬撑，先吃些缓解头疼的药再说。如果不是为了吃药，我连喝水的欲望都没有，看什么都恶心。

神奇了，大概也就半小时光景，我和力哥开始谈笑风生了，两个工作狂在头疼缓解之后立刻投入工作，力哥神采奕奕地走到青藏公路上，用摄像机拍摄不远处的青藏线铁路桥，我则把镜头对准了他，拍了别人30年的力哥还是有些不适应被拍，一边笑着说你别老拍我了，一边低下头把镜头对准我，我们用对拍的方式庆祝高反消失。

青藏公路北侧，一队藏野驴行进在楚玛尔河畔，如果继续向北深入，便是可可西里腹地。 NIKON D700、AF-S70-200mmf/2.8G VRII、F8、1/3200s、ISO400、-0.67EV

付了住宿费用，告别索南达杰保护站，沿途又拍摄青藏公路两旁的野生动物，这些场景是很熟悉的，以前我曾经在这里徒步跟踪一只藏狐并扭伤了脚。我们的状态好得出奇，其实也就是吃了一片头痛药而已。多次高原经历，从来没吃过红景天，更没用过氧气瓶。我吃过最多的药是百服宁，头痛药也是第一次吃，我的一些朋友也有这样的建议，头疼的时候吃头痛药是最见效的，很多吃过红景天的人都无法描述药效的明显作用。

头不疼了，精神大好，随之胃口也有迫切需求了，我们决定早餐午餐二合一，到52公里外的五道梁找个馆子慰劳一下自己。走青藏线进藏，关于高反有个顺口溜叫："车过五道梁，哭爹又喊娘。"大家可能要问，为什么我们在之前的索南达杰保护站就差点喊了娘呢？五道梁和索站的海拔差不多啊。其实这和时间差有关，一般旅客是上午从格尔木出发，到昆仑山口时因海拔上升过快被激活高反程序，一开始症状还不那么明显，表面上大家还能咬牙扛着，但继续在4500米的海拔上颠簸100公里，这一个多小时是高反发酵的时候，刚好到达五道梁开始爆发。而我们昨天因为天黑了，就直接住宿索南达杰保护站，没把哭爹喊娘的机会留给五道梁。

五道梁是个小镇，我们在临夏八方穆斯林餐厅落座，饭店感觉不错，要了两个粉汤、两个炒菜、若干花卷，共消费72元。饭后出来整理车内物品，力哥在车身侧面又增加了一个摄像头。正调整角度的时候，饭店门口一阵大乱，传来女人恐怖的喊叫声，只见老板娘、老板、老板儿子死死地抓住一群人不让走，原来那伙人吃完饭不结账就想走，僵持了半天，那几个赖账的才给钱走人。

吃饱喝足上路，五道梁有手机信号，力嫂来短信说知道我们到五道梁了，当时吓了我一跳，转念一想我们时刻被卫星跟踪着，联盟论坛上随时有截图上传，所以力嫂很方便就知道我们到了哪里。此时，我开始觉得这个功能有温馨感了，家人能随时掌握我们的行踪，虽然人没在一起，但心在一起了。我开玩笑安慰力哥："监控器是装在车上

捕食鼠兔的藏狐，摄于2007年2月可可西里。 NIKON D200、AF-S300mmf/4D、TC-17E、F8、1/1250s、ISO100、+0.33EV

的，刚才咱们去五道梁夜总会唱歌，去发廊洗头，嫂子不知道。”

正是一天里高原最暖和的时候，开了没多久瞌睡虫来袭，力哥也困得不行了，靠在副驾座位上睡着了。我还能坚持，力哥也能多睡会儿，大概扛了二三十分钟，上下眼皮打架的频率已经快接近闭眼了，我靠边停车，力哥这时醒了，然后我在车里睡觉，力哥拿了相机走下公路去干河床里拍照。

靠近唐古拉山两侧，海拔都在5000米以上，但我们的拍摄丝毫没有中断。有时候我在公路上往返跑位，力哥会扛着三角架和大机器爬上路边的小山找机位，或者为了一个特殊角度，扛着机器在公路上走很远，而我们踏上真正的高原还没到24小时，我明白了，为什么力哥是冯导、傅导心中的第一人选。从这条路我们也磨合了拍摄的程序：停车，我打开车后门和三脚架皮筒盖，力哥抽出三脚架，装机拍摄。有时候我不方便下车，力哥就自己来。

穿越唐古拉山口后，在天黑前我们目睹了一场绚丽的落日，然后就是高原夜行。

路过安多的时候没有停留，因为安多县城的海拔有4700多米，住宿条件也一般，不适合休整。安多至那曲130多公里，我们决定按原计划到达那曲。但白天的高海拔拍摄体力消耗很大，加之这两天一直没休息好，过了安多后不久就觉得异常疲惫。

那曲——幸福的黄纸条

到那曲的时候已是晚上10点多了，从头到脚都僵硬疲惫，下车上饭馆台阶的时候人直跑偏，也就是眼睛看着饭馆的门但身体却向旁边那家商店走去，调整了一下才没撞到门框上。饭后入住旁边的瑞丰商务宾馆，价位还可以，标间砍到160元/天。房间也能洗澡，就是背着大包、提着二包、夹着小三包、拿着保温杯爬到二楼面对几乎望不到头的走廊时差点高反发作。实际上这个宾馆就是两排长平房摞在了一起，走好远才到自己的房间，中途停住使劲喘息。不过最坑爹的是标间里的卫生间，这个卫生间的地面比房间地面高出20多厘米，我洗完澡穿着一次性拖鞋出来，左脚前脚掌刚沾到台阶下面的地面，身体就莫名其妙地失衡了，“咚”的一生巨响，屁股狠狠地砸在了地上，全身的肉都在剧烈颤动，脑袋被震得嗡嗡作响。原来台阶下面是一块极光滑的大瓷砖，湿拖鞋踩在沾满水汽的瓷砖上打滑导致身体失衡，幸好我屁股上肉多起了缓冲作用。但看到离后背近在咫尺的高台阶，我不禁倒吸口凉气，如果滑倒时后脑或脊椎磕在上面，可就麻烦了。第二天我下楼，看到一楼大厅的顶灯坏了，还想不会是被我震的吧。

第二天，也就是10月10日上午，力哥把机器架到我房间，拍摄我和北京方面通过电话确定救援方案的情节，我再通过地图和电脑里的谷歌卫星地图介绍一遍穿越线路。我们到那曲后，应急救援方案也发生了改变，沙狐车队因为多种原因，还没有正式开始穿越塔克拉玛干，如果我穿越无人区和他们穿越沙漠的时间相同，那么让他们来救援我就不太现实了，因为穿塔古拉玛干的时间要比穿越无人区的时间长，他们不可能从沙漠腹地出来救援我。

和宫老师、来叔通了电话后，我觉得越野联盟这边已经制定了比较完善的救援方案，用卫星追踪我穿越无人区的帖子已经发布了，这件事就已经在某种程度上打上了越野联盟的烙印。宫老师非常重视，已经和西藏、青海、甘肃的越野大侠们做好了方案，一旦我们在无人区出现状况，宫老师和来叔就直飞拉萨，常驻拉萨的四驱丽人姐做接应，联合救援车队从拉萨出发进入无人区。在联盟论坛上，来叔甚至动情地表态，如果真有状况，来叔、宫老师、智哥三巨头有可能齐出江湖，到无人区救我，这几位老师作为国内越野界的前辈，好多年没有联手出现了，如果真的能在无人区相会，就像胡杨大姐说的，尽管不希望我出状况，但想象着三巨头出马的情景，我内心还是激动不已的。

不过放下电话后我感觉压力来了，如果真因为我这次的单车穿越而引发兴师动众的救援，那是我不想看到的。事实上，我最初的计划是，即使车辆在无人区腹地出现严重状况，在只能弃车的情况下，我准备徒步走出无人区，当然，考虑到必要生存装备的携带，我计划效仿杨柳松和他之前的穿越者，带着一辆自行车穿越，这样就变成了4+2的形式，当汽车的四个轮子失效的时候，还有自行车的两个轮子，能驮些食物和野外装备。但后来发展到拍摄纪录片的层面，而且装备多得别说再安置一辆自行车了，连应该有的第二个备用轮胎都无处容身了，于是这个想法就逐渐破灭了。总不能说把车和所有的装备都抛下，我和力哥推着一辆自行车亡命天涯啊。那肯定是个好题材，而且力哥扛着大摄像机边走边拍穿越高海拔无人区绝对轰动全球，但这个剧本很明显不太现实，即使到了2012年12月21日，我们也未必能下这个玩命的决心。

那好，即使真的需要救援了，我希望的场景也是波澜不惊，就像老友们在无人区相会一样，除了海拔高了，其他都没变，和三巨头会师的场面就应该像我们在夏季悠闲地穿越了一次浑鄯达克（北京北方，内蒙古境内的一处沙地），没有炒作，没有人为赋予的悲壮，该拖车拖车，该修车修车，然后大家一起完成余下的穿越。

在我的房间拍摄完所有镜头，我把压力跟力哥说了，其实从拍摄纪录片的角度看，这些有可能发生的故事都是大戏啊，越意想不到、越生离死别越好，力哥淡定地笑了笑，也没多说什么。很快我也把压力忘掉了。现实才是最重要的，我们一切正常地到达了那曲，在那曲还要做最后的准备，还有几项工作要完成，最重要的是，我们要在那曲完成身体上的休整，这里是综合的、最后的重要能量补充站。

至于压力，从性格上讲我是一个讨厌在压力下生活的人，我决定做这件事，是因为我具备了比较充分的经验，是因为我内心积聚的力量远远超过了害怕做不成的忧虑，我的信心不是来自预期会有多么顺利，而是我相信自己的心理承受能力和经验可以帮助我克服那些能想到的困难，和困境比耐力，静默思考，全力脱困，这才是自信的生成要素。做探险这件事情，首先是要考虑负面不利因素，但你要明白，考虑风险是为了拿出抑制风险的办法，如果被负能量吓倒，那我们就永远处于正能量不足的状态，很多事就做不成了。

说实话，完成拍摄后我们都有些累了，那曲海拔4500多米，连日的旅途劳顿有些体力透支了，在索站的高反被药压了下去，但不代表身体就完全没事了，关键是我们的上升速度很快，而且直接进入高强度的高海拔拍摄，即便我和力哥的身体素质、吃苦耐受力都还可以，但毕竟还没强大到像牦牛那样。这个上午，包括昨夜，我们都各自吃了药，但我依然感觉头疼且眼睛酸胀，四肢发懒没有胃口，更不妙的是，身体有些发冷。我知道这是高原反应，或者说是身体在适应高原，为防止发烧，又吃了百服宁，穿着厚羽绒夹克，但还是觉得房间里阴冷难受，扛到快中午了，我决定还是用自己的土方法来应对身体的不适。

磨磨蹭蹭地下到一楼，出了大厅就是停车场，把车挪到太阳能晒着的地方，关闭车窗，感觉比屋里舒服多了，在高原，阳光是最神奇的医疗方式，我的土疗法就是闷罐烤白薯，炙热的阳光焙烘着车，车内就像是温度适宜的烤箱。有阳光的时候，实测车内温度是27度，多云的时候立刻降至13度，所以说在高原，有阳光和没阳光绝对是两个世界。我穿得暖暖的在车里打个盹，一般的低烧怕冷症状都能缓解甚至消除。这期间是否

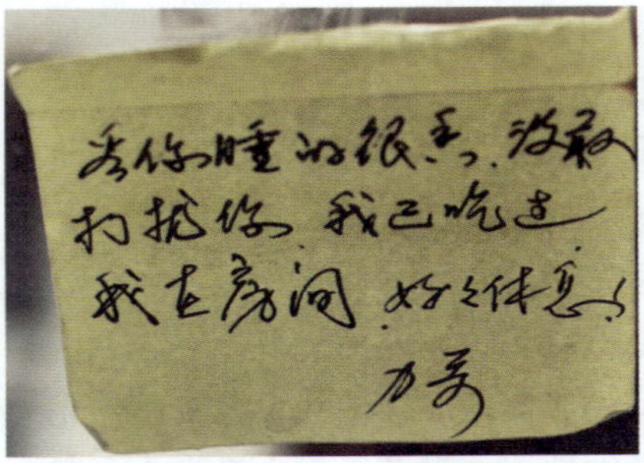

我在车里酣睡时，力哥写的纸条。我敢说，在所有被贴过纸条的车中，“京C86585”一定是最幸福的，当然包括车里的我。这个纸条和穿越无人区结束后，力哥和我分手时留下的纸条，都珍藏在我的笔记本里。

戴帽子，再盖些衣物，视个人身体情况而定，身体逐渐回暖发热就有效果了。

午梦谁先觉，冷暖我自知，车内秋睡足，高原日迟迟。一觉酣睡到下午2点50分，朦胧中觉得眼前忽明忽暗的，睁开眼发现挡风玻璃上有个黄色纸片在随风摇曳，上面写了三行字：看你睡得很香，没敢打扰你，我已吃过，我在房间，好好休息！力哥。

这个纸条本身是带粘贴功能的，但怕风吹跑，力哥又用塑料胶带进行了加固。我总算知道了什么叫细腻，尽管有时候低调也是一种虚荣，但低调加细腻就有些无敌的意思了。我欣赏着力哥的书法，看来黄色真是代表幸福啊。我敢打赌，至少在那一天，那曲所有的车玻璃上都没有这么人性化的纸条，但我没有过于深入地感动，因为我预感到和力哥这样温暖细腻的人在一起将会感动常在。上午拍摄间隙，我问力哥昨晚洗澡时穿的什么拖鞋，力哥说是塑料拖鞋，我说那拖鞋有些脏，力哥轻描淡写地说穿之前用湿纸巾擦了一遍。其实我也是擅长使用湿纸巾的，经常是一块湿纸巾先擦脸再擦手机再擦鞋，但和力哥比起来还是有差距，力哥的湿纸巾用在了点子上，而我却摔了个大跟头。后来到班戈住店，力哥再次施展湿纸巾大法，我怀着无比崇敬的心情给他起了个外号，这是后话，暂且不表。

闷罐疗法感觉不错，发烧症状大为减轻，我到昨晚的小店吃了肉夹馍和粉汤，回宾馆整理这几天拍摄的图片，力哥把D3相机拍的CF卡也给我了，里面有他给我拍的纪念照。

我拿了相机到楼下去拍车玻璃上的字条，想让力哥温暖更多的人。回来的时候，发现大堂沙发扶手上坐了个戴眼镜的男生，我们隔着挺远地聊了几句，男生忽然问我：“您机身上那个镜头是f1.4标头吧？”我有些惊讶地说：“距离这么远都能看出来，眼够毒啊，喜欢摄影？”男生说：“还可以吧，不过50f1.4有点贵，50f1.8价钱合适。”

这么一聊天，我精神大好，男生来自吉林，他的同伴是一位来自河南安阳的姑娘，很快在二楼遇见了她，胸前背后都挂着大包，姑娘很爱笑，露出了矫正牙齿的牙套。晚上7点，我和力哥邀请他们晚上一起吃饭，但他们旅途劳顿，需要休息。于是我拿了D700和标头，和力哥上街找饭馆，精神和体力都有所恢复，需要用大餐来补充能量了。但我们都不知道该吃些什么，走到一个路口时，力哥突然灵光闪现地回头说：“咱们找个茶馆喝茶吧。”我举起相机就是啪啪两张，力哥有些莫名其妙，我说：“好主意，我爱喝酥油茶。”于是我们向路人打听那曲的茶馆在何处，好心人指点我们找到了财福

茶馆里，豪爽威武的藏族哥们儿，他手上的镶着红珊瑚纯金的戒指霸气十足。（摄影：力哥） LEICA D-LUX5、F2、1/20s、ISO800

藏餐茶馆，这个茶馆非常火，几乎座无虚席，除了酥油茶，还提供藏餐。

我们要了一大壶酥油茶，两份盖浇饭，边吃边拍摄。和力哥同座的是一位文质彬彬的安多小伙儿，在一往情深地和某个人通电话，我身边是位藏族阿妈带着自己的孙女，小女孩叫索拉阿姆。茶馆里人声鼎沸，坐满了神态各异的藏族同胞，是了解当地人生活风情的好地方。

11日，天气依然晴好，我们的状态也好转很多，上午去超市采购了350元的物品，包括一部分箱装矿泉水，又添置了一个整理箱，然后去药店补充了一些药。中午又去财福茶馆吃了和昨晚一样的饭。下午的工作很重要，去那曲的一个很大的市场订制了帆布、扁带、麻袋、绳索，然后找裁缝把帆布缝好线。傍晚回来的时候，我和力哥把车里来了个大清理，所有物品分门别类地重新摆放好，很多东西安排到车顶框上了，然后用帆布盖好，捆绑结实，六缸切就像顶了个绿色的小山包。到此为止，在那曲的修整和最后的准备工作基本就绪，我们感觉自己的身体已经基本渡过了高反适应期，明天就可以出发去班戈了。

纳木错——擦身而过绕着走

12日上午，我们到街上的商店买了哈达，庄重地系在车的两个反光镜上，检查轮胎胎压、车况并确认GPS方位及地图线路，这些画面都被力哥拍摄下来。吃过午饭后，我们去加油，那曲的93号油是8.1元每升，90号油是7.53元每升，包括副油箱的27升，一共补充汽油76.36升。给副油箱加油很费劲，因为没有出气孔并且注油口的弯道不太合理，要端着油枪控制好流量慢慢加注，否则油就会喷洒出来。看加油员辛苦，我就拿过油枪自己加，当地几个司机过来聊天，然后我们得到一个重要情报。他们得知我们要去班戈后，建议我们绕道纳木错去班戈，说是新修的油路很好走，而那曲去班戈的老路非常烂，特别不好走，但纳木错一线会比老路远150公里左右。他们极力建议我们走新路，这也是他们自己的选择。经过权衡，我们也决定走纳木错，因为根据以往的经验，我知道高原的烂路有多难受，而且毁车，在重载状态下，我希望把车的好状态全都用在无人区穿越上。纳木错这边唯一令我有顾虑的是，从当雄去纳木错要翻越那根拉山，这条山路抬升很急，非常需要动力。2007年1月我在一场大雪后去纳木错时曾领教过。

从那曲向当雄行驶的过程中感觉很特别。经过两天的休整，现在精神充足，高原下午的阳光非常温暖，黄色的草原上有成群的牛羊，视野里总能看见青藏铁路和远方的念青唐古拉雪山，但最特别的是，这条路是通向拉萨的。想着最后一次在拉萨已经是两年多前的事情了，那是我深爱的城市，此次虽近在咫尺，但一转身又成天涯。在当雄的路口拐弯时，我和力哥开玩笑说不如直行去拉萨再休整几天，其实我也在说给拉萨听，告诉她我是多么思念她。

从那曲至拉萨的路上就开始有限速点了，两个限速点之间要限定到达时间，提前是不行的。刚好我们要在路上拍摄，所以不用刻意延长时间。但在一个检查站，我们还是因为车辆改装问题遇到了麻烦，不过年轻的警察还是很通情达理的，对前杠和绞盘没有过分追究，但前杠上的两个射灯是坚决不允许的，必须拆除，因为交通法规中有明确要求。其实我对此是理解的，夜间会车时，过于强烈的灯光会影响对方驾驶员，尤其是在西部高原，公路比较窄也没有路灯照明，强烈光线非常刺激视觉。顺便说一下，现在的司机都喜欢在车灯上搞小动作，明着做的是增加亮度，增加车灯数量，还有的玩阴的，左大灯明显比右灯亮，用来晃对方司机。

警察让我把车开到一边，把两个摄灯卸下来，其实这两个灯是我韩哥的，装绞盘的前护杠也是他的。早先我是有ARB前杠的，后来觉得小切的车身强度不够，没必要装太沉的前杠，而且那几年我很少长途穿越，就以不到原价一半的价钱把ARB卖了。要说起来那个护杠本身是非常结实的，连人带车救了我好几次。但这次穿越无人区，绞盘属于必备之物，但没有前杠就装不了绞盘，于是我就借了韩哥的前杠来用，他的前杠把两侧的钢管切去，只留下中间的部分装绞盘，体积小重量轻，正合我意。本来我要把自己的两个射灯装上去替换韩哥的射灯，但韩哥嫌拆来拆去

当雄到班戈的柏油路非常好走，夕阳下，一个牧人走过寂静的公路。

NIKON D700、AF-S70-200mmf/2.8G VRII、F5.6、1/800s、ISO400、-1.33EV

一轮圆月在天边升起，藏族青年站在路旁，友善地面对镜头。NIKON D700、AF-S70-200mmf/2.8G VRII、F4、1/320s、ISO800、-1.67EV

的麻烦，就连灯带杠一起借给我用了。

韩哥的车灯特别有意思，时亮时灭，从北京出发的时候亮，自从进了青海就没再亮过，所以我赶紧向警察同志汇报，说这个灯是坏的，警察打开开关查看了一番，确认我没说谎话，就网开一面放行了。结果当天晚上走夜路的时候，那两个灯又莫名其妙地亮了，真是坏得关键，亮得感人啊。

10月12日　班戈——没那么简单

那曲的朋友所言非虚，当雄至班戈的油路非常好走，而且见不到几辆车，路两旁的景色在下午的光线中也不错，我们边走边拍，到班戈县城已是晚上10点了。班戈县城海拔4715米，狗在街头漫步，县城主街上有三四处红绿灯，全走下来就遇见两辆车。我们开车在县城里转了一遭，有一家路口的饭店很热闹，门口停满了各式外地牌照的越野车，估计不是走大北线的就是去双湖的，这家店已经客满。然后我们又找到县宾馆，院子很大，房子也够多够大，但幸亏我们提出到房间看看，很快就打着冷战出来到院子里取暖了，房间里阴冷阴冷的，温度比室外都低。最后找到县粮库招待所，两人间100元，屋里有火炉和牛粪，纯正藏区的感觉扑面而来，床上的厚毯子也挺舒服。值班的女服务员叫达娃吉玛，是个挺会聊天的美女，在灯光下看，黑眼睛像宝石一样闪亮。

安顿好住处，我们到街上找吃饭的地方，刚出招待所大门就看见对面站着个哥们儿在面朝大街小便，挺着肚子两手叉腰，绝对是传说中的背着手撒尿——不服

（扶）。最忙的是，水放到一半，哥们儿裤兜里的手机响了，掏手机的时候没拿住，手机掉地上了，然后一边撒尿一边捡手机，看得我目瞪口呆，敬仰之情如滔滔江水，班戈给我的印象越来越江湖了。

我站在粮库招待所二楼过道，临窗而望，阳光穿过院子门洞投射在大街上，少年背着书包去上学，欢快地踢着一只饮料瓶子。

NIKON D700、AF50mmf/1.4D、F4、1/1600s、ISO200、−0.33EV

招待所右手不远有家饭店还未打烊，特意看了名号叫开门红酒家，店内装饰也以红色为主调，环境整洁，饭菜可口。老板娘姓肖，老板姓王，夫妻俩来班戈十年了，提起初来班戈的时候，老板娘感叹那时候很艰苦，海拔高，生存条件恶劣，经过多年经营，现在的状况改善很多，但寒冷依然是最大的困难，暖水瓶里的热水放一夜就会结冰。

开门红酒楼。NIKON D700、AF50mmf/1.4D、F4、1/2500s、ISO200、−0.33EV

12日上午还闹了个笑话。从早晨开始，一直有个戴口罩裹头巾穿得有些土气的女服务员打扫楼道和房间，路过房间门口的时候，还带着笑意，但始终没看见可爱的达娃，我有些怅然若失，以为她们交接班了。那个服务员给我们屋送水瓶打扫房间的时候，我问她达娃去哪里了，她哦了一声没说话，继续扫地，我又问达娃是不是下夜班回家了，她头也不抬还是扫地，我以为她不懂汉话就不再问。等我站在楼道向下拍摄朝阳照耀的县城大街时，服务员在我身边叫了一声，我回头一看就愣住了，这回她把口罩摘了，呵呵笑着看着我，她就是达娃！原来达娃在打扫卫生的时候，换了一身大号的工作服。我也哈哈大笑起来。其实，达娃看起来年轻，实际上儿子都17岁了，37岁的达娃站在阳光下的时候，黑宝石周围悄悄地爬上了皱纹。

力哥早晨洗了脸，刮了胡子，丝毫看不出是在有牛粪的房间睡了一宿，满屋子都是剃须膏的香味。令我诧异的是力哥是用房间的脸盆洗脸，一般情况下，我们是不会用招待所脸盆洗这么重要的位置的。我指着脸盆问力哥："您用脸盆洗脸啦？"力哥清新地一笑："是啊，我洗之前用消毒纸巾彻底擦了一遍。"我一屁股坐在椅子上，仰望着神圣的纸巾帝："力哥，我给您想了个ID——细腻纸巾，您意下如何？"力哥刚刮完头，正在往光头上抹油，然后一边收拾东西一边说："你知道你嫂子在家管我叫什么吗？"我强烈要求力哥爆料，难得老同志揭自己的底儿啊，不过力哥有些欲言又止，在我的追问下，终于从胡子和嘴唇之间吐出三个字："蘑菇力。"因为嫂夫人觉得他做事情太细腻甚至到了磨叽的地步，但也只有力哥这样的细腻男才能把很多艰巨的事情做到举重若轻啊。这个蘑菇力是力哥和力嫂之间的珍藏昵称，大家知道就可以了，以后和力哥一起吃饭的时候，不要故意点一盘蘑菇再假装沉思一下嘱咐厨师说："蘑菇里，再适当加些辣椒好吧。"

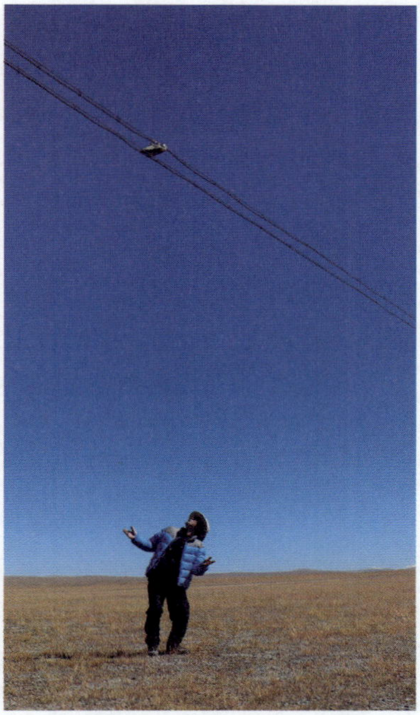

班戈草原上的荒诞场景：一双球鞋挂在电线上，鞋底上的破洞似乎在诉说着自由的往昔。我猜想这八成是一个牧羊人的行为艺术。（摄影：力哥） LEICA D-LUX5、F6.3、1/500s、ISO80、-0.33EV

本来我依旧要用湿纸巾擦脸的，从离开那曲到穿越结束，我计划里只有一次洗脸的机会，但力哥已经给脸盆开光了，我就借光吧，用了一点儿水把脸洗干净了，真舒服啊，脸上的毛孔都舒展开了，像雨后树林里散发着清新气息的小蘑菇。我是叫蘑菇山好听呢，还是叫蘑菇飞好听呢？

到开门红酒家饱饱地吃了顿饭，然后去班戈县城边上的中石油加油，这里只有90号汽油，每升7.64元，加油33.38升。加油时有两件事印象深刻，其一是有辆川牌的福特大皮卡在加油，风尘仆仆地拉满了东西，车的轴距很长，后轴两端各有两个车轮，我不知道这辆车是否要去双湖，抑或是去那曲或拉萨。后来在无人区腹地，我才知道了这辆车的故事，在班戈相遇时，它刚经历了曲折艰险从无人区退回双湖撤下来，这段故事下文细表。

另一个印象深刻的人是加油员的老爹，老爹穿了一件很利落的浅色休闲西服，皮鞋锃亮，还戴着礼帽，加油站的油罐旁边停着的那辆白色桑塔纳就是他的。那是一辆年代久远的车，但车身和玻璃被擦得一尘不染，只是这车已经老得无法迈腿走路了。加油员小伙儿把油枪插到我们的六缸切上后，就急忙跑过去，和另外几个人一起帮老爹把车推到了加油机这里，加完油后，几个人又帮老爹把车推到启动成功，红光满面的老爹开着不停咳嗽喘息的车走了。那场景让我想起了西部片里的老牛仔，或者说在班戈的蓝天下，很像是一部公路电影的开始。但愿只是车放的时间久了电瓶亏电，半路上不要抛锚，还好，民间传说中，桑塔纳是开不坏的。

寂静粗犷的班戈，达娃、开门红、桑塔纳老爹、撒尿捡手机的人，我觉得班戈有一种硬朗简单的美，但又没那么简单，过了爱做梦的年纪，轰轰烈烈不如平静，六缸切缓缓地离开班戈，向北，阳光特别好，我们离无人区越来越近了。

我和力哥说我喜欢身后的这座高原小城，我和自己说，下次来班戈，我会多住些时候。

10月13日　将错就错——穿越色林错湖区

地平线被山脉顶得凹凸有致，消失点之外的北方是一片巨大的未知区域，我深深地吸了口气，尽管这个深呼吸只抵得上平日里的半个，但我告诉自己该开始了。北京已在身后数千公里，遥不可及，一路走过千山万水，只为这带着朝拜的穿越。车头指向北方，前进。——这个预想中的画面原本被安置在大北线向双湖的拐点处，在北京时它不止一次在我的心里演习过，但真正开始的时候却已面目全非。

从班戈向双湖，我们走错了。在382大桥向右转再向北是双湖方向，但我没有一丝迟疑地向左了。

东辕西辙地在色林错的南岸狂奔了七八十公里光景才发觉走错。当时有心返回，但掉头行了二三里，力哥开始在车中摸索寻找，原来是眼镜不见了。我问眼镜有牌子吗，力哥说是雷朋，我“哎呀”一声，雷朋乃神镜，价格不菲，丢之实在败家。再者，即使此镜已被牧羊者拾得，我们依然有责任告知其所戴之镜乃雷朋也，戴着雷朋在藏北的荒原上放羊得升起多大的信心啊，如果再把胯下的摩托换成哈雷，双雷合体的范儿雷的就不止是人了，遂返回寻找。

我将GPS精确到5米，果然于刚才折返处寻得雷朋，要说力哥的雷朋实属低调，不同于常见的时尚流氓型，而是两个圆圆镜片的地主老财型，我一时走眼还真没料到是雷朋。停车的时候接到油哥电话，北京那边已经看出我们走错了，但一直联系不上我们，只能看着屏幕上的小车模型执迷不悔地继续错下去。这期间偶尔有信号，会“噼里啪啦”地收到一堆垃圾短信，并接了几个广告电话，我心说都出来这么远了还不放过我们啊。后来因为急着赶路就无视所有信息和电话，其实，拉萨E客栈的四驱丽人姐已经给我发了两个短信，打过来的电话也被我当成骚扰电话掐断了。

我和油哥说马上调头往回走，但放下电话后又举棋不定，刚才向回走的那段路很没

浪涌色林错 NIKON D700、AF-S24mmf/1.4G、F16、1/500s、ISO800、-1.67EV、使用潜水罩拍摄

感觉，顺光状态下道路一片惨白，路面上的坑洼都被掩饰了，远没有向西北方向时的立体感。拿出地图反复查看比对，如果到尼玛以西再向双湖，可以顺势环绕整个色林错南部湖区，要比单纯的向双湖赶路更有诗意，力哥同意了这个方案，于是我们将错就错，义无反顾地继续向西扎进色林错的怀抱。

随着太阳越来越接近地平线，一天中最好的光线降临了，我和力哥说："不要忘记我们之前的约定，光线再好，也不能为了拍摄频繁停车，我们的首要任务是赶路。"力哥哈哈笑着同意了，然后就看我一脚刹车停在路上。前方有个牧羊人站在缓坡上，藏袍的长袖让剪影更加完美，牧羊人身后是闪亮的湖水，最动人的是那几百只绵羊，每一只的轮廓光都那么清晰。所谓不食人间烟火也不过如此了，如果擦身而过必将不可饶恕，而对于两个热爱摄影的人而言，之前的夕阳禁摄令本身就是不可完成的任务。

中途又在一个极其清澈的湖畔停留，湖心小岛在来年5月将成为热闹非凡的鸟岛。离开这个湖，我开始物色适合扎营的地方，远方有一道非常平直的缓坡，我们决定过了缓坡就找地方扎营，天黑前必须把营地建好。

翻过山坡之后，眼前的景象令人目瞪口呆，原本我们只想找个山窝子安顿下来，但色林错却几乎向我们敞开了整个胸怀，巨大的蔚蓝色的湖面上波涛阵阵，湖岸是极其平

缓的沙砾堤，长得望不到尽头。

色林错，藏语意为“威光映复的魔鬼湖”，它是中国第三大、西藏第二大咸水湖，比它大的两个湖是青海湖和纳木错。色林错东西长约72千米，南北宽约22.8千米，东部最宽处约40千米，湖面面积1640平方千米，海拔4530米，最深处约33米。色林错流域面积45530平方千米，是高原高寒草原生态系统中珍稀濒危生物物种最多的地区，也是藏北重要的牧业基地。主要入湖河流有扎加藏布、扎根藏布、波曲藏布等。

我们在湖岸找了个平缓的凹地安营扎寨，程序并不复杂，力哥睡单人高山帐，我虽然带着一顶宽大的三人帐，但还是按老习惯睡车里。出发前从小苏那里拿了一块胶木板，放在副油箱上刚好是个单人床板，不过我还是头一回睡在油箱上，170升的副油箱从此便成了床垫。

原本计划安排在可可西里的露营预演，如今将错就错地在色林错湖畔展开了。

晚饭用高压锅做了热汤面，放了蘑菇鸡块，主食是在那曲买的饼子。饭后，在车头架好照明灯，力哥开始整理几天来拍摄的图片。他身后的东山顶上，升起皎洁明月，照亮力哥专注的身影，月亮、金星、头灯、被咬了一口的苹果标志，组成相互呼应的四个亮点。轻风袭来，蒿草随风摇动，晚10点，我测得气温为零下2.5度，体感非常舒适。看起来，老天爷的安排比我们自己的安排要科学得多，如果当初把营地安排在可可西里，那寒冷与高反该是多么难挨啊。

色林错湖区，牧羊人和他的羊群犹如生活在梦境里。 NIKON D700、AF-S70-200mmf/2.8G VRII、F5.6、1/4000s、ISO200

第二天早晨7点30分，气温为零下4.4度，这在10月的藏北已经是非常怡人的温度了，几天后进入无人区温度是零下10多度，20多天后我深入三江源腹地，温度是零下30度。如此一比较，色林措湖畔俨然如江南一般了。

在藏北新龙门客栈打台球

2011年10月14日下午，我和力哥绕过色林错湖区，穿越到雄梅乡某个地方，苍凉的旷野里充满了大地裸露的颜色，吉普车顺着青白的沙石道穿过一条碧绿湛清的河，但我的记忆还停留在几秒钟之前用余光扫到的画面，两排藏式的房子前不着村后不着店地矗立在那里，强烈的日光下，一张台球桌的影子漂荡在房子前。

过河后我和力哥停在河岸北侧的黄土高坡上，这条高原河的拐弯必须用AF16mm f/2.8D才能搞定，力哥拍完后问我用不用他那支16mm鱼眼镜头，我说我们不如回去切几杆台球吧，刚才那个地方太像龙门客栈了。力哥欣然应允，于是我们调头返回，带着一道狂烟杀回"龙门客栈"，背景是险要的巴里山，车里坐的自然是"巴里山双雄"，大哥江湖人称"大胡子江克"，老弟江湖人称"咚咚木"（江克：藏语意为狼；咚咚木：藏语意为野牦牛，其实这两个外号是后来在无人区得到的，用在这里很合适）。

吉普车缓缓地画了一个半圆后停在距台球桌20米开外的地方，大胡子江克从匣囊中抽出三叉戟和销魂镜（三脚架和摄像机），走到空场观察地形。咚咚木拎着新"碧玉刀"（尼康AF-S24mm f/1.4G）走向空无一人的台球桌。

台球桌主人一家正在吃饭，我在球桌旁等待不久，就有两个人放下饭碗出来和我切

NIKON D700、AF-S24mmf/1.4G、F8、1/800s、ISO200

球了。规矩还是要有的，一块钱一盘，谁输谁买单，属于小赌怡情。桌面上有十个球，按照从一到十的顺序逐个打下去就算赢了，有点九球赛的感觉。

第一个对手是位十几岁的少年，戴着圆顶毡帽，回北京后傅导剪辑素材时说这几位藏族台球手太帅了，一下就把我给暗淡下去了。我承认自己是越发育越糟糕的典型，但切台球不是选美男，尽管我不打台球好多年，然而球技还是尚存一二的。

用正规的姿势在那么高的海拔击球，非常容易诱发高反，凝神静气瞄准击球过后，总要站直身子大口地换气。我打了三个好球，一个超薄落袋，一个反弹落袋，一个超远直线。反弹落袋那颗球打完，我瞄了一眼大胡子江克，老大刚才一直在拍我们打台球，这会儿把镜头转向了别处，我知道他在寻找张曼玉，但龙门客栈的老板娘始终没露面。

尽管没有拍下反弹落袋有些遗憾，但我明白，这毕竟不是一场台球实况转播。

赢了一盘球后，我不再继续打，而是拿起相机拍藏族朋友打台球。如果不是着急赶路，真的好想在这个地方停下来住几天，每天晒晒太阳，喝喝青稞啤酒，切几杆台球，眯着眼巡视烈阳下的荒野。也许再等一两天，不仅张曼玉、林青霞也会一起来，哦，我忘了问老大喜欢哪一个了，不过依他的习惯肯定会说都行都行。

皮球踢到我这儿，也是个难事儿，还是抓阄吧。

球桌主人家的儿子叫才旺，他问我们去不去拉萨，因为他在拉萨农牧学院上大二，已经好多天没拦到过路车了，这都10月14日了，暑假早就过去了。我和才旺说，真想为你改道去拉萨，但我们有拍摄任务，这样吧，你从这里搭车去拉萨需要多少钱，我为你出路费来弥补无法送你到萨拉的遗憾。

给了才旺搭车钱，巴里山双雄离开了龙门客栈，前往措折罗玛镇。

措折罗玛的夜晚

离开龙门客栈不久，开始翻越一座大山，接近山顶垭口的路面上遍布乱石，夹杂着很深的水冲沟，可以想见今年的雨水是何等丰沛，只是这光秃秃的山留不住水，流水有意，秃山无情啊。

翻过山口，一个巨大而平坦的盆地跃然眼前，黄白色的笔直土路将盆地一分为二，左侧是一汪蓝色的湖水，四周是起伏的群山，是的，这幅画面就只差一辆顶着行李的蓝色吉普车拉着轻烟驰向远方，它会带给你各种在路上、在旅行的感受。还等什么，停车，力哥选机位架机器，我开着吉普车冲下舒缓的山坡，径直向盆地中心驶去。如果吉普车能自己跑过去再跑回来就好了，我便可站在山上欣赏风中远去的吉普车。人在旅途阅遍千山万水，但想站在旁观者的位置看自己融入江湖却是很难的一件事情，幸好有力哥。

我在湖盆中杀了个来回后回到山坡，力哥说镜头效果不错，然后我们继续向前，在湖盆中心停车拍摄时，眼看身后荡起两道长烟，前面的红色轿车一马当先犹如跑拉力赛，后面是一辆满载而来的大货车。这两辆车都是刚在龙门客栈歇脚的，看样子是和我们前后脚出发的，看着小红车疯狂地消失在山脚，我很奇怪刚才山口那条烂路它是怎么过来的。

下午5点19分，逆光中有一个石碑，上面刻着“色林错”三个大字，旁边小字写着“国家级自然保护区”，汉字旁边是藏文，看来我们已经到达色林错湖区的西部边缘了。

继续向西北，下午6点10分，一个孤独的牧羊女和她的羊群出现在天地交汇处，因为这一带地势起伏，所以天际线看起来离我们很近，牧羊女的身后是积雨云形成的天幕，看云的形状，很明显前方某地在飘雨。

自从出了色林错湖区，路况开始变得稍显复杂起来，越野车的通过性开始发挥，所以我们不久就重新超过了那辆大货车，红轿车也老实多了，在一个连续坑洼路段被我们超了过去。但没过多少时间，就从后视镜里发现小红车又咬了上来，我有些奇怪，这条土路坑洼不平，尤其是翻越山口那段，小轿车肯定避免不了托底的，速度这么快，开车的哥们儿够疯的。我开始提速，想让轿车司机意识到这条路更适合越野车，他这样的驾驶方法很伤车。刚好马上就是一段很给面子的烂路，红色轿车被我甩开了距离，但我刚一慢下来，红车又跟了上来，我让它超了过去，两车并行时我们互相扭头看对方，其实我主要看他是不是联邦快递的，而对方则看着我们笑。之后看它在前面猛冲，然后司机猛踩刹车躲避大坑水沟，这可是一辆还没上牌的新车啊，难道出了什么火烧眉毛的事情？我和力哥都担心它开回家就会散架。

下午7点05分，远远地看见红车停在前面，坦白说，我们的第一感觉都是车坏了或爆胎了。那是一处岔路，岔路向北几公里外有一片村落。红车上下来两个人，我们也停下来，刚好能问问路。红车司机是个年轻人，手上夹着烟，看起来尚未从侠盗飞车的兴奋中缓过神来。他问我们去哪里，我说我们要去双湖，但走错路了，现在要去雄梅，然后去双湖。

红车司机哈哈笑了，说刚才你们打台球那个地方就是雄梅乡辖区，现在已经跑过了。正说话间，身后“轰隆轰隆”地驶来两辆大货车，和红车司机一起下车的人上了其中一辆货车，红车司机和货车司机用藏语说着什么，然后货车继续走左侧岔路，向尼玛方向去了。红车司机说天色不早了，热情地邀请我们去他家吃饭住宿，北方那片村落就是他的家。当然，最令人踏实的是，他说那里有一条小路通向双湖。

不消几分钟，我们就到了红车司机家，司机的名字叫达瓦吉美（下称达吉），他告诉我们，这个地方叫措罗，或者叫罗玛也可以。其实这个村镇在地图上标为措折，位置就在大北线尼玛县东边，但我看到在一份更专业的地图上叫措折罗玛，查看GPS显示海拔为4529米。达吉说这里隶属于双湖特别行政区。我们打台球的地方是申扎县雄梅乡八村，翻越的那座山叫什么，达吉想了半天，最后确定叫巴里山。

我和力哥从车里拿器材的时候，达吉围着我们的车上下打量，然后问我们从哪里来，我说从北京来，达吉睁大眼睛问：“这么破的车能从北京开到这里？你的车只有减震器是好东西，其他都很烂。”我听了哈哈大笑，夸他很懂行，然后让他到前面看绞盘，说那个也是好东西，然后给他连说带比画绞盘的用途，达吉看样子是知道绞盘的。

我很感兴趣地检查了一下达吉的车，车的品牌叫上海英伦，洋到掉渣，只是从来没听说过。底盘没有任何油液渗漏，不过轿车的底盘太低，我跪在地上也无法看清托底情况。我问达吉有没有托底，达吉笑着说托了很多次，我说你为什么开那么快，他说老婆怀孕了，他买了新车回家，想快些到家让老婆高兴一番。我听后哑然失笑，一路上把车开得像火上房原来只为博老婆一笑。古有唐明皇给杨贵妃送荔枝曰“一骑红尘妃子

NIKON D700、AF50mmf/1.4D、F2.5、1/60s、ISO400、-0.67EV

笑”，今有达瓦吉美回家探亲曰“一骑红尘老婆笑”，不过达吉干得漂亮，老婆觉阿措其始终充满崇拜和幸福地看着他，我看着觉阿的大肚子，心想这是多好的胎教啊。

措折的西边是一道平直的高岗，刚刚在上文提到的雨云被夕阳染成壮丽的金色，我和力哥无法抵挡魔幻色彩的诱惑，抄了家伙到村头拍落日，达吉家就住在村头，出了院子没几步就到村南的旷野了。很快就在身边围拢了一群孩子，我拿了饼干分给孩子们，两个嘎小子拿玩具手枪摆着各种姿势，其中一个用枪顶着自己的脑袋，很像美国摄影家威廉克莱因曾拍过的那张，不过高原的孩子明显阳光健康，克莱因照片里的孩子挺吓人的。孩子中有个最大的女孩，始终抱着个小女娃，经常下意识地往后躲并遮住自己的脸，显得有些自卑，因为她的左脸有一大块暗青色的胎记。我无法多做什么，只用毫无异样的目光更多地直视她，并给她多些饼干，让她分给其他孩子，她的眼神不再那么犹豫躲闪了，开始透出笑意和跃动的气息。我暗自希望她脸上的阴影不要成为心理的阴影，能快乐起来，说起来容易，但也只能这样了。

我们知道藏北地广人稀，尽管四周苍凉豪迈，但措折的街上居然莫名有种温馨的味道，因为这里有平整的水泥板路和弯弯的路灯，并且经济很不发达，街上空空荡荡清清爽爽，以至于暮色低垂华灯初亮时，我还没从整个气氛的不真实感中回过味儿来。这到底是一处怎样的小村镇？大致转了个小圈，看来路灯、水泥路都是国家改善高原人民生活质量的举措，镇北的广场上还有一个水房，一个少年拎着水桶走向自己的家，他歇脚的时候，远方的天空已呈粉色。

达吉家可以充电，晚饭是油炸面食和酥油茶，还有手抓肉。聊天中得知，达吉在那曲上班，还是国家公务员呢。达吉兴致高昂地谈到他想做的事情，但目前遇到了困难和阻力，希望我们能帮他反映一下。他想注册一家扶贫公司，看好的业务是那曲地区的出租车座套市场，我还是头一次听说扶贫公司这个概念，达吉说公司挣钱后要去帮助贫困地区，比如他说之前做过买卖，挣了一些钱，汶川地震他捐了十万，玉树地震他捐了八万。但现在有关部门不批准他的注册请求，达吉还给我们看了一些资料，但我们对此也没有办法，一方面国家公务员是不能私自经商的，另一方面，即使他不是公务员，我和力哥对这事儿也无能为力，一个玩穿越的，一个拍纪录片的，和工商局搭不上啊。

这码子事儿还没搞清楚呢，达吉又很不高兴地说起另一件更令我们哥俩挠头的事，他要反映村干部的问题。说是国家拨的建设经费被村干部如何如何了，村干部又以权谋私把自己的女儿送到哪儿去学习了，恳求我们回北京向上级反映他揭露的问题，最好能利用上报纸和电视的影响力。我和力哥面面相觑，这个可以有，但真没法有，我们这次出来还真不是替《法制进行时》工作。

纵然面有难色，但看着达吉充满期待和信任的脸，我和力哥叹了口气，放下手抓肉擦净手上的油给他写下电话地址，郑重地对他说："你把要反映的情况好好整理出来，用汉语写封信寄给我们，我们试试吧，不过这事儿得等我们从无人区出来后再说。"达吉很高兴地收下了电话，唉，我们国家反腐斗争何其艰巨，就算达吉说的是真的，但何时能整治到茫茫藏北的一个小村干部呢。看起来无论如何我们的穿越是必须成功的，因为达吉还指望我们发挥作用呢。

两件大事谈完，我开始问一些人文风俗的话题，比如达吉家靠什么生活、当地有没有寺庙等等。达吉说家里有牦牛群，和岳父家的牛群合在一起放养。不过据我观察，措折附近的草场状况很糟糕，荒漠化比较严重。达吉在那曲的单位上班，几个月回来一次。当地没有寺庙，也没有天葬习俗，人过世了就远远地扔到荒野，挺奇怪的，在藏区真还很少看到没有寺庙的村落。

我们还聊了车的话题，达吉说他想当个赛车手，问我如何才能参加比赛。我说参加正规比赛要有赛车执照的，而且赛车要花很多钱，等你的扶贫公司办火了可以尝试一下，不过好的赛车手不是狠踩油门那么简单，除了技巧，还要学会控制和节奏。

夜晚，我再次出来到村子里溜达，路灯的白光映衬着天上的星星，高原秋夜清冷寂静，除了几只狗在游荡，看不到行人。回来时刚好遇见达吉和老婆从院儿里出来，两个人去村口的空地方便去了，虽看不见他们，但相隔很近，我能清晰听见两个人在暗夜中有说有笑的，而我就在院门口的路灯下像个哑剧演员，达吉夫妻俩可以一边方便一边看到我。你看人家两口子，吃饭时脸对脸，方便时还是脸对脸，我能想到的最浪漫的事也不过如此了。达吉我看好你啊，这么快乐的日子，还是把村长的事情忘了吧。

达吉安排我和力哥睡在东边的厢房里，那是他家的储藏室和佛堂，屋子里还放了一扇羊肉。力哥睡外屋我睡里屋，力哥坐在床上带着头灯写日记，我用湿纸巾擦了脸、头、手就钻睡袋了。进入梦乡前想了一个桥段，如果穿越无人区顺利的话，在整个片子的结尾处我一定要推出力哥，台词都想好了，怕明天早晨忘记，在脑子里重复了好几遍，想着明天一早就补记在日记本上。然后我又粗略回忆了这两天的经历，又利用登山表的指南针确认了双湖在我床的大概哪个方向。

惊艳连绵——神秘小道通双湖 2011年10月15日 晴

早晨在达吉家吃饱喝足又给保温杯灌满热水，给达吉老婆100元钱，让她想吃什么就买点什么。达吉开了车出村向北走，把我们领到一个岔路口，告诉我们距双湖大概200千米，沿途有几个岔路应该怎么走。我用快速记忆法默记了，然后和达吉挥手道别，他开着上海英伦一溜烟地折杀回措折罗玛了。像达吉这样总是跑在时间前面的人，每天挤出25个小时应该问题不大。

在这里我重点说说快速记路法，尤其在极少有人走的偏僻区域，GPS或地图可能指望不上，依靠当地人指路时会用到。在指路人讲解的时候，不要插嘴问，集中精力默记，关键点是记住左转右转的顺序，如果有的环节没记住，等对方讲完了再问，过多的插嘴会把双方搞晕。一般情况下，只要你问，对方会再重复一遍，再次默记加深印象。在此基础上，结合你要去的目的地大致方位，沿途遇见人的时候再询问确认，如果你要去的是个比较重要的地方，那么选择车辙痕迹多且明显的路，综合掌握以上几点，基本就可以搞定了。

在目前已知的到达双湖路线中，似乎还没有看到有旅行者走过达吉说的这条路，从车辙上看是汽车压出来的，但看起来走过的车也不多。有些出乎意料的是，进山没多久手机居然收到短信了，之前一直都没有信号的。菜鸟姐来短信说卫星追踪显示我们这两天走错了，后方联系不上我们，有些着急。我赶紧停车回了个电话，通报了目前的情况，让后方放心。之后没走多远，信号就消失了。

沿途经常看见藏原羚、藏野驴，远方的山上偶尔跑过几匹马。30多公里后看见一处村庄，再前行不远就看见一个大湖，湖水碧绿如翡翠，湖畔有数万只湖鸥，犹如为湖水镶了银边，在雪山白云的映衬下，湖鸥浮在水上随波浪起伏，鸟鸣声与波涛声交织在一起，仿佛进入了童话世界，而且湖鸥们不太怕人，可以走进十米之内，甚至五米。这个场景震撼了我们，我和力哥完全沉浸在拍摄的喜悦当中，最后干脆坐在柔软的沙滩上，高原的风掠过按快门的指尖，鸟儿们近在咫尺，仿佛达到了天人合一的境界。我们似乎都忘记了赶路，在湖边逗留拍摄了一个小时之久，直至将存储卡全部拍满。

如果不是走错路，我们就不会发现这个隐秘的湖，就不会有天人合一的震撼。NIKON D700、AF-S70-200mmf/2.8G VRII、F5.6、1/2500s、ISO200、-0.33EV

如果说眼前的大湖是一个镶银的翡翠戒指，那这只戒指只能戴在无名指上，力哥在湖边拍摄时我回车上查了地图，这一带有两个代表湖泊的小圈，但并不能确认就是这个湖，毕竟这样规模的湖还很难在地图上有名有姓，而且我们也没有进入湖南侧的村子打探此湖的名字，于是我自己在GPS上输入三个字：翠鸥错。在藏北的深秋季节里，翠鸥错给了我们一场不折不扣的艳遇。力哥在引擎盖上安置了一个摄像头，拍摄我驾车在湖边行驶，我把一只手伸出窗外，掌心里兜满了风，可惜我攥不住风中的鸥鸣，真希望这条绝美的湖畔之路没有尽头。

不过还是出现了小问题，在以一处湖湾为背景拍摄行车镜头后，我返回头去接力哥，打方向的时候听见“砰”的一声巨响，原来是转向小连杆上面的螺母崩飞了。一年前我穿越三大沙漠时就发现这颗螺丝频繁松动无法紧固，今天终于在藏北草原上崩得无影无踪。记忆中好像没有带这个型号的备用螺母，而且不常用的随车配件箱被各种器材设备和行李压在车厢里，实在懒得倒腾了，我看到远方有一家牧民，院子挺大还停着汽车，在荒远之地，牧民自己动手修车的能力很强，在他们的工具箱里找到一颗螺母应该不是什么难事。

果然，我们把车开进院子后，一个诚恳热情的藏族大哥迎了出来，很容易就在铁皮工具箱里找到了适用的螺母，并钻到车下亲自动起手来，很快搞定，我又再次和藏族大哥确认了双湖的方向，出门在外走陌生的路线，要抓住每一个机会运用鼻子下面那张嘴，这样可以把失误率降到最低。

这是翠鸥错一带最北端的院子，继续向北便再无人家，快驶离翠鸥错时，一具动物的残骸静默地停在沙滩上，经受着湖水不停的冲刷，旁边站着一只湖鸥，它不停地走近

黑湖长玛错，在蓝天白云下，这个湖坚持自己的本色，不为所动。NIKON D700、AF50mmf/1.4D、F5.6、1/2500s、ISO200、−0.67EV

又离开，离开又走近，残骸上确实没什么可以果腹的东西了。

继续向北，海拔开始超过4700米，这是山间一处高而宽阔的台地，左侧山上的岩石和白云辉映，很是好看。几次想停下车拍照，就是没舍得踩刹车，刚才在翠鸥错逗留的时间太长了，距离双湖还有超过3/4的里程呢。翻过这个台地，前方平坦的山谷里出现了一大片云影，作为这个星球上离天空最近的地方，站在山上看云影掠过低地是最平常不过的事情，但奇怪的事情居然就发生了。我们又向前开了好久，这块颜色浓重、轮廓线分明的云影居然没有半点移动，而天上的云一直都在流动啊，我听说过曾有人停下脚步来等待自己的灵魂，但还未听说有凝固的云朵等待过路的旅人。确认了好几遍那个黑影确实没动地方，我问力哥：“前边那片黑影是什么东西？”力哥近年略有些老花眼，但看远处的东西还是很犀利的。力哥说看起来像是水。我更加晕乎了，如果是水的话怎么没有一点儿反光，而且我走过的地方里，青藏高原还没有过黑色的湖泊啊！

随着黑影不断临近，我又有了惊奇的发现，这是一处冰川！因为黑影的纵深和边缘有很多白色长条状地形，像冰舌一样，白条的两侧还隐隐地发着绿光，特别像冰川的侧立面颜色，而黑影是冰川融水沁润的湿地。但这是冰川的推断我还不敢说出口，一来是从没听说过这一带有冰川，二来这片区域连个雪碴儿都没有，怎么会突然冒出个冰川呢？难道是远古时代遗留的地下冰川冒出头来？这可是个前所未闻的新发现，目前已知的冰川中还没有这个类型呢。

吉普车晃晃悠悠地继续前进，我的脑子和眼睛可一刻也没停止思考和观察，最终我推翻了冰川的假设，这哪里是冰川啊，分明是一块碱烧地。那些惨白的发着绿光的应该是明矾，黑影应该是被强碱烧过的草地，也就是说地表的碱被开发运走了，就露出了下面被烧黑的部分。我觉得这应该是最终的结论了，青藏高原的矿产储备是很丰富的，如果这个地方碱的储量够规模，也是一个经济增长点。但是根据道路判断，来这里的车绝对算不上多，没有迹象表明这里曾经开发过。

力哥一直说可能是水面，偶尔飘忽一下说是云影。终于到了足以看清的距离范围，原来这确实是一个湖泊，因为刚才是顺光的缘故，更因为我戴的眼镜是偏光的，所以我看不到水面的细微粼光。但千真万确，这个湖是黑色的！湖水非常清澈，湖底是大面积的黑色水生植物，所以它骗过了带着偏光眼镜的我。另一个原因是以往的经验迷惑了我，因为青藏高原的湖水要么碧蓝，要么碧绿，这个黑湖在我的经历中是绝无仅有的。我们特意走到湖边察看拍照，惊奇于眼前的这个黑湖。

这里非常寂静，湖岸上散落着几户人家，有位老人走过来，虽然言语不通，但最终得知这个湖的名字叫长玛错，否则我又要在GPS上输入黑湖二字了。湖的海拔为4718米，距离措折罗玛大概52公里左右。湖区附近大概有两三个小村落，都有国家建设的水源点。

告别老人前行不远，马上是一个碧如凝脂的湖泊，这两个湖距离如此之近却又泾渭分明，就像阿里的圣湖与鬼湖，也像年保玉则的仙女湖与妖女湖，但都没有这两个湖水颜色差异这么大。碧湖的守护神是两只雄鹰，我追踪拍摄御风而行的鹰，力哥支起摄像机把我和鹰都收入镜中。这一带应该是草原雕的繁衍地，经常有鹰立在路边，有的明显是几个月的雏鹰。有只鹰刚好立在离路不远的地方，我驾车慢慢靠近停在距它五六米远的位置，与副驾驶位置呈40度角，刚好是力哥的“火力”范围，停车鹰欲飞，举镜鹰飞扬，力哥手中的D3快门一个“点射”，把鹰振翅的最完美瞬间抢了下来，背景是一湖碧水，相当给力。

过了这两个奇特的湖，吉普车驶入一片面积巨大的冲击扇区域，地表几乎寸草不生，全是洪水冲刷后的黑沙与砾石。横向穿越要跨过无数沟壑，车速一下慢了下来，可以想象这里一片洪荒时的景象。终于挨过了这段路，草原的柔黄代替了无情的灰黑，健壮俊逸的藏野驴出现在视野里，力哥有些兴奋了，有要停车拍几段的意思，我又搬出那道还处在预定中的大餐来忽悠力哥：“咱们穿越的终点是新疆阿尔金山沙子泉，那里的藏野驴群铺天盖地，这几只零星的驴不足挂齿”。力哥也明白，我们距离双湖还有100多公里呢，赶路要紧。

途中经过数个沼泽区，尽管深秋的地表已经很干燥，但那些深深的车辙和大坑能想象出雨季里陷车救援的惨烈。几十公里后，地面上的车辙开始多起来，没有固定的主干线，几条车辙印并行，这在藏北是很常见的。一直向北略偏东的路在转过一个山脚后开始偏向东。

居然看到两只矫健的猎隼，正在撕扯血淋淋的鼠兔，被车惊起后飞到右侧几十米外，即使离得远，但凶猛机警的眼神依旧凌厉，猎隼是非常出色的猎杀者。继续前行不久，路的西北方向出现一片极为开阔平坦的草原，下午的阳光将草原的黄渲染得愈加饱满。我们惊奇于峰回路转之间居然遇到这样一片豁然开朗的地方，加之路况平坦，于是目光也开始在草原上信马由缰起来，但茫茫草原看不到风吹草低见牛羊，唯一的反差是一个黑点，我以为那应该是块石头，因为它从未移动，就像是一张年代久远的泛黄画纸上落了一滴墨。

终于，我的脚踏在刹车上，心里实在不相信这么棒的草原上会没有那些本该有的生

NIKON D300、AF-S300mmf/4D、F7.1、1/1000s、ISO200、-1.00EV

灵。举起望远镜搜索，以黑点为焦点调焦，虚实变化之间，墨滴在画纸上发生了神奇的变化，我看到了一双锋利的牛角和山样高耸的肩脊，那分明是大名鼎鼎的藏北草原霸主野牦牛，而且还是一头孤独的雄牛！作为一个成熟的摄影师，我的目光开始瞄向背景画面，在望远镜压缩过的视野里，一队藏野驴横向走过野牦牛身后，然后是藏原羚、藏羚羊，真是不看不知道一看吓一跳啊，原以为自己那5.0的眼睛是不揉沙子的，结果羌塘的辽阔和动物们的保护色给我上了一课。

在兴奋的驱使下，我们调整方向冲下山坡，径直驶向野牦牛。距离野牦牛三四百米处有一条干河道，慑于野牦牛的威力，我们把这里做为拍摄点，力哥用河道边的断崖做保护，我开着吉普车从右侧包抄接近野牦牛。

通常，野牦牛从警觉到进入攻击状态有个过程，停止进食、抬头调转身体面向攻击目标、翘尾、前蹄刨地、喷气、低头、攻击。早先，藏北野牦牛攻击汽车的事情只停留在传说中，但自打沙狐车队横穿北北线（即西东横穿羌塘腹地，因在大北线以北，故称北北线）之后我就确信无疑了，因为他们拍摄了视频。当时车队进入一条布满石头的峡谷，一头野牦牛堵住去路，双方僵持很久，车队决定后撤，就在后队变前队撤离的时候，野牦牛发动了攻击，而且是专挑大车攻击，直接冲向乌尼莫克大卡车，那是车队的两辆后勤保障车，场面令人震撼。

面对成年雄性野牦牛的攻击，一般的轻型越野车是有危险的，正面撞击时车的水箱会首当其冲，侧面有两种情况，掀翻车辆或刺穿车体。所以轻型越野车是不敢和野牦牛叫阵的。尤其是看了那段视频后，我是没胆量到近距离挑逗野牦牛，当然也不应该去挑逗野生动物的底线。所以当距离靠近到野牦牛停止进食注意到我之后，我就停车进行拍摄，但我提前做了如下准备：看好了逃跑路线，把分动器设置为4H（高速四驱），拍照的时候不熄火，档杆挂在一档、左脚踩下离合，右脚时刻准备踏向油门，副驾座位已经留出了扔相机的位置。看看我是多么的不容易，为了拍藏北野牦牛，我把三十六计都用上了。

10灯火阑珊到双湖

此地距双湖还有100公里出头，不可恋战久留，拍完片子接上力哥，我想走切线回到原来的路上，但在接近一条河的时候发现大片沼泽地，草丛中还有一具藏羚羊的尸骨，远处河对岸的藏羚羊都向西北方向的山谷移动，那里可能是它们过夜的地方。为保险起见，我们原路返回到正路。靓丽的晚霞之后，天很快就黑了。

做为全地形驾驶者，通常我不会过分担心走夜路，毕竟是有路可循的。但接下来的黑夜穿越还是有一些小麻烦。首先是几条宽河床，河道中布满乱石和沟壑，道路忽然就从视线中消失了，原来的车辙因为躲避深沟，会在河床中迂回游走，在这种地形是很难用车灯找到路的。心情急躁之下，不要盲目的左冲右突，如果脱离开正确路径，在夜晚的宽河床里很容易迷失方向，如果掉进深沟或坑里就麻烦了。

正确的方法是让心情平静下来，在车辙消失的地方小范围弧线寻找，充分利用车灯照射范围，视野放宽、放远，有车辙的地方反光会亮一些，而且卵石的排列会比较规则平整，实在拿不准，可以下车勘查，只要方向对，在前方180度范围内，基本都能找到车辙。

连续穿过几条河床，海拔逐渐升高至5千余米，黑暗中看不清周围的地势，只能根据动力和档位来判断坡度。这段时间开始用到低速四驱，有些路段不得不用2档来爬坡，水温开始升高。为了保护发动机及冷却循环系统，停车后把手伸出车外确认风向，然后把车头调整到迎风方向，为发动机降温。如此反复数次。

终于，就在这段将近100公里的夜路走得有些不耐的时候，远方开始出现零星的灯火，那种阑珊甚至无法判断出距离和规模，不过，按照达吉告诉我们的距离，应该距双湖不远了，有可能我们看到的是双湖的郊区。为了纪念这一刻，我特意看了眼时间，22：15，然后，尽管所有的时空条件都不搭界，我还是想起了一首歌的名字，东方之珠。

此刻，双湖就是我们的爱人。10月4日从北京出发，12天8000多里云和月，克服了高反，走过了错路，补充了给养，调整了身心，终于在这条神秘小道的尽头望见了传说中的双湖。蓦然回首，那灯火阑珊处就是我们穿越无人区的起点，一切仿佛刚刚开始。

理发店里的五个人全在这面镜子里了，这是我到过的海拔最高的理发店。NIKON D700、AF50mmf1.4D、F4、1/125s、ISO400

离开措折洛玛207公里后，六缸切的MT轮胎终于滚动在双湖的水泥板路上了，事后看宫老师发的卫星截图，精确时间为2011年10月15日22点21分21秒。双湖海拔4921米，应该是海拔最高的特别行政区了吧。路过一个宾馆，居然客满，难怪街上看不到一个人，原来都躲到宾馆里了。然后找到双湖干部职工活动中心，还有一间空房，于是安顿下来。同住在这家的还有一个来自台湾的旅行团，他们走了大北线，来这里是为了去普若冈日冰川。

这个团里面还有一个来自内地的小伙子，抱着电脑坐在大堂，他坐在那里是因为那里有一根网络连线。不过使用这根网线有时间限制，只有供电的时候才能使用。先好好休息，明天上网，向后方做个阶段总结。晚上临睡前，我和力哥各自吃了些药，没办法，双湖的海拔摆在这里，头还是有些胀痛，我又有了轻微发烧迹象。

躺在床上回顾这一阶段，从班戈到措折罗玛再到双湖，总行程500公里，经历了多种高海拔路况，测试了车况、油耗、后勤给养，又在色林措湖畔露营，等于是在正式穿越前做了最后的预演和磨合。老天爷给安排的路线，确实比我们自己计划的高明。

双湖干部职工活动中心实在是太抚慰人的心灵了，所以，甭管您是到双湖旅行看冰川还是穿越无人区，哪怕就是路过歇个脚，我都严重推荐住在这里。为啥？因为这儿的大堂没治了，各种没治。阳光从透明屋顶投射进来，几十把藤椅错落有致，有圆桌还有乒乓球台，甚至还有腹肌板、拳击手套和沙袋。晒太阳、喝茶、聊天、吃饭、打球、健身随您选择，别忘了还有一根网线呢。在海拔4900多米的地方，在寒冷缺氧的恶劣条件下，有这么一个温情的室内社交活动场所，我真希望有人采访我有关幸福的话题。

我们计划至少在双湖休整两天，说是放松休整，但今天的时间表排的挺满的。上午拍摄几组分镜头，下午去理发，检修车辆。双湖是中午12点——3点有电，晚上7点——12电有电，所以我们得按照这个“电表”安排时间。

台湾团队离开了，也带走了还没来得及认识的台湾美女们，大堂里一下安静了，甚至整个双湖也变得空荡荡了。

等力哥安排好机位，我开始走场。先是用腹肌板做了一组仰卧起坐，然后用拳击手套打了会儿沙袋，算是证明身体能适应4900多米的海拔。然后气喘吁吁的坐到乒乓球台旁边，这就是我的

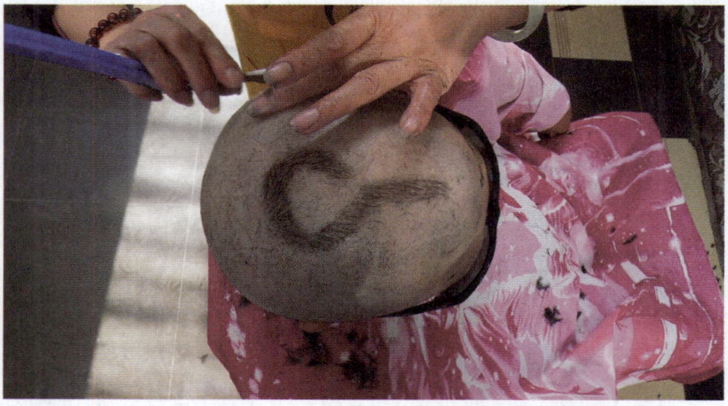

刻在我头上的穿越航迹，其实更像一个问号，我无法预知会在无人区发生什么，遇见什么。（摄影：力哥）LEICA D-LUX5、F5.6、1/60s、ISO200、-0.33EV

临时办公桌。我演示着地图、线路、救援预案，力哥则变戏法似的拿出一叠打印纸，上面是傅导提前准备的诸多提问和拍摄计划，于是我便应和着力哥的提问侃侃而谈。

中心的伙食不错，我们忙完拍摄就要了饭菜：14个包子、3大碗米粥，力哥喝2碗，因为他的幸福指数就是有口热的和稀的就成。我觉得快要吃出高反了，在高原要控制饮食，不能吃的太饱，否则心脏和呼吸都会受到影响。有一年在拉萨，我曾因晚饭吃的太多，胸闷气短，整个夜晚无法入睡。

在双湖完成最后的休整与采购，17日下午3点，我们决定立刻开拔，向无人区进发。

进入无人区前最后一顿大餐。（摄影：力哥）

LEICA D-LUX5、F5.6、1/60s、ISC160、-0.33EV

第六节　穿越两大无人区日记

10月17日 挺进无人区 世界第三极冰川普若岗日

没错，出了双湖向北就算是进入无人区了，这似乎是不用思索的事情。吉普的四个轮子离开双湖的水泥板路后，又涉过一条小溪，直直地向正北驶去。大概走出两公里后，我的视觉、嗅觉都反馈来不对劲的信息。我们循着走的那条车辙看起来很苍凉，短期内没有车走过，而老欧他们刚刚在几小时前去冰川啊，我很清楚两辆陆巡能留下什么痕迹。尽管我相信，沿着这条路一直扎下去，应该能和常规路线汇合，大不了就离开常规路线，但初进无人区，还是稳妥为上。双湖到普若岗日是有路的，为什么不走呢？理想很丰满，现实很骨感，才刚刚开始，就被双湖郊区调戏了一下。于是果断掉头往回走。

正确线路是出双湖立刻左转，爬上山坡再向右。向前不远，山坡上有个空寂无人的寺庙，它出现在合适的时间与合适的地点，遂停车朝拜。没有进到寺庙里面，就站在山坡上双手合十，心头默念的内容和无人区无关，很久不干临时抱佛脚的事情了，在家每天念什么，在这里依旧。

朝拜完毕，发现身旁站了只狗，稍一端详立刻恍惚穿越了，黑色、白唇、体型、神态，活脱脱就是亚青寺阿秋喇嘛院子里那只狗啊。想起2008年2月，在喇嘛的大院子里住了21天，和白唇狗、小黑熊母子由生疏到熟悉。想起亚青的人间烟火、觉姆之心、

冰雪融水在岩石裂缝里冻结成冰，产生强大的膨胀力，岩石破裂形成冰碛。 NIKON D700、AF-S24mmf/1.4G、F9、1/400s、ISO200、-0.67EV

神雕奇缘、情人节的雪与天葬、呷绒旅店一家人。但此刻我却站在羌塘，岁月静好，风过无痕。然喇嘛已于7月圆寂，涅槃寂静，却在此地看见白唇狗，冥冥之中，相向无言。于是重新肃立，再次合十，心里想的是喇嘛和亚青。

再前行，就能看见进入保护区的关卡了。基本上没有下午进入保护区的，所以关卡无人。之后一路顺畅，但看起来也仅限于秋末、冬、春初三季，沿途有沼泽地，在雨季或化冻时会很难通过。在双湖听地质队的人说了，6月份想进去，但雨水大，无功而返。十一的时候羌塘暴雪，有的穿越队伍也无奈返回了。

从北京出来13天后，我们终于登上了真正的舞台，之前的4000多公里都只是为了这一刻。我觉得应该说点什么，然后建议力哥发表感言："您说说对这次穿越的心里话吧，有什么祈祷没有？"力哥说："我觉得咱们将非常顺利。"我差点从座椅上跳起来，紧忙地说："别别，您可千万别这么说，一定要把前途想得黑暗一些才可能顺利。"关键时刻，我唯心主义的毛病又复发了。

现在想来，其实不一定是力哥想得简单或是对我有多信任，而是他丰富的阅历和多年各种环境下的历练，在他眼里就没什么克服不了的困难，所以他才没有任何犹疑地接下了这个任务，而力哥天赋的淡定与从容是最关键的要素。

20多公里后，驶过一个岔路，幸好我查看了GPS，感觉在岔路右转应该是去冰川的方向，于是再次返回。还好没走过多远，否则真不敢想象，如果走出几十公里之外，我还有没有心情重新回来，考虑到油料消耗，回来的可能性不大。我手里没有线路航迹，羌塘里面也没路标，GPS里存了冰川的坐标点，靠方向感觉可以做出判断。不过2012年保护区已经修好了冰川旅行线路，去冰川应该容易多了。

只要不是雨季或暴雪天气，去普若岗日没什么难度，几条河流在枯水期的水量都不大，河床也比较硬。但途中要翻越几道高海拔山梁，坡很长，都是直上，对车辆动力要求比较高。那几道梁基本都在5000米以上，最高的超过5400米，我GPS显示5429米。六缸切的高四一档根本没戏，用低四二档慢慢爬，坡起要用到一档。

当然，我们没忘记工作，力哥扛着脚架和机器爬坡的背影也留在了我的记忆里。我看到他停下来大口地深呼吸，就是那种憋到极限眼前发黑然后拼力透一口气的深呼吸，那是一个令人尊敬的爷们儿的背影。我跑位到坡顶，再下去接他。这段时间，我的叉腰

普若冈日冰川。NIKON D700、AF-S70—200mmf/2.8G VRII、F5.6、1/4000s、ISO200

肌疼得厉害，只能尽量不换档不踩刹车，因为这两个动作都会引起剧烈疼痛。我甚至怀疑，这么一路疼下去的话，还能不能完成穿越。

半路上，我们遇见了从冰川返回的老欧，我下车和他聊了几句，老欧兴致勃勃地说前面有个温泉，可以宿营。这个消息让我激动不已，我一边开车一边和力哥说起达那寺的朗波切尼温泉。从那曲出来到现在还没洗过澡，虽然也没计划洗澡，但有温泉就另当别论了。我挺兴奋的，不知道羌塘第一陷在等着我。

下午6点，我们找到了温泉。从远处看，湿地水面冒着一片热气，被风从北向南吹，我以为泉眼在湿地中央，因为那个位置再向北就没热气了。于是想把车开得近一些，便于洗澡搬东西。但刚从土坡下到一半的位置，就觉得前轮突然一沉，赶快收油门。下车看，干燥的浮沙下面是非常软的湿泥，不断有水渗上来。还好，靠近水边的时候我已提前做好了有沼泽的准备，所以车速控制得很慢，只冲进去一个多车身，两个前轮陷得比较深。

我冲力哥竖起食指："羌塘第一陷。"挖泥之前，我找出云南白药气雾剂，撩起衣服褪下裤腰，冲着叉腰肌一通狂喷，这东西是我出门必备之物。力哥早就驾好了机器，这都是素材啊。但我知道，这次陷车只是小陷怡情，未来还会再有，但严重到什么程度，我当时还真没想到。

这也是头一回在海拔5000米之上抡铁锹，泥的吸力很大，没几下我就喘得厉害，力哥也过来帮忙。第一次脱困没成功，继续挖泥，控制好发动机转速，第二次脱困成功。然后我们仔细考察了温泉，其实泉眼就在离路最近的地方，从土坑里喷出来，注入湿地后，因温度逐渐降低，热气在湿地中央消失，再有北风吹来，刚好令我产生错觉，以为湿地中央是泉眼。

滚烫的泉水注入湿地，热气弥漫。（摄影：力哥）

这口温泉实在是太热了，距泉眼七八米外，手伸进泉水不足一秒，再抽出来就烫得龇牙咧嘴的，在这里洗澡不是蜕皮脱毛那样简单，基本上必死无疑。温泉海拔5094米，距双湖约50公里，我为温泉起名：老欧温泉。

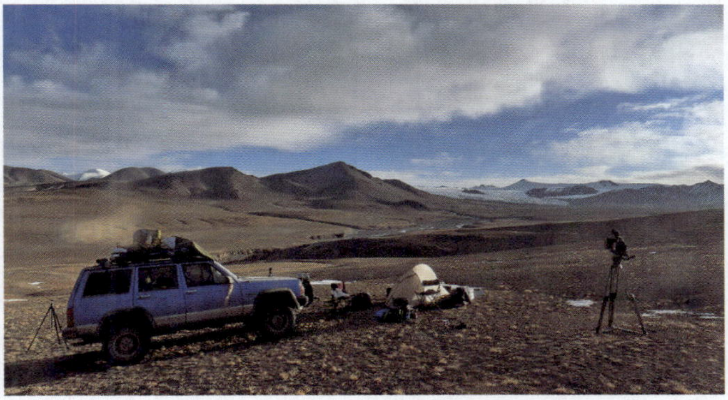

营地海拔5378米，距普若冈日冰川直线距离1.5公里左右。（摄影：力哥）　LEICA D-LUX5、F8、1/250s、ISO125、-0.33EV

下午6点49分，穿越河道，腰疼依旧，换档踩刹车很困难，期间停车拍摄开了车门，关门的时候伸了好几次手，就是够不到门把手，疼啊。

从老欧温泉到冰川，大约还有40公里，但高海拔翻山越岭，车速很慢，一直开到天将黑。感觉路程走得差不多了，但夜色渐浓，看不到冰川在何方。在一个坡度较缓的地方下路，选了个不太斜的地面扎营。尽管风不太大，但下车后顿时觉得寒意袭人，全身筋骨发紧。宿营地海拔5378米，也是我自驾进藏以来最高的宿营地。当日行驶里程95公里。

借着车灯亮光和头灯，把力哥的单人帐支好，又用箱子在帐篷周围码了一圈。然后我烧水做饭，一号炉头彻底不能用了，二号炉头也打不着，只有三号小炉头被那曲买的打火机点燃了，然后用三号引燃二号。

晚餐比较简单，蔬菜汤和大饼，又用热水冲了感冒冲剂喝下去。海拔高，寒冷，能感觉到含氧量不高，所以饭后没有夜生活，直接睡觉。我还是睡车里，但零下30度的睡袋也没觉得有多暖和，毕竟这个睡袋曾经洗过，保暖性不比从前。夜里睡得不安稳，醒来的时候总觉得有些冷。

10月18日　斜切无名山口　穿越野牛阵

一早醒来，腰不疼了，但连续打了三个喷嚏，头有些涨痛，赶紧吃百服宁。时间上午8点，温度计显示零下10度。

下车查看周围地形，哑然失笑，东北方向直线约1.5千米之外，普若岗日冰川正和我们一样，等待着早晨的第一缕朝阳。怪不得整夜都觉得冷，原来在守着这么大一个冰窖睡觉。黑夜和我们开了个玩笑，然后又送给我们一场艳遇。力哥已经先我之前起来了，机器都架好了，可能已经拍了逐格。

普若岗日冰川是除南、北极外的世界第三大冰川，因为海拔高，所以也被称为第三极冰川。形态类型为冰原，面积约400多平方千米，有100多个冰舌。冰川按规模大小分为冰盖、冰原、山谷冰川、冰帽等类型。南北极面积广阔的冰川被称为大冰盖，冰原的规模比冰盖要小，形态比较平缓。

我看到一份资料，中科院寒区旱区环境与工程研究所专家称，普若岗日大冰原的地理环境十分奇特，在冰原的末端有一个大湖泊，绿水荡漾，同时，有大面积的沙漠，这个冰原似乎躺卧在沙漠上面。冰川、沙漠、湖泊"三位一体"并存，这是一个大奇观，过去在中国乃至世界上还没有见到过。初步认为湖泊是冰川消融的结果，先有沙漠，后有大冰原，沙漠是岩石寒冻分化的结果，属冷沙漠。

关于沙漠，从冰川西南侧的旅游线路是看不到的，如果要全面了解普若岗日，看来需要环绕冰川一周。沙漠和绿湖真存在的话，与冰原交相辉映，确实是一处奇观。不过沙漠的成因是否是岩石寒冻分化结果，我不是地质学家，不敢妄言。环形穿越探秘普若岗日冰川倒是可以做个计划，如果真有大沙漠存在，那可能是最高海拔的沙漠了。

向山口斜切时，要穿越多条冰川融水形成的小河。

NIKON D700、AF-S24mmf/1.4G、F9、1/400s、ISO200、-0.67EV

考虑到此地绝少有人烟，旅行者也不会这个时间进来，我们把营地留在原地不动，只携带拍摄器材进入冰川。最后的这段路并不好走，沟壑起伏明显，局部路段对车的爆发力有要求。回来的时候，六缸切的低四二档都相当吃力，我在一个陡坡中途又换了低四一档，这是不多见的。发动机状况老迈，我必须控制转速，基本上一过3000转就加以控制，这辆车的扭矩峰值在2600转。

在冰川脚下我们看到，在全球变暖的大背景下，冰川退缩的痕迹是比较明显的，露出大量的冰砾石。力哥在砾石沟的这边拍摄，我拿了一机一镜越到沟的另一侧，躺在一块大岩石上，摘了帽子，露出头顶的问号。

结束拍摄回到营地，做饭的间隙，我去山坡上捡牛粪，装了满满一袋子，准备再次宿营的时候生火取暖用。那时候我想起来几年前穿越内蒙古科尔沁沙地，众人捡了一大堆牛粪，烧了一晚上还剩下多半，牛粪篝火的温暖还是记忆犹新。

收拾完营地出发时，已经是下午1点钟了，在高海拔地区，做什么事情动作都慢，时间很快就溜走了。今天将有大段的纯越野路，因为离开冰川后，我们不会原路返回，而是要走三角形的弦边，直接向西北方向，斜线切向令戈错东北部，基本上是向着强仁温杂日雪山（5628米）方向，回到常规穿越线路。我参考了罗布泊工匠给子弹头画的路线草图，说是看准西北方的一个山口直扎过去。但视线掠过巨大的平原后，北方是连绵的山岭，横看成岭侧成峰，审视良久也找不到明显的山口，只能凭直觉来了。

这片荒原地势平缓，当我们行驶在一大片黑色沙砾地表时，从车的左侧突然跑出两只雄性藏羚羊，像两个荒原黑面剑客般疾驰而过，四只尖利的黑色长角似乎要划破永恒的寂寞，看样子不像是去串门，而像是去追赶被人抢跑的母羊。那个场景非常荒蛮，刚好有云影遮住这片荒原，只有藏羚羊的身体和荡起的轻烟是浅黄色的，似乎两只羚羊在月球上奔跑，与之前见到的任何藏羚羊画面都不一样。可惜，等我停车取出相机，象征性的按了一下快门之后，荒野剑客就消失得无影无踪了，只留下惊鸿一瞥的视觉记忆，就像眼前沙砾地表反射阳光的蒸腾虚幻景象。

这次错失良机，让我意识到一个严峻问题，因为车内物品过于拥挤，每次拍摄都要停车到后面取相机，极其不利于抓拍。力哥抱着大摄像机，也无法拿相机拍摄，他是一个双重身份的摄影师，也要拍摄照片的。以往我单人旅行的时候，副驾驶座上肯定是放置相机的，伸手取机器，几秒钟之内就能进入拍摄状态。摄影是我们穿越无人区的重要工作之一，看来需要想办法来解决这个问题了。不过，刚才藏羚羊的奔跑速度太快了，即使手头有机器，也未必能拍到好的画面。想到这里，不再那么遗憾了。

令人振奋的是，穿越过程中发现了两道车轮印，看起来是不久前留下的，说明我判断的山口方向可能是正确的。我没循着那条车痕走，继续朝着山口直线前进，但断断续续地会在某个点上再次遇见它，看来大家都是奔着山口去的。这下更放心了，因为来无人区穿越的朋友，基本都会存储先行者的GPS航迹，像我这样手里只有几个点的不多。这一段穿越就算是热身了，根据GPS、地图、经验直觉，只要大方向对，剩下的就是战术，也就是越野技巧和通过能力。

接近北侧山脉时，进入冰河区域，连续穿过几条小河后，进入到一个河汊子里。停车查看水深，挑选过河点，力哥在此拍摄了几组镜头。穿过河道快要上岸时，出现一头体型很大的野牦牛，站在近岸的山坡上虎视眈眈地看着我们。我们只得放弃此处上岸点，顺着河道向西几百米后上岸。东侧的山梁上，有五只雌性藏羚羊在向南奔跑，背景是普若岗日冰原的连绵雪峰。

继续向北，下午3点40分，进入到一片小丘陵区域，因为土层比较松软，草丛明显比其他地方要高一些。只是这个地方有不少小水泡子，在土丘和水泡子之间绕来绕去，有些麻烦。除了一具野牦牛尸体，这地方实在不像是羌塘。我下车拿着GPS走到一处高地，确认完一条最简捷的路线后，然后尽快离开了这个区域。

荒原中的穿越。NIKON D700、AF-S24mmf/1.4G、F8、1/320s、ISO200、-0.67EV

下午4点7分，翻过几座山后，进入黑石滩，这是进入羌塘无人区后第一片黑石滩，黑色的火山岩在阳光下闪着光。地势很高，海拔一直在5000米以上。过了黑石滩，进入一个布满积雪的山间谷地，数十只野牦牛出现在视野里，大概有40多只。牛群向着和我们一样的方向跑，但头牛经常返回头冲向我们，跨越沟坎的时候他们踢起阵阵雪雾，威慑我们的同时掩护牛群撤退，我们只能保持比较远的距离。

前方出现一个山包，山包左侧是野牦牛群，而且是两群，包括刚才遇见的那群。只能走右侧，但要命的是，右侧居然一前一后站着两只落单的野牦牛。左右不是，只能走中间。快要爬上山顶的时候，走右侧坡。坡度比较平缓，但积雪比较深，冲进一片积雪区后，赶紧退了回来，选择绕行。一直担心不远处的野牦牛看我们不顺眼，如果它发起攻击，在这种地形我们还真跑不快。到山口之前是一片台地，因为泉眼比较多，牧草长势也好，牛蹄子印很多，看来是野牦牛的饮水区。幸好海拔高，湿地已结冰，否则很容易陷车。

过了这个山口，下面是一个Y字形的山谷，终于可以下坡了。走左面山谷，看起来那边的出口稍低一些，而且在方向上也吻合。从出发开始，整体行进速度很慢，总在不停地翻山越岭，以至于后来每爬到一个山顶，我都会在心里惊叹一声，怎么前面还有那么多的山啊？基本没低过5000米，平均时速20公里左右，有些山坡上至半途就爬不动了，要用到低四二档甚至一档。我有些暗暗担心，要都是这样的高海拔越野路面，车况和油耗都是令人头疼的事情。后面还有那么远的路程，在羌塘的气势面前，我们就像汪洋中的一条小船。

在黑夜降临前的几分钟，我们下到一个小河谷里，过了冰河，决定在这个河谷宿营。河谷大概有三四十米宽，两岸是山丘，比较避风。营地海拔5078米，比昨天低了整整300米，感觉舒服多了。舒服的原因是相对温暖一些了，而且还带着湿润感，果然，很快就飘起小雪来。

晚饭是高压锅煮面条，里面放了咖喱、紫菜蛋花汤，又加些调味酱。力哥在盛面条汤前，在饭盒里倒了两袋感冒药，然后端着饭盆站在我身边，我说："您这就是传说中的要（药）饭吧。"两个人情绪都不错，有说有笑的。

晚8点40分，牛粪火生起来了。点燃这堆牛粪绝对没想象中那么简单，曾以为干牛粪会沾火就着，实际上用喷枪喷了好久才燃烧起来，而且燃烧质量不好，火苗若有若无。可能是海拔高，含氧量低、空气略潮湿的缘故。在羌塘的夜风里，这小堆牛粪火无法产生足够热量，我们回到车里。把营地灯挂在遮阳板上，先查看地图。感觉今天走得不太爽，才走了71公里，而我原来的计划是到达多格错。我的GPS里没有羌塘里的路线航迹，也没有东温河、洪玉泉河，但我输入了令戈错和多格错的座标点，GPS显示我们的位置在令戈错东北方向约30公里处。结合地图看，我们现在的位置距离常规路线应该不远了。常规路线什么样，我也不知道，但愿明天能找到吧，哪怕是几条车轮印也好。查地图的时候又看见了措折，我和力哥说："您看看，咱是一路要饭，一路挫折。"

力哥腿上盖着军大衣，我的腿上盖着毛巾被，上面都围着睡袋。两个人拿出日记本，车里一片安静，只能听见奋笔疾书的"唰唰"声。车外烧着牛粪火，车里是学习小组在给日记凑字，一时间是风声雪声写字声声声入耳。不小心，我拿东西的时候碰到雨刮器拨杆，挡风玻璃上的雪被刮走了，我说："坏了，外边能看见车里了。"力哥笑了："哪儿有人啊。"

写完日记，用卫星电话和北京联系，在无人区，卫星电话是最重要的装备之一。力嫂反馈，联盟论坛上说我们又走错了，看我们始终在没完没了地爬山。我和力哥都笑了，可不是嘛，今天玩了半天过山车，真有点关山飞渡的感觉。至于说走错了，因为北京方面不知道我们要走斜线切过去，如果按照原路退回重返常规路线来看，今天一天都是无路状态，肯定会认为我们走错了。

然后我给油哥打了电话，油哥正在看卫星图，说我们的西边有个大湖。看来我们确实是到达令格错东侧了，油哥给我们吃了颗定心丸。那么白天看到的西北方向的雪峰，应该就是强仁温杂日无疑了。明天如果继续斜切的话，就直接越过令戈错了。

这夜，力哥没有搭帐篷，他裹着睡袋、盖着军大衣，坐在副驾驶座椅上睡了一夜。我还是睡在副油箱单人床上。

10月19日　太阳雪的童话 沼泽地的魔咒

太阳出来了，雪还在下，每个小雪片都折射出太阳的光芒，整个空中都是亮晶晶的。此刻的羌塘，柔软而安静，天地氤氲，万物化醇。我觉得自己是到了外星球了，也许还会遇见太空人的飞碟基地。

用哈气温暖了食指，我在车门上写下"穿越无人区"，然后去冰河边拍摄。河畔的草甸结了一层厚厚的霜，在阳光下晶莹剔透。古人说，所谓风光，是指雨后风中草木的闪光，此刻，只需换成雪后即可。冰、雪、冰河反射阳光，画面竟失色为几乎单纯的黑白。我躺在柔软的雪地上，仰面向天，小雪粒在空中曼舞，天气下降，地气上升，二气相交，则有万物化生。

在消融的冰河边刷牙，水质极度清澈甘洌。其实进入羌塘是无须为水担心的，尽管很多湖是咸水，但密布的河流却是淡水，尤其是自驾车穿越，会很快找到冰河。徒步推自行车穿越，如果刚好几十公里之内没有水源，会麻烦一些。

力哥拿着洗漱用具来到冰河边，在海拔5078米处完成了一次华丽的洗刷刷。洗脸、刮头，闪亮的光头和太阳、冰面反光交相辉映。力哥穿了一件大红色的羽绒马甲，原来是力嫂把自己的马甲给了力哥做贴心小棉袄，那绝对是羌塘腹地最靓丽的一抹色彩。为安全起见，我还是向四周扫视了一圈，没有出现野牦牛。这听起来是个笑话，前文中我说过野牦牛攻击汽车的事情，有视频和很多人的经历为证。那么，有没有野牦牛攻击人的事情呢？还真有，听说在一个徒步和汽车穿越的混合队伍里，野牦牛攻击了一个徒步的人，把人顶起两米高，幸运的是人无大碍。总之，羌塘的野牦牛不是闹着玩的，它是这片无人区里最狠的角色。有机会组织个西班牙车队来试试。

做饭的时候玩了个游戏，用大饼掷飞盘，然后用馒头砸地上的大饼。总的来说，这两样东西是备用食品，我们计划的主食以米饭为主，面条为辅。又翻出个颜色鲜艳的苹果放在车头，整个河谷都充满了生活气息。我和力哥分享了苹果，很好吃，感觉没带多些苹果是个错误，接近中午温度回暖的时候，吃个苹果是非常舒服的。太早或太晚吃，都会觉得凉。

我趴在冰河旁，拍下这童话般的场景。 NIKON D700、AF-S24mmf/1.4G、F4、1/8000s、ISO200

昨晚停车的时候没注意方向，车头向西了，把车头调整到向南，让阳光融化挡风玻璃内侧的冰霜。我和力哥两个人的哈气，一夜成冰，如果不面向阳光，全天都无法融化。然后为油箱补油，补了一个油囊，20升。

很快，一上午的时间就过去了，太阳雪始终未停。出发前反复、仔细检查了营地，不遗留任何垃圾。我们的理念是，挥挥手，不带走一丝云彩；挥挥手，只留下一堆牛粪。说到探险穿越，环保是与安全同样重要的大事，我们不可能做到百分百的环保，但必须向这个方向努力。所以，我不太赞成大车队行动，那会对原生态环境造成很大压力。车队的碾压，人群产生更多的垃圾，都是大车队很难避免的。所以，我建议尽量缩小规模，穿越前准备好足够结实耐用的垃圾袋，把不能降解的垃圾全部带出无人区。

下午1点02分，正式出发。

出了河谷向西北，是极为广阔的平川，覆盖着大片大片的薄雪层，MT轮胎走在上面非常舒服。云影在地面移动，与车追逐，而吉普像是广阔天地间的一个甲壳虫，渺小，但是自由。力哥站在雪原中央，远远地记录下这难忘的一幕，蓝色的吉普车是否看起来像是一朵天马行空的蓝莲花？

在雪原中心看见一个野牦牛头骨，已经革化，呈黄白色，牙齿非常完整。因为缺失了牛角，差点误以为是藏野驴的头骨。我对着这具荒原的图腾双掌合十，缅怀逝去的生命。

以GPS确认方向继续向西北斜切，下午2点28分，是具有纪念意义的时刻，我们看见了清晰的车辙，也就是说我们终于回到常规路线上了，我和力哥都有爽的感觉。上路点坐标：N34 12 404 E088 36 930，海拔5062米，距离我们昨晚的宿营地仅仅8公里！

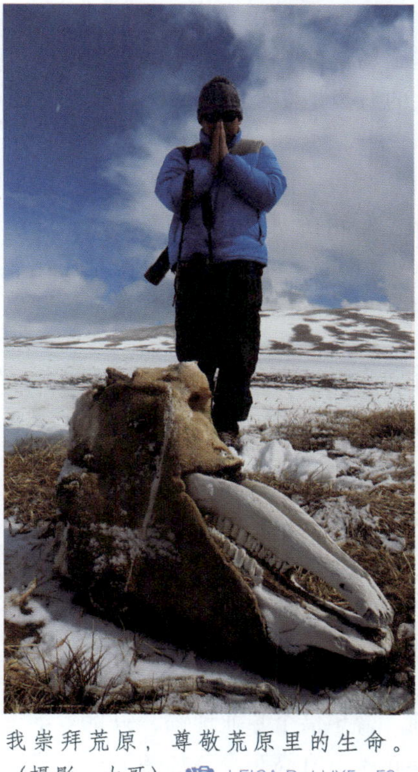

我崇拜荒原，尊敬荒原里的生命。（摄影：力哥） LEICA D-LUX5、F8、1/640s、ISO80、-0.33EV

其实我经常为此嘲笑自己，在有路的地方跑久了，就渴望去无路的地方，而无路的地方跑久了，看见路又觉得特别亲切，所以基本可以认为是个贱客。有车辙了，开起来就很放松，翻山越岭过积雪区蹦大坑都不在话下。20公里后进入藏羚羊密集区，海拔5050米。再行17公里，看见一处牧民的房子，但空无一人，海拔4902米。我发觉，海拔开始逐渐降低了。

沿途湖泊开始多了起来，但问题也随之而来，走着走着，好好的车辙直接就扎进湖里了，只能绕道而行，这也证明了丰水年的说法。连续地在湖区绕路后，原来的车辙就彻底消失了，我不断对照GPS上多格错的座标点与地图的关系，向北跨过几道山梁后，决定在一条山谷里拐向东方，因为传统的穿越线路是从多格错东岸绕向北方的。

抄近路从山谷南侧山坡向东，到头后发现是个深沟，过不去，再绕回来走北侧山坡。山坡上

英武矫健的雄藏羚羊。NIKON D300、AF-S300mmf/4D、F6.3、1/3200s、ISO400、-0.67EV

不时出现横向的水冲沟，为躲避一个比较明显的水冲沟，我向右绕了一下，那个侧坡上有一小片积雪。其实完全可以通过，但我习惯性地又向右躲了一个车身宽的距离，然后就觉得阻力一下子变大了，有一种力量在向下用力拽车，车被迫停了下来，车身右侧在呼呼地向下沉。我赶快下车，力哥拿着机器也从我这侧下车。

这是一片沼泽地，因为附近有泉眼，所以终年湿润。当时太阳在身后，我从顺光的位置没有注意到这里是沼泽，而且这么高的海拔，也没想到泥地这么软。当时拍摄的第一张现场照片显示，时间是下午6点35分。我在车的正面观察时，觉得这个场景似曾相识，车身倾斜的角度与2006年8月陷入阿尼玛卿沼泽地时一样，只是这次的海拔是4943米，阿尼玛卿那次是4583米。陷车座标点：N34 33 594 E088 46 550。

本来计划在今天多赶些路，因为前两天的进程有些缓慢，但天不遂人意，跑了80公里后陷入沼泽。我全方位地查看了陷车情况，左侧两个车轮在硬地上，但车的重心完全倒向右侧。右侧两个车轮深陷沼泽，前轮陷了一半，后轮陷了3/4。后桥差速器壳几乎贴着地面，前桥严重一些，下支臂已经嵌在泥地里。我用铁锹挖了两下，烂泥下边冒出很多水，铁锹被泥沼吸住，极其费力。

我们从车里搬出部分装备以减轻车重，我尝试用低速四驱，小心控制转速，看能否倒出去。但车完全无法动弹，只见左侧两个轮胎空转，已经丧失大部分附着力，这种情况下，即使有前、中、后三把差速器锁都没用。右侧车身继续向下沉，后轮的轮毂淹没在泥地中，前轮毂几乎完全淹没，右侧底盘完全压在了沼泽上。我不禁想起自已常说的一句话：泥地是越野车的死穴。

天完全黑下来估计还要一个多小时，我决定用绞盘和地锚自救，争取能在天黑前脱困。不太妙的是，19时左右，沼泽表面颜色已经明显变浅了，气温下降，沼泽开始结冰了。车轮一旦和沼泽冻成一体，就没救了。

拿出自制的板式地锚，材质为锰钢。这次出发前，曾想借个专业地锚，只是多年来我还未曾见谁用过地锚。大家的改装热情都集中在换轮胎、升高车身、加装护杠、装绞盘上面，再讲究点的会加装差速器锁，但有地锚的可谓凤毛麟角，因为这东西的使用率

高海拔极限环境，顶级摄影师强力的表现是全方位的，向力哥致敬！ NIKON D700、AF-S24mmf/1.4G、F8、1/400s、ISO100

实在是太低了。但我知道阿康有地锚，这位老兄曾经是越野圈有名的“毒枭”，以烧装备闻名。但阿康的地锚早就借出去了，而且他居然忘了借给谁了，问了一圈都没打听出来。也难怪，他现在热衷于到浑善达克沙地草原找个树荫儿吃日料刺身完了再整点哈根达斯，别说地锚了，早年在网络摄影圈赖以成名的宾得328估计都快长毛了。我想算了，实战控和装备控既然搅不到一起，还是自己做一个吧，传统的专业地锚因为构造关系，需要有个人配合使用，咱就搞个简易的吧。

这里插叙一下：2013年1月2日15点58分，阿康发了个微博：“这个元旦假期，俺有两个收获。1.找了好几天的野外救援包，突然出现在很醒目的位置，以前翻箱倒柜N次都没找到。2.在阳台上发现了俺那“丢失”已久的ARB地锚，为此还专门去仓库里苦苦地搜寻好几回。绝对的灵异事件。”他找出地锚的意图是为了应付新交通法规对闯黄灯的严厉惩罚，遇见黄灯的时候，紧急刹车，车后扔地锚，让车尽快停下来。就当是真的灵异事件吧，不过我用卑鄙无耻这样狠毒的词语评论了他，其实客观地看，即使当初拿了他的ARB地锚也未必管用。”

锚板的原理很简单，就是挖个角度合适的沟，把锚板横立着放进去，用拖车绳通过锚板中间的孔兜住锚板，再和绞盘连接，靠土地的阻力把车拉出来。还有关键的一点，必须刨个丁字沟，因为缆索要有个导沟，锚板才能向前用力。其实最省事的方法就是买两块锰钢的防沙板，既结实也有现成的圆孔，但那东西太贵了，一块就要800元，心疼啊。于是我到专门给改装车做油箱和钣金的小苏那里，切了块锰钢板，掏了四个洞，又用角铁焊了道加强筋。锚板一直放在车厢底部，别小看它，无人区自救脱困全指望它了，是名副其实压箱底的宝贝。但真正到了需要脱困的尖峰时刻，它的表现又如何呢？一言难尽。

确定用绞盘脱困后，首先要找个能做锚点的地方，也就是挖沟放置地锚。问题出现了，稀烂的沼泽地肯定不行，但沼泽地北侧的土坡很松软，强度不够，最后将就着在车头前方十点的位置找了个地方，距车头有十多米。下面要提到一件重要的工具——刨沟用的大铁镐，在高原冻土带，无论是破冰还是刨坑，这个东西比铁锹好用得多。

在4900多米抡大镐，确实比较喘，还好土层比较软，我忍住缺氧抢时间，但很快发现，软土层下面的冻土层只有5厘米厚，下面是更软的土。我感觉这么薄的冻土层肯定靠不住，但没别的办法，只能先试了再说。腰累得直不起来了，力哥过来继续刨坑。从这一刻起，力哥就不再是单纯的纪录片摄影师了，他成为了我的救援搭档。

挖锚沟是有技巧的，受力的沟壁要有个向后的角度，也就是与车的方向相反的倾斜角，这在力学上是个常识问题。我记得穿完无人区回北京后，网络上有热心的越野爱好者提出这个问题，他以为我们不知道这个常识，我没有解释，因为要真说起来，我们在羌塘的地锚脱困可以写个短篇小说。不过我还是挺感谢他的热心的，那位朋友是个越野新手，把问题想得太简单了。

挖好沟，安置好锚板的深度和角度，用粗尼龙绳穿孔缚紧锚板后和绞盘钢缆连接，用军大衣当缆旗搭在绞盘钢缆上，防止绞盘钢缆绷断回弹伤人，缆旗要搭在钢缆靠前约1/3处。我上车平稳地轰油门，同时扳动绞盘控制器收钢缆，就觉得软绵绵的没有遇到强大阻力，果然，使用地锚的第一个问题出现：锚坑土层强度不够，锚板直接把冻土层豁开，锚沟的前壁被向前推进了约15厘米。

请记住，当地表土层强度不够的时候，过分追求受力角度，只能形成一个更没有强度的受力三角区。即使传统的专业地锚，在这种地形也无能为力。有地锚只是第一个脱困条件，但别忘了，地锚之所以叫地锚，地的因素是非常重要的。再往更深层说，这个地不仅仅是指地锚处的地表强度，它和陷车地的土质特点也有关系。比如沼泽地是最难脱困的，沼泽会对车形成强大的吸力，对锚点和绞盘扭矩的要求是最高的，除了极其坚硬的高原冻土层，一般的土地在和沼泽拔河时都很难胜利。经历过沼泽救援的人都知道，一辆车深陷沼泽，用两辆车两个绞盘救援都很费力。

我们又调整了几次，但这个锚坑软得就像豆腐，四两让千斤很无奈。随着气温的下降，沼泽地在极快的时间内从柔情似水变成了郎心如铁，深陷的轮胎已经和沼泽混为一体，可能只有乌尼莫克那样的大家伙能在此时把车硬拖出来，不过我担心轮胎撕裂或车身被拉变形。

在天色完全变黑前，我们把帐篷搭建完毕，这次是用我的三人帐，我打算今晚和力哥睡帐篷。晚上煮饭的时候，高压锅倒了，力哥站起来喊："锅锅锅！"我当时正低着头，在风吹帐篷的"哗啦哗啦"声中听成了"呼呼呼！"猛抬头看，脑袋"嗡"的一下大了，我的头灯从下方向上照着力哥的脸，看他焦急万分的样子，我立时毛骨悚然起来，因为力哥平时不这样，我以为自己身后正站着一只藏北棕熊，或者是黑暗中来了什么野兽，使得力哥情急之下喊出"呼呼呼"。我终于醒过味儿来，对力哥说："您喊'呼呼呼'是啥意思？"力哥说："我喊的是锅锅锅。"我说："幸好没听成沟沟沟，否则我只能唱噢累噢累噢累。"

然后我一边做饭，一边给力哥讲那个笑话：有个聋子和瞎子出门，瞎子骑车，聋子坐在车梁上。路上有个大坑，聋子看见了，大喊"沟沟沟！"，瞎子接着唱道"噢累噢

这张图显示了穿越最初三天的航迹，最北端的陷车点即为沼泽地，东西走向的狭长大湖是多格错。

累噢累”。聋子急了继续喊“沟沟沟！”瞎子继续唱“噢累噢累噢累”。然后就连人带车掉坑里了（这个笑话可能对残疾人士不敬，深表歉意。另：沟沟沟噢累噢累噢累是某一年的世界杯主题歌）。

吃过晚饭，和力哥聊了会儿天，然后到倾斜的车里拿东西。想起2006年陷车于阿尼玛卿那晚，冰雨之夜，我在倾斜的车身里喝酒吃酒鬼花生，煮方便面，然后睡在车里。每一次藏地长途之旅，我大部分时间都是住车里的，我和它应该是不离不弃的。穿越无人区，车就是我们的生命线，我把它开进了沼泽，它被僵硬的泥浆冻死，我不想让它独自度过漫漫长夜。我和力哥说：“不能让它独自过夜，今天晚上我还是睡车里，我陪着它。”

当然，临睡前是要考虑救援方案的，鉴于土层松软，单一锚点肯定无法承受拉力，于是双锚点方案逐渐浮出水面，决定次日依计而行，应该难度不大。反思这次陷车，应是情理之中，陷车是穿越羌塘的必修课。尽管我提醒自己要小心谨慎，尽量少陷车，但探险穿越是立体推进的，一个人的注意力不可能永远保持在地面上。

就像穿越沙漠一样，早期和车队穿越沙漠时，在四驱状态下我很少陷车，于是在N3穿越前，也曾有过闪念，看自己能否零陷车完成穿越。但现实给我上了一课，只要你是人，就不可能不犯错误。疲劳、兴奋、胆怯、饥饿、光线、幻觉、地形、线路、意外、温度、天气、车况等等，都会跳出来形成干扰因素，然后你就要栽跟头：因为视幻导致脚软而担在库布齐沙山顶端的刀锋上；因为一念之差侧滑进鸡窝坑，车前轮高高扬起指向天空；因为大面积的黄色软沙丘而情绪急躁无法突出重围被迫宿营；因为在最不起眼的地形陷车而导致最惨烈的挖沙自救；因为连续跨越大落差刀锋而心生胆怯绕路而行。所有这些积累都让我更深层次地体悟到探险穿越的真正内涵，把犯错误当成必然，就能坦然轻松地面对困境。

10月20日　屡战屡败 屡败屡战

金色的朝阳洒满羌塘的荒原，温暖的色彩令人心生愉悦，我下车伸着懒腰，抬头在万里晴空中寻找故乡的云。

力哥扛着三脚架和摄像机走向北侧山坡，另一只手里拎着工兵铲，那已经成了力哥的方便铲。每天早晨，力哥都会双管齐下，先找个角度把摄像机架好拍逐格，然后拎着方便铲去出恭，生活极其有规律，完全不受海拔、地区、饮食和情绪的影响。不过我也在想，如果我没带这把工兵铲，力哥怎么办？这种极度荒野之地，人其实也回归到动物本色，我们的便便和野牦牛粪、野驴粪、藏羚羊粪没区别。但我知道细腻哥带方便铲的意图，他是不想让卫生纸随风游荡。尽管卫生纸是可以降解的，但对于一个从事视觉艺术的摄影者而言，视觉污染也是不能忍受的。不过我怀疑力哥在骨子里是属猫的，早知道的话，车里再怎么拥挤我也会带一袋猫砂出来。

“迈八字步，一步三呼吸。”我向力哥的背影喊。力哥爬到山腰架好机器：“让我喘会儿。”两个男人在羌塘谷地一边工作一边调侃。我请力哥在他的位置拍张照片，把我、车、山谷都收进去。我站在车前大约20米远，注视着六缸切的车灯，那是它的双眼。我希望在这个早晨，在我们四目对视的刹那，我们的灵魂能电光火石一下，它把脱困密码传达给我。小切的方形车灯很经典，萌动且炯炯有神，只要它亮着，无论从多远的天际线出现，我都能感觉到那是一辆小切。

因为拍摄逐格，所以不用守在机器旁边，力哥出完恭继续爬到了山顶。他向北及东北方向瞭望，转身冲我喊道：“那边有个大湖！”我问有多大，力哥用手比画了一下喊：“特别大！”然后又告诉我山脚下还有四头藏野驴。我估计力哥说的那个大湖很有可能就是多格错，因为这一带只有它能称为特别大的湖了，GPS显示它离我们不足10公里。

令人惊奇的是，这个早晨包括整个上午，羌塘几乎无风，一二级风在羌塘就可以算作无风了。但救援工作无法展开，沼泽地冻得硬如钢板，一镐抡下去就是一个白点，震得虎口和胳膊疼痛麻木。因祸得福，我们的节奏难得地慢了下来，可以很放松地休整一下了。当务之急是就大量补充水分，从双湖出发后，极度干燥加水分补充不够，导致体内水分大量流失，我们的手上都裂了大口子，嘴唇也在脱皮。

在速溶酥油茶、咖啡、果珍、铁观音、茉莉花茶之中，我们最终选择了速溶酥油茶和立顿茉莉花茶，先酥油茶后花茶。酥油茶是为了补充营养和适应高原气候，不过恕我直言，速溶酥油茶的味道比真正酥油茶逊色多了，只是清汤寡水带些甜味儿而已。直接把酥油茶粉倒进茶壶煮，和饼干一起吃，算是早点。

茉莉花茶是因为泡着方便，两个小袋放在杯子里，就等把水煮开了。阳光越来越暖，我们坐在野营椅上，不约而同地拿出日记本飙日记。

写着写着，力哥停下笔，说：“你听，嘶嘶的，沼泽融化的声音。”我支起耳朵听，是有嘶嘶声，但很快听见茶壶盖的响声，水开了。

水入茶杯，茶香顿时四溢，心情大好，那是一种独特的感觉。我们知道，很多茶在泡好后，要近距离才能闻到独有的香馥，但茉莉花茶不是这样，它香气如风。在如此高远的羌塘，缺氧但不缺茶香，羌塘是没有味道的，但茉莉花茶的香气却仿佛溢满了这片北方的空地。我不禁大为感叹：“怪不得北京老百姓爱喝花茶，不仅便宜，味道也如此温馨，真是属于咱草根老百姓的茶啊。”我甚至建议力哥，今后只喝花茶。下回穿越，自己买花茶，配以冰糖，香甜解渴润肺兼顾。

风和日丽，边喝茶边用望远镜向四周瞭望。此刻，我最期待的就是高原狼。如果有一匹高原狼跑过来卧在山坡上，静静地看着我们，陪我们脱困，那我愿意多停留两天，与狼共舞。这绝不是奢望，羌塘的狼很多，运气好的话会遇见它们。

正午12点，沼泽开始融化，羌塘4943茶楼打烊，救援工作开始。

我画了个双锚点脱困草图，经力哥同意并拍摄留档后马上投入实施阶段。具体步骤是：将昨天的锚沟拓宽深挖，把备用轮胎放进去做锚点A，在距A点之外再挖一锚沟安置锚板，算作锚点B。两个锚点的牵引绳索汇聚在一点，和绞盘钢缆连接。

我在车头正前方20米远的地方发现了一小块坚硬的冻土，长宽两米见方的样子。这块冻土在锚点A东南方向约10米处，我准备用它当锚点B。用镐头刨沟的时候非常费力，每镐下去，仅能撬动很小的一块冻土，但这正是我所期待的。玩命坚持着抡了几十下，我双腿发软，嗓子疼得冒烟，刚吃的饼干和茶仿佛立刻就蒸发了，拄着镐把疲惫不堪地喘息着。

我刨锚沟的同时，力哥也一直在用铁锹挖A锚点，我看他累得开始不停变换姿势，一会儿坐在锚坑沿上挖，一会儿又蹲在锚坑里挖。我喊他注意休息，毕竟，从早晨开始，力哥就扛着机器上山下沟的，比我的工作量要大，现在还借着挖坑的机会练瑜伽，太不像话了。但我这边也累得要死要活的，我一边抡镐一边苦中作乐，我面似忠厚犹如羌塘农夫，力哥戴着圆边雷朋犹如羌塘地主，地主和农夫到羌塘挖坑来了。

在太阳的强烈炙烤下，冰冻的高原再次软得稀里哗啦的，羌塘的午后风也如期而至。

只要功夫深，铁杵磨成针！锚沟终于被我打通了任督二脉，冻土层几乎有20厘米厚，这个厚度令我振奋，应该能抵抗绞盘的拉力了。冻土层下是潮湿的软土，与平原地带的软土无异。但接下来的工程量依然很大，我要把1米长的冻土层全部刨透才行。

A、B两点终于基本完工，B点距车远，用尼龙绳和拖车带做导索，A点直接用拖车带，汇合处用U形吊耳连接。为了争取一次成功，又在连接处使用了动滑轮，绞盘钢缆绕过滑轮后钩在吉普车的前拖车钩上。我们对这个方案寄予了很大期待，似乎双锚点和动滑轮可以得到至少加倍的力量了。

充满希望地发动引擎，收绞盘线，令人失望的是，车纹丝不动。预想中的画面没有出现，两个锚点的力道根本没集中在一个点上，钢缆和拖车带都软塌塌的，尤其是尼龙绳使不上力气。B是主要受力点，但锚板从沟里滑了出来，锚沟里渗出很多水，湿滑得厉害。而且因为冻土层实在太硬，角度深度都没搞充分，尤其是放置拖车绳的引导沟，

挖得深度不够，导致角度不够，绞盘一用力，锚板就被兜出来了。

力哥拿工兵铲去清理车下的冻土和泥水，我对继续搞B点的冻土有些头疼，决定在A点旁2米远的地方再挖一个锚点。时间转瞬即逝，新锚点挖好后已经是下午4点了，老实说，我对这个点也没多大信心，因为它和A点的土层一样松软。为了减轻锚点的负担，我们达成共识，锚点土层软是一个原因，但来自沼泽的阻力才是重要因素。看来不能怕麻烦，既然锚点无法承载全部寄托，就转移主攻方向，先把吉普车下面的泥水清理掉。但是，清理沼泽的工程绝对比在沙漠挖沙子要要艰难得多，更何况是如此高的海拔。我在内蒙乌兰布和沙漠陷车最严重的一次，在车两边各插了一把铁锹，玩命挖了两个小时。但在羌塘，连着挖两分钟就有要累死的感觉，因为我们要蹲着作业，使得本来就缺氧的肺部遭受挤压，喘不上气的感觉很难受。

高原沼泽有个特点，被阳光照射的地方全是烂泥，而阴影里则坚如磐石，所以车底的冻土依旧坚硬。车尾门因为一直开着，尾门形成的阴影里是浅色的冻土，阴影外是深色的软泥，分界线像线描的一样齐。我和力哥轮换着挖，从烂泥处往下掏着挖，车底的冻土块向下塌陷，然后用铁锹或镐头把冻土块钩出来，每清理出一块大的，都特别有成就感。

单纯清理前后轮和车身右侧的淤泥也不行，因为后桥差速器壳和前桥右半边都已经嵌入冻土层了。下午5点多的时候，我决定使用卧式千斤顶。这次穿越，原计划是带个猴爬杆的，但要忙的事情太多，就给忘了。如果有猴爬杆，上午沼泽没化冻的时候，就可以趁着地硬，把前后轮都提升起来，下面垫上土块或编织袋，有可能比较容易脱困成功。

用卧式千斤顶把后桥顶起来，差速器壳下垫上木板，左后轮下垫上冻土块，增加轮胎摩擦力，前轮也是如法炮制。但如此一来，车身倾斜得更厉害了。而且千斤顶在车身右侧很难发力，都是烂泥，无法支撑千斤顶。接着又把锰钢锚板塞进右前桥下支撑千斤顶，试图顶起右前轮及悬挂系统，结果承载力太大，锚板下的冻土断裂，锚板沉入沼泽烂泥中，被泥水淹没。

连续地按压千斤顶，腹肌几乎抽筋，千方百计找位置找角度，累得坐在地上起不来。关键是每次尝试的结果都是失败，心灰意冷到麻木。这期间还不断地用绞盘来尝试，我们不断地挖深A点，加固土层，甚至完全把轮胎埋入地下，但只要绞盘发力，轮胎先是把地表顶起一座小山包，然后就是轮胎被拖出来。之后我们尝试了各种方法，用木板和轮胎组合，用锚板和轮胎组合，以增加受力面积，都以失败告终。我对锚板还保有最后的希望，但用来捆绑锚板的粗尼龙绳和粗线绳全部绷断了，原因是锚板上四个圆孔的边缘过于锋利，将绳索切断了。

晚上7点20分，羌塘的落日特别美，荒原又变成了温暖的金色，力哥在逆光中拍摄我的努力与无奈，那个橙红色的剪影镜头原本是最适宜烘托浪漫的，但在此刻却显得有些苍凉。

天终于黑了，我和力哥带着头灯做最后的努力，在黑暗中作业，羌塘地主和农夫变成了羌塘矿工。力哥承包了A点，用铁锹把锚坑作了最后的清理，然后把轮胎深埋地下，上面盖上土，用力踩结实，寄希望于夜间低温把土冻结实，然后明天一早就开始作业。

连续九个多小时的不间断自救脱困，终于在晚上8点35分结束，这是精疲力尽的一天，满身疲惫满身泥泞。这是完败的一天，最后深埋的轮胎只是让我们带着一丝侥幸的希望迎接黑夜过后的明天。我有些莫名其妙，从来没有经过这么有挫折感的救援，肯定是哪里不对，但一次次的失败叠加起来，让我有些犯晕。另外我意识到今天的失败和自己的侥幸心理有关，明知道锚点A的土层强度不够，还总是在那里挖，说白了就是那里好挖，挖着没那么痛苦。B点的冻土层硬度足够，但因为刨起来实在费力，我有畏难倾向，导致角度和深度都不够。车底下的沼泽和冻土是最令人头疼的，所以等到锚点都不行了我才开始去挖车下的泥。总结起来，还是主观问题多一些，对自己不够狠。

我和力哥商量明天的脱困方案，都认为车下的淤泥还是要彻底清理，在锚点强度不够的情况下，这是唯一的出路，明天要全力做这项工作，车里的塑料编织袋要用上。

晚上蒸了一锅米饭，放了咖喱鸡肉块，必须要好好补充能量，恢复好体力投入明天的恶战。吃过晚饭已是晚上22点30分，回到车里睡觉，车身比昨晚更斜了，不抓住车顶两侧的拉手根本无法翻身。躺着从后窗望出去，无数颗星星在闪烁，我带着头灯写日记，力哥的帐篷里也亮着灯，可惜，无法看见他写日记的剪影。今天我们写日记的时间都很短，因为太累了。

10月21日　绝望处听音乐　重生时吃馒头

无人区陷车是一场轮回，第一天没有逃脱，只能等待第二天同一时刻，因为沼泽的冰冻与融化也是一场24小时的轮回。

早上8点20分起来，气温零下8.7度。今天，羌塘的风有些大，随着太阳升高，风力逐渐增大至五六级。

上午的安排如下：用编织袋装满土，结合千斤顶垫高车身，最后用绞盘。另外，还要全盘估算一下给养储备情况，毕竟刚刚进来五天，才走了200多公里，后面还有很长的路。

启动六缸老切，趁着温度还低，用绞盘试了试昨晚埋在地下的轮胎，地面裂开且微微隆起。看来还是不行，至少不能单靠锚点的力量。决定让车保持在怠速状态，希望排气系统的热量能使车下的冻土尽快融化。

按原定计划，拿着编织袋到山坡上装土，力哥和我一起把袋子抬下来。用千斤顶把左侧前桥顶起，下面用木板支撑，车轮下也垫了土袋，右侧车下、右后轮下都垫了土袋，我想用生崩离合器的方法，哪怕让车前进10厘米也好。

绞盘、低速四驱、快抬离合踏板，平整的地面突然隆起土山，飞出的轮胎像醉汉一样滚出七八米远。然后是不停地扯豁锚坑，再不停地修缮，然后是轮胎、锰钢锚板轮番跳出锚坑。经过无数次折腾，车前进了大约半米，其实是掉进了昨天挖的泥坑里，前轮死死地顶在了冻土层上。可惜这里不是沙漠，否则有这半米的助跑空间，足够我脱困了。再次确认泥地是越野车的魔咒，我开始崇拜沼泽了。

最后一次努力失败后，我坐在车里没有动，把头靠在车窗上，我已没有心力再去挖锚坑、安置锚板、压千斤顶，那些动作重复了很多遍，再去做也无外乎再次失败。放手吧，该告一段落了，不再想脱困的事情，疲惫的心想听些音乐。

在脏乱的车厢里翻出iPod，塞好耳机把iPod塞兜里时，布满裂口和倒刺的手将羽绒服划得稀里哗啦地响。耳畔传来蔡健雅的《原点》，真应景啊，我们在原点两天没动了。颓废在歌声中被溶解了一些，下车去雪地上的袋子里拿了个馒头，我端详着它，它看起来比眼前的景象还要荒凉。

力哥也停止了整理锚点的工作，我们今天早晨没吃饭，折腾到中午已是饥渴难耐，他回到帐篷这边煮水。我坐在倾斜的车门下边框上吃馒头，好甜的馒头，里面的冰碴儿凉丝丝的，像山泉一样滋润着我干裂的舌头。眼前的车窗是天然的画框，天上的云列成阵势飘过羌塘的天空，车门在风中来回摆动，咬合着我的右腿。我把脑袋靠在B拄上，耳边是范玮琪版的《那些花儿》，再次应景啊，这是个适合回忆的好时候。平日里很少听音乐，iPod里面的歌还是两年多前去拉萨时让朋友帮忙拷贝的。这次来羌塘，路途遥远，地广人稀，长时间开车很枯燥，听听音乐很舒服，连那种很吵的音乐都能接受了。

有那么一会儿，我几乎不知道自己身处何方了，两天来连续的失败把我摧残到空茫状态，但这种无欲无求的无助感却又妙不可言，因为我知道，最空冥的时候往往是我最专注的时候。我又拿了一个馒头，走向那片冻土，走向锚点B。它不应该就这么废了，有问题的不是它，而是我，我必须找出自己的问题。这期间力哥给我递过来一杯热水，虽然很渴但我没喝，我继续吮吸着馒头里的冰，感觉开始进入某种状态了。

我认定最后的希望应该就是它，因为在两天的使用中，它从未被扯豁过，说明它的硬度足够，但它总是咬不住锚板，锚板一次次地滑出来。我蹲下来仔细地看着锚沟，侧壁的倾斜角度被剔了无数遍，应该没有问题了，深度也被掏得足够了，会是哪里的症结呢？我的视线最终定格在放置拖车带的引导沟上，这个沟的深度和长度明显不够，因为冻土层太硬了，所以刨这个沟的时候很将就，总觉得差不多就行了。实际上，它的起始点应该和锚沟一样深，然后再挖一个长度足够的斜沟，否则，再深的锚沟都没用，因为拖车带的受力点是以引导沟为基准的。

虽然不敢保证这个点最终能救出我们，但想明白了就觉得有希望。我又返回去查看了陷车的情况，这期间音乐变成了《加州旅店》《光辉岁月》，太应景了，我没舍得听《海阔天空》，我要把它留给脱困成功的时刻。

风很大，查看完毕，我到帐篷里和力哥喝茶，他的身上沾满了泥土，手上的裂口很大，用医用橡皮胶布缠着。我挺惭愧的，在两天的脱困中，力哥的劳动量绝对不比我少。我端着茉莉花茶，内心有个声音说：这是我们两个人的穿越。

喝完茶，我去精雕细刻锚点B，力哥继续清理车下的泥。我们都换上了橡胶手套，这个东西防水保湿，在羌塘使用堪称手套之王，如果一开始就用它，手上、指甲上的大裂口会少得多，皮肤也不会糙得像砂纸。

为了固定锚板，我们用两根角铁做立桩，插在锚板和沟壁之间，绳子断了以后，拖车带不再通过锚板上的圆孔，而是直接兜在锚板上。这些调整与努力也没能立刻见效，但锚沟硬度依旧，给了我们继续调整的信心。我们继续刨深引导沟，尽量做充分。两根角铁立桩强度不够，我把锚板翻过来，角铁做的加强筋放在前面，再横着放一块5厘米厚的木板，刚好被加强筋托着，在锚板与沟壁之间形成了完美的夹角。用绞盘尝试，这次的锚板没有滑出来，终于吃上了力！太令人兴奋了。

机不可失，最后的冲锋就要开始了，为了取得突破性成功，我们把所有能利用的因素都用上了。力哥把车底清理得差不多了，我请他站在车的左后门下沿上，低四二档，绞盘绷紧后，左脚猛抬离和踏板，力哥用力摇摆身体向下压车，在离合器发出的瞬间爆发力之下，车向前一震，前进几厘米，继续收绞盘，钢缆绷紧后重复刚才的所有动作，再前进几厘米，再重复。就这样一寸一寸的，右前轮终于搭上了冻土层，我抑制住狂喜，继续重复所有动作，终于，就感觉车猛地一个涨跌，后轮掉进了前轮的泥坑里，而前轮已经无可逆转的站在了冻土层之上！

我第一时间转回身，向站在后门沿的力哥伸出了手，力哥不愧是绅士，从车上跳下来后，摘掉手套，我们的手紧紧握在一起！一切尽在不言中。当然，这不是互诉衷肠的时候，我们赶紧绕到车前查看情况，我们看到了传说中的得寸进尺，一寸寸地向前苦挨，终于换来了将近两尺长的前进。时间定格在下午4点9分，我和力哥拿着各自的机器记录下这令人激动的场景。

接下来会发生什么，用脚后跟都能想出来。力哥终于站在了摄像机后面，我按动喇叭吹响集结号。后轮离开泥坑，六缸切吼叫着登陆，带着满身的泥泞。尽管咧嘴微笑是个很疼的动作，但我已经抑制不住欢乐的冲动了。我走到车头，向摄像机后面的力哥抛过去一个飞吻，又向车后的沼泽泥坑抛了个飞吻，然后意犹未尽，又隔空给了力哥一个拥抱。这是发自肺腑的表演，即使是拍纪录片，我们也要体现出一个演员的修养。

突然间就成功了，快得像做梦，两天来的所有失败、挫折、疲惫烟消云散得一干二净，就像挣脱了枷锁重获自由，心头不再被什么东西堵住，终于能痛快地透口气了。

重温了一遍陷车的线路，给沼泽泥坑拍照的时候我想，仅仅是两个不太起眼的泥坑，就让我们度过了精疲力尽的两天。没有别的方式，只能用最原始的办法不停地挖刨，什么高端电子仪器都没用，这就是我们和自然最原始的关系。我一点儿也没有怨恨这两个坑，甚至觉得很亲切，想去摸一摸它们。

锚点B最终完成了对我们的救赎，这个T字形的锚沟也是土得掉渣，和任何高科技都扯不上半点关系，但它所蕴含的又绝不简单：角度、深度、硬度、温度、摩擦力都是缺一不可的要素。在此之前，还没有人实战讲解过地锚的使用方法，也没有人详细阐述过板式地锚的使用，因为板式地锚属于野路子。偏又赶上沼泽陷车这种最要劲儿的形式，对锚点的要求非常之高，我抚摸着已经有些弯曲变形的锰钢板子，想象着冻土层承受的压力。这两天里所有的失败都是值得的，因为我面对的这个T形沟是板式地锚使用的教科书，由此获得的经验，将在未来的穿越中发挥重要作用。

一个T形土沟，让我觉察到自己又成长并成熟了，自信来自磨砺，梅花香自苦寒。当然我也在检讨，为什么反复调整尝试了这许多次后，才最终找到正确答案。两天来走了多少弯路，做了多少无用功，只是因为锚点B冻土层太硬，每一镐都那么费力，所以就不断妥协，心存侥幸地在锚点A处耽误大量时间。这个必须要改正，只要看准了就坚持到底，在无人区没有侥幸。

收好绞盘钢缆，我说开车顺山谷向东去查看一下地形和路线，力哥有些惊讶，也许他是担心再陷车，我们真是陷不起了。不过我想趁着装备还都没重新装车，在轻车的状态下去勘路，至少知道明天该向哪里走。因为山谷东端看起来有一条河道，河道向东的山口能否通过还是个问题。另外，在泥坑里憋了两天，我和六缸切都需要活动一下筋骨了，我还想试试在轻车状态下，它在羌塘的越野感受。

我非常谨慎地勘察了路线，把明天要走的线路用车辙压出痕迹，重点地方都默记在心。河道从南方而来，到我们所处的山谷东端拐向东方，两山之间很窄，但通过的话问题不大。最感慨的是，这个谷地只有那片唯一的沼泽，就让我们停留了两天三夜，如果不是它，我们至少应该渡过东温河到达多格错东侧了。

回到营地，我们开始装车。站在左后轮整理车顶装备的时候，我觉得羌塘的风越来越硬了，吹得全身发冷，感觉有失温迹象，我想支撑到晚上再加些衣服。一直整理到晚上7点多才基本结束，我们终于能好好地看看晚霞了，还有东南方向的连绵雪山。羌塘

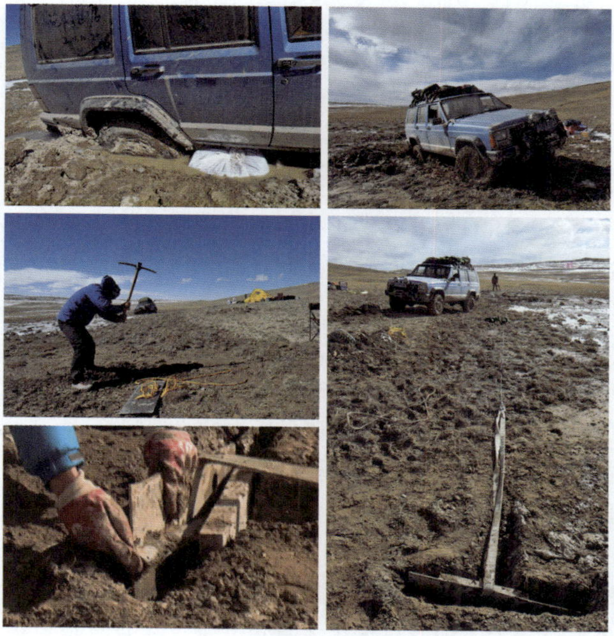

的晚霞和耳畔的音乐让我想起很多美好的事情，我默默地看着远方，失神的同时也失去了自己。而后，我们举着相机拍摄日落时分的光线变化，其实取景器的画面和构图没有那么好，但至少，我们又有心情关注风景了，这确实比满眼的烂泥要养眼得多。

晚饭没有达到预期，我们计划是要做一顿大餐的，但大风让我们打消了这个念头，帐篷外面待不住人。我在内外帐之间的狭小空间支起炉灶，昨晚还剩了很多米饭，加些水和调料可以熬粥。另一个炉头在帐外煮水，用几个大箱子给它做了个挡风墙。说实话，每天煮两次热水，依然不够补充体内水分的流失，脱水在羌塘是一个不可避免的问题，不过脱水可以减肥。

做饭的时间有些长，风将帐篷吹得哗哗作响，成为我们聊天的伴奏，不过今夜我可以睡在不倾斜的车里了。

10月22日　奇遇金牦牛　多格错南岸之路

早上8点30分睁眼，零下9.7度。力哥扛着机器拿着铲子又上山了。昨晚有些冷，一直没暖和过来，原来车的前后门都没关好。

烧开水，今天的饮品是果珍，苦日子过久了，对甜味有强烈向往，现在的果珍只剩下甜了，刚好当糖水喝。我想起很久很久以前的果珍广告：“在寒冷的日子里，请给你的家人喝热的果珍。”我和力哥喝着热果汁，又冲服了善存片，希望能缓解手上、嘴唇上的裂口。

上午收拾营地、装车、打扫垃圾，全部工作搞定并确认没有遗漏任何设备，我和力哥终于坐到了车里。又可以继续上路了，感觉挺美妙的，如果没有陷车的磨难，你就不会珍惜这种感觉。中午12点22分，启动引擎，确认GPS方位，出发。

沿着昨天看好的路线，很快就下山进到河谷，河床很硬，关键是河床就可以当作一条路来走，没有它，我们是无法翻越这条南北向的山岭的。河道穿山而过时，形成了一处小峡谷，通过之后地形逐渐展开，我们又恢复了一边行进一边拍摄纪录片的状态，右后车轮的轮毂上还带着沼泽的留念，非常坚固的冰泥混和物，用铁镐都敲不动。

下午1点03分，冰河边出现了一头健硕的野牦牛，与众不同的是，它通体为黄褐色，身体下端垂下半米多长的黄毛，肩胛脊背处的底毛为褐黄色，但通过残留的几小块黄色长毛仍然可以想象它遍体金黄的样子。本来我对它没有特别关注，但突然想起曾听人说藏北有金牦牛，说这种牦牛长着金丝一样的长毛。当时我听后颇不以为然，认为也就是黑毛之中掺杂了红毛，在特定光线下看起来像金毛而已，现在看来，我那位朋友所言非虚，他也是听藏北当地的干部说的。如此看来，我们遇见的很可能就是传说中的藏北金牦牛，如果不是正逢其脱毛换绒的季节，这头满身金毛的野牦牛该是何等的尊贵耀眼。实际上，整个无人区穿越中，也仅仅见到过这一头金牦牛！在我整个藏地旅行中，也极少见到这个颜色的牦牛。可能我们被困沼泽，只是为了和金牦牛的艳遇吧。

我在百度搜了一下：金色野牦牛，也被人们称作“金丝野牦牛”，顾名思义是全身被毛为金色或者金黄色的野牦牛，其外形特征与其他色系的野牦牛无异。金色野牦牛主要分布于西藏阿里地区和那曲地区西北部，营群居生活，不与其他色系的野牦牛集群生活、繁殖。1987年7月，根据当地藏族群众提供的线索，刘务林和乔治·夏勒在西藏自治区阿里地区发现了科学意义上的金色野牦牛，由此科学界才真正发现这一具有金色被毛的野牦牛。目前，金色野牦牛尚未被证实为野牦牛的亚种，有学者分析它是野牦牛的色型变异，而被认为是一个野牦牛的特有种。

当地藏族群众在转山时经常能够看到金色（丝）野牦牛群，因其被奉为“神物”，加之其性情十分凶悍，所以不曾遭到过猎捕，种群保存完好。初步生态学研究认为：金色（丝）野牦牛不属于简单的毛色变异，也不同于黑褐色或棕褐色野牦牛，而应是一个单独的群体。其特殊毛色是否因地理区域、生存环境及水草中矿物质成分有异而出现，并成为稳定的遗传基因，还有待进一步证实。

突然，河岸上出现了一头长着黄褐色毛的野牦牛，过了很久我才醒悟过来，它就是传说中的藏北金牦牛。NIKON D300、AF-S300mmf/4D、F8、1/1250s、ISO200、-0.33EV、℃-14E

下午13点40分，一个蔚蓝色的大湖出现在视野里，这就是多格错。下午2点，我们找到了一条东西向的路，海拔4837米，这条路就在多格错的南岸，距陷车点

19公里。我们穿越的河道是汇入多格错的一个支流。

很快就发现一个问题，多格错是一个东西走向的狭长大湖，但我之前只在GPS上输入了一个坐标点，是多格错的中心点，所以导致问题出现，也就是多格错的东西两端的确切位置没有显示。我再次检讨了自己，本身就没有穿越路线航迹，准备工作还这么不细致，光着屁股追老虎，追进了无人区。根据我的判断，当时我们距多格错西端要近一些，如果走东端，要沿着湖区向东南方向兜挺大个圈子。我在这个节点上左右为难。

西端距离稍近一些，但这条线路在我的记忆里还没人走过，路况不得而知。地图上显示多格错西部是沙漠，六缸老切在满负荷下不适宜穿沙漠，发动机承受的压力太大，陷车也是个问题。如果在这片沙漠把车搞出状况，穿越无人区就等于提前结束了。虽然我有穿越阿尔金山库木库里沙漠的计划，但那毕竟是在穿越进行到尾声的时候，还可以把装备卸下来，在沙漠里画个大圈再出来取装备。如果车辆出问题，外部救援路线也比较近。

还有，从多格错西端绕过去后，沙漠北边还有一条河，这条河的水情是个未知数。然后还要绕过一片多湖区域，才能回到传统穿越线路上。那时候我们还不知道多格错仁强错西边的五泉河也无法通过，向西绕了40多公里才绕过去，看后来的航迹，如果从多格错西端直接向北稍偏东，就可以到达我们绕五泉河的过河点。当然这是事后诸葛。

插入一段事实：2013年1月2日我又重新看了段晓光大哥的“越野往事”。里面提到在2005年10月，中科院科考队曾走过这里，而段哥他们从罗布泊、阿尔金山、可可西里进入羌塘后，也是从多格错西端绕行向南。我心里自责，如果之前看帖仔细些，我可能就决定走西线了。但世事难料，走西线的话就会错过后面将要发生的一系列精彩曲折的故事。

多格错南岸的路非常干燥，属于荒漠草原路，车后荡起黄色的烟尘。车的左侧相距湖边不过数百米，蓝色的湖水和远方的雪山构成湖光山色，有路又有景，心情很是放松。下午两点正是一天中最温暖的时候，感觉有些燥热，降下车窗让湖风吹进来。

下午2点48分，停车休息。力哥又将镜头对准了天空，他对天上的云朵情有独钟，每看到奇特的云形，都要拍下来。他的愿望是拍到足够多的素材，将来有可能的话，做一个关于云的摄影展。所以我也受力哥传染，没事儿就观察天上的云，俩人还经常交流体会，说你看那边的云像什么，这边的又像什么。高原的云本来就多，而且千变万化，所以总能有新的发现和灵感。

但休息时，我却发现了一个令人惊奇的画面。车的左侧是一片狭长的水洼，水洼西侧的滩地上凭空出现一行大型食草动物的足迹，在水边戛然而止。看到这里，你会以为是动物到水畔饮水这样寻常，不要急着下结论，让目光沿着足迹的方向掠过几十米宽的水面，对岸的沼泽表面出现了一架牛角。什么都没有，只是一架牛角静静地躺在沼泽上。

在正午的阳光下，匿名的足迹指向河畔，彼岸躺着寂静的角，这个画面让我匪夷所思。一头野牦牛试图涉过沼泽水洼，但深陷其中，拼力挣扎到接近岸边，终于沉没，只

正午的阳光下，匿名的足迹指向河畔，彼岸躺着寂静的角，生命没有答案。 NIKON D700、AF50mmf/1.4D、F5.6、1/1600s、ISO100、-0.67EV

留下双角证明曾经的存在。这只是我的联想，或许，生命本没有答案，或许，这只是某种巧合。

下午3点56分，在路与湖之间发现火山锥样的红色小山包，形状颜色都很奇特，于是左转穿过积雪区，到近前观看。原来是泉涌，大概七八米高，顶端泉口为圆形，直径约1米，不断有水从下部冒出，但不是温泉。泉水中的矿物质看来非常丰富，溢出泉眼后，在山体表面结成一层坚硬的钙化物质。我把相机装进防水罩，放入泉眼拍摄，力哥拿出了滑轨，这也是我们第二次在高原使用滑轨。在这个地方停留了40分钟用于拍摄。

下午5点，在过一条很小的冰河时，又陷车了。这回可是顺着车辙印走的，前轮刚通过冰面，后轮就“咕咚”一声掉进了冰坑。我尝试着脱困，车轮甩起冰水，但车身纹丝不动，原来后桥和油箱都被托住了，后轮悬空，重心都在后部，车头扬起，两个前轮都在冰面上空转。其实这个冰坑很小，应该是之前的车辆压出来的，赶上我们的车重，很痛快地就掉了进去。

最近比较烦，昨天刚出泥坑今天就入冰穴，点背到家了。再次把锚板请出来，在车前15米处确认了锚点位置，继续要大镐。这里的土层比沼泽陷车时的锚点A要硬一些，但还是太令人放心，冰河的东岸刚好隆起在锚点和车之间，所以引导沟还要加长。有了之前的经验教训，这次的锚沟仅仅调整了两三次后，就宣告脱困成功，依然是生崩离合器和绞盘相结合，否则单靠锚点和绞盘都没戏。总共脱困时间为1小时20分钟，我们又留下了一个教科书般的T形沟。T形沟就是T台，脱困变成了一场走秀。

继续上路，下午6点40分，我们决定扎营，营地选在一条小冰河岸边，海拔4889米。做饭的同时，我拿一个炉头放到车下，刚才掉进冰坑里时，发现手刹线上吊着一块大冰疙瘩，是沼泽沦陷时冻上的，怎么都弄不下来，只能用炉头烤了。另外，特别没脸说出口的是，今天行驶里程为38.8千米，路上用于拍摄的时间有些多，照这个速度，我们何时才能到阿尔金山呢？

晚餐是红烧肘子蒸米饭，佐以葱花、蒜粒、酱豆腐汁，好像我们今天跑这么少就是为了腾出时间来蒸这样一锅饭。晚上的天气也不错，我端着热茶和力哥学习观看星座，力哥还带着观星笔呢。我看力哥那熟练的架势，八成是从前和姑娘一起看星星练出来的。看完星星又给家里打了电话，汇报了这两天的情况。前两天北京那边已经猜到我们陷车了，都在祝我们早日脱困，并对我们在高海拔抡大铁锹的精神表示赞赏。

天气越来越冷，力哥睡帐篷会更冷，我把军大衣给力哥，晚上压在睡袋上。这一夜睡得很不安稳，身体一直很冷，睡袋上盖了毛巾被也不管用。半夜醒来感觉有些低烧，不断地咳嗽流鼻涕，应该是沼泽脱困后那天下午被风吹着凉了。想起进入无人区以来的种种曲折，我开始睡不着了，脑子里的问题也越来越多。

进入无人区六天了，才跑了200多公里，现在又发烧了，如果高烧不退怎么办？今天的海拔是几天来最低的，但也有4800多米，如果继续前进，病情恶化会引起脑水肿或肺水肿。在无人区腹地申请救援，从拉萨出发的话，星夜兼程，即使做到不陷车，按照

卫星追踪航迹找到我们，最快也要三天，再加上撤出无人区的时间，来回需要六天。救援队进无人区必须同时携带高压氧舱，因为脑水肿、肺水肿是坚持不了六天的。而救援人员本身也面临着高反问题，想到这里，我顿时觉得前景一片愁云惨淡，甚至觉得目前的节奏是致命的，我想起了来叔说的话，不能因为拍摄把命丢了。我不反对拍摄记录片，而且已经在合作，但为了配合拍摄，我确实也改变了自己的节奏，比如长时间地暴露在野外，做饭吃饭、扎营撤营、大风低温等等，以前一个人的时候，这些事情都不存在，做饭睡觉都在车里，很少会着凉发烧。

如果这几天没有陷车，行进速度再快一些，即使我发烧了，在身体完全垮掉之前，至少还能坚持着把车开进阿尔金山，那边的海拔低一些，路也好走一些，救援速度会快一些。如果在羌塘腹地中心位置，我因为高烧陷入昏迷状态，力哥能把车开出去吗？毕竟他对越野车不了解，对穿越路线和GPS也不熟悉。即使我偶尔清醒还能坚持开车，再陷车怎么办？身体条件已经应付不了高强度的劳作了，原地等救援和原地等死差不多。我甚至想到了最后和力哥交待些什么的场景，也想到了父母、妻子、儿子，于是更加不安。寒夜漫漫，凄凄惨惨戚戚。

头愈发的昏沉，脑水肿、肺水肿等各种负面的因素搞得我心神不宁，蜷缩在睡袋里冷得发抖，挨到早晨6点钟，我爬起来吃了百服宁夜片，希望借着药力睡几个小时，否则体力真是难以恢复。

10月23日　发烧鬼打墙　沦陷东温河

药力加疲惫，昏昏沉沉地一直睡到上午10点多，但眼皮像灌了铅一样难以睁开。其实我断断续续地睁过几次眼，迷糊记得看见力哥起来了。风很大，力哥又钻进帐篷了，每次都是强努着睁开眼几秒钟，然后继续昏睡。除了睡觉，我什么也不想，哪怕睡过去都可以。

但我必须要起来，在这个位置没有退路，强迫自己起来，并加了一条保暖裤，平心而论，这条裤子加晚了。风很大，下车后连着打了几个冷战，因为夜里的各种负能量加身，我的情绪明显不好，我和力哥说不喝早茶了，因为我们的行进节奏太缓慢了，必须抓紧时间赶路，以后要增加行进时间，缩短拍摄时间。然后还说了一些带情绪的话。

力哥没说什么，但脸色也变得严肃了，我们的话明显比往常少了，只是快速地撤营地，搬装备，我盼着能快些上车，打开暖风让身体暖起来。其实我知道，力哥也不暖和，虽然有防潮垫，但帐篷直接贴着地面，青藏高原的寒气积累了千万年，帐篷里肯定不如车里暖和。

车启动了，力哥的脸色不太好看，他说："以你的经历，不应该这样啊，怎么突然情绪起伏了呢？"我不好意思地看了看力哥，余光中看见立在他脚边的摄像机镜头在对着我，我以为没开机呢。但力哥铁青的脸上很神秘地闪过一丝笑意，因为不满意我刚才的言谈行为，笑得有些尴尬。后来回到北京，才知道力哥不仅开了摄像机，还把车内的摄像头也打开了，他怕我看出来，要假装没事儿。作为一个经验丰富的摄影师，他不想错过我的变态、我的情绪起伏，这都是戏啊。不过力哥告诉我，因为盲拍的关系，曝光和焦点都不太专业，所以也没用到纪录片里面，哈哈。

我又吃了百服宁日片，和力哥说出了我的担忧，力哥表示理解。黑夜和白天带给人的情绪是不一样的，而且吃了药，感觉好些了，情绪自然就好多了。从营地出发，沿着车辙快速前进，我注意到方向开始偏向东南了，我以为是要躲避湖区的沼泽与支流，向南绕个迂回。途中看见一具雄性藏羚羊残骸，尸骨散落在雪地上，被啃得非常干净，看样子刚刚发生不久。继续前进，是一片很大的积雪区，我加快车速疾驰在雪野，有几处深雪区，如果速度慢了肯定要陷住。这段开得很爽，似乎夜里的压力与胡思乱想都被抛在了身后。

GPS显示方向开始指向正南了，力哥觉得方向有问题，他虽然不看GPS，但大方向感一直很好。因为车辙挺明显的，而且多格错东部湖区确实是向南扩张的形状，我说再跑一小段看看，不行的话再掉头回来。结果没走多远，这条道进山了，路消失的地方是一幢孤立的土房，看起来很久没人住了。房子的坐标点已经在昨晚宿营地的西南方向了，而我们应该向东才对。

原路返回？我比较抵触这个想法，经过昨夜的刺激，我的情绪处于躁动状态，只有不断向前才觉得舒服，而且不想再回去穿越那大片积雪区。继续向前？没路了，全是山啊。力哥的意思倾向于原路返回，毕竟我们才走了10多公里，返回的损失也不大，我知道力哥是对的，原路返回最可靠。但那个时候我全身燥热，眼里只有直线，任何弧线都会令我烦躁。我的手放在了分动器档把上，从4H拉到4L，我要跨过眼前的山，直接回到昨夜的营地。

这片山地真的不好爬，我不断在山沟、山脊、山梁、山坡之间寻找着最简捷最省发动机的路线，尽量高开高走，走山脊和山梁。但爬山不是坐电梯啊，躲过了陡坡躲不过漫坡，很多漫坡都是扭矩杀手，我要控制转速保护发动机，只能在二档、一档之间切换，这地方用三档想都别想，寸步难行。我发现在羌塘爬山，以往很凌厉的低四三档不好使了，等待你的只有熄火，平时极少用到的低四一档在这里发挥了挽狂澜于既倒的英雄本色。

六缸切的低速四驱再次救了我们，经过波峰浪谷间的飘摇，我们终于站在了最高的山顶，于高处俯瞰，多格错更加壮观。从山顶下来，沿着一条山谷回到多格错南岸的路上，这是昨天走过的路，向左是冰坑脱困的地方。右转向东，走在已经走过一遍的路上，故地重游很令人感慨。我知道北京肯定看见我们画圈了，为了不让他们担心，我用卫星电话给宫老师打了过去，汇报了这两天的情况，宫老师看着卫星图给我们说了一下大致方位和路线，必须要向东走了。

下午1点30分，回到了我们昨夜的营地。令人惊奇的是，空荡荡的营地上居然立着一个白色水桶，见了鬼了，难道是又有人来过了？下车一看，才发现就是我们自己的水桶，原来刚才拔营出发的时候，把水桶遗忘了。

GPS屏幕上显示了一个完整对接的椭圆形航迹，28公里的雪地疾驰与翻山越岭，演绎了这场莫名其妙的鬼打墙。鬼使神差的是居然找回了丢失的水桶，但与水桶相对应的是，在翻山越岭的时候，一整包十卷装的卫生纸从车顶行李架掉落丢失了，想想我们还有几包纸巾，就不回去找了。但卫生纸的塑料包装令我觉得不爽，愧对羌塘的荒野。

用GPS、地图并结合宫老师给出的参考，我重新确认了方向，并反思了因为急躁而导致的急不择路，上午出发的时候看见车辙，毫不思索地就沿着车辙向右走了下去，其实真正正确的方向是直行，虽然没有明显的车辙，但那是正确的方向。经过这一番折腾，我的情绪也恢复正常了，内心告诫自己下不为例。

下午1点52分，一条特别宽的大河床横在车前，里面河汊密布，积雪丛生，我挂上低四，驶下河岸的陡坡。河床里的泥地不太软，但河道支流很复杂，我在三档、

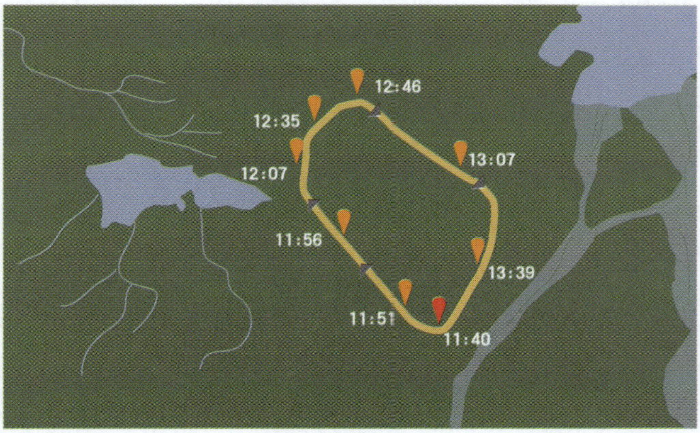

卫星监控完整地记录了我跑出的一圈“鬼打墙”。

四档、二档之间切换，时而直切，时而蛇行，时而下车勘查过河线路。冲过无数宽窄不一的河汊子，留下无数碎冰和水浪，用了15分钟才通过整个河床。

这张图可以清晰地看到我们在沼泽陷车、东温河陷车的位置，蓝线是传统穿越航迹。

下午2点15分，一条更宽的河床出现了，我明白了，这应该就是传说中引无数英雄竞折腰的东温河了。之所以这么宽，和我们靠近入湖口的位置有关，我们是紧贴着湖的南岸在穿越，能看见不远处的多格错。我曾经想沿着河岸向南迂回，寻找一处比较窄比较安全的过河点，但绕多远能找到是个未知数，如果过多地消耗燃油就不合算了。刚才穿越那条大河床给了我很大信心，两条大河床的地形地貌差不多，遇到复杂情况，多下车勘查线路就可以了。实际上第一条河道也是东温河，只是被入湖口之前的冲积扇分隔成两个河道。

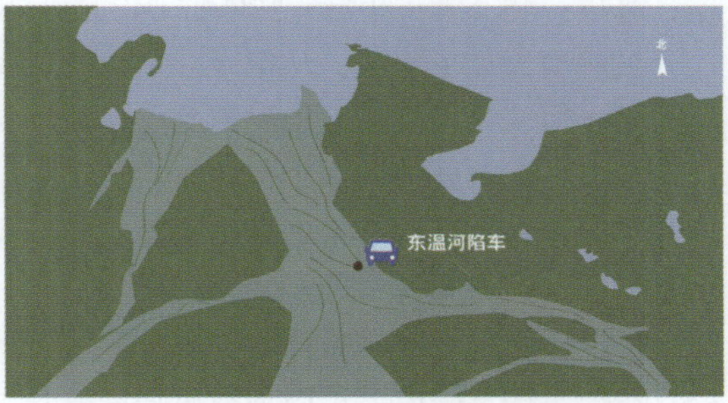

东温河陷车位置，离入湖口很近，只差一步就渡河成功。

果然够宽，纵横折冲了15分钟，依然没有到达彼岸，但就在我们能看到百米开外的东岸时，一条支流横陈眼前，它比之前通过的所有支流河道都宽一些，大概有10多米宽，水质浑浊看不见底，近岸处的冰还未完全融化，河中心的水面上不断有浮冰飘过。在枯水季，这条河应该算是东温河河床里的干流了。

我下车用铁锹试探河的深度，但没穿水裤，无法测试河中央深度，看起来不太深。然后开着车在岸边巡视过河点，这条河的宽度、深度、水流状况很平均，没有特别合适的过河线路。向北是不可能的，越接近入湖口河面越宽，向南走了几百米，河汊子开始呈网状分布，看着就头疼。我看好一处比较宽的河滩，可以通过助跑提起车速。力哥把车顶的摄像头打开，并用摄像机记录，我说用低四可以冲过去。也只能用低四了，因为我尝试用高四一档起步，在那么短的距离内根本冲不起速度来，肉得厉害。低四三档也被我舍弃了，因为低四三需要更长的助跑距离和速度，太高的速度冲进河里，水浪从吸气口进入发动机就麻烦了，我的车没有涉水喉。

在那块狭长的沙洲上，只有低四二是最均衡的，也只有它的爆发力能让满载的六缸切在那么短的助跑距离内冲起速度来。我选择的过河线路偏向东北方向，即接近45度角斜线过河，可以借助顺流的水势。深踩油门，直六发动机吼叫的声音比在平原要低一些，距离河边一两米略收半脚油，控制水浪高度，进水前顶住油门，逐渐加大油门力度。水浪四溅，车两侧的水墙高度很合适，冲到河心的时候，我感觉到轮胎似乎失去了附着力，然后车飘飘悠悠地停了下来，冲车带起的水浪一层层的涌向对岸的碎石沙洲。

看着后浪把前浪拍在沙滩上，我有些晕船了，怎么就停在河中间了呢？看看刚过了冰河中央的位置。我足足愣了几秒钟，河水从车前车后车下缓缓流过，灰白色的水面映衬着惨白的日光。我摇着头，嘬了有史以来最夸张的一个牙花子，自语道："这回麻烦了。"后来看力哥拍摄的画面，我嘬起的嘴能挂三瓶老抽。确实是有麻烦了，沼泽是越野车的死穴，那么冰河呢？第一个死穴用了两天逃生，第二个呢？

陷车时间：下午2点45分；地点：距东温河东岸几米之遥，距多格错入湖口几里之遥；海拔：4835米；坐标：N34 27 043 E88 58 986。

虽然当天加了衣服，从纪录片上也能看见我带了两顶帽子，因为一个帽子扛不住羌塘的风。但从夜里到后来出发再到陷落冰河，我一直感到低烧，穿了那么多还是觉得周身发冷。马上将要进入水中作业状态，我心里挺凉的，掏出百服宁吃了一粒日片。然后打开车门，在车顶行李架中翻出水裤，爬到车头引擎盖上穿水裤。力哥说让他穿水裤在水里作业，我在岸上作业。我明白他的好意，冰河脱困更复杂，要操作绞盘和车辆四驱，肯定还要用到生崩离合器技术，还是得我来。

我把力哥背到岸上，回到河里仔细查看了陷车状况，不由得倒吸一口凉气。这条河居然是流沙河，河底是由非常松碎的砂石和粗沙构成，任何扭矩的输出都只能导致继续下陷，刚才几次尝试脱困，已经使四个车轮不在一个平面上了，呈对角线状态拧巴着，左前轮右后轮几乎被流沙层吞没。在专业测试SUV脱困能力时，经常用到对角线脱困测试，但那是在专业设备或硬基路面测试的，有差速器锁就能脱困。如果轮胎失去附着力，差速器锁也无能为力。

排气管刚好淹没在水里，不能熄火，否则河水倒灌。尽管水位还达不到进入发动机的地步，但如果天黑前没有脱困，整个排气管内的水都将冻成冰，车就"便秘"了，无法启动又淹在水中，可能就要永远便秘下去了。还有不妙的，轮胎挠起的流沙已经把底盘顶住了，我用铁锹连挖带疏通，比在沼泽地挖泥要轻松很多。但流沙很轻，刚挖好的坑很快就被水流带来的新沙重新填满。为减轻车重，我把部分设备搬到河岸上，然后到车头前方的沙洲上寻找合适的锚点。后来看力哥拍摄的画面，我穿着水裤搬东西的样子，就像是一头正在涉水的藏北棕熊。

布满灰色沙砾的浅滩很快给了我们一个下马威。当你觉得一镐抡下去很有成就感的时候，证明你离失败不远了。在羌塘，没有特别容易的事情。这片狭长的浅滩实在缺乏硬度，我在钢缆和拖车带长度可承受范围内，尽可能地寻找锚点。浅滩表面是一层松散的沙砾，镐头敲漏下面的冻土层时，就像是用吸管戳破简易包装酸奶的密封层一样，但那是两个截然相反的期待。

冻土层薄得像煎饼里的薄脆，下面的景象更令人崩溃，都是泡在水里的极碎小的石砾，用镐头刨就像用筷子喝水一样费力。橡胶手套终于遇见了它最感兴趣的工作，我跪在浅滩上，用手刨沙砾，但面前的坑就像是超市里的大米柜，无论你怎么深刨，四周的米总会“哗”的一声把你刚刨的坑淹没。小孩儿特爱玩这个，但在东温河里可一点儿也不好玩，不过也不是没有乐趣，刨出的沙砾中有很多闪着亮光的小玛瑙，刨累了就跪在那里挑玛瑙。开始还放在衣服兜里，后来就直接含在嘴里了。只是玛瑙太小了，比内蒙玛瑙湖的小无数倍，桔子和瓜子之别。

很没信心地挖好锚坑，去河里拽绞盘，天哪，绞盘故障！经过多年艰苦粗糙的使用，钢缆缠绕的凹凸不平，还有几处突起的硬结，所以卡在限位的横杆里出不来，绞盘躁动不安地前后转动，用力扯，用改锥撬，均无效。然后更崩溃的状况出现了，绞盘不动了！当即从头凉到脚，绞盘要是挂了，别说冰河出不去，后面的穿越没绞盘也是不可想象的，我一直认为严肃的越野者是必须配备绞盘的，更何况穿越无人区这么严肃的越野活动呢。

惊吓过后，我发现扳动控制引擎，绞盘依然能发出转动的声音，只是钢缆不动了。趴下身细看，原来是绞盘传动轴和钢缆脱离了，那么就还有救，先把卡住钢缆的限位横杆卸了再说。新问题出现，拆限位杆要用到内六角螺母扳手，两套随车工具里都没有这东西，力哥也没有这种扳手。我顿时呆立在河里，大块的浮冰顺流漂过，汇入身后的多格错，它们好像对陷在河中的我们漠不关心，只是缓缓地寂静无声地漂向自己的归宿。我仰天长叹，流水落花春去也，又换了一种崩溃。

羌塘的风用一连串的冷战提醒我，该吃药了。即使穿着水裤，冰河的寒意依然从脚底直冲肺腑，试图和从脖颈处灌进来的风一起打通任督二脉。我再次掏出一粒九转还心丹——百服宁吞了下去，喉咙干燥摩擦力大增，我清晰地感觉到它粘在了锁骨与嗓子眼之间的部位，喝了一口保温杯里剩下的凉水，将其冲下。我发觉自己已经患上百服宁依赖症了，在半天时间内连续吃这么多粒百服宁还是头一回，对肾脏的压力会不会太大了？不过话说回来，困在这荒无人烟的羌塘，冻在冰冷的河里，虽然有风也有流水，但要那么强劲的肾功能又有何用？

记得后来回家，看了电视剧《后宫甄嬛传》，几个月后这部剧火遍大江南北两岸三地。其实整部戏的剧情不是历史，也不是雍正和甄嬛，真正的主角是麝香，整部戏都在教你怎么用麝香，后宫里所有的钩心斗角、尔虞我诈、生死祸根都是麝香，所以我称这部戏为《后宫麝香传》。但由此联想到我所有的旅行，不是也都和百服宁有关吗？我的游记不如叫百服宁穿越无人区，百服宁寻找雪豹，一粒百服宁和三个沙漠的故事。

吃过百服宁才知道自己有多饿，从出发到现在，还没吃饭呢，经过这一番折腾，已是饿得前胸贴后背了。又翻出两个馒头，和力哥一人一个。然后我在高原变得迟钝的脑袋开始转起来了，恍惚记得带了一套内螺母扳手，然后晕晕乎乎地就给找了出来，这可比馒头蘸红烧肉汤还令人高兴。把横杆拆下来后，我先把钢缆拉出来几米，然后连接上拖车带，力哥在岸上我在河里，两个人一起用力，当然还是力哥的作用大，他把拖车带挎在肩膀上，在浅滩上拽钢缆的背影让我想起黄河岸上的纤夫，那是一种无声的感动。

几十米长的钢缆全部脱离绞盘后，确认了症结所在，钢缆末端和绞盘体连接的铜扣折断了。力哥用八级钳工才有的眼神瞄了瞄铜扣的构造，决定再用粗铁丝做一个扣。力哥的家里单独有间屋子，是力哥的车间，细腻哥没事就窝在车间里鼓捣东西，动手能力很强。我们的车上有一大卷粗铁丝，此时派上了用场。顺便说，铁丝和木板这类看似简单东西，在穿越过程中往往会起到很大作用。

完工之后，我重新安装钢缆的时候极度小心，那颗又短又胖的螺栓如果不小心掉在河里，我会一头撞死在绞盘上也说不定。尽管加了十二分小心，但冻得僵硬的手指还是有出错的时候，有两次螺栓掉在绞盘托架上了，真是吓坏我了。

绞盘能工作了，也仅仅意味着脱困开始，真正的挑战才算登场。随着锚坑被轻易地扯豁，脱困变得离我们越来越远。我们像流水线上的工人，在车、绞盘钢缆、锚点这条直线上不停穿梭，浅滩上被挖得像个废弃的采矿场，没有一个坑能承受绞盘的拉力，全部稀里哗啦一败涂地。没有硬度，角度就是扯淡。我和力哥机械地重复着挖坑的动作，用曾国藩的话说就是屡败屡战，羌塘地主和农夫终于变成了羌塘渔夫，守着一无所有的冰河。

我看着泊在河中的六缸老切，车顶包裹着诸多装备的绿色帆布像小山包一样，它是这荒原上唯一的绿色，和远方那座孤独的雪山相对无语。车身上、玻璃上沾满了征尘，悲壮而沧桑，保险杠下方悬挂着永远不缺少的冰溜子。地平线上的荒原被压成了一条金线，那是入夜前最亮丽的色彩。不禁想起海明威的《老人与海》，老人的船帆上用面粉袋片打了些补丁，收拢后看起来像是一面标志着永远失败的旗子，我们这几天的遭遇似乎正在演绎着同样的故事。如果天黑前无法完成脱困，这条河将会被夜间的低温冻住，只有等到明天午后的下一场轮回，但让车泡在冰河中过夜，是我无法面对的残酷。

最后的一个锚点，是距车最近的一块浅滩，近到只有几米。这个锚点由开始的锚沟逐渐被扩大成锚坑，因为拉一次豁一次，它的前沿不断缩小着与车的距离。我们把所有能想到的方法都用上了，角铁、木板、铁锹、工兵铲，但都挡不住绞盘的拉力，锰钢锚板横竖正反尝试无数遍，但都败在硬度面前。90厘米长的锚板，竖着插进坑里，用手摇晃着向下插，居然能埋没2/3，这流沙的河床松懈到了何种地步！

失败使人疲惫也使人麻木，迎接失败似乎已经成了惯性，好像是我们等得就是失败后的从头再来。没完没了地在岸上、水里扑腾，有时候我上车崩离合、收绞盘，失败之后，真想就坐在车里不动，就愣着，什么也不想，等待黑夜，等待黎明。但力哥还在岸上，还在挖坑，他是名副其实的坑爹。有几次我在挖坑，扭脸看见力哥呈大字形趴在旁边的河汊子上，那条河一米多宽，力哥的手脚撑在河两边，我说您又在练迷倒无数中老

折腾了数个小时，扯豁了数个锚坑，“Jeep”在一寸寸靠近河岸。羌塘的落日总是如此绚丽，被失败折磨到麻木的脑子里只剩一个念头，不能让车冻在冰河中过夜。NIKON D700、AF-S24mmf/1.4G、F4、1/500s、ISO800

年妇女的瑜伽。其实他是在喝水，我才醒悟过来，我们始终没有喝过水，嘴里像塞满了干燥剂一样苦涩。我穿着水裤去车里拿水很方便，但力哥就是这样一个人，自己能解决的，不轻易麻烦别人。

晚上7点10分，太阳马上就要沉入地平线了，它在彤云和地平线之间扒开一条缝隙，最后一次看我们救援的进度。我想，无论身上的冰水有多么多，身体有多么疲惫，还是要将这些瞬间留下来。力哥已经把精力都用在救援上了，根本不在乎什么金光、耶稣光了。他最爱的云？我跟力哥说了好多遍“现在的光线最好，一会儿就没啦”，他才走到摄像机那里，开机调整了一下角度和参数，就把机器放在浅滩上不管了。

四个多小时的折腾，利用每次锚点被豁开之前那一点点硬度，利用挖走车底流沙又被重新掩埋之前的一点点时间，依然是绞盘结合生崩离合器，车一寸寸地向岸边靠近，直到距岸1米远。真的太担心六缸老切的离合器了，从4943米的沼泽崩到4835米的冰河，它承受的全是扭力成倍放大的4L，如果离合被崩坏了，后边还有将近900公里的穿越，就只能悲欢离合了。不过我也在想，如果是自动档的车怎么办？自动档有它的优势，但在这种极限的单车穿越中，手动档脱困能多一种选择，而且长时间泡在水里不容易产生问题。很多高度电子化的自动变速箱在长时间涉水或过热状态下是很容易出现故障的。如果是这样单车穿越无人区，就要看运气了。

从岸边看，车的右前轮在浅水中，似乎一脚油就能冲上近在咫尺的浅滩，但左前轮、右后轮依然深埋在流沙层里，左后轮已经顶在翼子板上了，车依然在拧巴着。还有一个不好的消息，长把铁锹彻底断了，其实在沼泽挖泥的时候这支铁锹就基本废了。这种铁锹的柄是黄色的，材质是工程塑料纤维，在户外用品店和汽车改装用品店里经常看到。我的看法是，在平原或沙漠，挖土挖沙的强度不很大，它基本没问题，但在羌塘这种地方，在沼泽地挖泥时几乎要把撬动地球的力量使出来，它的锹柄就实在是太脆弱了。

我之前不知道这种铁锹的强度极限在哪里，而且觉得它的样式是很好的视觉元素，就带上了它。实际上，我应该是带另一把白蜡杆作柄的铁锹出来的，那是我在穿越乌兰布和沙漠前于吉兰泰镇买的，在后来的沙漠陷车脱困中发挥了很大作用。忠告：越野用铁锹有两个要素，锹头的材质要坚硬且厚度适宜，锹把要有适宜的长度和特别好的韧性。一把好铁锹只有在最困难的时候，你才会觉出它的好。

一到天黑，羌塘就仿佛进入了冰河纪，我们能直观地感受到锚坑的硬度在改变。这段时间，锚板总是在向上滑动，即使竖着放锚板，它依然会一点点地滑出来，因为冻土层的强度撑不住它。力哥站在锚板上，施加100多斤的人力，这减缓了锚板滑出来的时间，车又向前拱了一点儿。其实，在之前沼泽脱困的时候，我问力哥敢不敢站在轮胎上，然后我们把所有安全措施都检查好，力哥就站在轮胎上压着轮胎。

单凭想象，可能有人会觉得这样做很危险，但在我们的控制下，危险系数接近零。实际上，专业的地锚也是需要有助手配合的。我和力哥都是非常谨慎的人，绝对不会拿对方的安全开玩笑。首先，绞盘两端受力严重不均，钢缆没有绷断的可能，而且以我们的敏感，别说整条钢缆，就是其中一根钢丝绷断，我们都会有觉察；其次，我控制绞盘收线是以毫米为单位的，力量控制极度谨慎，体现在锚板上就是1厘米1厘米地滑动上升；第三，钢缆上有军大衣做缆旗，保持钢缆的稳定性。真正有危险的情况，往往不是绞盘的操作，而是两辆车之间挂着拖车绳，依靠爆发力猛拖的时候，拖车钩绷断回弹是非常危险的。

晚上8点30分，天完全黑了，我们的脱困完全依靠车灯和头灯，当然，不放弃是有理由的，骤降的气温让我们看到了希望，锚点变得坚硬起来。但令人无可奈何的是，明明车的前轮已经上到浅滩了，但靠四驱的能力依然无法脱困，我对这条河的流沙是彻底服了，西游记里面的沙和尚估计就是在这河里修炼出来的。最后脱困前的时候，车头和锚点之间只有一件军大衣的距离了，军大衣的衣角已经卷进绞盘了，再不行就只能把军大衣裁剪成夹克了。这场景把我气乐了，钢缆连接地锚和绞盘的角度都呈45度了，还不算脱困，还得玩绞盘与崩离合，再崩，锚点就跑车后边去了。

晚上8点45分，在冰河里折腾6个小时后，诺亚方舟爬上了登陆点！我们热爱阳光，但黑夜让我们获得了救赎。在我们的体力、意志即将到达极限的时候，冰河用它的冷酷成就了我们的脱困。那个锚点就像个孩子，在阳光的爱抚下，它软软的不成器，在黑夜的冷酷中，它坚硬刚强。我喜欢哪一个？这是个哲学问题。

时隔一年多再写无人区穿越的故事，很多细节都忘记了，我应该是和力哥握手了吗？即使现在，我也希望是握了，这么大的成功，没有拥抱已经是很矜持了。把河滩上所有的装备都装车，我开着六缸老切冲过最后的一小段浅滩，爬上了干燥的河岸，又在河岸上跑了几圈，踩了N多脚刹车，将刹车片上的水甩干。就地在岸边扎营，车一直不熄火，烘干底盘上的冰水。

还好，这个晚上的风不大，我坐在外面支起炉灶做饭。水裤、冲锋衣表面都是冰，因为一直在水中作业，两条胳膊上的毛衣、内衣也都是冰水。但那时候已经不觉得冷了，吃了那么多的百服宁，再冷就只能说明我买到假药了。力哥把照明灯打开，他采访了我，那时候已经顾不得样子有多狼狈了，有的只是感慨：“可能很多人看了我们这样会不理解，到无人区受这种罪是为什么，但就是经历这种特别艰难、特别绝望以后，你突然上来了，通过自己五个多小时不间断的努力，这种感觉很难忘。”

其实我真正想说的没有说出来，在那种大背景下，又岂是三言两语能说清的呢？就是一股最简单的信念在支撑着，一定要出来，不能在冰河里过夜，不能让车冻成冰雕。在最困难的时候，只有信念和心无旁骛才可以依靠，那时候不需要解释。

晚饭是一定要喝热汤的，继续吃药已经让我有些害怕了，为了更好的明天，我纠结了片刻还是把药吃了。饭后我和力哥坐到车里，开着暖气，烘干身上的冰水，喝着热果珍，那时候不喝热果珍真是天理难容。这一夜已经没精力支帐篷了，力哥还是睡副驾，我想和他换个位置，他没同意。

今天，只前进了48.7公里，如果减去鬼打墙的28公里，我们实际上只走了20.7公里！临睡前我进行了反思，七天，333.5公里，陷车五次，其中大陷两次，中陷两次，小陷一次。经历了这么多磨难，仅仅磨蹭到了东温河，后面还有七八百公里。今年是丰水年，地理环境复杂，路况条件恶劣，而我手里只有几个GPS点，多格错仁强错、岗扎日、鲸鱼湖，还有阿尔金山的几个点。但这些都只是技术层面的问题，我要解决是心理和情绪问题，今天的鬼打墙完全是我的原因，过河的时候是不是跑得有些急躁呢？河底的情况不是靠铁锹在岸边随便一杵就全部摸清了。之前沼泽陷车，如果我能再谨慎些做出判断，是不是可以避免呢？我们行进的节奏到底该如何把握？我在大方向的掌控、实战越野通过、传统穿越路线之间该如何更好地平衡一下？

客观地说，尽管我和力哥从未因为陷车有任何怨言或情绪失控，再苦再累都没问题，但今天的冰河沦陷依然让我们感觉有些临近极限了。上岸之后，我开着玩笑问力哥，问他对这些天的陷车有什么感受，力哥坦诚地说：“再这么陷下去确实不是个事儿了。”我们都笑了，但我明白，这是我们共同的心理写照。七天，羌塘给了我们一连串的打击，冰河到达高潮，后面呢？

黑夜最好不要思考，但经过刚才一系列自问，我觉得比昨晚轻松多了，对下面的漫漫征程有了莫名的信心。找到问题，放下问题，冰河洗剑，意气风发。

10月24日　邂逅地质队　羌塘的白糖有点苦

一早起来检查车况，重点是底盘，前桥下的地面上有一小滩油渍，钻到车下仔细察看，是前桥出气孔在向外溢油。分析原因，应该是昨天在冰河中浸泡时间过久，前桥进水夜间结冰，冰膨胀将油顶出。正常情况下，车辆涉过深水后肯定进水，所以应该更换前后桥油、变速箱油，但在无人区没有换油的条件，将就着开，问题也不大，反正都是低速行驶。只是前后桥差速器都冻住了，早晨启动的时候会绷着劲儿。

烧水，简单吃了些东西，双双服药，出发。启动的时候，底盘发出“嘣”的一声，前后桥、刹车片都冻着呢。

昨天的营地还不是东温河的最高岸，我们在下面行驶了一会儿，找个不太陡的缺口爬了上去，很快就上到一块非常平坦的区域，又看到了藏羚羊，心情很好。左侧就是多格错，沿着湖岸走就自然能绕到湖的东端了。感兴趣的朋友从谷歌卫星图上也可以看到，接下来这片区域有个小湖区，我们在湖区穿行。地表的黄土层相对而言比较厚，地势起伏。

在荒原上穿越9公里后，看到了比较浅的车辙印。中午11点48分，正前方偏右的山梁上出现了几个移动的黑点，是三辆越野车，他们在山顶停了一会儿，似乎是在察看路线，当然，也可能有部分原因和我们一样，都在观察揣测突然出现的对方是何方神圣。

我和力哥都有些小兴奋，虽说在无人区遇见人不是什么大不了的奇迹，但这毕竟是一件高兴事，狼遇见狼还得打声招呼呢，何况相遇的对方是语言和情感都这么丰富的人呢。我的第一反应是遇见穿越无人区的越野爱好者了，从方向上看，只能是从阿尔金山过来的。但之前在网络上并没有看到有这么一支穿越队伍，属于低调穿越吧。当然也有巡山或科考的可能。

对面三辆车右转下山，再左转就正对我们而来了。这是三辆白色的丰田LC80，全是没改装的素车，轮胎也很旧了，这些视觉元素不断调整着我的判断，不是内地的越野爱好者——不是来穿越的——有可能是本地人。

我下车迎接他们，力哥扛着机器记录这场邂逅。三辆藏牌LC80停稳，下来四五个人，看装束还真不是来穿越的越野车爱好者，就两个穿冲锋衣的，其他都是棉帽子军大衣棉鞋大头鞋，两个戴眼镜穿冲锋衣的也不像越野爱好者或旅行者。穿蓝色冲锋衣的小伙子很是热情健谈，充当了这支队伍的新闻发言人，互相通报了来历，不过我们没说是单车穿越无人区，就说是来拍摄纪录片的。他笑着问我：“你们是一个车穿啊？”我说是啊，然后他和其他人都说：“那好啊，那有伴了，刚好有伴

地质科考队营地（摄影：力哥）　LEICA D-LUX5、F4、1/800s、ISO80、-0.33EV

了。”看我没明白，他说还有一个单车穿越的人就在他们前面的营地。

原来他们是地质队的，确切说是地震科考队的，和之前听说的地质五队不是一回事。应他们的要求，在这里不明确披露他们的姓名和单位，以字母为代号，穿橙色冲锋衣始终笑眯眯的是项目负责人H博士，穿蓝色冲锋衣的是H博士带的研究生小Z。余下几位是项目雇佣的司机和后勤人员，从拉萨方面过来的。领头的藏族大哥叫丹增，气质不俗，一看就是个文武双全的汉子，果然，博士和小Z对他的经验和寻路判断能力都非常赞许。

小Z看见我们特高兴，H博士也高兴，但小Z基本把要说的都说了，博士就只能站在那里笑眯眯了。H博士和小Z告诉我们最重要的就是两点：第一，他们邀请我们去他们的营地休整；第二，他们的营地里此刻正有一个人在被极度郁闷折磨着，我们的到来一定会让此人惊呼苍天有眼。说到那个郁闷先生的时候，所有的人都笑了起来，与之前所有的笑声都不一样。小Z甚至乐不可支地说：“快去吧，你们快过去吧。”似乎我们是阿拉伯神话故事里的神灯，到科考队营地的任务就是照亮那个苦闷人因极度吃惊而在茫然中思索人生的不确定性的惊诧神态。

通过了解，他们说的苦闷先生就是在双湖时地质五队那哥们儿说的那个人。我本来以为H博士和地质五队是一个系统的呢，半路上我曾和力哥戏言，如果遇见地质五队的人，就告诉他们，那位留在双湖养病的兄弟特别想念他们，一想到他们在找矿而他却在休息，他内心就充满了痛苦，他托我们带口信，让他们尽快派车去双湖接他，他要工作。

言归正传，再说那位苦闷先生。博士和小Z告诉我们，那个人是单人单车，想和博士的科考队一起穿越到鲸鱼湖，但因为今年的水文地理条件，科考队目前遇见了无法通过的地形，正准备明天就撤回双湖呢，那个人的穿越梦想也会就此中止。小Z还问我在东温河陷车没有，我们说陷惨了，而他们还有两辆大卡车，在东温河也陷得挺惨的。

地震科考队还要工作，我们先行一步去营地，科考队把地震监测仪安置好后就回营地。继续前进不久，地表开始出现大量的黑石头，标志着我们已经进入了羌塘著名的黑石滩，这应该是第一个黑石滩，之后还会陆续有好几个。在黑石滩行车就是一个慢字，顺着车辙慢慢开。表面上看，这些石头非常伤轮胎，其实走起来还好，因为地表的土层比较软，能起到一定的缓冲作用，所以石头对轮胎的作用力没想象中的大。

黑石滩海拔4965米，坐标：N34 29 148 E89 11 604。整个黑石滩面积很大，基本没有捷径，耐着性子慢慢走是最上策。遇到地质队后，我觉得力哥开始有变化了，经常坐直身子向远方瞭望，然后唠叨着：“我觉得科考队的帐篷应该建在背风的地方。”过一会儿再次瞭望，半自语半和我说话：“按他们说的距离差不多快到了吧？”我忍住笑，对力哥说：“科考队的帐篷是否避风我不知道，但科考队的厨房肯定避风，晚上到科考队吃大餐去喽。”力哥哈哈大笑，我明白他的想法。严格地说，我们已经进来八天了，这八天的经历在上文中已经描述过，此刻在内心里是期待有个宽敞的地方，好好吃顿饭，和同道中人聊聊天，不仅人需要充电，我们的很多设备也要充电。虽然车载逆变器随时都在使用，但科考队的大发电机用起来多爽啊。

因为风太大，路上拍摄了一二个画面就不再停车。我们的心情也有些复杂，首先肯定是喜悦和期待，科考队的营地在荒原上就是五星级饭店了，而那个神秘的苦闷先生也让我们期待着一睹真颜。这些都让力哥高兴，把五星饭店的吃喝享乐先放一边，单是这些元素组合在一起，就都是很好的拍摄素材，这些戏无疑让纪录片更起伏、更立体、更有碰撞感。但有些问题也是很实际的，如果苦闷先生提出和我们一起穿越怎么办？

多次实例证明，无人区是一个人品大爆发的地方，这地方本没有人，但只要有两个人进来，就能证明有人的地方就有江湖。以往的事情证明，在极限穿越中，人与人之间的矛盾、指责、崩溃、歇斯底里等随时都会发生，进来前是兄弟，出去后是仇人的事情也不是没有。再有，如果在共同穿越中出现人员伤亡事件怎么办？况且，我们此次穿越，重点就是单车无后援，如果再有一辆车加入，算是怎么回事？毕竟我们已经闯过这么多难关了，经验积累、脱困技巧、心理调整、身体状况都达到一个最好的时候，对后面的穿越很有信心。

分析了半天也没得出结论，我们已经知道了苦闷先生的一些经历，在这样一种需要帮助的时刻，拒绝二字怎么能说出口？最后我们达成共识，先观察苦闷先生是一个怎样的人，如果人品和性格没问题，可以一起穿越下面的线路。至于怎样的组合形式，到时候再说吧。

下午1点15分，行进31.2公里后，我们到达了科考队营地，海拔4842米。营地建在一条很开阔的干河道上，大风卷起狂沙，撕扯着营地的两个帆布大帐篷。帐篷西侧是两辆驮运物资装备的大卡车，看起来是想给帐篷挡风。营地西侧地上有个醒目的地标：两个倒着插在地上的雄性藏羚羊头，长而尖的黑角插在地上，应该是科考队沿途捡来的。很多玩穿越的朋友也喜欢捡这些东西，我是从来不动。原因有二：一是我认为它们的灵魂是和荒原在一起的，生于斯逝于斯，生死茫茫不分离；二是，2006年我陷车于阿尼玛卿沼泽，就是因为捡了个牛头骨放在车上，结果引出了一场25小时的救援脱困。可能有些朋友会反应过来说，你这次也没捡头骨，沼泽、冰河不是也陷得稀里哗啦的吗？我只能说，如果我捡了，可能会更加稀里哗啦。

我们没有立刻下车，坐在车里观察着。这时从帐篷里走出一个身穿迷彩服脚蹬大头鞋的汉子，身材不高但是粗壮结实，在风沙中，整个人显得土里土气的，像是刚从建筑工地回来。其实我们也一样。他提了个水桶在运水，看见我们的车后愣了一下，然后露出一口白牙，微笑着走过来，站在车窗边和我聊了起来，原来他就是传说中的苦闷先生。我们简单地自我介绍了经历和身份，苦闷先生问："你们是穿无人区的吗？你们要穿到哪里？"

我心如明镜般地知道苦闷先生无比焦急地渴望我那很多天没刷牙的嘴里吐出鲸鱼

湖、茫崖这些词语，这几个字一定是他当时脑海里最美好的字眼。但那时候我还卑鄙地留着心眼，而且我们也不想去茫崖，于是模棱两可地说："随便在里面转转，拍拍片子。"这回答太低调了，只有很成熟的男人才能给出这样的答案。不知道苦闷先生当时可曾觉察出我的良苦用心，但据我观察，他一脸纯洁，丝毫没看出我的德性。

没办法呀，因为我们还不知道苦闷先生是什么样的人，如果贸然亮出我们的目的，大家都知道，穿越无人区的同伴选择非常重要，万一搭错了车，后面还有那么远呢，那时再出现双方性格不合，在无人区"离婚"是比较要命的。而且我们可以百分百地肯定，以苦闷先生当时的处境，他要能放过我们这张从天而降的馅饼那乔丹都不会打篮球了。

力哥在副驾座位上拍摄我们初识的画面，外边不是聊天的地方，我们下车进到帐篷里。一开始我们还以姓氏称呼呢，我问他贵姓，他说姓张，我就叫他老张。后来我问他有ID吗，老张说ID叫白糖。饶我在越野圈看过那么多ID，白糖这名字还是头一回听说，而且白糖和苦闷先生这两个词的反差实在够大，听见白糖这两个字时我一点儿没和甜联系起来。

科考队的营地就像个核电站，充满了各种正能量，有熊熊燃烧的牛粪火炉，有随时满足供应的热水，有发电机在轰鸣着发电，当然，还有一个挺大的单间是厨房，人家做饭都用煤气灶。我们和白糖坐在大帐篷里开始了深入的互相了解，他用清晰而富有磁性的声音讲起了令人倍感苦闷和崩溃的无人区故事。

背景音乐响起——《最初的梦想》。

最初，白糖是计划和朋友一起走大北线的，后来在网上看到云南大侠小小的昆虫（ID）发帖子，说是要组队穿三个无人区两个沙漠。白糖就在网上浏览补习了五个关于无人区穿越的帖子，结果无人区毒发，和四川大侠剃刀等人决定一起穿无人区。之后又有海南大侠们加入进来，最后又有西藏一位大侠加入，穿越无人区联队宣告成立。四川队这边准备的装备异常精良，剃刀大侠带了东风六驱军版卡车，我们在班戈加油站见到的福特F450也是他的。就在各队摩拳擦掌各司其职的时候，云南队还是决定独自穿越，事实证明这个决定是正确的，如果是我的话，也不会跟带着大卡车的车队穿越。历来的故事证明，用卡车做后勤车穿越无人区是一件令人崩溃的事情，尽管带上卡车穿越可以让后勤给养高枕无忧，可以在无人区过过林卡（藏语：郊游），吃香的喝辣的，看电视、唱卡拉OK，晚上还能睡电褥子，还可以轻易地拖出陷在沼泽里的小车，但卡车一旦陷在沼泽或冰河里，上面提到的种种优势立刻变成浮云，让卡车脱困得拿出些哭爹喊娘的风范。

白糖还从零开始学习卫星导航知识，准备了平板电脑和相应的软件，将以前大侠们穿越无人区的航迹都拷贝了，共有三条航迹可供参考。不仅如此，他还打印了巨幅的卫星地图，以备参考。但踏上征程的途中，海南队有大侠身体不适，海南队本着共进退的精神，全体退出无人区穿越，但仗义地留下了不少装备。终于进入无人区后，在普若冈日，西藏大侠因为轮胎问题抱憾退出，只余四川队孤军奋战。

尽管川军神勇，但套在卡车上的魔咒还是发作了，六驱军卡陷车于沼泽，川队大侠们的救援可谓惊天地泣鬼神，场面惨烈。而且又有大侠染了眼疾退回双湖再去拉萨医治。经过将近三天的苦战，卡车终于脱困，但已经有了故障隐患，轮胎又扎破，众人强忍心中不甘，咬牙返回双湖。准备了三个月，跑了3000公里到达无人区，仅挺进140公里就被迫退出，放在谁身上也一定肝肠寸断。众人都有流泪的场景。

在双湖，兄弟分头撤离，仅剩白糖1人，他感到很累，准备休息好了走青藏线去兰州、西安看望同事们。普若岗日宾馆因为不能为白糖一个人服务，一个逐客令把他轰到干部职工活动中心了，也就是我特别喜欢的那个地方。在中心门口，白糖遇见了H博士一行人，一聊之下甚为投机，博士问："你从哪里来？"白糖："成都。"博士又问："你到哪里去？"白糖："茫崖。"博士最后问："你要做什么？"白糖："穿越无人区。"我承认，这段充满禅机的问答是我杜撰的，真实的情况是，H博士说如果白糖愿意，可以随他们一起到鲸鱼湖。经过一夜思考，白糖决定和科考队一起二进无人区。

别忘了，科考队也有卡车，而且是两辆。一路上卡车陷了三次，成吨的装备要卸下车，脱困后再装上去，想想就头皮发麻。包括川队军卡在内，连续的卡车陷车脱困让白糖坠入炼狱，我看了卡车的陷车照片，比我们的陷车要令人崩溃得多。但藏族师傅们的乐观、坚韧、互相帮助感染了白糖，即使再困难，车也会救出来。其间，丹增师傅还看见了一大一小两只雪豹！我听到这里心中咯噔一下，太巧了，因为我打算在结束无人区穿越后，去三江源寻找雪豹。没料到的是，羌塘这种空旷的地形也有雪豹，雪豹的主要食物是岩羊，岩羊栖息在险峻的高山上，雪豹必须通过高山裸岩的掩护，才能接近并突然袭击猎物。进入羌塘以来，我还没有看见过岩羊，后来我听博士说，附近的山上有岩羊群。

看见雪豹很幸运，但白糖遇见的家伙可比雪豹吓人多了。10月21日，正在白糖因为科考队穿越时间缓慢而烦躁的时候，他与一头野牦牛不期而遇。丹增师傅曾说过，就怕刚上坡或拐弯的时候突然遭遇野牦牛，这种近距离碰面有性命危险，白糖就真的遇见了。他顺着山包走的时候，突然发现一头野牦牛正撒开四蹄向他冲来，白糖说距离只有15米了，然后他玩命加油逃跑，最后实在没路可跑了，被野牦牛逼进了河里。藏族师傅们用3辆丰田LC80同时拖车，才将他救上岸来。这惊险的一幕给白糖留下了难以磨灭的阴影，之后的穿越中，他的野牦牛恐惧症频繁发作，这是后话。

科考队把大营扎下后，又向北去探路。按博士的话说，每年这个时间段，湖和冰河冻得很硬，跑起来像一马平川，根本不担心陷车。但今年水确实太大，淹没了以往的线路，天气暖和导致地面很软，卡车成为了他们继续前进的拖累。多格错东岸的地形复杂恶劣，在一处很陡的软沙沟里，藏族师傅们拒绝再向前走了，因为卡车是无论如何过不去的，而丰田LC80也是他们养家糊口的重要依靠，这么多天的高强度救援使用，让他们非常心疼。白糖曾经做了最坏的设想，如果大车无法继续前进，他就付钱请丹增和日乃师傅陪他穿越到鲸鱼湖，然后独自完成后面的穿越，但师傅们是决意不再前进了。

博士遗憾地告诉白糖，今年的工作计划要调整了，无法到运鲸鱼湖了，计划在25日拔营后撤，在多格错南岸布设仪器后，返回双湖。我似乎能听到白糖心里的那声长叹，在短短的半个月时间里，进无人区折腾两次，两次梦断，心情是何等悲凉。这种事情一般人还真扛不住，也就是说，如果没有点一根筋的精神，换别人早退出打道回府了。按当时的情况看，白糖在无人区走的退出的路都够到鲸鱼湖了，但那个时候的白糖，如果没有同伴，他不敢在无人区前进，所以他那两天不停地念咒，最后把我们给念来了。

虽无力回天，但白糖自己还是释然了，他想出理由来安慰自己，已经到了多格错，也算是无人区腹地了，看见过壮美的景色，想起家人对他的思念，他努力抚慰内心的遗憾，决定随科考队退出。

力哥以采访的形式拍摄了白糖，看着他坐在火炉边娓娓道来，那些惨烈的经历和他坚毅的轮廓，让我想起了《悲惨世界》里的冉阿让。白糖后来用一波三折来命名他的无人区穿越游记，而对于和我们相遇的章节，他用“人不遂愿天遂愿，蓝色小切从天降”来形容。白糖说他那时每天都在念咒，我和力哥就是他念咒念来的，当时听得我们直起鸡皮疙瘩，真怕他再拿了黑狗血来泼我们。我说你能不能换个舒服点的词儿啊，比如说拜佛拜来的。因为在我们的意识里，念咒都是巫师作法时才用的，后来看多了佛教书，其实念咒并不是贬义词，真正的佛教书里面就是这么说的，佛祖和菩萨说的灵验的话就是咒，像莲花生大师心咒等。

出于对藏传佛教的兴趣，我和白糖就此展开了一些交流，他是居士，有上师，最没想到的是，他的上师居然是亚青寺的，可以想象我的惊喜程度。可惜白糖还没去过亚青寺。我说：“你住在成都，离亚青寺那么近，应该去看一看，那是一个令人震撼的地方。”白糖说以后有机会一定去。亚青寺就像是黏合剂，让我觉得和白糖的相遇是一种缘分，很快拉近了我们的距离。所以，他又问我们是否要穿越到茫崖的时候，我说未必要去茫崖啊，沙子泉和库木库里沙漠一带的野生动物非常多，有可能去那里。其实，这就等于是告诉他，我们是来穿越无人区的。

这张图清晰显示了沼泽陷车、东温河陷车、地质队营地和后来遇见棕熊的位置。蓝线是传统穿越路线。

既然亮剑了，就要面对白糖提出的问题，能不能和我们一起穿越？我不知道，在无人区腹地，在了解了白糖为穿越无人区所做的令人感动的坚持之后，还有谁可以没人性地说不。没错，一辆车穿越是我们的初衷，但当别人需要我们的时候，互相依靠也是一种温暖啊，这种温暖应该比所谓的完成单车无后援更有意义。上天就是这样安排的，还记得我前面说过的话吗？你来或不来，他就在那里。力哥挺满意这种情况的，经历了艰苦卓绝的八天，又体现了艰难环境中相互依托的越野精神，这是非常圆满的。遇见白糖是一件充满戏剧性的事情，这样的纪录片才好看，如果自始至终都是我们自己在行进、在没完没了的自救脱困，那就太枯燥了。

我答应了白糖，但做了解释并提到一些注意事项。首先，我们不想以帮助者的角色自居，未来的穿越，我们是越野同伴，是平等的。再有，我们此行是单车无后援穿越，而且要拍摄纪录片，在后面的穿越中，如果白糖陷车了，我们可以救援他脱困，但我们陷车了，他不能救援我们，依然靠自己的力量脱困。白糖笑了，又露出了一口白牙，他觉得这种方式很有意思，最关键的是，他能继续穿越无人区了。

尘埃落定，我们把话题从战略落实到了战术，互相通报了车辆、装备、给养情况。川队撤离无人区的时候，带走了不少装备，但白糖还是带了最重要的装备——绞盘。他的绞盘目前还没有使用过，绞盘缆线非常整齐。轮胎都是MT，看起来很结实。后来证明，实际表现也很棒。食品问题也不用担心，就是油料的携带量不足，但有解决办法。那时候我们大概还有220升油，白糖还是觉得有些担心。

然后我们到厨房参观，藏族师傅已经在准备晚饭了，萝卜粉丝炖羊肉，最后又放了颜色极其艳丽的红辣椒。我和力哥本来以为晚上要炒上一桌菜呢，不过炖羊肉和米饭也比我们自己的伙食强多了。

傍晚前，博士他们回来了，大家都和白糖拥抱，夸赞他的运气实在是太好了。米饭和炖羊肉烧好了，大家围着牛粪炉聚餐，边吃边聊。博士这两年经常进无人区科考，对里面的地形很熟悉。吃完饭，博士拿出他的大地图，和我们讲了讲路线和注意事项，我觉得博士的实际经验很丰富，分析情况的思路和我挺对路子的。白糖拿着平板电脑，结合里面的航迹向博士确认一些线路问题。实际上，整个下午，只要有时间，白糖就埋着头反复地看电脑里的航迹图，力哥对高科技很感兴趣，拍摄了这个画面。我心里也挺高兴的，白糖手里有这么多航迹，我们的穿越应该会少走很多弯路。

不过，晚上讨论完路线，博士笑着拍了拍白糖的肩膀说：“穿越的时候要实地分析，不要太教条啊。”博士这样说，是因为他们进入无人区后，白糖过于照搬电脑里的卫星航迹图了，由此有一些分歧。我也注意到，白糖看航迹图的时候非常专注，不停地放大缩小，有些地方要反复思考良久，好像心事重重。我觉得这应该是好事，但无人区里面地形复杂，能依靠电脑便全部记住吗？况且实际穿越中的问题，有时候不是卫星图能解决的。

谈到明天的穿越，白糖很高兴，爽朗地和大家说：“好啊，明天我带队。”我听了这话，感觉有些小别扭，但没表示出来，只是私下和力哥嘟囔了一句："嘿嘿，咱们千辛万苦到了这里，找到一个带队的。"然后我们俩都乐了。其实，我后来了解到，四川队进无人区的时候，白糖就是头车导航，他为此作了极为充分的准备，所以，他已经习惯带队了。博士意味深长地告诫他不要太教条，估计也和这个有关。我在想，就算是你带队吧，明天就可以检验你的实际水平了，你要真是水平高，我们还省事了呢。至少，白糖手里有多达三条的穿越航迹，结合我的实战经验，我们的组合是有保障的。

说到卫星航迹导航，我曾经和神仙老豹学过，豹哥还送了我一条天线。但我对那套东西一直嫌麻烦，必须要在副驾位置放一台电脑，或者安装特殊的装置，放置平板电脑。大家都知道，我们这次的装备那么多，根本没地方安置这些东西，再有，我不太喜欢一边看电脑一边穿越的形式，只需要有几个关键坐标点就可以了，余下的就是逢山开路，遇水搭桥，用自己的身心去感受未知。当然，我的穿越方式也有弱点，在遇到复杂地形时，对所处整个区域的判断会不够明晰，我不知道山的那边是什么，河流到底有多长，湖的具体形状是什么，这可能会耗费一些精力。

晚上，我依然睡车里，力哥、白糖和科考队睡在帐篷里。我们等待着明天的出发，那是一个新的形式和面貌。

10月25日　独牛棕熊路难行　荒原迁徙游牧人

这夜睡得不错，天蒙蒙亮我就醒了，外面太冷，就一直赖在睡袋里。听到帐篷里有人出来，我也起床下车。博士、小Z、白糖和我站在帐篷外聊了会儿天，早上8点钟光景，大家都冻得流着鼻涕。白糖不停地擤鼻涕，然后俯身抹在大头鞋上，大头鞋侧壁的支撑力看起来更加强悍了。早上8点30分，温度零下12.7度，一天比一天冷了，我们像秋后的蚂蚱一样，还得向前蹦。

早上9点10分，博士指挥大家加油。博士支援了白糖四个油桶，白糖自己有两个油桶，我再给他一个20升的油囊，这样他的总油量达到了270升。我的六缸切油表显示还有一格油，博士也让人给加满了，大概50多升。这样，我的总油量在理论上也恢复到270升左右，因为副油箱里的油无法精确统计。无论如何，在此我想表达对H博士的敬重与谢意，吃饭、休整、介绍无人区情况、满足各种设备充电、补充燃油，在无人区的无私援助，对于我们而言是非常重要的保障。谢谢博士和他的团队。

早饭是分开吃的，因为藏族师傅们的传统习惯是吃糌粑喝酥油茶，我们喝的米粥，用昨晚剩的米饭熬的，就着榨菜吃非常香。我问博士是否需要我们帮助拆撤营地，这是很繁重的劳动，人多力量大，博士一挥手说："不用，我刚看了北方的云，有可能这几日藏北要下雪，你们抓紧时间赶路吧。"

力哥给我们所有人一起合影留念之后，依依不舍地告别博士团队，我和白糖迎着东方的阳光出发了。事先说好白糖在前边，因为我们会随时停车拍摄，这样避免互相打扰。另外，白糖随博士他们一起探了路，对出发后的几十公里比较熟悉。

在多格错东岸，我们绕山绕水。白糖在前面，现在看这个画面，我有淡淡的感动和怀念。 NIKON D700、AF-S70-200mmf/2.8G VRII、F5.6、1/3200s、ISO200

此次单车穿越，我没有带手台，只是为了在拍摄时和力哥沟通方便，带了两个最简单的对讲机。我的车载电台在几年前就报废了，那次是坝上草原发洪水，我的朋友把车开进河里，演了出水淹七军的好戏，把电台泡坏了。白糖有车台，还带了两个双频手台，他给了我们一个手台。车辆启动后，我和白糖确认了电台通联正常，他前我后正式启程。然后我对送行的博士说："他已经在前边走了，干脆我们一起回双湖吧。"所有人都笑了，这是一个愉快的时刻。我和力哥都觉得很放松，我感慨地说："打今儿起，我们就是两辆车了。"

离开科考队，先是向东过了一条河，然后又向西北折回来过了同一条河，之后向北。路上还看见了博士他们安放的地震监测设备。

多格错东岸的景色很美，有一段路几乎就是贴着湖岸在走，但之后就开始不停地绕山绕湖，一直在山沟里转，早先的穿越路线已经被湖水淹没，山沟错综复杂，布满尖利的碎石、水冲沟、硬土坑，很不好走。白糖经常停下来查看电脑，然后告诉我前边什么方向是通信小兵的线路，什么位置是子弹壳的线路，什么地方是越野车师的线路，这几位都是曾组队穿越过无人区的朋友，他们的航迹都拷贝在白糖的电脑里了，但白糖有时候会在走谁的路线之间犯难。

19公里后，我们到了阻挡科考队前进的软沙坡面前，沙坡在一条山沟的北侧，我们从另一条山沟出来，自西向东来到这个沙坡前，根本没有直线助跑的地方，从西侧过来，左转后要直接攻坡。

不过对于浸淫沙漠爬坡已久的我而言，目测沙坡的坡度、高度、长度、软硬都在行驶状态下完成，在最合适的提速点，降入低四二档，提升转速，六缸切直冲坡顶，但在冲到2/3的时候，动力开始衰退，硬挠或降档必陷无疑，刚好右侧有个小平台，急转向右，这几秒钟给了发动机提升转速的机会，然后再向左冲顶成功。我知道白糖还没有进过沙漠，就在台子里向白糖说了使用档位，也许这么做是多余的，但至少是保险的。白糖和我的路线一样，而且看起来不太费力，由此开始，结合之前的复杂路段，我对他的控车技术有了信任。我在车台里和白糖说，科考队的大卡车是绝对上不来这个坡的。

冲过冰河瞬间。其实，冰层下已被以往车辆压出泥坑，有一定的陷车隐患。（视频截图）

继续绕山，遇到一条冰河，河本身不太宽，但被冰雪覆盖，而且看起来下面会有泥坑，白糖下车，穿着高腰雨靴下到河里探路，不过他明显很犹豫，站在河里良久，不停用脚踢着河里面的冰块。我看河水的高度应该没问题，但白糖一直没明确说是否可以过。我说我先过吧，但白糖让我拿望远镜看看对岸的山坡上是否有车辙，我觉得过河和望远镜是两个概念，就直接上车了。我们这边是有车辙的，而且车辙就是过河点，所以我对白糖的犹疑有些不解。等的时间太长了，而这条河是非过不可的。

我开车后退到合适的距离，依然是用低四二档冲击，六缸切怒吼着冲入冰河，果然有坑，但因为速度快，后轮下沉的时候，前轮已经搭在对岸的冰层上了，六缸切依靠爆发力，干净利落地过河成功。后来纪录片播放的时候，有这个镜头，明显能看到车向下一沉。我下车后冲对岸的白糖喊，这个地方很难再通过一辆车了，那个坑很危险，搞不好就会陷进去。他继续向东绕行，找新的过河点。力哥扛着机器拍摄完毕，从旁边的冰面上走了过来。

之后连续过了数条冰河，还好河床都比较硬，顺利通过。下午1点，从科考队出发28公里之后，我们遇见了一条出发以来最宽的河道，海拔4859米，而且这条河道的水流与冰雪情况很复杂。先是河汉子，然后是很宽的冰雪覆盖的河滩，然后又是河汉子。不停的下车徒步察看路况，再有拍摄的时间，30分钟后才到达对岸。白糖依旧是绕到西边选点过河，他的极度谨慎超乎我的意料之外，我们在岸上拍摄，借机等待他上岸会合。

过河后，开始不停地翻山越岭，基本都是东西走向的山，而我们是南北穿越。每条山谷之间几乎都有一个小湖，有时候来回走Z字形过于绕远，只要山势许可且不会对车造成过大压力，我会用低四直接从山脊翻过山梁，反正到那边后也是同样的地形，等一下也能看见白糖。

下午2点25分，我们在一个比较开阔的河谷吃午餐，海拔4852米。实际上从科考队出发到此不过38.7公里，但这段路地形复杂，感觉走得很拧巴，早茶的能量早就消耗殆尽，该吃些东西了。周围的环境让我想起两个字——洪荒。红山、白雪、盐碱滩、草丛、冰湖，构成了难以言传的苍凉感，我甚至产生了不在地球的错觉。

八宝粥、饼干、卤蛋、威化巧克力饼，白糖还从车里翻出几根火腿肠给我和力哥。要说也是奇怪，在家的时候几乎不吃火腿肠，但到了无人区却馋得厉害，连声称香。白糖看我们吃得津津有味，在旁边动情地说：“本来还有几根粗的，都在双湖喂狗了，那些狗真可怜呀，做狗也不容易。”他说话的同时看着我们，眼神中带着悲悯和回忆。我和力哥互相瞟了对方一眼，怎么就觉得那么别扭呢，好像白糖很后悔没把粗的留给我们吃，但看他的表情又是特别可怜那些狗，没把火腿肠都喂了狗吃有些遗憾。我对白糖说："大哥您别用看狗的眼神看着我们行吗？"白糖笑了，说："没有没有，不过唉，那些狗是挺可怜的。"我们哈哈大笑着上车继续赶路。

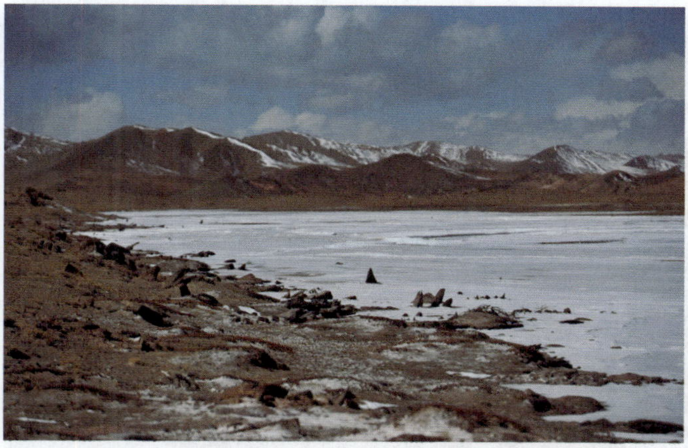

河岸、积雪、冰层。NIKON D700、AF-S70-200mmf/2.8G VRII、F5.6、1/2500s、ISO100

下午2点38分，行驶在开阔地上，前方的红色山坡上有个黑点，我以为是一块石头，但继续向前的时候，那块石头突然移动起来，我兴奋地和力哥说："快看，那是一头熊！"这是我们第一次在野外目击野生熊，而且是很难见到的藏北棕熊，我们的情绪都有些激动。其实到无人区穿越的人，基本都会在腹地看见棕熊。要知道，在我们国家能轻易看到野生动物在旷野自由生活的地方，可能也只有青藏高原了。这对于从小看动物世界、看非洲动物长大的我们来说，那种感觉是既熟悉又陌生。

布满积雪、冰沟的河道，需要频繁徒步探路。NIKON D700、AF-S24mmf/1.4G、F8、1/1250s、ISO100

又向前开了几十米后，停车取器材，这时那头熊在山上直立起身体，向我们这边观望。力哥已经架起机器拍摄了，我拍了几张，但70-200mm镜头明显不够长，我拿了D300+300f4+1.4增距镜，想开车再靠近一些，但大熊扭身就跑，几秒钟后就消失在山梁上了。

我驾车向山的右侧迂回包抄，爬到山顶的时候，看到那只大熊并没有走，它在山梁的另一侧站着，我没敢太靠近，把车停在几十米外的山坡上，从车窗拍摄。取景器里

午餐的环境很有洪荒感。NIKON D700、AF-S24mmf/1.4G、F8、1/500s、ISO100

的熊非常清晰，全身为棕黑色，颈部及前胸有一圈浅黄色。快门响过数声后，就见大熊冲我甩了甩头，“哈”的一声喷了口气，然后转身朝山下跑去。后来又遇见熊，也习惯发出“哈”的一声作出恐吓，联想到某些地方管棕熊叫哈熊，不知道和这个有没有关系。

在海拔这么高的地方，熊奔跑的速度很快，跑到山谷的空地后，转过头休息了一会儿，然后纵身跃过一条小河，继续向北跑去。我这才有机会看看海拔：4888米。然后返回去接应力哥和白糖，一起进入棕熊山谷。这个山谷的气氛非常诡异，深沟乱石交错，颇有《西游记》中熊妖山的气氛。向山谷出口走的时候，又看见了那只大熊，它跑到了北侧的山顶，沿着山脊的雪线向西奔跑。其实我们不是故意要追着它，只是因为它跑的方向就是山谷出口的方向，我们只能这样走。

山谷的出口是一条狭窄而倾斜的山沟，再向上是喇叭形的长上坡，全都布满积雪。奇特的场景出现了，右侧山脊上是一头奔跑的熊，左侧山腰上站着一头野牦牛，牛身后再向上的位置是一群藏野驴，熊和野驴的山脊最终合二为一，我们要想走出熊妖谷，就必须跨过那道山梁。

力哥下车拍摄，我和白糖慢慢爬上斜坡。熊先消失了，然后藏野驴也跑上山梁，和熊消失在同一方向。但我们极度小心，因为那头独牛像钉子一样纹丝不动，紧紧注视着我们，这种强大的气场镇住了整条山谷，似乎它就是为了掩护野驴和熊的撤退。尽管它看起来像是一尊雕像，但我们绝对不敢把它当假的，布满积雪的长上坡，车的动力根本就不够，野牦牛如果从刺斜里冲下来，我们连周旋躲避的地方都没有。这次不仅白糖害怕了，我的肝也在颤，我们俩决定后退。

力哥站的角度特别好，他给了白糖的车一个特写，白糖的车后退出画面，露出了威风凛凛的野牦牛，这个镜头在后期播放的时候，我们同时乐出了声。这个山谷真是太特别了，一边是牛气冲天，一边是熊相毕露，野牦牛才是这里的老大。我们甘愿俯首帖耳，宣败认栽。

过了熊妖谷继续向北，山梁依旧密集，而且冰河、沟堑、草甸土包也开始增多。这时候，我和白糖的择路风格开始明显不同了，我依然是朝大方向直接前进，白糖经常停下来，在台子里告诉我左边是谁的航迹，前边是谁的航迹，红色航迹是谁的，黄色是谁的，然后他会纠结走谁的线路好一些。其实，我并不是要自己闯出什么线路，或者为了走自己的路以显示个性，我只是结合地形尽量走捷径而已。白糖循着别人的航迹在山里绕的时候，我们经常直切过山脊到前方等他。而且，我们总能在某个拐弯处或河滩发现断续的旧车辙，印证了我们的方向是正确的，然后白糖会告诉我们，你们正走在谁曾经走过的线路上。

坦率地说，经过这将近一天的磨合，我非常认可白糖的驾车技术，但是他的走法实在是太费劲了。他总是在不停地说，我们在走车师的路线、在走子弹壳的路线（工匠队）、在走通信小兵的路线。要么就是在几条线之间游移不定，有些很直接的路线，他会停在那里举棋不定，仿佛没有了这些航迹就不太会走路了。我负责任地说，单就路线来评价，在羌塘穿越绝对比在北京穿越西直门立交桥要简单。

其实无人区的路，都是在一定的大方向里，在一个相对狭小的区间里，只要你方向对，有目标点，无论怎么走，几乎都会找到以前的车辙，事实也确实如此，我直接切总能切到之前的车辙。每次看到旧车辙我都和力哥笑着说：“看来大家的感觉都一样，殊途同归。”

大棕熊没想到我会包抄到山脊的这一侧，“哈”的一声喷了个响鼻，转身跑下山。NIKON D300、AF-S300mmf/4D、F8、1/2000s、ISO800、-1.00EV、TC-14E

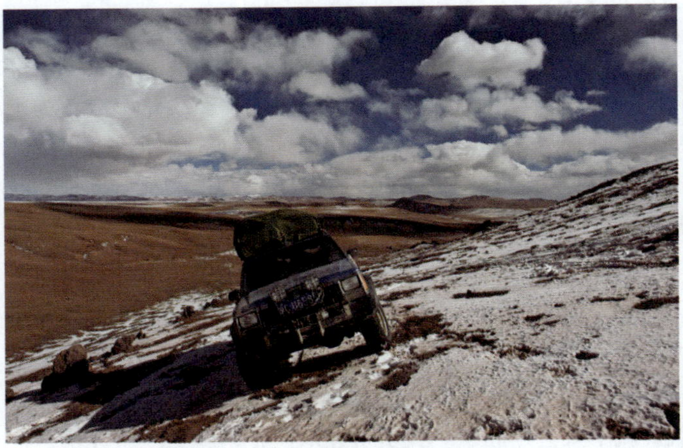
大棕熊把我们带到野熊谷的出口，地形有些险要。 NIKON D700、AF-S24mmf/1.4G、F5.6、1/1600s、ISO100、-0.67EV

白糖说我有性格是要走自己的路，其实还真不是，我只是想走最直接的路，我觉着无人区里走自己的路和极限登山开辟新路线完全是两个概念。因为无人区里面，在一个大区域内，地形都差不多，不能说我没走车辙就是走自己的新路线，这没什么创造和难度。当然有一点是例外，有草的地方我会沿着车辙走，纯粹的荒原我会走直线和捷径。

所以我和白糖说：目标点、大方向、全地形越野通过能力，有了这几点因素，你就没必要那么多顾虑，放开胆子往前走。以往的穿越航迹只是一个参考，对实际地形的分析是最重要的，毕竟，季节、气候都不同，你不可能一步不差地跟着别人的脚印走。我举了例子：跑100米，是从起点全力跑向终点快，还是踩着别人的脚印跑快。先前的穿越者走的路线肯定有他们的实际情况和判断，但你要想一点不差地走他们的路线，实在是太难了。

转过一个山坳，前面的的山谷里出现很大一群牦牛，至少有一二百头，这里的水草相对其它地方而言可谓茂盛。对于我们的近距离出现，这些牦牛没有过分地警觉和惊慌，还是在安心吃草，看起来不像是野牦牛。我们把这个情况和白糖说了，他此时也走我们的路线绕过山脊，但看到牦牛群后，一脚刹车就停在了半山腰。我们看着他就想乐，我告诉他：“没事儿，这些牦牛看起来应该是家牦牛。”白糖在电台里发话了：“你们确认一下，看看都是家牦牛吗？万一掺杂着野牦牛呢。”我和力哥当时就休克了，这工作量也太大了，况且我们俩又不是畜牧专业毕业的，抓一头看一头，白糖你也太狠了，力哥吹着胡子，牦牛瞪着眼，那场面太兽医了吧。

下午5点，从科考队营地出发56.2公里后，我们到达了第二片黑石滩的边缘，我们向东调整了方向，计划从这片黑石滩的边缘绕过去。天上总是阴云密布的样子，如果真如博士所言，下了大雪，肯定将影响我们的进程，因为厚雪会掩盖地表的状态，荒原上将暗藏杀机。真实情况是，羌塘北部和阿尔金山交界的地方确实下了大雪，过了几天后我们才知道，有其他穿越队伍困在了那一带。看来博士的判断是靠谱的。

如果受困于暴雪，我们倒并不急于赶路，会在原地安营扎寨，过几天慢生活，等雪后天晴太阳把积雪融化再继续穿越，我们的食物和饮用水储备足够支持这样做。唯一担心的是白糖，他请的假期没这么长时间，但雪困无人区也是没办法的事情，用卫星电话

野牦牛挡住了山谷的“门”，在狭窄崎岖的山沟里，我和白糖都不敢轻举妄动，乖乖地退了回去。NIKON D300、AF-S300mmf/4D、F8、1/8000s、ISO320、-1.00EV、TC-14E

和领导说明情况就是了，说不准领导被这样悲壮又浪漫的事情感动，再续给他几天假也没准呢。

在山里穿行不久，遇见一个土山，面对黑石头和斜沟，直上比较费力，我决定先斜线向左，视情况决定是否再折线向右。走到山腰的时候，力哥用手指了指右边，说走这边好一些，因为我们离右侧山脊比较近，我们俩想的一样，于是选择了折线向右。结果这简单的向右，又引出了又一段缘分。

向右绕过山脊，在缓坡上行了几百米后，山坳里出现一顶白帐篷，烟囱里还冒着烟，我们居然在这里遇见了游牧人。白帐篷，海拔4940米，总行程57公里。

一个年轻藏族女人带着小男孩从帐篷里走出来，微笑又好奇地看着我们，看样子像是母子俩。男孩穿着羊皮藏袍，长得很秀气，一双大眼睛特别好看。不过看起来他是个内向的孩子，见到陌生人有些害羞。也许吧，他从小就随父母在无人区里游牧漂泊，见的人本来就少。

帐篷里又走出一位藏族青年，我以为这是个三口之家。这时候白糖还没有跟上来，原来他刚才从左侧绕过了那座山，在电台里沟通了好一会儿，才确定他是跑到我们前面去了，知道我们遇见牧民后，他返了回来。白糖说，以后再有这种情况，要停车等一

扎西德吉和襁褓中的弟弟，他们和父辈一起，在迁徙的马背上长大，在无人区中度过游牧人生。 NIKON D700、AF50mmf/1.4D、F2.8、1/400s、ISO640

近处男子是扎西德吉的父亲扎西囊加，和伙伴放牧归来，看到从天而降的我们，很是兴奋。 NIKON D700、AF50mmf/1.4D、F2.8、1/40s、ISO640、-0.33EV

等，给后车做个标记。我接受了他的建议，理解成批评也可以。但不管怎么说，如果走左边，我们就不会遇见白帐篷，这是缘分，所以我们决定就在此处扎营了，白糖对遇见牧民也很高兴。

女主人把我们请进帐篷，马上给我们熬酥油茶，水是从帐篷前的一个泉眼取的。火炉边还有一个尚在襁褓中的男孩，里三层外三层地围着毯子和羊皮袄，嘟着胖脸蛋瞪着黑眼珠在看着我们。女主人和青年都不会汉语，经过好一通费力沟通，我才知道他们的名字：女子叫琼宗，男子叫彭措，大儿子叫扎西德吉。我们拿了很多好吃的进来，小扎西和我们的距离在拉近。

晚上6点52分，一个戴着毡帽和墨镜的藏族汉子走进帐篷，他的身后还跟着一个穿青绿色藏袍的英俊青年。两个人都戴着毡帽蒙着脸，只露出眼睛，很有些羌塘侠盗的感觉，直到他们摘了眼镜、围巾露出微笑，我才确认他们不是进来打劫的。戴墨镜的才是这家的男主人，名叫扎西囊加，是扎西德吉的爸爸。

晚上7点过后，阳光把云层的边缘染成了金色，扎西囊加一家人都投入到安顿牧群的工作中，他们家的牛羊很多，几百只绵羊从东侧山坡归来，牦牛群从南侧、西侧山坡归来。牛群中又出现了一位年轻女子，穿着用艳丽氆氇装饰的藏袍，身材修长敏捷，她是琼宗的妹妹，姐儿俩长得很像。

力哥对人文题材很感兴趣，一直在忙着拍摄，用摄像机的同时，还拿出小相机拍摄。有一个画面给我留下深刻印象，暮色笼罩的山谷布满积雪，力哥举着相机取景。扎西德吉站在他面前，仰着小脸专注地看着他，小扎西穿着羊皮藏袍的侧面轮廓就像个纯真的图腾，直接扣响了我心灵深处的某些回忆，让那个时刻的羌塘荒原充满了童话色彩。后来，新疆的本色大哥特意提到了这张照片，他也是个感情丰富细腻的人。

扎西囊加一家为我们准备了丰盛的晚宴——手把肉，叫手抓肉也可以，就是清水炖羊肉，只放盐等简单的调料。我们拿出酱豆腐，蘸着用刀切下的肉，大口地咀嚼着，很香。力哥拿了块羊油擦拭干裂已久的双手，白糖吃得也很尽兴，就是不知道他此时忆起双湖的那些狗没有。

天黑前，要将牦牛围拢在一起，用绳索拴好。NIKON D700、AF50mmf/1.4D、F3.2、1/2000s、ISO800

晚宴的热烈气氛一直持续到吃完面片汤又继续喝砖茶，我从兜里拿出汉藏日常用语对照翻译表，和扎西囊加等人开始学习藏语，他们也同时学习汉语。不同藏区的语言会有变化，扎西一家属于安多藏区，有些词可能发音稍有不同，需要反复说很多遍才能确认是什么意思，但这种交流很受欢迎，一旦双方确认了是同一个词，就像赢了钱那样兴奋，大家玩得兴趣高涨。学数字的时候最有意思，可以想象有多难，但最终还是搞明白了，扎西囊加28岁，琼宗24岁，扎西德吉3岁。

扎西德吉静静地看着拍照中的力伯伯，这是羌塘腹地的童话。NIKON D700、AF50mmf/1.4D、F2.8、1/100s、ISO800、−0.33EV

然后就发展到互相起外号，先是说到江克，是狼的意思，然后我管力哥叫大胡子江克，把扎西囊吉逗得前仰后合的。然后说到野牦牛叫咚咚木，我的外号就成了咚咚木。这是个拟声词，野牦牛咚咚地跑过来，我被吓木了。白糖的外号叫大，大在藏语里是马的意思，也有说达的。我们本来想叫他大马，但说出来却是大大，在北京就是大爷的意思，不能让他占这便宜。

大人们笑作一团的时候，扎西德吉一直在玩我的营灯，他对这个手摇发电的营灯非常感兴趣，达到了爱不释手的地步。那一夜，我还是睡车里，力哥和白糖睡帐篷里，扎西囊加和英俊青年则睡在了帐篷门口。

睡前我就琢磨，这么多的牛羊，也没见到守护的牧羊犬，在野兽出没的羌塘腹地，他们家牧群的安全如何保障呢？

10月26日 朝拜观音山 受阻五泉河 露营强错西

扎西囊加一家也要在今天离开这里，他们把所有家当都安放在牦牛背上，当然也包括襁褓中的小儿子。骑着马赶着牧群，要走20天才能回到安多的家，这样的迁徙他们每年都要有一次。我和力哥说，如果不是要穿越，真想和他们一起迁徙，拍一个专题。

扎西囊加和琼宗向白糖要了不少东西，他们长期在无人区，物资很缺乏，我看着他们盯着白糖的车厢两眼放光的样子，就冲白糖笑。白糖略微有些无奈，但基本满足了他们的要求。我把价值两百多元的营灯送给了小扎西，我抱着他说："你这么喜欢这个灯，长大后就做个水电站站长吧。"然后，扎西囊加要我给他一桶汽油，我同意了，等他把油桶拿过来后，把我逗乐了，那么小个桶。灌满一桶，我说你再去拿个桶吧，扎西囊加兴奋地转身越过拉帐篷的绳索，动作比刘翔还帅，一溜烟地又去拿了个小桶出来。

白糖的车有些启动困难，搞得他忧心忡忡的。我的老切还是那么顺畅，拧动钥匙，一秒内直列六缸发动机轰鸣起来。力哥给我和扎西一家合影，我让琼宗把扎西德吉放在马背上，他笑得有些害羞。我看着白马上的小扎西，头发被羌塘的风吹得有些凌乱，白马和小扎西忧郁的眼睛让我想起了瓦须、白玛依西和他的白马。我知道，我在羌塘。

告别终究会来到。挥过手，说再见又说扎西得勒，然后扎西囊加他们就继续投入工作。车驶过帐篷向北爬山坡的时候，我看到帐篷边上站着个小孩儿，扎西德吉一动不动

显然，扎西德吉对马背很熟悉，但真正出发的时候，他是坐在驮筐里的。NIKON D700、AF50mmf/1.4D、F5.6、1/2000s、ISO400

暮色苍茫，这个风中的男孩，是羌塘留给我的珍贵记忆之一。再见，扎西德吉！NIKON D700、AF50mmf/1.4D、F2.8、1/50s、ISO800、−0.33EV

地看着我们，他是特意跑到帐篷后面的。想到分手后天各一方，我们回到城市面对茫茫人海，扎西德吉则要面对苍茫无人区，也许都在自己的轨迹上度过一生而不再有交集，我的鼻子有些酸。我依然像离开亚青寺一样，不回头，向前走。

回望踏上迁徙征程的牧人，回家的路大概还要走20天。NIKON D300、AF-S300mmf/4D、F8、1/2500s、ISO400、-0.67EV

离开扎西家后，地势变得开阔好走多了，完全摆脱了之前绕山绕水的麻烦。可能是水草良好的缘故，这里的藏羚羊种群密度很大。即将进入繁殖期了，雄群与雌群开始证明异性相吸的定式，在山梁上，经常是雌、雄群偶遇，雌群表现得欲迎还拒，羊群在山岭与天际线之间骚动着，非常有意思。

藏羚羊群在布满积雪的山谷飞驰，色块与线条令人眼花缭乱。NIKON D300、AF-S300mmf/4D、F6.3、1/2000s、ISO400、-0.67EV

天上的鹰在盘旋，一群雌性藏羚羊像风一样掠过山谷下方的草坡，身体的颜色几乎和枯黄的草地融为一体，羊群后面荡起一阵轻烟。另一队雌羊则奔跑在积雪将要融化的沙砾荒原上，积雪呈现出一道道的线条，羊群跑过，看得人眼花缭乱。这得益于这一带起伏的地势，我们可以站在比较高的角度来拍摄这些画面。

拍完藏羚羊继续向北，出现了一道极为狭长的沉降湖区，沟底遍布着无数的小湖，如果从高空俯拍会很美。本来我们想向左绕过去，但那条沟实在太长了，于是又掉头从右侧绕。这个区域都是这样的地形，所幸很多丘陵之间的大坑都是干燥的，也没有乱石，跑起来速度不慢。

中午11点50分，19公里后，我们到了鹰岩，海拔4947米。所谓鹰岩，首先是这里的黑色巨石很独特，在荒原上显得独树一帜，而巨石也是雄鹰歇脚的地方，落了很多鹰粪，我们到来前，刚有鹰飞走。

一只雄藏羚羊在天地交汇处昂首而行，就像是意气风发的剑客。 NIKON D300、AF-S300mmf/4D、F7.1、1/8000s、ISO400、-0.67EV

过了鹰岩，就进入黑石滩的腹地了，在一个沙沟里看到了雄藏羚的残骸，头部向后，身体扭曲，整个脊柱被拉到距身体一米远的地方，尸骨的颜色鲜红，看起来刚死亡不久。进入羌塘后，连续看到的都是雄性藏羚的尸骨，不知道是否因为雄羊之间相互争斗，导致受伤后被狼群得手。

继续前进后，我发现白糖不见了，其实在到达鹰岩之前他就和我们分开了，但我们一直用电台保持着联系。分开的原因是白糖频繁地往深沟里扎，我问他做什么，他说是躲石头，保护轮胎。我觉得大可不必，上文我已经说了，黑石滩看起来挺吓人，其实远没那么可怕，地表的土层软，轮胎压上去，石头没那么硬。我对轮胎是非常在意的，如果不行的话，我肯定也下沟了。好歹黑石滩是平路，无非就是开慢些，但不停地上坡下沟绕来绕去，既耗费油料又耗费精力。

白糖在沟里钻的时候，想按车师的航迹走黑石滩的西侧，然后他从小小的昆虫那里得知，五泉河水太大，传统过河点无法通过，要向西绕行很远才能通过，于是他想顺着车师的航迹走过黑石滩，再向西北找到昆虫他们绕道的过河点。但正在他爬到一个山坡上的时候，一头独牛迎面挡住去路，用白糖的话说，它不动，我也不动。但最后动的还是白糖，他后撤了。

另外一个很重要的因素，白糖没有单车穿越的经历，所以落单后他对自己的状况很

绕道途中穿过一片极其开阔的旷野，一队雄藏羚羊静立在岗扎日雪山前。NIKON D300、AF-S300mmf/4D、F5.6、1/4000s、ISO200

是担心，于是我们在台子里听到他问："你们这样做有意思吗？放我鸽子是吧？"我们听出来他的情绪有起伏，就在黑石滩停下来等他。其实我没太担心，首先是我们开得慢，还要拍摄。其次，手台接收信号良好，说明我们之间的距离不远。我们让他出沟，找个高点瞭望我们，别老在沟里猫着了，但白糖说他已经站在某个山坡上了，就是看不到我们。于是我把GPS坐标报给他，让他按坐标点来找我们。

等待白糖的时候，正是一天中最温暖的时候，我和力哥决定趁此机会吃午饭，把之前剩的米饭熬成粥，尽管有些糊，但喝起来挺香的。优哉游哉地喝粥捡石头，黑火山石周围的沙子里有很多亮晶晶的东西，真希望是钻石啊，我甚至在想，如果真捡到钻石了，怎么办？

白糖那边也消停了一会儿，他也在吃东西并给车加油。过了好久我看他还是没动静，就把他的GPS坐标点要了过来，结果发现他在我们的左前方，赶紧和力哥收拾东西，上车去找白糖会合。

再次相逢，看见白糖竟觉得有些亲切，而白糖也对刚才的独行无人区很是感慨。他说尽管时间不长，但内心的感受还是很强的，当一个人面对无人区时，确实要面临很大挑战。他由此夸赞我的心理素质好，我也实言相告，我的心理素质也是长期积累的，一直单车深入高原旅行，再有去年单车连续穿越三大沙漠，把量变积累到质变，所以才敢单车穿越无人区。而早期在北京越野者俱乐部，后来在越野联盟，经历过国内顶级赛事等大小比赛，也组队穿越过沙漠，打下了良好的越野基础。

白糖把之前想的路线提了出来，建议我们直接向小小的昆虫绕过五泉河的过河点前进，这样就不用绕远了，我认为他说得有道理，从穿越的角度讲很科学。但我还是坚持到传统过河点看看，因为我们是第一次来羌塘穿越，我想近距离的看看多格错仁强错，看看传统过河点的水有多大，如果一下子绕过去，总觉得心里会缺点什么。其实这样看起来，我还是挺传统的，对开辟新路线兴趣不大，呵呵。

从扎西家算起，40.8公里后，我们穿过黑石滩，进入海拔超过5000米的积雪区，时间是下午下午3点左右。经过连续数日的辐射蒸发，积雪不厚，车走起来很舒服，回首来时路，荒原与乌云的交界线是如此的近，只有我们两道车辙划过雪原。

岗扎日雪山，山脚下的大湖是多格措仁强错，这是真正的羌塘腹地。力哥说，近处小冰湖上的图案，特别像我头上的问号。NIKON D700、AF-S70-200mmf/2.8G VRII、F8、1/640s、ISO100、-0.67EV

下午3点40分，进入丘陵地带，旁侧的山丘有火山的模样，山下是小型冰湖。在一个狭长的冰洼旁，我们看到一具野牦牛的尸骨，尸首分家，骨骸零乱，但头部的皮毛很完整，昂首向天立在那里。我换上AFS24mmf/1.4G镜头，用1.4的光圈近距离拍摄，眼前的荒原立刻展现出截然不同的气氛，牛头从背景中凸现出来，像是沉浸在旷野的安魂曲中。

穿过这片很像外星球的区域，终于看见多格错仁强错（以下简称强错）出现在右前方，也就是东北方，更远方的连绵雪山就是羌塘腹地的标志——岗扎日雪山，海拔6305米，同时是可可西里山脉的最高峰。

强错西侧有几条U型大河谷，河岸与河底的落差是进入羌塘以来最大的，里面沟壑很多，但水不大，连续穿越而过。下午5点，高地下面出现一个冰湖，冰面融化的部分露出水面，反射着天蓝色，力哥说："你看那形状，和你头上的问号一样。"果真啊，我很佩服力哥的眼力，他观察天上的云就很厉害，我的眼也挺毒的，但有时候力哥看出来的东西我就看不出来。机会难得，赶紧让力哥给我和冰湖合影，因为担心风大受凉，我没敢摘掉帽子。我们合影的背景是强错和岗扎日。

15分钟后，我们进入强错西部一片非常开阔平坦的雪原，北方的地平线上出现一座山，它形状奇特，而且身旁没有任何与之相连的山岭，就像在天际冒出来的一样。无论

荒野之魂。 NIKON D700、AF-S24mmf/1.4G、F1.4、1/8000s、ISO100、-0.67EV

我们怎样在荒原上纵横，这座遗世独立的山总是不动，静静地立于苍茫雪原的尽头，静静地看着我们。

我的视线总是与它相遇，碰撞多次之后，内心油然生起一种感觉，似乎我千万里的追寻与穿越只是为了来朝见它。阳光从西侧洒满原野，藏羚羊跑过山岗，像偶然路过的风。我开始认定，那就是我心中的山，因为我只能直面它而无法有任何躲避。

一直以来，我想找个能让我面对并与之倾诉的地方，哪怕是一面墙，或者一座山，我要把包裹的心打开那么一回，无论时间长短，一定要无所畏惧地打开一回。2011年，我过得挺压抑的，这种愿望更加强烈。此刻，直觉告诉我，自己期待的时刻到了。

我和力哥说："您看那山。"力哥也注意那山很久了，他说："很奇特的山。"我说："李安导演说过，其实每个人心里都有一座断背山。"我本来还想说，其实每个人心中都有一座观音山，但这句话实在不能用正常的语气说出来了，我怕力哥听出我声音的哽咽，然后再看到我的脸色，挺丢人的，于是咬着嘴唇把脸扭向窗外。

也许力哥看到了我的异样了，他问："你经历了那么多，不应该这样啊。"我说什么？此经历非彼经历？那是不可能的。尽快让情绪平复下来后，我选了个位置把车停下，对力哥说："我要朝拜它。"

跪在雪原，面对我心中的山，双手合十，千言万语无从出口，但我知道，所有的救赎都在那刻融化了。

你见，或者不见我/我就在那里/不悲不喜/你念，或者不念我/情就在那里/不来不去/你爱，或者不爱我/爱就在那里/不增不减/你跟，或者不跟我/我的手就在你手里/不舍不弃/来我的怀里/或者/让我住进你的心里/默然 相爱/寂静欢喜

其实，我朝拜的观音山还有一个约定俗成的名字：白象山。力哥在旁边安静地拍摄，他说那山看起来像是一只昂首的神龟。白糖也在左后方用摄像机记录，他一直认为我有些强硬，这回终于看到了我软弱的一面，用他的话说就是“猛男也需要心理寄托”。我算猛男吗？

我的观音山，寂静如坐禅。 NIKON D700、AF-S70-200mmf/2.8G VRII、F5.6、1/1600s、ISO100

晚上7点，我们在湖区停下，天上阴云密布，阳光偶尔从缝隙射出，我们拍摄西方的岗扎日雪峰，拍摄南方的观音山，拍摄东方的冰湖落日。一时间被壮观的景象包围了，就觉得时间不够用，只能靠按快门来弥补。东方的冰湖落日很美，冰湖东侧的雪山被大风吹起雪雾，在阳光的照射下，山峦的影子投射在上方的雪雾上，形成又一层山峰线条。冰湖岸边的积雪、冰、融水、湖心的冰，形成层层递进的质地与色彩。这是地球表面最高的狂野之地，同时也是最壮美的冰湖落日。

天色很快就暗了下来，我们必须赶到五泉河岸边，这是今天的目标。白糖的电脑可以清晰显示我们和五泉河之间的距离，大概有15公里。他开始在前面跑，然后向北扎，我

千万里的追寻，似乎只为这一刻的朝拜。（视频截图）

朝拜征途上的老“Jeep”。NIKON D700、AF-S70-200mmf/2.8G VRII、F5.6、1/800s、ISO100、-0.33EV

是斜着向他说的方向切，于是他跑到了我的左边，两个车隔着很远的距离并行。斜着切的好处是可以最大可能地找到以前的车辙，结果我们这边很快找到了旧车辙。白糖那边又返回来了，他要在三条航迹之间不断衡量，所以经常有变化。

他走过我车后的时候说：“关山，我带你走。”然后就向东驶去。我没跟他走，因为我已经在车辙上了，而且看起来这道车辙虽然被雪覆盖，而且挺久远的，但看深度应该有大车压过，很可能就是白糖提到的车师过河点。所以可以判断，如果五泉河水很大，传统过河点都无法通过，那白糖继续向东，也就是向入湖口的方向走，就更过不去了。所以我没跟他走，我告诉他找到车辙了，他也没回来。

最终，我们到达五泉河边南岸不久，白糖也沿着河岸从东边回来了。趁着天完全黑透前朦胧的光线，我们在坑洼不平的河岸上找了个宿营地，没有大坑可以停车避风，只有一米来深的坑可以埋锅造饭。扎营时间：晚上7点40分；营地海拔4801米；当日行驶里程：87.9公里。

整理营地的时候，我一直沉着脸没说话，白糖问我：“今天让你不高兴了吧？”我憋不住笑了：“你还知道啊？又是放你鸽子，又是你带我走，气大了。”说得我们都大笑起来，我心说，还放你鸽子，你哪点像鸽子啊，鸽子长得多秀气啊。捅破了窗户纸后，我和白糖开始广泛地交流一些越野的话题，那个晚上聊了很多。

这是白糖和我们组合后的第一顿饭，而且后面的行程没有几天了，我们要搞得腐败一些。主食是兰州拉面，放入红烧肉、午餐肉、葱花、酱油等调料。吃饭时风有些大，我们都回到车里吃，面很香，吃完饭又补充了热水。

白糖也是睡车里，他把车上的装备都搬了下来，帕拉丁的后箱被清空后很宽敞，他邀请力哥睡在他车里。这是个好主意，又暖和又安全。白糖把暖风打开，车里开着灯，两个人躺在睡袋里，力哥靠着车厢写日记，场面温馨感人。这时候要是过来一只棕熊，趴在车窗上向里看，非羡慕死不可。我觉得现在的白糖有点像鸽子了。

冰湖落日，雪山的影子投射在雪雾与云影上。NIKON D700、AF-S70-200mmf/2.8G VRII、F5.6、1/320s、ISO200、-1.00EV

10月27日 绕五泉河遇三熊 野牛坟场宿沙丘 观音山前一滴泪 岗扎日雪峰情侣眠

凌晨的时候我注意了温度表：零下17度。早晨起来时：零下11度。

今天晴空万里，几百米宽的五泉河清晰地展现在面前，这的确是一条无法通过的河，水量大，还有很多浮冰，可能只有气垫船才能过去。白糖拿了根大铁棍走下河岸检查冰层厚度，完全无法承载车辆通过。

吃过早饭，收拾好营地，白糖从圆筒里抽出卫星地图在地上铺好。这是一张全彩印的大地图，羌塘的地势、山脉、河流、湖泊看得一清二楚，据说，双湖的领导们都没有这样的地图，白糖送了一张给他们。我们主要是研究绕五泉河及绕过河之后的路线，白糖蹲在地上讲解的时候，我的敬佩感油然而生。我说："你真像个参谋长啊！"白糖笑了："嘿嘿，四川队的兄弟们也这么叫我。"我说："那好啊，以后我们也叫你参谋长。"

其实，白参谋长的控车技术、吃苦能力、付出精神、严谨细致的准备工作都十分出色，他只是差了些实战经验。在穿越无人区之前，白糖仅仅跟四川队去过一次红原，其

白糖拿着铁棍到河床探路，五泉河的情况很复杂，我们必须向西寻找过河点。NIKON D700、AF-S70-200mmf/2.8G VRII、F5.6、1/3200s、ISO200

用绞盘救援。NIKON D700、AF-S24mmf/1.4G、F5.6、1/2000s、ISO100

他的经验就是在川藏南线的烂路上攻弯，高强度的越野穿越经验不多。不过我看过他在红原时的照片，为了救援剃刀的车，他下水游泳去挂绞盘钢缆，绝对是个战士，我自叹弗如。从昨天到现在，我和白糖之间的距离开始拉近，这种磨合对未来的穿越是有益的，力哥在我们之间起的作用也很重要，他就是发动机的保护剂。

地图起的作用是战略上的，可以使我们有个宏观概念，但合上地图后，我们也记不住那么多复杂的地形，只能按大方向解决眼前的问题。我们从宿营地开始，先沿着五泉河向西走，然后调整向西南，直对若拉岗日方向。五泉河、若拉岗日、强错之间的区域非常平坦开阔，藏羚羊群和野牦牛在雪原上自由地奔跑。一群雄藏羚从东南方向疾驰向西方，像一群舞着长剑的侠客去参加武林大会，它们最终停留在西方的雪原，背景刚好是雄伟的岗扎日。白糖在前边走，我停车拍下了这个镜头。

在雪地上跑的时候，我们有意加快了速度，力哥把身子从车窗探了出去，拎着大摄像机朝后拍摄行进的画面。白糖在后面用小摄像机把这段拍了下来，其实他不知道，力哥是在练瑜伽。

白糖电脑上的卫星地图显示，这一带是沼泽、河流密布的区域，如果在雨季会非常恐怖。中午12点25分，我们在若拉岗日以西遇见了网状河道，涉过几条浅河沟后，白糖停在浅滩上，下来探路。我们拍摄完一些画面，与之会合。

我觉得通过这条河有些困难，冰面与冰沟交错，下面是流水，而且河道比较宽，看了半天也没有好线路。白糖说试着冲一下，我说挺危险的，我指着眼前的河沟说："河岸是近乎垂直的，有大概三四十厘米高，对面的冰层又宽又厚，如果你冲不过去，后退回来都困难。"然后我指着南方，"不如再向南走走，看看那边的情况。"

但白糖决心要试试，他说："我上不来也没关系，你可以拖我。"尽管我认为很难通过，但没有阻拦他，我甚至又多了一层对他的好感。看着他倒车，调整位置后下河，我觉得我们俩好像互换了位置，我衰下去了，他猛起来了。但我心里明白，男人的自尊

野牦牛坟场。NIKON D300、AIS28mmf/2、F5.6、1/3200s、ISO200

心都很强，前几天他在河边踌躇不前的时候，我猛打猛冲的样子多少刺激了他，经过两天的磨合，他开始放下包袱，简单说就是胆儿肥了。能否通过这条河并不重要，重要的是这个过河点将成为白糖的突破口，如果他能过了这一关，并且摆脱对航迹的过度依赖，以他的综合能力看，将是非常厉害的穿越高手。

尽管我也侥幸地想，没准白糖能杀出一条路来，但现实情况是，河水漫过了半个车轮，对面的冰层也高，车的前轮无法登上去，后退的时候，车尾又顶在了这边的河岸上，后轮在冰河中空转，进退不得。庆幸的是，河底是硬的。白糖从车窗探出头向后看："我再使点劲就上来了，是吧？"虽然河底比较硬，在正常行驶没问题，此刻遇到阻力用低四一挠，车被彻底架在了岸上。

我把车停在一处没有冰的河滩上，用绞盘拽白糖的车，但因为河滩湿滑，白糖的车没动，我的车却在向前滑动，即使轮胎前塞上木板都没用。原来，白糖车的备胎在底盘下方，阻力就来自于此。我们用冰镐、铁锹清理冰岸，再用千斤顶支起车尾，费了些力气把备胎掏了出来。然后千斤顶保持支起状态，用绞盘后拉，千斤顶向后倒的同时，车的后轮搭在冰岸下沿，尽管绞盘仍然比较吃力，但还是脱困成功。此次救援用时1小时30分钟。

时值午后2点，在太阳的照射下，冰雪消融导致河水继续看涨，我们撤回到西岸，继续向南寻找过河点。也就走了一二公里，这条河的水势越来越小，到最后居然变成了干河，轻易就绕了过去。我们大感诧异，河的源头在哪里？水是从哪里冒出来的？难道是冰河之水天上来，奔流到强错不复还？但时间不允许我们探个究竟，该向北了。

下午3点，就在五泉河的南岸，我们看到了诡异的一幕：一片野牦牛的残骸散落在赤裸裸的荒原上，大概有七八只牛头。奇怪得很，作为无人区的霸主，野牦牛几乎没有天敌，什么东西能集中屠杀这么多野牦牛呢？即使是狼群也不大可能。我在现场边拍摄边寻找，终于找到一个被压扁的马口铁罐头盒，我拿起来对着力哥的镜头说："是人，也只有人能让此地变成野牦牛的坟场。"

后来我在网络上发了现场图片，平时说话极其简洁的梧桐兄却写了一段极其精彩的注解：猎物与捕猎者，两条生命，两个角度，遭遇后各自求生，付出生与死的代价，最后归于寂静。死一样的寂静，又被第三条生命从另一个不相干的角度去欣赏、感受。（注：梧桐兄那时还不知道猎杀野牦牛的可能是人。）

我们在野牦牛坟场拍摄时，白糖一直在五泉河的河道里探路，他几乎走遍了里面所有的冰面与河沟，我们远远地看见他在那里蹚着、跺着。这里的五泉河依然够宽，但水势已经小了很多，无非是沟壑与冰沟比较多。我们在白糖的东侧下了河道，他在离我们西侧几百米远的地方，两辆车同时发力穿越五泉河。

河道里的地形很复杂，我几次下车探路，下午3点20分，过河成功，过河点海拔4875米。为了这个过河点，我们绕行了大约40公里。过河后沿着五泉河北岸向西，一会儿在岸上走，一会儿在岸下走，这一带有车辙，看样子是前些天小小的昆虫他们走过的。很快，岸下的路进入了死胡同，又折回来，找了一处比较缓的坡，用低四冲上河岸。岸上是沙砾表面，很好走，而且在北岸上看，离我的观音山更近了，我在一个湖边停下来继续拍摄它。

跑了一段之后，我们调整方向斜插东北，稍有常识的话，也不可能再回到昨天宿营地对面的过河点了，那样太绕远。斜插的时候，白糖用于看航迹的时间又多了起来，我慢慢跑到了前面。很长一段时间看不到老车辙，地形又开始复杂，某些时候我也不是那么有把握，凭感觉朝着东北走，如果有太大偏差的话，白糖应该就说话了。终于，在下到一片盆地里时，我看到了时断时续的旧车辙痕迹，看样子至少在半年以上了，甚至是一年以上。

过了盆地，食草动物逐渐多起来，以藏野驴为主。下午4点40分，海拔4870米，一大一小两只棕熊出现在视野里。这是一对母子，小熊看起来有六七个月大，经常站起来观望我们，神态调皮而好奇。母熊为了迷惑我们，向另一个方向跑了，小熊直接跑上山了，母子俩跑得都不慢，但小熊跑起来更显轻快。我发现母棕熊的毛色和雄性棕熊不同，颜色更倾向于棕黄，而且脖颈处的一圈浅色毛很不明显。当然，这需要考察更多的棕熊才能得出确切结论。

我们拍摄棕熊回来，发现白糖已经把车顶的备胎又重新安放在车底了，我说：“你真不嫌累啊，备胎放车顶能提高通过性，如果再遇到刚才陷车的情况，岂不还要重新拆卸一次。白糖说他担心车顶的原车行李架承受不住备胎重量，如果行李杆与车箱的连接螺丝拉断，下雨的时候会造成车箱进水。我摇了摇头：“如果这车的行李架连一个备胎都承受不住，那这车还有存在的必要吗？”

白糖是过于谨小慎微了，走黑石滩怕毁轮胎，走颠簸路段又一个劲地说担心钢板断成两截，车顶放备胎又害怕行李架撕裂，还怕走错路消耗更多燃油导致出不去无人区，这些担心叠加在一起，轮番刺激着他的神经，并且还要经常纠结在三条航迹之间，参谋长真是操心的命啊。再想想他两进无人区所遭的那些罪，我心疼他都心疼乐了，这得多大的承受力才能游刃有余地化解这么多的刺激啊。

雌棕熊喷气的同时用前掌拍地，佯装攻击后转身离去。NIKON D300、AF-S300mm、4D、F5、1/1600s、ISO200

我们继续前进，这一带藏野驴真多啊，五泉河南方是藏羚羊的天下，北方是藏野驴的天下，当然，都是野牦牛的天下。有一只藏野驴横向疾速冲过我们前进的方向，生怕追不上它的伙伴们，根据它的姿态，我认为它已经接近全力以赴了，其实我们丝毫没有追赶并和它赛跑的意思，有些时候这样的奔跑是它们的天性。

翻过丘陵，雪原上有个胖胖的黑点在前方跑啊跑，又一头雄性棕熊出现了。这个区域的棕熊密度很大。丘陵地表布满黑色的火山石，山脊线上因为受风力作用，土层消失，只剩下锋利的火山石刺向天空。为了拍摄这只熊，我们在黑色火山石上跳舞。

为了在天黑前多赶些路，我们加快了行进速度。这时GPS没显示了，我请力哥看看是怎么回事，开机后总是自动关机，然后换电池再开机，我担心力哥不熟悉GPS操作，一边开车一边关注他调整GPS。这时，前边出现了一个泥坑，其实很容易就可以从旁边绕过去，但我分心在GPS上，没多想就顺车辙驶向泥坑，以为很容易就过去了，结果掉进泥坑就动弹不得了。这个坑的直径刚好和车身一样长，前后保险杠都被卡住了，烂泥淹没了多半个轮胎。

如果下车的话，我和力哥都得爬到引擎盖或后轮上，再跳上岸。然后就是挖T字沟安放锚板，那曾经是我们最熟悉的动作程序，今天再来一次也可以。我扫了一眼车前的地形，冻土层强度应该比东温河要高得多，但怕是车拉出来后天也黑了，只能在毫无遮挡的荒原上过夜了。按照我和白糖的约定，他不能施以援手，也只能在这里陪着我们了。

我想，还是算了吧，那个约定其实挺小气的，而且没有顾及老白的自尊心，凭什么就只能被救而不能救人呢？如果在无人区里，人与人之间还这样咫尺天涯，也是一种荒凉。力哥说要不要下去拍摄，我说不用动，让白糖给咱们当锚点。

听说要帮忙，白糖把车停好就跳上了六缸切的引擎盖，我把绞盘控制线的插头从窗口递给他，这比他游泳挂绞盘拖钩要简单多了。他把我的绞盘钢缆摘下来，跳下车向前拖，然后挂在帕拉丁的后拖钩上。从东温河脱困后，我就留了一部分钢缆没收回去，直接缠绕在前护杠上了，这样用起来既方便又快捷。

白糖踩着刹车，让我收钢缆，他确信我很容易就会脱困，但我一收绞盘，他的车就在地上向我滑动，我只能再放绞盘，让他再向前停好。不要小看了这个泥坑，烂泥吸着车，泥坑卡着车，我的车还是满载，帕拉丁车身轻，扛不住绞盘的拉力，我还是要用生崩离合器结合绞盘的方法。通过一番努力，六缸切挣脱了泥坑，但白糖也被拽得离我们很近了。我今天拖了他一次，他又给我当了次锚点，扯平了，继续前进。

强错西北，岗扎日西南，是一片山形独特的区域，雪山、火山、白山、红山、黑山、锥形山、平顶山、

雌棕熊与火山石。NIKON D300、AF-S300mmf/4D、F5、1/1600s、ISO200

雄棕熊。NIKON D300、AF-S300mmf/4D、F5、1/3200s、ISO200

四蹄腾空，全速疾驰的藏野驴。NIKON D300、AF-S300mmf/4D、F5、1/4000s、ISO200

我站在营地旁的矮沙梁上，看启明星出现在东方的天空，岗扎日雪山如梦如幻。NIKON D700、AF-S70-200mmf/2.8G VRII、F4、1/25s、ISO1600、-2.00EV、开启VR手持拍摄

断头山等，尤其是东北方向的天台山，它绝无仅有的形态仿佛神话般地存在着。在它们之间穿行的感觉非常独特，这里渺无人迹，绝对的远离所谓现代文明，真觉得如果某个山顶出现一只飞碟才是正常的，才贴近这里的气氛。我的感受已经无法用三言两语说清楚，这种感觉只有在羌塘无人区腹地才会有。

我们又绕到了白象山，也就是我的观音山的东侧，在这里刚好可以看见它的侧面轮廓。从山顶向下拉一条垂直线，北面灰黑的山体上挂满了雪线，向北延伸的山脊犹如神鸟的雪翼。南坡的斜线条笔直平滑，在上面1/3处有一个小小的凸起，就像一滴正在下滑的眼泪。我静静地和她告别。

白糖在前面又遇见了两只野牦牛，我不太明白的是，他居然打开了双闪，这似乎是外星人和野牦牛的沟通方式。而且他现在开始学会和野牦牛说话了，就听他在车台里念经："你走不走，你不走我就在这里等着，啊呀，你真好，你走了我就能过去啦，哈哈，看来野牦牛害怕灰车在前、蓝车在后的组合呀。"

野牦牛甩了甩尾巴真的走了，我听见其中一只似乎喊道："天要下雨，快收衣服。"

晚上7点10分，左前方居然出现了一片沙丘，我们的方向正对着岗扎日，所以，在沙丘的弧线上方，是岗扎日的雪峰，在长焦镜头的压缩下，它们似乎重叠在了一起，形成强烈的颜色反差。鉴于天色马上就要黑了，我建议在沙丘扎营，以我对沙漠的熟悉，找个好的露营点很容易。拐过去后，发现最高的沙丘下面是个天然的港湾，高高的沙丘可以挡风，两侧伸展出来的沙翼把我们环抱着，沙丘前方是一个圆形的小冰湖，更远的东方是暮色中的岗扎日雪山，在更远的天空上挂着月亮和金星，这幅场景大有圆月弯刀看雪山的豪气。

刚停好车，我就迫不及待地爬上了右侧的沙坡，力哥犀利的观察力再次折服了我，他说岗扎日的两个峰顶像是两张仰面向天的脸庞。我惊呼实在太形象了，有鼻子有眼的，像是一对神仙伴侣依偎在一起，最传神的是眼睛，睫毛和黑眸异常美丽。如此雪山，如此悟性，也只有力哥能配得上"雪山飞狐"的称号了。

露营地海拔4894米，坐标：N35 31 024 E089 12 079。晚饭是红烧肉蒸饭，白糖带着藏式红糖和生姜，我们的饮品升级为姜红糖水。不过车里的瓶装水都冻成冰坨了，烧水要用刀破瓶，把冰坨放进锅里煮。在高原的寒夜喝上热姜糖水，还是很舒服的，今后再来高原，准备将其作为常用饮品。晚上风不大，力哥依旧和白糖睡车里。

今日行驶里程97.2公里。我特意看了眼行车速度，当日最高时速48.7公里，平均时速21公里，这就是羌塘里的安全穿越速度。

10月28日　高山雪坑轮胎爆　巨石滩前险翻车　可可西里擦身过　白糖酒吧情意浓

一早起来，天气晴好，实时气温：零下14度。

我背着摄影包拎着三角架，爬上营地旁的沙丘，真是一步三呼吸啊。初升的阳光把沙丘染成金红色，波浪形的沙纹在侧光下呈现出美丽的质感。沙丘西边还有个小冰湖，一片沙洲伸进冰湖，诉说着羌塘腹地的寂寞。

此时此刻，我想起了小刚的《寂寞沙洲冷》，这首旋律优美的歌名取自苏东坡的《卜算子》：缺月挂疏桐，漏断人初静。谁见幽人独往来，缥缈孤鸿影。惊起却回头，有恨无人省。拣尽寒枝不肯栖，寂寞沙洲冷。其中“谁见幽人独往来，缥缈孤鸿影”两句，倒颇有些穿越无人区的意境。

力哥也扛着大机器上来了，他把机器架好，继续拍逐格，沙丘的影子在沙洲上移动，很好的画面。我要下去煮开水，力哥说白糖已经在砸冰煮水了，我顿时一惊。我看着白糖在沙丘下忙活着，他早晨起来后就一直在擤鼻涕，还是老习惯抹大头鞋上，现在正用手取冰砸冰。我和力哥说：“参谋长那可是擤鼻涕的手啊。”力哥呵呵笑着不说话，我也忍了，既然喜欢上了参谋长这个人，就得同时接受他的鼻涕。拉萨曾经有个甜茶馆，外号就叫华丽鼻涕。

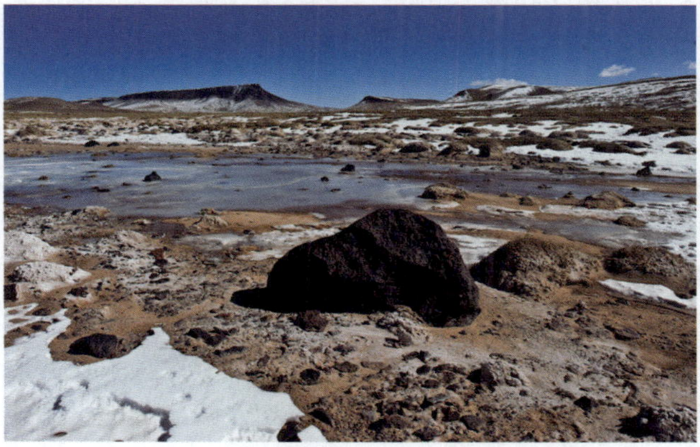

羌塘腹地地貌，远处是造型独特的天台山。NIKON D700、AF-S24mmf/1.4G、F11、1/400s、ISO100、-0.67EV

吃过早饭，利用煮水的时间，我们端着茶坐在沙坡上晒太阳，舒服得哪儿都不想去了，只要面朝雪山，春暖花开。iPod里面放着《光辉岁月》，我喝了口茶，其实每个人心中都有一段光辉岁月啊，对于我们来说，它是和无人区里的海阔天空在一起的。

拔营启程，11.7公里后，我们到达天台山河谷。那时候我不知道它是天台山，它的外

沙丘营地沐浴在晨光中，这是我们在无人区里最像样的一个营地。 NIKON D700、AF-S24mmf/1.4G、F5.6、1/1000s、ISO200、-1.33EV

一串足迹走过沙丘，它让我想起我们的穿越，也想起那个河边的牛角。 NIKON D700、AF-S24mmf/1.4G、F1.4、1/6400s、ISO100、-1.33EV

形之奇特可以排在无人区前三甲，黑褐色的山体，极其平而长的山顶，没见过这样的山。一头野牦牛站在我们和天台山之间，虽然从透视上讲野牦牛离我们更近，但它却渺小得像个黑点。这座山的造型与气势只有上天才能给予，所以说叫天台山还是比较贴切的。

但我们那时不知道啊，我在GPS定点的时候，为这座山的名字犯了愁，到底叫什么？它很长，而且它的山脊两侧有很规则的像鳞甲样的起伏，再有黝黑的颜色，我觉得它像一条玄龙，叫玄冥长风？听起来更像一把剑，不过不是很满意。这时力哥有了新发现，他说山头的东端，也就是靠近我们这一端，看起来像个狮头。我端详半天也没看出来，力哥干脆用相机拍了一张，然后放大给我看，我终于看出狮头所在了：山坡上有两个三角形，特别像狮子的眼睛，顺延下来的山坡立刻就像狮鼻了，山顶边沿的岩石很像狮子头上卷起的鬃毛。

力哥真是太伟大了，隐藏千万年的狮子就这样被发现了！羌塘腹地最奇特的山由龙和狮子组成，王气十足。最简单的叫法是狮龙山，力哥比较倾向这个名字，我又想了个紫狮玄龙，但这些名字都不是很满意，草草输入了一个就出发了。时间耽误了很久，白糖在前边都等急了。现在看，正名还是天台山，别名紫狮玄龙。

追白糖的时候，我们走的是左侧山坡的底部，坑洼不平外带水冲沟，特别不好走，而且那条山谷又很长，力哥都看出我的躁动不安了。白糖悠闲地在前方等着我们，真是让人羡慕嫉妒啊，可恨的是，我原本是想与其会合后，好好休息一下的，但他看到我们临近了，又继续出发了，我只能跟着走了。

翻山越岭钻山沟的时候，我开始探秘白糖的私生活，我问：“就你这一根筋的风格，平时和同事啊、朋友啊打架不？”我以为白糖多少会生些气呢，没想到他得意地笑了：“我可不是一根筋，我是多根筋，你没遇见以前的我算你幸运。”我和力哥不约而同地被他的豪气逗乐了，我说：“那你和单位领导也这样？”白糖说：“他们被

今天的穿越航迹，在GPS上看距可可西里近在咫尺，其实羌塘和可可西里之间本没有分界线，是浑然一体的稀有地带。天上的云像不像一只正在漫步的万年神龟？ NIKON D700、AF-S70—200mmf/2.8G VRII、F5.6、1/400s、ISO100

我气得拍桌子瞪眼睛都没用，现在都服我了，都得微笑着征求我的意见。”我继续深挖内幕新闻：“我觉得你实际上挺单纯的，那你这风格，交女朋友的时候怎么办啊？”白糖：“你别看我表面的样子，其实我也open着哪。”哈哈，从此后，我经常说：“参谋长，您open我们一下吧，您刚才那条沟过得太open了。”

不过白糖要磨叽起来也挺让人无法忍受的。他一直担心油料不够的问题，不断在车台里问我，如果油料不够怎么办。我说按我预判应该还可以。他又问如果不够怎么办，是如果。我说那就把所有的油都加到你车里，让你先出去。他急了，这怎么能行呢，不能抛下你们啊。我说，是让你出去买油，再进来救我们。他还是觉得不行。我说这是应急预案，必须这么做，和情义无关。然后他又让我找北京的朋友，让他们打电话，问问祁曼塔格乡能加油吗。我说还没到那个时候，没必要麻烦人家。他就不停催我问，我明确说不再应答这个话题，他又问了好几遍，把我和力哥都问乐了。

随着相处时间的增长和不断的磨合，我们和白糖之间的关系越来越水乳交融了。我们逗白糖让讲他的罗曼史，我们还时常斗嘴打嘴仗，他还让我把QQ或MSN号给他，说回去就黏上我，我说不行，被你在无人区黏上是万般无奈情非得已，出去后让我安静一下吧，求求你了。

过了天台山后下一个目标点是兔子沟，我觉得从天台河谷到兔子沟这段路挺诡秘的。尤其是27公里后，地表基本被大雪覆盖，看不到车辙，有一大片区域地形复杂，说雅丹又不太确切，有点像北京越野车发烧友们去潮白河豁车那里的地形，只是面积大多了。白糖看航迹的次数多了，我又跑到前边了，假雅丹里面的地表还是挺平整的，行驶速度比较快，就是有些像迷宫。我依靠的坐标点其实离这里非常远，是羌塘和阿尔金山交接的山口，基本只能瞄个大方向往新疆走，所以我在前面飞奔的时候经常留意白糖在后面的位置，还好，他一直在我的右后方，最后快到兔子沟的时候，我们俩又终于会合了。

坦率地说，如果没有明显的车辙，又没有航迹，在群山之中找到兔子沟的入口不是一件容易的事情。就这一段来说，我按照大方向跑到最后能和白糖一致，有很多运气在里面。我标注的羌塘进入阿尔金山的山口坐标点，是我在谷歌卫星图上自己找的，后来我们实际上穿越的山谷根本就不是这个坐标点。对于单车穿越而言，旧车辙是很重要的参考，但如果下了大雪把一切都屏蔽了，在没有航迹指引的情况下，我相信自己会耗掉不少脑细胞，因为羌塘和阿尔金山交界处是令人生畏的高大群山，属于昆仑山系，很容易让人迷路。

不知道兔子沟这个名字的由来，可能是兔子比较多，但我的体会是，如果你真是一只兔子，能蹦着走的话，那是最好的。进了兔子沟，地形顿时险要起来，积雪很厚，下深沟的时候，可以明显地看到前面有很深的车辙，沟很陡，又有大坑和侧坡，如果从对岸看，因为视觉误差的关系，你肯定会觉得什么车都会翻。我们有惊无险地过了沟，爬到对岸后向左绕个弧线，还要再下到沟里。白糖下坡前陷在深雪区了，我们过去看，不需要救援，他用铁锹挖挖就出来了。然后我们看到这条山沟还是要绕向北方，我和力哥商量了一下，决定不下沟，直接向北跋梁，也就是直接翻山梁，之前我们有几次这样走，挺有信心的。

连续翻过几道山梁后，我觉得有些不妙，这里的海拔超过5000米，山梁、山坡上都是积雪，把山沟、水冲沟、火山石都隐藏了起来，更头疼的是，我们无法知道雪沟和雪坑的深浅，也不知道哪里是深雪区。我在山坡上绕来绕去的，越发有些不安了，想下山已经不可能了，深沟阻挡了去路，只能向上绕，而上面的积雪更多。

下午2点，我们终于掉在雪坑里了，海拔5023米。两个前轮冲过去了，但后轮深陷雪坑，车的载重量还是太沉了。我想用低四脱困，但前轮是在雪坡上，根本吃不上力，所有力量都集中在后轮上。我计划仿效沙漠脱困的方式，前后冲击，只要能冲出哪怕半米的助跑距离也行，但这里不是沙漠，而且雪坑里隐藏着坚硬的火山岩，等我觉察出后轮毂和什么东西硬碰硬了，已经晚了，下车看到的情况是：轮胎扭曲变形，轮毂碎掉一大块。

后悔没在第一时间用绞盘，这个轮胎废了，用备胎顶上后，我们就没有备胎了，这在无人区实在是有些可怕。现在还没有走出羌塘，后面还有至少500多公里的穿越，如果再报废一条轮胎，那就悲惨世界了。如果真是那样的话，实在是太冤了，在我们的状态最好的时候，车却只有三个轮胎了，只能申请救援，或者由白糖出去买个轮胎回来，太折腾了。白糖的轮毂和我们不是一个型号，他的轮胎是六个螺孔，我们是五个。从这点考量，相同车型组队穿越还是很必要的，零备件可以通用。我和力哥说："看来，我们穿越库木库里沙漠的计划也要泡汤了，铺天盖地的藏野驴和野牦牛也看不见了。"

天无绝人之路，这个光秃秃的山坡上居然找到一个天然的锚点，那块石头在车的右侧山坡上，露出地面的部分很少，但石头中间部分有个裂缝，刚好可以挂上绞盘的钢缆。但单靠绞盘的力量依然无力脱困，绞盘紧绷，车几乎纹丝不动，只得再次使用老办法：生崩离合器。回顾进入无人区以来的脱困，我觉得特别对不住离合器，只要用绞盘

巨石滩，这个狭窄的山沟是羌塘与阿尔金山之间的必经之路。（摄影：力哥）　LEICA D-LUX5、F8、1/500s、ISO80、-0.66EV

就肯定要崩离合。幸运的是，六缸切的离合器足够强壮，这么高强度的使用也能扛住，功勋卓著啊。

用钢缆盘个圈套在火山岩裂缝上，车头逐渐被拖正，力哥站在火山岩上用脚踩住岩缝，防止钢缆滑脱，同时扛着摄像机拍摄。然后还是一寸一寸地脱困，直到距离火山岩不到一米，车才能依靠四驱自己移动。从某种意义上说，我们的羌塘穿越是一寸一寸地在前进。在山坡上找了个比较平的地方停车，检查左后轮，侧壁上有个口子，肯定是报废了，轮毂也同样报废。用卧式千斤顶支起车身，开始换轮胎。这也是我在历次旅行、探险穿越中第一次使用备胎，而且第一次的高度就超过了5000米。但是有力哥一起并肩战斗，情况还没糟糕到极限。

在此期间，白糖一直用电台呼叫我们，我在脱困和换轮胎的间隙回复了他，让他在山沟里找个安全的地方停车等我们，我没有让他回来救援，山坡上地形复杂，如果他再出状况，我们面对的问题就严重了。他一直问我们的位置，其实他通过某个山坳的时候，我们就看见了他，但他没看到我们。救援最要劲儿的时候，嗓子眼像刀割一样，根本没力气回复他。

脱困并换轮胎用去了1小时45分钟，之后小心翼翼地下山，在山沟河道穿行，和等待我们已久的白糖会合。白糖已经向回走了一段来等我们，见面后问我怎么不叫他过去帮忙，我说那种地形你过去也比较危险，在冰雪山坡上，坚固的火山岩比车辆更适合做锚点。至于在科考队约定的规矩，昨天你给我们做锚点的时候就破了，以后我们不提那个规矩了。边走边聊，十多分钟后，我们到达了著名的巨石滩。海拔4959米，坐标N35 43 720 E89 16 171。

巨石滩果然名不虚传，山沟狭窄，小河沟和两侧山坡上布满了大石头，我们停车看了会儿地形，白糖在前我在后，穿越巨石滩。因为巨石滩是穿越羌塘的必经之地，历次穿越车队已经把这里碾压出一条模糊的车道，但那些石头看起来依然挺桀骜不驯的，过河的时候有一堆看起来最难通过的石头，白糖居然大义凛然地过去了，似乎那辆车不是他的。但我从后面看还是很担心，底盘是擦着那些大石头过去的。帕拉丁的前悬挂是A臂式结构，可以躲过中间凸起的石头，六缸切是前后硬轴，前后差速器牙包也不在一条直线上，很难躲过那些大石头，我有些害怕了，停在这边河岸没动。

我仔细审视了左侧河岸上的斜坡，同样是布满积雪和石头，而且坡度有些大，但还是有一个很窄的线路缝隙可以过去，但必须靠车的爆发力快速通过，用前冲的惯性抵消向下侧滑的重力，稍有闪失，只要向下滑动很小幅度，我们就会陷入被巨石包围的困境。思考再三，最终我下决心走侧坡。

事实证明我的选择是错误的，重载和高海拔联手将六缸切的爆发力压制了，侧坡上的积雪毫不客气地把我们引入那个已经看好的困境。退回去都没可能，稍有动作，车就继续横向下滑，陡峭坡度加上车的重心偏高，几乎使车的左侧两个车轮离地，我很担心车辆侧翻。尤其是向下滑的时候，右侧车轮如果顶到石头，翻车的可能性很大。向前是不可能的，两块巨石像山门一样堵住了去路，右侧则是一排石头墙，石头墙隔壁是冰河。那一刻我也有些蒙了，好像处于一个无法解脱的死结里了。

白糖徒步走了回来，我们三个人站在车前有些一筹莫展。尤其是我，刚在兔子沟报废了一条轮胎，马上又在巨石滩落入一个死套，其实这两个困境都至少有50%的避免可能。我叹了口气："昨天追熊拍摄遭报应了。"

白糖回车里拿了根粗钢管当撬棍，准备发扬愚公移山的精神撬开拦路的巨石，但这里的石头早就和冻土层融为一体了，纹丝不动。白糖和力哥决定搬石头垫出一条路，于是我们爬到山坡上捡石头，或者说是搬石头更准确些。为什么我会从心眼里认可力哥和白糖这样的爷们儿，他们是那种干活非常实在的人，无论是自己的工作还是帮助朋友，身体力行绝不惜力，这样的人品决定了我们在一起不可能有大矛

围山湖，湖如其名，四周全是起伏的山谷，不停地爬大坡下山谷，很考验车的动力。（摄影：力哥） LEICA D-LUX5、F8、1/320s、ISO80、-0.66EV

盾，我信赖他们。

我曾经怀疑这个工程能否完成，但愚公精神光耀羌塘巨石滩，我们硬生生地在挡路巨石的两侧架起了立交桥，而且几乎把两个石头之间的缺口填平，自此，巨石滩又多了条路。之后我们各就各位，白糖在车前指挥，我觉得他要穿上警服太有交警队长的范儿了，就是拄着的那根钢管太长了。力哥是红绿灯节目摄制组的摄影师，已经占好机位准备拍摄我闯黄灯的镜头。

我则有些如临大敌，因为那时候我已经没有车感了，三个小时之内连续两次失误，让我对自己产生了怀疑，我根本不知道能否闯过去。侧坡，非常短的冲刺距离，斜线，立交桥很窄，如果没过去，从立交桥掉下去撞到死角，估计今天就要在巨石滩过夜了。深吸口气，变速杆切入低四一档，绝对出乎意料，六缸切很轻松地就弹了过去，轻松得就像做梦。

把车停在对岸时，突然觉得特幸福，因为地面是平的，没有任何可担心的。我跟自己说，要珍惜眼前的幸福，不要再把自己搞进困境了，几块大石头就能让人体验冰火两重天，记住，你只有四条轮胎了。我没在白糖面前表露出脱困后的幸福与满足，那样的话，他一定认为我之前的勇猛都是装出来的。力哥回到车上坐定，我问他拍摄得如何，力哥说："正在你冲击的时候，摄像机没电了。"

接下来的穿越，经过了向阳湖和围山湖，这一线的穿越开始大起大落，下大坡爬大坡，有的时候看着对面的大山坡，甚至怀疑能不能爬上去，我们开始面对昆仑山脉了。没事的时候，白糖开始嘲弄我了："哎哟，难得啊，老虎也有老实的时候啊。"我确实变回了本分人，踏踏实实在后面走车辙，走自己的路，让白糖调侃去吧。不过话说回来，即使有备胎，这段路也没有自由发挥的余地，沿着车辙走，是最好的选择。

白糖说他那里还有一瓶56度北京红星二锅头，晚上请我和力哥喝酒，喝酒地点就定在白糖的车厢里。我说你行啊，我们北京人基本都以40多度的牛栏山二锅头为主了，您还敢喝56度红星呢，太厉害了。白糖说他平时不喝酒，但为了陪我，他今天豁出去了。在金色的荒原晒着金色的阳光，还有人要请喝酒，心情巨愉悦，尽管我和力哥曾在西宁约定，穿越途中滴酒不沾，但白糖请客，就破例一回吧。

丰水年再次发威，原来的老车辙都被湖淹没了，我们向东北绕行，我看了GPS，与可可西里近在咫尺，基本上向右多跨出一步就进青海境内的可可西里了，然后也可以开玩笑说是穿越了三个无人区。这边开始有些草原迹象了，水泡子比较多，地表比较柔软。

晚上7点17分，我们在一条大河床边扎营，营地海拔4892米，坐标：N35 59 182 E89 18 465， 当日行程81.7公里。天色还不算太晚，岸上有几处闪光的小石堆，我搜寻了一会儿，捡了几块成色一般的玛瑙石。

晚饭是猪蹄黄豆蒸饭，可惜饭有些夹生，可能是水放少了，我还是按照在北京蒸饭的标准控制水量，其实应该多加些水，在高原蒸饭不容易熟，水少了，底下的饭是糊的，上面的饭也熟不透。

白糖把车后厢的东西都卸了下来，并体贴地打开了暖风，铺上地席摆好下酒菜之后，白糖酒吧正式开始营业了。我们盘腿坐在温暖的车里，白老板从怀里摸出了大名鼎鼎的56度红星二锅头，我差点背过气去，他手里拿的是二两装的小扁瓶。我说："您说得那么邪乎，还豁出去了，咱哥儿仨就喝二两啊。"不过说归说，在高原喝酒，浅尝辄止，有那么个意思就好。倒好酒后，白糖又拿出了火腿肠，他和力哥都不吃，只有我还控制不住对这东西的好感，不过我央求白糖，别再提双湖那些狗了，那绝对是伤心事。

羌塘三结义，二两红星。几杯落肚，我由衷地向白糖表白："通过这几天的配合，参谋长你完全赢得了我的信任。"看白糖露出得意的笑容，我借着酒劲继续起哄让白糖讲他的open史。白糖讲了个故事。那还是上大学的时候，他有练武术的爱好，有一天晚上，他穿了一身白缎子练功服，去学校操场的角落练梅花剑。那是一片草地，白糖刚刚来了一招白鹤亮翅，单脚独立，左臂斜伸作鹤翅状，剑尖所指的草丛里突然钻出一对男女，落荒而逃。回忆往事，白糖喝了一口酒，觉得特对不起那对恋人，人家正在那里打滚呢，被他一亮翅给吓跑了。

喝酒的时候，我是挨着后门坐的，车里灯火通明，外面漆黑一片，我特担心门缝里突然伸进一只熊掌。羌塘的棕熊很多，经常去牧民家翻箱倒柜找吃的，如果被我们的酒菜香味引来就麻烦了，还好喝了一两多酒，否则真没胆儿下车盛饭打水。

这顿大酒，白老板喝了大概三瓶盖。不过他答应了，穿出无人区后，再陪我们喝啤酒。据他说，他有两瓶啤酒的量。

10月29日　爱恨情仇鲸鱼湖　悲欢离合阿尔金

早晨起来，天气晴好，我们边喝茶边寻石。白糖说昨晚喝完酒，四肢酥软天旋地转，比高原反应还晕乎。我看着他的样子，壮实得像铁塔，实在想不出他是如何四肢酥软的。而且我一想到他四肢酥软地睡在力哥旁边就想笑。

早饭后拔营出发，直接下河道向西北。仍然是昨天的地形，大起大落，两个车都是六缸发动机，爬大坡都没问题，低四二档是最常用的档位。下陡坡的时候，白糖说车有些摆动不稳定，我建议他用低速四驱下坡，白糖说很好用，其实这就是陡坡缓降。

在翻越一些不太长但很要动力的山坡时，白糖经常得意地在电台说："我刚才用两驱拉到4000多转，终于爬上来啦。"对于他的自我陶醉，我不客气地泼冷水说："成熟的越野者会充分利用四驱，在任何时候都会给自己留出余地，用到极限在很多情况下是不安全的，如果遇到突发状况你就没有了动力储备，而安全通过是越野最重要的一环。"

远眺鲸鱼湖。 NIKON D700、AF-S70-200mmf/2.8G VRII、F5.6、1/1600s、ISO100

高大山脉是地区与地区之间最好的分水岭，昆仑山正是藏北和南疆的分水岭。我们在羌塘和阿尔金山之间的波峰浪谷间盘旋冲突，很多时候也会顺着河道穿越山谷。在穿越一条河道的时候，我们遇到了瓶颈，河道收缩，沟壑增多，上岸绕过一处瓶颈后，再下岸又遇见下一个瓶颈，白糖继续在河道里走，我们决定上岸越过山梁，因为河谷蜿蜒曲折，看走向的话，如果直切应该会在前面与白糖会合，只要保证电台通联就可以。

但直接翻山梁的弊端是要压榨发动机的动力。还好，爬过两个山梁后，我们一路向下进到一条山谷里，沙土地面，很好走。山谷里有个三岔口，能看见白糖那条河谷，那是他的必经之路，我们又向前探了路，居然发现了不太清晰的车辙，于是停下来等他，并告知我们的方位。但白糖迟迟不见踪影，从电台里听，河沟里似乎很不好走，而且他不知道我们的位置，于是我们返回去找他，爬上河谷一侧的高山坡给他做目标。从高山上俯视河谷，终于看见他的车影了。

应该说，从接近阿尔金山开始，车辙就非常明显了，虽然穿山过河，但跑起来很轻松。从宿营地算起，46公里后，我们到达羌塘进入阿尔金山的节点，海拔5002米，坐标点：N36 15 888 E89 09 368。

下午1点39分，远远地看见了一抹蓝色，那就是鲸鱼湖。下午2点30分，到达鲸鱼湖西端。这期间，六缸切的左后门关不上了，限位器故障，力哥出马解决问题。

实地观看鲸鱼湖，因为地势平阔没有高点，很难看清鲸鱼湖的轮廓。在谷歌卫星图上看，湖的形状恰似一头横卧着的巨鲸，头东南尾西北，故而得名鲸鱼湖。此湖东西长37千米，南北宽7.6千米，面积260平方千米，湖面海拔高达4708米，湖深1至10米。湖的东段1/7处，形成了一道长达7.5千米的自然沙砾堤，将湖水自然的分隔成东、西两部分。沙砾堤宽约200米，高出湖面2至4米，中间有缺口，两侧之水可以互通。东半湖鱼头处因有玉浪河补充淡水，每年夏季，都有无数的棕头鸥和赤麻鸭等飞禽在此觅食繁育。西半湖鱼身处因无淡水补给，天长日久蒸发强烈，湖水含盐量几乎达到饱和状态，是一个没有生命的死湖。由于两湖水质差异明显，自然形成东湖鸥歌鸭舞、西湖了无生

机的鲜明对比，因此，人们又把鲸鱼湖叫做阴阳湖。

有明显车辙，白糖又存了那么多航迹，正是他发挥的时候，但就在我们向西北准备离开鲸鱼湖的时候，白糖突然掉转车头折向东方，我们以为他要去湖边拍照片，就放慢速度等他回来。然后我们在湖的西北雪地上看见了很多新车辙，至少有五辆左右，联想到前几天有穿越北北线的车队在此受困被政府救出，估计是他们留下的。而且再向前探路，发现了一条正式的土路，我们立刻和白糖联系，说找到了土路，但白糖让我们过去找他，说是他要去找以前车师他们的航迹。我说这边的方向是对的，不要再去那边绕弯了。但白糖坚持他的选择，越走越远，并让我们跟上，我们则让他返回来跟着我们。

然后，我们的之间的电台信号就开始变得模糊了，断断续续，直到听不见。白糖在游记里说，他后来在电台里告诉我们，我们的方向是去若羌的，因为那支被救援的车队最后到了若羌公安局。但是即使去若羌，也要先走我们发现的土路，将近200公里后，在阿其克库勒湖的西北角有个岔口，向西去且末可以到若羌，向北去茫崖也可以到若羌。所以我们那条路是必经之路，也是当地公安救援队走的路，那就意味着是捷径。

我们缓慢地前行，等着白糖追上来，走出将近两公里后，我们停在土路上等他，在估计的时间内他还未出现，我们就返回到最后通联的地方找他，分手之前还能在那个地方远远地看见他的车，但此时已经泥牛入海，踪迹全无。

我有些生气了，怎么搞的吗？放着眼前的正路不走，非要去找以前的航迹。本来我以为都到阿尔金山了，白糖的航迹依赖症会好起来，但没想到在鲸鱼湖又发作了。一气之下，我也调头返回，沿着土路朝西北前进。其实也不完全是置白糖于不顾，因为我觉得这一带地形不复杂，白糖应该丢不了。

一来一回用去不少时间，我凭直觉推断白糖可能顺车师的车辙往北跑到前面去了，力哥说他不可能那么快，因为白糖在羌塘和我们走丢后基本是原地不动的。在前还是在后？保险起见，我选择了力哥的判断。在我们等待并在附近寻找的时候，白糖极富磁性的声音像个播音员，他开始在台子里教育我，让我端正穿越态度，注意组织纪律，让我抛开人生中一些所谓的名声、虚荣心，还给我讲登珠峰差100米后退的奉献精神，说那才是真正的勇气。我一边开车一边苦笑，和力哥说：“咱们这是到无人区接受人生观再教育来了，他说的这些我都赞同。”

走出大约七公里，我逐渐冷静下来，不能就这样分开，从多格错科考队营地到这里，就差这一哆嗦了，不能够啊。于是又返回去找白糖，最初的分手点那里还是没有他，我顿时气不打一处来，果断掉头。白糖？红糖也没用了。

一气之下，我沿着土路向西北开了13公里。初始的时候，我老觉着白糖还躲在鲸鱼湖西北角某个土坡后面原地演讲呢，起码能听见他声音，但随后，声音就时断时续了，经常是大段的沉寂。说实话，我当时有心继续向西北，不理睬白糖了，他在依赖航迹上的执迷不悟和没完没了的教育开导很让我心烦。

但最终，我的脚还是放在了刹车上，我觉得力哥也希望我这么做，虽然他一直沉默没说话，但在我停车的时候，力哥露出了笑容，虽转瞬即逝，但我已觉察到。我们心里都清楚，无法再向前了，如果两辆车就这么分开，不是我们想要的结局，毕竟我们穿越羌塘的时候，有过快乐，有过互相帮助，我们在一起穿越是上天安排的缘分。

天上阴云更浓了，并开始飘起小雪，在路边沉吟了片刻，我叹了口气，又转回那条路。想起昨晚我说白糖完全赢得了我的信任，觉得有些讽刺，没想到第二天就风云突变了，那可不是酒话啊。其实也是酒话，如果不喝酒，我会把那样的话放在心里，因为我一直坚信，你真正想做的事情或想说的话，最好是隐藏在心里，然后用行动去证明。

向回走了几公里后，我们离路向东南方向驶去，那个方向可以直接插到白糖向北的线路上，如果回到原来的分手地点，不仅会绕个大弯，北面的丘陵也会挡住搜寻视线。我们开始在鲸鱼湖西北部的荒原上画大弧线，只要有地势起伏的地方，都会绕过去探个究竟。有一次，茫茫雪原上出现了一个车的轮廓，我和力哥顿时精神一振，原来他刚才是躲在这里播音呢，我们就从后方包抄过去，想吓他一跳，结果到了近前才发现那是一堆很像车的土。在荒原上，本身就容易产生错觉，尤其当你寻找什么的时候，眼睛所看见的会特别像你心里期待的。

我们扫过了几乎所有的曾经的车辙，基本毫无例外，那些路最终都绕回到我们说的那条路上了，越是这样，我越为白糖的“执着”窝火。但失望的是，所有的车辙里都没发现最新的、也就是白糖的车辙。再向东可能还有路，但那个区域视线范围很广，如果有车应该能看到。我觉得白糖可能不在这里了，无论从时间上还是油耗上考虑，继续搜索都不是好办法。

我们比较担心他向东北扎进山里，H博士说鲸鱼湖正北有个狼沟，里面狼很多，但这个还不太令人担心，以白糖的实力，虽然没带梅花剑，但未必就败给狼，很可能反倒是狼被他气得满地打滚。白糖的车上有些食物，我们还放了一箱水在他车里，保证生存几天问题不大，而且白糖的体格看起来饿几天也没问题。最担心的有两点，一是陷车被困，虽然他有绞盘并有前后快插口，但他没地锚。话说回来，即使有地锚，我们之前惨痛的陷车经历也够他一梦，要真陷河里或沼泽里，他一个人怎么办？最失误的是，我们天天在一起，居然没想到互相留个卫星电话，虽然他那台只能打出不能接听。

最关键的还是担心是白糖的心理承受能力。因为之前在羌塘的短暂走失，他就已经

这座山的轮廓就像是沉睡千万年的阿尔金女神，她和岗扎日情侣峰相隔数百公里，一个万年孤独，一个始终守望。而我们只是这里的过客。NIKON D700、AF-S70-200mmf/2.8G VRII、F5.6、1/160 s、ISO100、-0.33EV

表现出明显不安，而刚刚数分钟前，他对我的连篇教育再次体现出他心理的波动。面对互相走失，我们的选择是返回来寻找他，但他已经对我们产生了不信任和怀疑，这是最可怕的，说明他已经把事情想到最坏处了。后来得知，白糖当时判断我们向西去且末了，怎么可能呢？在科考队营地我就告诉过他，我们要去祁曼塔格，实在不行去茫崖，从未说过去且末。退一步讲，如果真要去且末，我们能抛下他扬长而去？几天的无人区穿越，还没有从了解到信任？

其实白糖的各项能力都是很强的，独独是在应对无人区的孤独这一点上有些不自信，但令人安慰的是，阿尔金山的路况条件比羌塘好得太多了，而且经过羌塘的历练，他还没笨到往山里扎的地步吧，至少他还攥着几条路线航迹呢，要不这参谋长真是白当了。

雪地反射着阴郁的光芒，我和力哥的脸色像灰蒙蒙的天空，只觉得心很沉很沉，之前陷车那么严重都没有这样悲观过。我把GPS拿在左手，随时调整着画圈的方向，都说眼睛是心灵的窗户，但在沉重心灵的拖累下，我能感觉到目光的茫然与呆滞。长时间的沉默后，我和力哥说："尽管我们都是成年人，白糖还比我大两岁，可以对他自己的行为负责，但要真出了事儿，那这次穿越无疑就是悲剧，还不如不穿。也许没有人追究我们的法律责任，但我们难逃其咎，可能这一生都会背上沉重的压力。"

我们在拍纪录片，但现实版的纪录片有些悲剧的气氛了。

搜索的同时，我把手台伸出车外，不说话，只按动发射键，就像传说中的外星人勾引地球人那样，无数次都没有结果，无数次继续发射。好久好久，电台里突然响起沙沙声，然后传来白糖断续的回应，他之前的愤怒变成了色狼嗅到猎物般的兴奋，说找到我们了，找个高点用望远镜寻找我们。但无奈的是，我们说什么他听不到，我们在高点也看不到他。这一带就没有高点，只有一个起伏遮挡着另一个起伏。很快信号就彻底中断，力哥间断地问他，但手台毕竟是手台，信号范围有限，再次失去联络。后来事情过去，我和白糖说，我们之间的这场误会，纯属是一个手台引发的血案。

茫然地在荒原上画了一个30公里的大圈，然后丝毫不差地回到原点，GPS上是个封闭的轨迹，最后几百米，力哥提醒我走错方向了。力哥的方向感一直很棒，他说得没错，最后几百米是在向回兜圈。我苦笑着说："我只是要画一个完美的封闭轨迹，这是一个完整的圆圈，如果找到白糖后，让他欣赏一下，为了找到他，我们都得自闭症了。"

但圈画得再圆，找不到人也是虚无的圆圈，或许这只是一个心理安慰，或许我应该走出一个心形的轨迹。我们决定继续向西北，也许他真的跑前边去了呢？时过境迁，我们不能用羌塘的老眼光看阿尔金山的白糖了。

沿着土路向西北行进，接下来的任务就是瞪大眼睛寻找路上有没有崭新的车轮痕迹。行驶数公里后，两条诡异的车辙引起了我们的注意。没看见它什么时候上的正路，但我下车仔细看了花纹，基本确认是白糖的固特异MT所留下的，那套轮胎不错，花纹有些像固铂。

看到白糖的脚印，我们的心情开始激动，跟着他的车辙走就仿佛看见了他的影子。一路上，我开始赞叹白糖的车辙，路线的选择、障碍物的躲避都是那么的纯熟，太飘逸了。只是白糖这速度，看样子是要甩掉我们呀，因为这家伙到了有车辙的地方蹿得比发情的兔子都快，而且他的六缸帕拉丁动力十足，负载轻，前独立悬挂非常适合跑这种土路，我肯定是追不上他。那时候我和力哥都在祈祷有一头白糖的天敌野牦牛拦住他的狂奔，最好吓得他扭头往回走，或者他的肚子突然疼痛然后下车狂泻，最后虚弱得连车都上不去了，如此这般我们才能追上他。产生这些歹毒的想法只是为了追上他，短短几个小时不见，相思难耐。

虽然豁出去可以追到白糖，但我们有一个致命硬伤——没有备胎。

我和力哥说："如果咱们跑爆一条轮胎，那么我们所处的境地就要和白糖来个180度大换位了，而且比他要惨得多，只能原地等救援，没别的办法。"你说也是啊，这家伙全须全尾儿地在前边飞奔，我们时刻为他担心还提心吊胆地不敢快跑，这上哪儿说理去呀，实际上被压迫被剥削的是我们，我和力哥就是窦娥的兄弟窦鸡与窦鸭。

力哥后来和我说，在兔子沟雪坑轮胎报废了，他就一直琢磨着如果再废一条轮胎怎么办？想尝试把废轮胎拆解后捆粘在轮毂上。后来回到北京，来叔说可以把铁锹斜着绑在轮毂下，但这样做能坚持多少公里不敢保证。

那时候我们判断，白糖肯定不会在无人区露营，他有可能效仿子弹壳连夜杀出阿尔金山，如果这样的话，我们很可能再也见不到他了，他是公路狂。后来印证，白糖说无论如何他不会一个人在荒野露营，其实他不是害怕，关键是一个人太孤独，连个说话的人都没有。

但我还是加快了车速，眼睛盯着路上的每一块石头，防止伤害到轮胎。终于，在一个上坡处，我们发现了两个荒原罗马柱，这是白糖留下的证据——两个他扔掉的金属油桶，我和力哥下车取证。寒风中我问力哥怎么处理，我知道应该带出无人区，但车里实在有些拥挤，力哥沉吟了一下说："两个带不走，带一个小的。"我说那好，出去羞辱一下白糖。实际上，这是白糖特意放在那里给我们作标记的。

其实，我觉着金属油桶戳在荒原，有一种别样的凄美。一路上这样的凄美还有几处。

又追了一会儿，力哥断续用手台发信号，突然，台子里出现了噪音并夹杂了一个人发出的声音，虽然听不清，但令我的心震动了一下，我问力哥："是他吗？"力哥也兴奋起来，这荒原里，除了白糖还能有谁？

看来离他越来越近了，也不知怎的，我的眼睛一下子潮湿起来，还好我戴着墨镜，只是把脸扭向了窗外。力哥平时除了在车里拍摄时会用镜头对着我，其他时候基本没怎么扭头看过我，这次可能我自己心虚，觉得他瞟了我好几眼。比较窘迫的是，我觉着脸颊上有些痒，看来可能有水分滑下来，但又觉着不会吧，怎么可能为了白糖这样的人动感情呢？难道像张爱玲阿姨说的那样，哭给自己看？其实本来就没多大事儿，可能之前想得过于悲观了吧。

当然，我们说话白糖还是听不到，但我们看见远方的地平线突然出现了几个黑点，而且还是移动的，好几辆车！咋回事？难道说白糖生我们的气了，调来几个帮手收拾我们？这时听见那个练梅花剑的人在台子里说话了："还是好人有好报呀！"说完还哈哈一阵狂笑，我们听了这话有些摸不着头脑，但潜意识里觉得白糖话有所指，暗藏玄机。这个话头看样需要参几年才明白。

然后听见白糖说："你们把频率调成我的438.000，看见我那个兄弟，告诉他我在前边等着呢，他就一辆车，没备胎了，不太安全。"这几句话就像一根针刺破气球，我之前对白糖所生的气全跑光了，白糖，我没看错你，你人品就是好，为这个，你刚才无厘头连挖苦带损我的，我全都忘记并原谅你了。但白糖接下来说的话让我丈二和尚摸不着头脑了，他说我们有可能向且末方向去了。后面才知道，那是白糖给我们"设计"的路线。

那几辆车越来越近了，在这短暂的几分钟里，这几辆车成为了我们和白糖的中继台，两边都在说话，台子里乱七八糟的。等车队停在我们面前，对方下来一位老兄，走到我们车旁，握手寒暄后，他自我介绍叫黑猫（ID），是广东车队的，然后说前方有个哥们在等我们。我和力哥下了车，和广东车队的大侠们一一相见并互通ID，认识了野牦牛老兄等朋友。此时，后面的车上下来一个人，这个人我认识，大名鼎鼎的张洛维老师，是国内赛车界的泰斗，我和洛维老师握手时又上来一个人——肥狼！肥狼的大名经常听宫老师提起，我提起宫老师，洛维老师和肥狼都知道。洛维老师简要地说了他们的路线和计划，并招呼我和力哥去他的房车上喝茶休息，但时间对于我们双方都是宝贵的，以后相聚的时候再喝茶叙旧吧。分手时，洛维老师建议我们在红石梁这一侧扎营，明天翻过红石梁一脚油就出阿尔金山了。

再美好的相会也是短暂的，暮色中和广东队道别，看着广东车队五辆车消失在羌塘方向的风尘里，不由心生感慨，人生何处不相逢，这就是我们的江湖。我有些担心他们驾驶的皮卡房车，阿尔金山和羌塘交界处的大山、巨石滩、兔子沟，这辆房车可能会有些困难。后来听说他们成功到达了双湖，看来是没问题。

与广东队在无人区相遇大振人心，而且马上又要和白糖重逢，做梦都想不到的双喜临门发生在一个下午，无人区穿越看来要以大喜剧收场。但我没想到的是，接下来的“剧情”急转直下，比羌塘到阿尔金山的海拔落差要大并剧烈得多。剧透重点情节：悲欢离合、爱恨情仇、势不两立、水火难容。

再向前行，远远地看见一辆灰车停在远方，那是白糖在等我们，看我们接近，白糖启动，我们跟在后面。电台终于联通了，我怕笑场，就把手台给了力哥，让他和白糖分享重逢的喜悦，我当听众。更重要的是，我不想让白糖听出我有一丝一毫的高兴与感动。

两辆车一前一后地跑着，白糖终于开口了：“你们这么干有意思吗？又放我鸽子是吧？你们要显示勇气开辟新路线去且末，也应该打个招呼吧？毕竟我们是两辆车，你们什么也不说就走，有团队意识吗？”

这番话完全令我们目瞪口呆了，我等着侧耳倾听重逢后的甜言蜜语呢，结果是防不胜防。在几个小时前的人生观教育之后，白糖准备开批斗会了，看来我刚才没和他说话是对的，要不大热脸贴凉屁股的滋味实在太伤身体。

开始我还没那么愤怒，听力哥一句一句地和白糖解释，甚至可以说是对证，说了为什么分手，还把我们跑了三四十公里找他的经过都说清楚了，我以为双方的误会可以打住了。但白糖不依不饶，一口咬定分手的时候什么都没听见，然后就反复说他发现了车师的路线车辙，叫我们过去我们也不动，说我们擅自分手走自己的路。无论力哥说什么，他只是重复这几点，不让我们插话，而且他表示，他已经被我们气蒙了，无比愤怒！糖叔很生气，后果很严重。

力哥都没到更年期，白糖似乎提前“更”了。

力哥的涵养很好，真的很好，但此时他的脸色也有些青了，他一字一句地和白糖说着事实，胡子跃跃欲试地作颤抖状。我实在忍不住了，拿过了手台，质问他我们什么时候说过去且末了，什么叫放鸽子？结果白糖还是刚才那套话，而且对我说的事实居然这样回答：“行行行，你说的都对行了吧，你什么都对行了吧。”

这是我最烦听到的一句话，传说中的火上浇油引出了传说中的火冒三丈，吵架由此升级（吵架内容略去250字），这期间，我们的车从白糖的右侧超了过去，他在后边继续演讲。

继续前行，怒气逐渐退了一些，我没料到，人家广东大侠都到无人区给我们冲喜来了，白糖还这么不依不饶的，对于他的指责实在难以接受，这炮兵班炊事班长当得很窝火。这时，力哥把手台又打开了，他是大哥，他要充当磨合剂，他此刻是安耐驰。其实之前我和白糖在穿越风格上出现分歧，力哥就在晚上利用和白糖同床共寝的机会给他吹枕边风，说我们俩应该配合，他的航迹等准备工作是优势，我的实际经验是优势，应该互补，这样会有很好的效果。

下午7点08分，日薄西山，我们在阿尔金山的荒原上找个小山谷准备宿营。过了一会儿，白糖才慢慢悠悠地跟了上来。扎营时我们俩都是互不搭理，当对方是空气。白糖在广东车队的房车上喝了茶，介绍了无人区的情况，并借给了他们平板电脑和航迹（很仗义的行为）。分手的时候，广东大侠们送给白糖苹果和岭南橘。露营的时候，白糖把苹果和橘子拿出来给力哥，当然，他不好意思直接给我。

我终于想明白了白糖为何狂笑着说好人有好报，原来是指苹果和橘子，而最后的狂笑无疑是在嘲笑我这样的坏人没有苹果吃。唉，其实你也不想想，纵然我是那样的坏人，但有力哥在，以他的人品，会让我做出那么龌龊的事情吗？所以我曾经夸白糖单纯，但他好像不爱听，列举了很多他的成熟来证明他有多坏，其实说真的，现在这个社会，单纯是一种美德呀。

记得在五泉河营地的那次磨合，是白糖主动和我搭的话，而这次的晚上露营，是我先打破的沉默，虽然白糖无端猜测指责在先，但我后来的态度也够恶劣。我在晚上和他搭讪："参谋长，还生气呢？我道歉。"白糖笑得特诚恳："没事儿，能真和你生气吗？"我说："你都快把我气疯了，你还没事，真是功力深厚啊。"我们三人都大笑起来，到此一切烟消云散。

其实，男人之间总难免碰出些火星，尤其是在穿越无人区这样的极特殊情况，急躁与分歧总是难免的，但只要互相认可对方的人品，都是肯付出敢担当的人，那么即使有争执，只要双方都反思自己的不妥之处，最终不过是沧海一声笑，滔滔两岸潮。

这种事情很难说谁对谁错，大家都有自己的立场，但如果都互相迁就一些，多沟通，就不会出现这样的插曲。我也有问题，白糖一说带队或带我走的时候，我总是不舒服，说好听些是自尊心，说不好听是小心眼。潜意识里我还是觉得自己更强大，但白糖经过这次无人区实战后，他的木桶就没有短板了，他的综合能力已经甩我几条街了，如果真的可以，以后我愿意让他带着走。当然，如果我那个车台被草原洪水泡坏后再买一个，也可能就不会出现这样的惨案。荒野探险穿越，保证电台通联很重要，在某些极限情况下，像生命线一样重要，切记！

但那时候，即使我们手里拿的是能发射1000公里的台子，参谋长能回到我们的路线上吗？我们又会回到他的路线上吗？很难确定，我觉得只有一种可能，两个人都走在认为正确的路上，然后走到了一起，电台的作用是避免彻底失去联系。但如果大家都出奇的一致，那还有这么多难忘的回忆吗？

营地海拔4315米！这是进入无人区以来海拔最低的营地，实际上也是自国道109昆仑山口以来海拔最低的地方。知道是什么感觉吗？我看着岭南橘，以为到了江南。绝对不夸张，夜风似乎温柔了许多，含氧量明显增加，气温舒适宜人，露天吃饭喝茶悠闲多了。在这里，力哥安排了拍摄，我打开电脑，在谷歌卫星地图上介绍了我们的位置和下一步穿越线路，作了阶段性穿越总结。

对照卫星图、地图、GPS，我反复确认去祁曼塔格的路线，而且和白糖打了招呼，让他也帮忙关注一下，但白糖没有拷贝去祁曼塔格的航迹，我们只能寄希望于能看见明显的道路岔口了。另外，白糖不反对和我们一起去祁曼塔格的沙子泉，因为从那边也能出无人区去格尔木。我则希望他能感受一下沙漠穿越的魅力，让他中毒沙漠应该很容易，他的良好车感会很快适应沙漠。

今天行驶里程179公里，如果没有鲸鱼湖那边的互相走失等待，至少还能再增加100公里。不过第二天走红石梁和风尘口，超级烂的路，海拔高且风沙很大，如果露营的话会比较难受。所以这个营地是天意。

力哥吃橘子的时候，白糖没吃，我特感动，心里想做错了事情也不能这么惩罚自己啊，让他也吃。白糖说和广东队分手后，他一口气吃了好几个大苹果，已经吃不下去了。

我拿了个黄香蕉苹果放在风挡玻璃下方，明天中午，天气最热的时候，我要好好地品味它，尽管它比白糖吃掉的苹果要小。

后来回到北京，我看了白糖写的穿越日记，详细地记录了他和我们走失后的经过：在鲸鱼湖，他调出了第三张分解导航图，向东找到向北的路，然后还是向西北迂回，和我们那条路汇合。以当时的天气，他很担心会下大雪，一边快速前进一边用电台呼叫我们，每到高点都呼叫，还利用加油的时候等了一个小时左右。他知道我说过要去祁曼塔格，但又怀疑我改变计划去若羌或且末，因为他说我喜欢走新路。油桶确实是他有意放置的，作为他经过的信号。确实如我们所料，他计划连夜翻越红石梁，不在无人区过夜。他对自己的车充分信任，他还希望能和朋友们一起走过剩余的路，如果我没自作多情，这个朋友应该是指我和力哥。

他说他在行事风格、沟通模式等很多地方和我都不一样，经过了多次碰撞，我们之间的信任才互相建立起来，并形容我们的感情是打出来的（对此我也认同）。临睡前他也在反思，在鲸鱼湖的时候，是不是应该返回去找我们。

别的我不多说了，他反思的那句话是亮点，因为它感动了我。我现在希望有两部3000公里的电台，能连通北京和成都，没事儿听白糖唠叨唠叨，顶多听烦了，我把电池卸下来。我还期待着，什么时候被白糖放一次鸽子，不为别的，咱也当当鸽子。

还要说明的是，白糖的穿越日记里没有提到我们打嘴架的事，我写了。我也犹豫过是否应该写出来，毕竟这不是什么体面的事情，我也担心会对白糖和我的形象有所损害，但我想通了一点，就是这件事情的发生没有影响我和白糖之间的友情，反而更加深了彼此的了解。那么对于无人区里发生的真实故事，我们也没有必要刻意隐瞒，因为我们穿越无人区的目的之一就是直面自我。如果以后还有和白糖合作穿越的机会，我不敢保证就不会发生碰撞，但我敢保证的是，我已经把白糖当做了真正的朋友，他在我心中占有重要的位置。这是上天给的缘分，你来不来，他就在那里等你（我已经好几次说这句话了，足见白糖的地位）。

打架事实如有出入，有涵养人品俱佳的力哥做证，这个公证员，想必白糖也不会反对，除非他把力哥收买了。但什么东西能收买力哥呢？他就喜欢自己的工作，别的，摄影器材？白糖对这个领域可是小白，他曾看着我手里的尼康问我用的是不是莱卡。噢，明白了，什么时候看见力哥手里又多了台莱卡，那一定是白糖当尼康送的。

10月30日　烂路红石梁　疯狂风尘口　夜出阿尔金　累垮花土沟

上午10点30分出发，阿尔金山无人区的路实在是太有路样了，什么都不用想，顺着路走就可以了，阿其克库勒湖一带的路都很好走。过阿湖不久，我觉得车里的风流不对，原来是尾门打开了，不知道是什么时候开的。下车关门的时候，感觉是丢了东西，当时没确认具体丢了什么。后来才发现，是装睡袋的袋子从后门滚了出去，睡袋里还裹着iPod。这是承载式车身的通病，在恶劣地表环境穿越，车身的抗扭曲性差，体现在后尾门上，要么打不开，要么随时开。可惜的是，我那个睡袋是可以在零下30度使用的，后来深入三江源拍雪豹的时候使用的是白糖的零下10多度睡袋，明显扛不住零下30多度的低温。

总里程从90公里以后，噩梦开始，红石梁的路真是太烂了，属于最烂的路之一，在雨季是不可想象的。红石梁最高点海拔超过5000米。捱过红石梁就是风尘口，几十公里风沙漫天，而且偏又赶上顺风，导致车始终被自己扬起的风沙包裹，从车里看就像后面跟了两个扬尘机大队，从车外看就像一个土球在滚。严重的时候能见度不足0.5米，只能看见车头，经常被逼得一脚刹车停住，让纠缠不清的风沙跑到前边去，还要经常启动雨刮器来刮沙。我觉得以后别再用风尘来形容女子了，实在是太残忍了。

在一段超长的面缸路上，极细的尘土有三寸厚，我们觉得白糖在前面就像个土神，扬起几十米长的浓烈黄尘，典型的达喀尔赛车镜头。于是我在这条路上跑了两个来回，力哥站在大风里拍摄，每当掉头返回的时候，车里都弥漫着黄雾，车窗上的土“哗哗”地向下落。完事儿后力哥感叹：“太拉风了！”这个画面是阿尔金山留给我们的最有价值的镜头，滚滚黄沙中，无人区在身后远去。

过了红石梁，还有风尘口。我相信，所有的记忆并非仅是过眼烟云。(摄影：力哥) NIKON D700、AF-S70-200mmf/2.8G VRII、F5.6、1/3200s、ISO200、-0.33EV

穿过一个山谷时，一头怒发冲冠的野牦牛从左侧的山坡上疾冲下来，我加油向前冲，从后视镜里看到野牛下山后又追了过来，四个蹄子踏出一团青烟，吓得我玩命踩油门向前蹿，本来山谷里只有几条小冰沟，根本构不成威胁，但此刻就觉得眼前到处都是陷阱，如果万一掉在坑里就只能任野牛宰割了。力哥从后视镜向后看，说野牛跑上右侧的山了，我的脚还是有些软，那一刻我理解了白糖对野牦牛的恐惧。

最终，我们没有找到去祁曼塔格的路口。去祁曼乡的路有两条半，一条是从阿其克库勒湖的东侧向东，但此路的后半程要穿过一条河，白糖曾和小小的昆虫联系，他们过河的时候费了较大周折。考虑到轮胎、油料、遇到突发情况救援等问题，我们选择了现在的这条路，这条路遇到人的概率要大得多，如果有情况也便于救援。剩下的半条路在以上两条路之间。

等我从GPS上确认方位的时候，阿其克库勒湖已经在我们的右后方了（即东南方），直线距离也有几十公里，去祁曼塔格必须从这个大湖的北侧绕过去。我用卫星电话和北京取得了联系，得知我们已经在地图上失踪至少三天了，经检查，是卫星跟踪器上的连接线断了一根，北京那边已经很担心我们出状况了。不过就像菜鸟姐说的那样，我们还有卫星电话可以保持和外界的联系。宫老师用最快的速度把去祁曼塔格的路线坐标点告诉了我们，我听着电话说，力哥在旁边记录。

总体衡量了时间、路线里程和油耗后，我们决定放弃去祁曼塔格的计划，即使油料能坚持到祁曼塔格，但穿越库木库里沙漠是绝对没戏了，即使有充足的油料，但我们没有备胎，也是绝对没戏了。所以只能放弃，来日方长，成熟的人都知道，100%完成计划是需要很大运气的，不完美也是一种美。我们已经圆满了完成了无人区穿越，从心理上讲，多少有些强弩之末的感觉，还是见好就收吧。

继续向西不久，就看见远方有大型卡车来往，那里有一条横向的路，通向阿尔金山西部的矿区，我们到达那条路后右转，向卡车司机打听检查站的方位，得知只有几十公里了，出了检查站就可以去茫崖了。天已经黑了，我们决定犒劳一下肚子，在路边煮面、煮水，在阿尔金山的野色中吃巧克力。

我想把副油箱的油全部用掉，但副油箱里已经泵不出油了，把前轮搭到土坡上让车身前后倾斜也没用，这多少有些出乎意料，还好行李架上还有两桶备用油，接近50升。我和力哥、白糖说，H博士支援的油发挥了稳定军心的重要作用。我问了白糖的油耗，

鲸鱼湖至茫崖的航迹

他粗略计算，百公里平均油耗大概有30升，按照这个数字，我觉得总油耗是合理的。

子夜时分，我们出了检查站，确切时间已是12月31日凌晨。从那一刻起，意味着穿越羌塘和阿尔金山两大无人区的正式结束。来不及过多感慨与回忆，就觉得某种熟悉的东西在身后远去，而有些似曾相识的东西在慢慢接近。我是反刍型动物，留着那些回忆慢慢咀嚼，只是这个反刍的时间太长了，用了整整一年还多两个月，后来发现，重新激活那些记忆挺艰难的。如果不是要完成这本旅行书，估计比在无人区拖车还困难，其实我适合开拖拉机。

兴奋的情绪很快消失，疲惫感随之而来，白糖在土路上开得很快，又恢复了他公路狂人的面目。开得太慢容易瞌睡，于是我加速追赶白糖。在夜色中，我们一前一后飙车，痛快地跑了很长一个赛段，直到我认为继续飙下去会有危险，因为我车的重心高，在土路上高速过弯挺危险的。尤其是不熟悉这条路，一旦发生意外就追悔莫及了，无人区都穿越了，不能大意失荆州啊。

半夜到茫崖的时候，我们小迷了一下路，兜了好几圈才找到去花土沟的315国道。茫崖是个石棉矿区，污染严重，即使车窗紧闭，但停留久了，依然会感到双眼刺痛，呼吸不舒服。在这里工作的人要承受极大的污染侵袭，为了讨口饭吃都不容易，希望他们能有良好的防护措施。

茫崖去花土沟的路上，我已经处在半梦半醒之间了，困得睁不开眼睛。白糖居然说抄到了广东车队的信号，说他们要从无人区里返回来，我托付白糖，让广东队诸位老兄帮忙留意我的睡袋。白糖说信号断了，等天亮后再尝试用电话联系。后来得知，广东队有两辆车退出，余下的三辆车继续完成了穿越。至于我的睡袋，已不知被大风刮向何方了，它以后不用再包裹谁了，没有了人的温度，睡袋将和无人区同此凉热了。睡袋裹着的iPod里面好像有阿桑的《寂寞会唱歌》，寂寞真的会唱歌吗？

到花土沟时已是凌晨6点，疲惫之极，进房间倒头就睡。后来服务员开门，问是否需要打扫房间，我困得已经失去理智了，半天没吭气，服务员不停地问，我迷迷糊糊说了一句：“扫你个头啊。”服务员没听明白，我又喊了一声：“不扫！”服务员走了。在此向服务员妹妹道歉。

睁开眼已经是下午了，花土沟宾馆的条件不错，能上网有暖气还能洗澡。在卫生间，我终于看到了穿越无人区后的自己，绝对减肥成功，像个又黑又瘦的干瘪老头，走路都怕自己飘起来，这是在无人区严重脱水的后果。不过我挺欣慰的，至少最近十多年，从来没这么瘦过，我甚至想借此机会保持下去，就是不知道能保持多久。

洗澡的时候，手摸在自己脸上毫无感觉，就像摸着别人的脸，因为手上是干裂的糙皮，脸上则是堆积了两个星期的分泌物，全是精华啊，已经被无人区的风霜雪雨和紫外线修炼成壳，真是衰到掉渣了。应胡杨大姐要求，我自拍了照片发到网上，大姐惊呼：曾经的帅小伙怎么20天就给糟践成糟老头了，这不是我认识的关山！

洗漱完毕，打开电脑上网，发现指纹输入系统彻底罢工，总是显示不良信号，手上的裂口太多了。上了会儿网，白糖在外面敲门，我打开门后，他问："关山呢？"我说："你没事儿吧，啥眼神啊？"他特诚恳地跟我说："哎呀，你就是关山啊，真没想到你原来这么儒雅，和之前的猛男一点儿不一样。"我说："我也就是刮了胡子摘了帽子掉了10斤肉而已，你就认不出来啦？"

之后我们三人去吃庆功宴，找了家东乡手抓肉，手抓店里都不卖酒，征得老板同意，我又去隔壁超市买了6瓶啤酒，按1人两瓶准备的，因为白糖在无人区说过，他是两瓶啤酒的量。结果，白糖喝了1/5瓶啤酒就说已经不行了，我们看他眼圈周围都红了，就没使劲劝他。本来想着每人两瓶，借着微醺状态互诉一下衷肠，因为白糖的关系，只能清醒着来，清醒着去了。我和力哥把白糖剩下的酒分了，我真希望白糖改名叫白酒啊。

手抓店老板很自信，让我们评价他做的手抓肉，我们说不错。其实，和格尔木东乡羊肉羊脖食府比起来，还是有一定差距的。饭后回到宾馆，我写了个无人区穿越概要发到网上，算是给关心我们的朋友们作个交待。

后　续

早晨在街上找了家小饭馆吃包子喝粥，然后到加油站补油，告别花土沟。在我的建议下，力哥改坐白糖的车，因为他的车要舒服一些，力哥终于能放松腰腿了。花土沟和格尔木之间新修了省道303，400多公里，路况很好。路上一直寻找拍摄点，因为我们要给纪录片拍摄结尾画面。白糖在前面，车速有些快，错过了好几处拍摄点后，我和白糖换了前后顺序，否则就成了开车找饭馆，看见了也过去了。

终于，我们拐进了一条土路，穿过戈壁滩后，我们停在一条非常宽阔的大河道旁。坐在车头，我面对着力哥的镜头和他身后的茫茫戈壁，回顾总结了穿越无人区的概况与体会。接下来，我有两件重要的事情要做。

第一件事：打开一瓶56度红星二锅头，把酒倒在手上，用它擦拭六缸切车头的金色

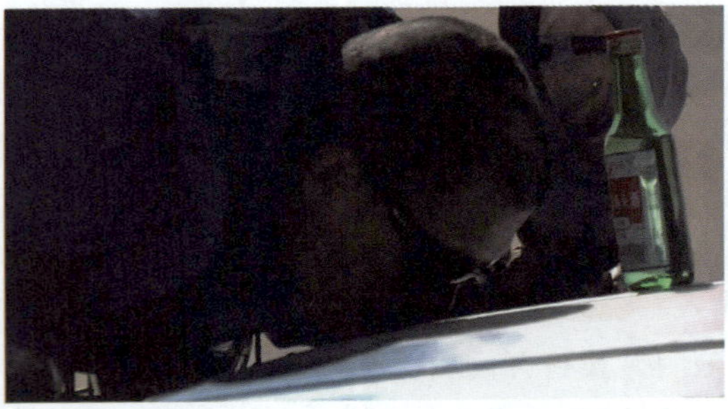
深情一吻，我和六缸切诺基。（视频截图）

在茫崖至格尔木的戈壁荒漠上，我们拍摄收尾的镜头。我在用56度二锅头向六缸切致敬，它再次用非凡的表现证明，一辆越野车的灵魂只能是它的经历，它是唯一的。（视频截图）

吉普车车标，然后脱帽鞠躬致敬，深情地亲吻了老切的引擎盖。我们在穿越中做的所有事情，都要归功于这辆老吉普车，它以16年车龄的老迈之躯，驮着我和力哥，驮着所有的装备，跨越千山万水，在世界上最狂野的高海拔无人区走出了一条难以忘怀的路。荒原的风很快就蒸发了酒精，但一起走过的路不会飘散。回首过去的14天，无论怎样艰难，它始终在前进，从来没有因为它的问题而停滞，这是万分宝贵的品质，这是一辆老切的涅槃。所以我经常说，一辆越野车的灵魂只能是它的经历，与其他任何无关。

第二件事：我要实施在措折罗玛那个夜晚想好的创意——我站在车前，面对摄像机说："下面，我要和摄像机后面那个人换个位置，我要隆重推出他，他就是本次穿越无人区纪录片的摄影师李力先生。"然后我和力哥交换了位置，支在三脚架上的摄像机记录下这个瞬间。力哥走到车前回身亮相的姿势帅呆了，我差点忘了事先想好的台词："我知道你以专业的姿态站在摄像机后面30年了，对现在的位置会难以适应，你有保持沉默的权利，但只许吹胡子不许瞪眼。"

在冯导找到我拍摄纪录片时，我绝对没有想到一个纪录片摄影师可以赋予本次穿越如此不同的感受，敬业、包容、淡定、细腻、付出、同甘共苦，力哥彻底地以德服我，我把这次穿越定义为我和力哥两个人的穿越。对于自驾车穿越高海拔无人区而言，这是第一次有专业电视台拍摄纪录片，而且还是中央电视台-9活力中国极致玩家这样高规格的栏目，尽管我觉得自己还够不上那么高的水准，但力哥绝对达到了，他体现出了超一流的职业素养与水准，实在难以想象比他还好的人应该是什么样子。后来我遇到几位影视专业的资深人士，对力哥的水平也是称赞有加。

最后的镜头：我从岸上驶下干涸的河道，拉着一溜烟尘，消失在远方，只留下两道MT轮胎的印记。那时候想的结束语是"关山飞渡再次启程，深入三江源探秘雪豹"。

晚上到了格尔木，入住东方宾馆。散伙饭是坑锅羊排，啤酒喝得很爽，沁润心脾。我和力哥开玩笑，说明天要在格尔木找个心理诊所，两个人搭档这么多天，冷不丁地一

我实现了措折洛玛那晚的想法，伟大的力哥终于出现在自己的镜头前，一起走过的日子，因你而无比精彩！（视频截图）

纪录片最后的画面，“Jeep”消失在茫茫戈壁中。实际上，在接下来的日子里，我和老“Jeep”深入三江源，和雪豹一起，成为穿过裸岩的风。（视频截图）

分手，我的小心灵可能会难以适应。白糖刚好有公务要去兰州，他负责把力哥送到西宁，然后还要把力哥送到机场。真是个好哥们，一下解决了力哥的装备携带问题，令人感觉很圆满。

我和白糖说好了，去三江源找雪豹用他的睡袋。他那条睡袋充绒量750克，比我那条少了一半，据他说能抗零下15度低温。我问他睡袋有怪味儿没有，他说味道还可以，我说只能忍了。在宾馆电梯里，我们看见有代洗衣服的广告，我小声嘟囔：“有没有洗睡袋的呀？”然后假装看不见白糖在笑。

第二天早晨，听见力哥在我门下塞纸条了，我假装没听见。没有去楼下送他们，到停车场给他们每人一个拥抱未必就是最好的告别方式，挥了手目送背影，我们总要面对下一段旅程，还是留些遗憾吧。等他们的脚步走远，我下床去拿了纸条，上面写着：“关山，我走了，好好治愈你‘受伤的心灵’，不过，有大猫陪着你，你会很快好起来的，哈哈……祝你好运，期待你回来。力哥 2011.11.02。”

我一个人在格尔木住了两天，又吃了一次坑锅羊排，觉得没上次好吃了，腻腻的。去柴达木西路找到都市汽修厂，这是青海的只手遮天（ID）兄弟给我介绍的，在厂子里换了机油、前后桥油，作了保养，很正规的厂子。桥壳里的油脏得像泥汤，那里面的泥水是羌塘的味道。不过我还是犯了错误，给车换的机油是10～30W的，没有换成耐低温机油，因为我没想到三江源11月的温度就低于零下30度了。格尔木没有类似北京的汽配城，没有集中卖轮胎的地方，最后在盐桥南路找到一家个体店，叫万万通轮胎修配部，年轻的梁老板很懂轮胎，我买了新轮毂和备胎。然后又在市区补充了其他需要的物品。

11月4日中午，我离开格尔木奔赴三江源，重回独行孤旅状态，那是一种久违的感觉。走在二十多天前曾经走过的路上，会回忆起和力哥在一起的拍摄。在不冻泉的时候，遇见七匹狼，藏族人说，遇见狼代表好运，后来在三江源又遇见七匹狼，最终像做梦一样，我在三江源腹地目睹了雪豹袭击岩羊群的场景，诚如力哥所言，那个黄昏的我有大猫陪伴。

2012年春节期间，我和夫人、儿子去力哥家拜年，力哥炒了一桌菜，我们和力哥、力嫂、力哥女儿一起度过了一个美好的夜晚。春节期间，还收到了白糖的祝福短信。

2012年2月，我们的单车无后援穿越两大无人区活动获得了中国户外金犀牛奖最佳越野车活动奖，这个奖被称为中国户外界的奥斯卡，非常荣幸。我想给力哥也领个金犀牛奖杯，可惜奖杯已制作完毕，没有富余的了。

同月，我把白糖的睡袋和手台邮寄回成都。之后他把所有航迹都发给了我，因为穿越后期我GPS里的航迹没保存，纪录片的片头要做穿越路线动画。本来想经常发邮件和白糖聊聊呢，结果这家伙完全不像他说的那样黏人，基本没反应。

3月，我收到白糖短信，他做了一件非常令我震惊的事情，并自嘲说像我学习爷们了一把。说实话，我被他镇住了，那是我不敢干的事情，但作为他的哥们，我当然要站在他这边，干得对！

我说他，真把公司当无人区啦？因为无人区里是不需要老板的。我想起在科考队营地时，谈到亚青寺之后，我们还探讨了穿越无人区对人生与性格的影响，我说经历的艰险多了以后，性格也平缓多了，不像以前那样说急就急了，白糖也很认同。其实呢，回到城市不久，我们就又被有人区同化了，该有脾气的时候，就像太阳照常升起。如此看来，倒是应该时常去无人区磨炼一下，穿越也是修行。如果再去穿越无人区，我肯定会告知白糖，无论他有没有时间一起去。

在2012年夏季的某一天，我摸到越野E族论坛四川大队板块，冒了个泡表达对白糖的思念：白糖白糖，我是GS我是GS，能抄收吗？本来无人区的事情已经忘得差不多了，但今天在论坛首页上看见一波三折，一猜还是你那篇在无人区把一根菠菜弄仨弯儿的文章。结果可想而知，曾经被吹走的岁月和浮云又飘回来了，你的文字就像你的名字，看起来平淡，吃起来很甜，让我回忆，也让我感动。一个人的穿越做不到对自己的客观，还好有你，从你的角度写出来的文字让我想起了那些日子里的阳光与风雪，它们是本色的，不会因一个人的视角而改变……你给我留的给养里还有一袋白糖，前些天去坝上草原，我煮甜茶用了。我近来在煮甜茶——关山飞渡甜茶，拉萨甜茶馆里那种，朋友们反响不错，以后有机会煮给你尝尝。何时重返羌塘，一起看羚羊过山岗？

现在，经常有朋友问我，有没有新的穿越计划，我均无法明确回答。其实我内心是想重返无人区腹地的，不为穿越，只是想深度拍摄野生动物与自然生态，羌塘与可可西里是这个星球上真正的稀有地带，像磁石一样吸引着我们去探索，与那些奔放的生命做最没有杂质的共舞。

热爱并珍惜无人区，因为无人，所以喝彩！

第七章 / 穿过裸岩的风：三江源雪豹日记

（注：因为涉及雪豹栖息地的保护，本文中的地名用字母代替）

“咔嚓”一声，电推子尖利的牙齿咬住了我头顶的伤疤，那是穿越羌塘时脑袋撞在车后门留下的，我立时惨叫了起来。理发员是个非常敦实的年轻姑娘，她按住我的脑袋狠狠发力想让推子继续前进，未果，然后非常不满地看着我，似乎是我妨碍了她的工作。这家理发店就俩姑娘，进门时就觉得空气中飘着火药味儿，不知道姑娘们本身脾气就坏还是之前的客人惹她们生气了。我本来很高兴地说理个秃瓢儿，但姑娘们怒气冲冲地问我秃瓢是个什么东西，等我坐下来突然想起秃瓢儿是北京方言而在这里应该说光头时，为时已晚，因为手劲儿巨大的胖墩姑娘已经把我的脑袋当窝头来修理了。除了有些疑惑她们为什么态度如此之外我并未动怒，相反倒格外珍惜这次理发的机会，为了找到这个理发店我已经开车在Z县城里转了八圈问了N多人了。

洗完头，胖墩姑娘终于有了些许笑意，拿着电吹风要给我吹干，原来她也有温柔的一面，但我那光秃秃的脑袋确实已经没什么可吹的了，在高原干燥空气和干燥毛巾的合力蒸发下，头皮开始龟裂，再吹就成烤馒头了。还记得几年前我在石渠理发时说的那句“拼的就是服务”吗？所以觉得胖墩姑娘挺有搞笑天赋的。头皮皱得难受，赶紧掏出护肤膏抹在头上，这还是力哥在双湖教给我的，他对光头和长发都有护理经验，2000年之前他一直是长发飘飘的文青范儿。哦，力哥对足底护理也是有研究的，有段时间他是光脚跑步的。

剃了光头后又去补充燃油，考虑到给副油箱加油非常费时，会影响其他车辆加油，比如有些急着从县城赶回牧区的牧民朋友。于是主油箱补充48升至加满状态，副油箱暂时只加了15升，来之前在格尔木已经给副油箱补充了80升，这次深入三江源的穿越距离没有无人区那么长，明天出发前再补充一些就可以了。其实我挺适合在服务行业工作的，因为特别注重人性化轻易不给人添麻烦，所以一般人拼服务拼不过我。

加完油又到商店买了若干水果蔬菜，明天就要进入三江源腹地了。

第一节　只为触摸你的爪尖

11月6日 Z县城 小雪　早9点40分车内温度为零下1度

尽管没有查看天气预报的途径，但昨天下午突然变得湿润而温暖的气候暗示我可能要下雪了，果然，早晨睁眼便发现周遭都披上了一层薄雪。清冷的晨光中，一位藏族阿姐在磕长头，每次起身双手会在雪地上都留下两个好看的半圆，像佛塔身上的弧线。阿姐的动作一如游泳，也许信仰本身就是茫无边际、无法描述的海，阿姐像一条虔诚的鱼游在自己的海里。

我把吉普车停在了县城东头，就是从Q县方向进入Z县城时看到的那个有一座大白塔的广场。白塔两侧各有一排转经筒，至少有两年多没再触及过它们，我能感知到微凉的指尖透出一缕思念。于是昨晚夜深人静之时，我转动了所有的经筒，在久违的温暖中忆起了达那寺和亚青，还有拉萨。

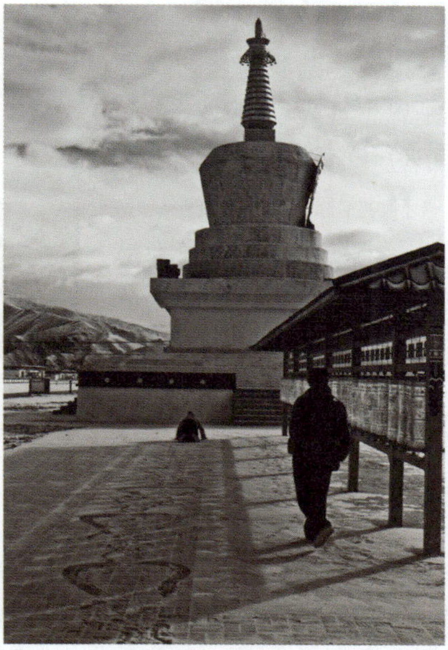

NIKON D700、AF50mmf/1.4D、F5.6、1/2000s、ISO200、-0.33EV

独行中我暗自心语：这一夜我转动了所有的经桶，为了超度，也为了触摸你的爪尖。是的，结束单车无后援穿越两大无人区后，我和力哥在格尔木分手，他回北京完成新的工作，我孤身来到三江源腹地，寻找心中的大猫。

这场雪让我的思维跳跃了一下子，雪来了，豹还会远吗？北面的山没有完全挡住彤云密布的远方，那是我要去的方向。三江源深处会有怎样的未知在等待？不知道也不必费思量，既然选择了远方，便只顾风雪兼程。嘿，说着说着把20年前汪国真的诗都整出来了。

不过对于一个挑剔手感的人来说，我想提些意见，这里的经筒制造工艺确实有些粗糙，很单薄没有厚重感，转动也很不柔顺，有些筒转着磕磕绊绊的，有些则干脆手停筒亦止，那种走出很远依然能听见身后悠扬吱吱声的幸福感是肯定没有的。

可能佛祖本身并不拘泥于外在的形式，但虔诚的转经人总还是注重这个仪式的，像我这么执拗的人总要坚持把经筒转起来才会接着转下一个，但有几个筒真的是比我还执拗。所以你看，来这里转经的人总是形单影只的，而西边不远处的老佛塔和玛尼堆有很多老人在转经，朴实厚重的人文气息扑面而来。这里似乎是年轻人的活动场所，许多年轻人在广场边的篮球场打篮球玩滑板，附近是成片的同一样式的住宅区，我估计是三江源移民工程的一部分，照顾到藏族同胞的虔诚佛教信仰，佛塔和转经筒肯定是要配套建设的，但工期可能有些赶了，造成细节还不够精细。

很值得一提的是早饭，对照藏区的生活作息表，我肯定是起早了，街上大部分餐馆依然大门紧闭，只有几家开门的还处于生火担水的状态，要么是没早点可卖要么只能煮挂面，但要在冰冷的店里等到火旺水开，所以我只能放弃。开车路过思远面食小炒店时我停下了，熟悉我的朋友应该知道我为什么走进去，自己家的店还客气个啥呀。

晨光从厨房另一侧的窗子漫射进来，把店主小红正在做牦牛肉粉丝白菜馅包子的身影打在薄如蝉翼的门帘上。小红的家在湟源，店名是她起的。我问她是思念远方的谁，她说思念远方的家乡。尽管都是属于青海省，但从湟源坐车到这里也不太容易，况且是

两个僧人和一个青年在雪中打篮球。 NIKON D700、AFS70-200mmf/2.8G VRII、F5.6、1/1600s、ISO200、-0.67EV

一个小姑娘来这里创业。要说我妈给我起名的意思是思想远大，但我确实没干过什么大事只是像小红一样走得越来越远。

小红的包子不是当早点卖的，是给自己和正在看电视的弟弟做的家宴，所以执意不收我这远客的钱，我说咱们有缘而且我是大哥，连包子带馄饨汤的钱就算是个纪念吧，要不就算是我给你的冠名费，要没你这小店谁能知道我叫什么呀。其实还有个秘密我没告诉小红，我那长得特像高仓健的老舅就叫家骧，和家乡同音，小红这店可是把我们舅甥俩全思念了，不过也说不准，人家小红在湟源的男朋友就叫家骧，人家说的就是思念远方的家骧。

我真应该让小红把这句话给写下来，看到底是哪个家哪个xiang。

第二节　七匹狼

11月7日　三江源腹地 雪后晴　早8点34分气温零下29度

这一夜睡得并不安稳，才仁阿妈家的牦牛把车当痒痒挠了，蹭美了一摇头晃脑不要紧，牛角顶在车身上“咣当咣当”地响，睡梦中惊魂未定的我以为是车辆底盘像冰河解冻那样开裂了呢，想了好久才想到是牦牛在搞怪，于是就在车里使劲翻身让车摇晃起来，这下牦牛倒乐了，这痒痒挠还是电动的呢，蹭得更起劲了。

天亮后我想补个回笼觉，又来了一只牦牛到车头蹭上绞盘了，这位置绝对是痒痒挠上的G点，我忍无可忍地从睡袋里探出半个身子，狂按方向盘上的喇叭，牦牛瞬间消失了，我顺势看了一眼温度计，零下29度，这可是早晨8点34分，看来夜里温度已经低于零下30度了。

没想到三江源腹地这么冷，羌塘无人区才零下20度左右，与不停往冷了走的节气相反的是，我那条零下30度的羽绒睡袋裹着iPod一起丢在阿尔金山了，在格尔木分手时白糖把他的睡袋给我了，但这条充绒量75克的睡袋只能扛到零下15度，看来要想办

傍晚，才仁阿妈的儿媳妇在驱赶两只打架的狗，远处的山里有雪豹、熊、狼、岩羊等野生动物。NIKON D700 AF50mmf/1.4D、F5.6、1/320s、ISO200、−1.00EV

法应付低温了。

昨天向三江源腹地深入了100多公里，有几次大雪弥漫几乎令我停止前进。傍晚时分遇到一个牧民点就安顿了下来，一个藏族阿妈带着三个孩子走出来，热情地把我请进家喝茶吃饭，她就是才仁阿妈。这时看我已经起床，阿妈又出来招呼我进屋吃早茶，我也不急着赶路，从无人区出来在格尔木换的机油是10w～30w的，应付这种低温有些困难，还是等太阳把荒原晒暖些再发动车比较好。

上午10点20分，太阳已经很高了，但车却完全无法启动，在羌塘和阿尔金山时，六缸引擎的启动时间都是在一秒以内的。多次尝试失败后，我不禁想起2007年末那次深入藏地也是这样的情况，如果不是我带了两块电瓶，可能现在已经在某处深山过上牧区小康生活了。

上午10点43分，零下13.3度，我决定等温度升高些再尝试发动，于是拿了望远镜和D300+AF-S 300mm f/4D，走到才仁阿妈家牧场的缓坡上，倚着围栏向北观望，才仁阿妈肯定地告诉过我，我们的四面八方都有狼，山里有SA（雪豹），还有石羊（岩羊）。果然，远方山脚下的几个黑点出现在望远镜的视野里，我数了数，大概七匹草原狼分散在那里，西侧几只在晒太阳，东边这几只在闷头吃着什么，我立刻就明白了，昨晚才仁阿妈告诉我，她家的一头牦牛刚刚被狼吃了，阿妈当时指给我的方向正是这里。

藏区有一种普遍的观点，遇见狼预示着好运。其实在来的路上，我就在不冻泉附近遇见了一群狼，不多不少也是七匹，可以说这14匹狼狠狠地弥补了在无人区一狼未遇的遗憾。巧合的是我的幸运数字也是七，难不成这么推理下去，我会遇到七只雪豹？有点不靠谱，不过我愿意为了雪豹把幸运数字改成一。

在不冻泉是驾车跟踪狼群，当时狼群追踪一群藏野驴没有成功，掉转方向向南翻越了一道山脊，我看了地形无法直接跟踪，就向西迂回了一个大圈，找到一个过河点后又翻过几个山脊，终于找到了那群狼，估计狼群也没想到我能绕过去，在我的注视下，分成三拨继续向南跑去。但这次靠近狼群只能徒步，因为三江源腹地的高原草场上分布着密集的坑洼，对涵养水分非常有利，但车辆完全无法进入，比2006年8月陷在阿尼玛卿那次的地形还狠，所以只能徒步去追狼。

新疆有句话叫望山跑死马，在这里同样适用，看起来大山就在眼前，但走起来完全

在三江源可可西里，我曾目睹七匹狼组成狼群，追击一群藏野驴。我越过冰河，在山中迂回，终于找到了群狼。这个画面是将五张连拍图片合成在一起，展示狼在山脊上奔跑的连贯动作。(电脑合成)

不是那么回事，尽管是轻装前进而且有羌塘无人区的锤炼底子，但在4700多米的雪原上徒步追狼绝对是个苦差事。远方的狼已经发现我了，西边的三匹狼看样子已经吃饱了，起身向北山里走去。东边的四匹狼还在低头闷吃，阶段性观察着我的靠近速度，我这边走走歇歇体力消耗很大，才仁阿妈家的房子已经看不见了，坐下来吃了几口雪缓解喉咙的干痛。举起望远镜后有了新发现，就在狼群东侧大概一二百米远的地方，居然有一群岩羊在采食，粗略计数超过100只，而且岩羊群非常放松，对近在咫尺的狼群熟视无睹，看起来它们知道狼群这两天不缺食物，不会打羊群的主意。

我继续前进，不过也在想，如果狼群不退反进我怎么办，以我对狼的了解，至少在白天它们是怕人的，除非是饿极了的大狼群，否则一般没有危险。但在夜间我是绝对不敢这么肆无忌惮追狼的，夜晚是狼的天下，它们会变成贪婪的恶魔。

相距1000多米时我停了下来，实在没信心继续了，早晨没吃饭，已经饿得头晕眼花。在高原切忌空腹工作，高寒之地的能量消耗比平原快得多，几年前从花石峡向冬给措那深入时我犯过同样的错误，搞得胃部险些痉挛，那种感觉太难受了。不过看起来狼群已经对我容忍到底线了，它们停止啃噬全部站了起来，我坐在雪地上用狼嗥和它们打招呼，狼没有特别的表现，令我大吃一惊的是岩羊，也就是一瞬间的事情，一百多只岩羊人间蒸发得无影无踪。我继续向前逼近到1000米之内，四匹狼终于向北侧的山口遁去。雪原茫茫，狼迹很快消失无形。

望着山上成片的裸岩，想着刚才的狼群和岩羊群，这么好的生物链条上，雪豹肯定是存在的，也许它已经看到狼、羊、我在之前互成犄角之势的“三国峙”，狼是曹操、羊是东吴、我自然是蜀，因为我本姓刘嘛，汉室宗亲一枚。我的体力已无法支撑走到山脚，没有热量的身体开始感到寒冷，才仁阿妈家的酥油茶在呼唤我回去。

阿妈昨天新烹制的油煎果子味道甜美，我们喝着酥油茶，坐在牛粪火前聊天。实际上阿妈看起来不像60多岁的人，阿妈笑着说白头发都在帽子里，然后摘下帽子给我看白发。回忆以前的生活，阿妈说很艰苦，老伴去世早，她一个人带着孩子们在草原上放牧，住黑帐篷。前几年盖了新房定居了，孩子们都成家立业了，生活好多了。能感受到阿妈家的生活水平不错，屋里干净整洁，柜子里有很多零食，孙子、孙女们穿得也很体面，都穿着漂亮的皮鞋或旅游鞋，这在牧区并不常见，可能和女儿在县城工作有关吧。

经过多次努力，吉普车终于在下午1点47分启动成功，告别才仁阿妈，我继续向西深入。几十公里后遇见骑摩托车的藏族汉子扎西，他的汉语不错。他肯定地告诉我说：“翻过前面那座山，就到了有雪豹的地方，山上有很多岩石，但看到雪豹需要运气。”

第三节 雪豹之吻

扎西说得没错，我终于看到了像丛林般密集的裸岩，以至于整个山体像一头巨大的剑脊龙。下午4点30分，吉普车缓缓地停在冰河南岸，对面是一条东西走向的山岭，裸岩丛生之处，两三个岩羊群错落有致地分散在山的阳坡采食。正对面的山腰上有一处地形十分显眼，密集的岩石丛在山腰围拢成一片空地，20多只岩羊在空地上悠闲地吃草，享受着一天中最温暖的阳光。我在想，如果单单把对岸这片岩石包裹的空地切下来缩小比例，绝对是一座上好的盆景，那四周尖耸的裸岩就像雪豹的利齿，没有比豹吻更贴切的盆景名字了。

实际上，我刚才已经走过了这个区域，但为了这个天造地设的场景又返了回来，优质的高山草甸、被裸岩包围的岩羊群，如果没有雪豹简直天理难容。其实也就是这么一说给自己打打气而已，雪豹那副脉实在是诡异莫测，还没人能把得准。我倒是替岩羊担心起来，这么一块近似封闭的地形，羊群都聚集在中上部，只有右下方的东南角是个出口，如果真有雪豹突袭岂不是瓮中捉鳖了。

山上尖耸的岩石围出一片空地，这就是我说的“雪豹之吻”。经过阳光一天的抚慰，黄昏的草坡散发出柔软的光。一切都是上天安排好的，让旅途中的我停住脚步，认定这里会有雪豹出现，于是美梦成真。 NIKON D700、AFS70-200mmf/2.8G VRII、F5.6、1/1600s、ISO200、-0.67EV

这是深入青海三江源腹地的第三天，我已在纵深画了一个500多公里的弧线，最后的一百多公里开始令人兴奋，因为大面积的裸岩山地开始出现在视野里，这是雪豹生境的气息。一路上我

冰河之畔，迁徙的藏野驴群。 NIKON D700、AFS70-200mmf/2.8G VRII、F11、1/320s、ISO200、-0.67EV

就像个移动扫描仪，目光透过望远镜深情地抚摸着每一块裸岩，渴望石头缝隙中出现一条哪怕是正在晒着太阳睡懒觉的雪豹后腿也好，这种寻觅是最易产生幻觉的，我感觉自己开始有裸岩幻想症的先兆了。

用望远镜反复扫描了几遍冰河对岸的山岭，共有九处比较集中的裸岩群，无数岩洞散布其间我又出现幻觉了，似乎每个洞里面都隐藏着雪豹。豹吻里那小群岩羊依然悠闲，西侧山脚靠近河床的缓坡上有一个40多只的岩羊群，豹吻上方的山脊还有更大的一群岩羊成线状分散开采食。这两群岩羊所处地势都比较开阔，雪豹很难潜伏，而几处可以作为埋伏点的岩石距离羊群都比较远，不易发起有效攻击。我对当前的局势做完整体分析，便拿出笔记本和读卡器，把前两天拍摄的影像输入到电脑硬盘，并在P6000上做备份，电脑和相机的电池同时通过车载逆变器充电。因为我明确知道，自己已经抵达寻找雪豹的目标核心区，要为接下来的拍摄做充分准备。

约莫下午5点30分的样子，我停下手头的工作透过左车窗向对岸瞟了一眼，陡峭的河岸上有一个东西在蠕动，土红色的河岸没有积雪，那一团青灰色的东西还比较明显，因为它蜷缩着身体并且斜向对着我，看起来胖乎乎的并不大，我以为是一只野猫呢，比如兔狲之类的，毕竟我们之间的距离在450米开外，还真没敢往雪豹身上联想。也就迟疑了三四秒钟，我抄起了望远镜，这一看不打紧，那分明是一只雪豹啊！在完全没有思

雪豹在冰河岸边潜行 。NIKON D300、AFS300mmf/4D、TC-14EII、F6.3、1/2000s、ISO200、-0.67EV

想准备的时间里，它出现在了我完全没有想到的地点，我不知道它是从哪一片裸岩丛中过来的，但肯定是东侧，它选择的偷袭路线也大出我刚才的种种臆想，它在山的最低处距离冰河仅一二米的地方横向包抄，高耸的河岸完全遮掩住了它的行动。

只有这种时候你才会明白兴奋是一种多么耽误时间的情绪，所以我根本就没空兴奋。扔掉望远镜抓起小DV，拍了一段视频后再扔掉DV抓起单反，距离实在是有些远，450毫米的焦距里雪豹还是很小，我“哗啦”一下将副驾座椅上的电脑等一应物品都推了下去，从摄影包里拿出增距镜，单手拧开增距镜后盖，又去找刚才扔掉的DV，因为对岸的雪豹一直在横向运动，根本没有时间使用增距镜。

我确实有些忙晕了，觉着车里所有的东西都在找不到的地方，DV被扔在帽子里，望远镜掉在车座与车门之间的夹缝里，300毫米镜头还需要拧上增距镜。对我而言，同时处理几件事情比用头撞墙还痛苦，而更糟糕的是，雪豹已经小跑着进入积雪地带，它的保护色开始发挥作用了，于是在拍完一段视频再举起单反后，取景器里已经找不到雪豹的一丝踪影，只不过几秒钟的事情。

其实我做梦也没想到会这么快见到雪豹，就像我做梦也没想到会这么快跟丢雪豹一样。在野外跟踪动物真是一门学问，尤其是见到久已期盼的目标物种时，抑制不住的兴奋会使你忽略周围的地形特征，一旦在望远镜或长焦镜头里丢失移动目标，再次寻找就

2011年11月7日17时51分22秒，青海三江源腹地，一只雪豹从身后的岩石丛中冲出，全速冲向28只岩羊组成的羊群，受岩石阻挡，羊群分两路逃生，就像被礁石击碎的浪花。这是一场天赐的表演，画面中心偏右的山坡上、拖着长长尾巴的就是雪豹。NIKON D300、AFS300mmf/4D、TC-14EII、F7.1、1/2500s、ISO400、-0.67EV

会非常困难，而超远距离和复杂地形会加剧这种困难。

事后检查视频才发现，雪豹是继续向西运动了，但我当时过于相信它的目标就是"豹吻"中的那群岩羊，所以视线过于狭窄，始终用望远镜搜查那个区域，时刻准备着拍摄雪豹对羊群发起突袭，忽略了对两侧区域的观察。而最终的结果更加出乎我的意料，因为对岩羊群实施最后袭击的是另外一只雪豹。

让我陷入迷局的还有一只迷魂兔，这是一只硕大的褐色野兔，它就在"豹吻"下方的山坡上，处于雪豹和岩羊群之间。我先是在望远镜里发现了它的大耳朵，看它一动不动地背对着雪豹的方向，我以为雪豹的猎物可能是兔子，于是丢失雪豹目标后，我就拼命地在兔子周围寻找，因为周围有很多积雪，我以为雪豹借此隐身了。这只兔子非常怪异，始终在原地不动，好像是故意布的迷魂阵一样，身后有雪豹路过它恍然不知，天上有草原雕飞过它不理不睬，它的存在似乎就是为了迷惑冰河对岸的我，到现在我也不知道此兔意欲何为，至于它在何时不辞而别、不翼而飞，更是一个谜。

跟丢雪豹与雪豹发动袭击之间大概有15分钟的间隔，"豹吻"中的岩羊群没有意识到任何危险，但对岸的我已经有些神经质了，在视频与静态影像之间纠结良久，衡量了焦距优势和对突发状态的反应速度后，我选择了后者。为镜头加上增距镜，调整了拍摄数据，镜头架在车窗上将焦点锁定“豹吻”，一动不动地等待雪豹的攻击。其实很难说清楚我为何那么坚信雪豹肯定要袭击豹吻中的岩羊，唯一的解释就是第六感。

在惴惴不安的情绪中，阳光变得更加柔和，即使焦距达到了630毫米，我依然无法捕捉任何雪豹的行踪，豹吻周围每一块岩石都被我扫描过了，但一无所获，我能做的就是盯紧岩羊群。

下午5点51分，“豹吻”中靠下方的岩羊突然停止了采食，不安地抬起头，然后就是弓身后腿发力，开始向西奔逃，这个信号在电光火石之间已经传遍了整个羊群，“豹吻”上方的羊群像站在漏电的电热毯上一样开始骚动，我在取景器中看到一只大型猫科动物的身影从东侧中部靠上的裸岩后冲出，随即快速伸展开整个身体进入全速奔跑的攻击状态，矫健的身躯布满斑点，粗大的长尾拖在身后，这是一只成年雪豹。

岩羊群被迅速分割成两部分，向西北与西南逃窜，但雪豹沿直线一直向西扑去，似乎它已锁定目标。雪豹冲到豹吻西侧的裸岩丛里后就在镜头中消失了，我看到的最后瞬间是一只成年雄性岩羊发疯般从雪豹消失的岩石后面蹿出来，依靠强大的爆发力顺山势向下跳去，可能用尽了自己的极限逃生力量，雄羊落地时很狼狈，前腿几乎支撑不住强大的下冲力量，身体姿态已经大幅度变形，但这已是足够值得庆幸，它逃过了雪豹的致命攻击。

但我无法判断是否有其他岩羊落入雪豹之口，因为最后的攻击被裸岩丛遮挡了，雄羊拼死逃生后，豹吻里的局势开始安定下来，刚才向西北方向逃跑的岩羊绕到东北角，惊恐地观察着雪豹最后攻击的地方，向下移动到平行位置时突然发力狂奔向东南角的缺口，好像看样子雪豹还在那几块巨石后面，也许雪豹已经得手了，对其他岩羊已经没有威胁了，所以它们才壮着胆子向下跑去。

惊心动魄的一幕已经过去，天色暗了下来，我打消了到对面山上一探究竟的想法，但目光久久停留在那里，期待雪豹再次出现。无从知晓岩石后面到底发生了什么，也许雪豹捕猎成功正躲在石头后面享用猎物，也许它已经悄悄地离去，正疑惑间，“豹吻”里传出短促尖亮的雪豹叫声，而山岭的西边传来另一只雪豹的呼应之声，相距几百米的样子，这时我才发觉原来有两

小岩羊在山谷里迅疾地奔跑，同时用凸起的眼睛向后观望，适当的快门速度让画面充满动感。NIKON D200、AF80-200mmf/2.8D ED NEW、F7.1、1/60s、ISO400

只雪豹，它们和应着叫了六七声之后，山谷陷入一片沉寂。

回到驻地我仔细察看了雪豹袭击岩羊的几个瞬间，发现了雪豹实施突袭前藏身的岩石，它藏在阴影里的身形实在不易察觉。两天后，我顺着一头棕熊的巨大脚印走过冰河，在岸边找到了雪豹的清晰足印，在“豹吻”北侧的雪地里发现了雪豹的足迹，还有豹尾在雪地上留下的拖痕，但在袭击现场，在雪豹最后消失的裸岩处，没有看到任何猎物的残骸，连一滴血迹都没有，两天前那场捕猎的结果成为了一个谜团。

这是我在三江源腹地目击的一幕，也是在典型环境里的典型攻击，真实反应了岩羊与雪豹之间的关系，岩羊的头号天敌是雪豹，雪豹的主要食物是岩羊。有高山草甸和峭壁的地方就有岩羊，三者齐备的地方就有雪豹，这是岩羊和雪豹共有的生存特点。

第四节　豹影如风梦

11月8日　晴　早8时车外温度：零下31度

昨晚在附近的寺庙取暖喝茶吃饭，晚上9点15分发动吉普车时温度为零下20度，我重返雪豹河谷，过桥时一只大雕“呼”的飞起，荡起雪雾后消失在暗夜，气氛立刻狂野诡秘起来。停在白天目击雪豹的现场，月光很明亮，在积雪反差的映衬下，望远镜视野里有不错的解析力，但夜晚的裸岩丛看起来有些阴森。我不奢望能欣赏到雪豹月夜漫步，那种极致的浪漫是需要天荒地老才能出现的运气，我希望听到雪豹的叫声，或者在第二天清晨看到雪豹再次出现。

这一夜注定无法安稳，临睡前把暖风开得很大，我半躺在睡袋里做了今后几天寻找雪豹的规划，把需要的野外装备、食品、摄影器材记在本上，考虑到气温实在太低，担心第二天启动困难，我决定夜间每隔两三个小时就发动一次车。尽管加盖了军大衣后我又在睡袋和大衣之间用防刺穿的帐篷地垫搞了个夹层，但凌晨1点53分我还是被冻醒了，根本不用闹铃。启动发动机过后不久打开暖风，车外气温零下29度。夜里共启动四次车。

三江源月升，那时的我多么期待山坡上出现一只雪豹啊！ NIKON D300、AFS300mmf/4D、TC-14EII、F8、1/800s、ISO400、-1.00EV

早晨8点时车外温度零下31度，第一抹朝霞染红了山顶的裸岩，高山草甸经过一夜酷寒折磨，呈现出惨淡的灰白色，犹如外星空间，但几小时后，经过阳光持续照射，它就会变成柔和的黄绿相间的草地，所以我说太阳是高原最神奇的魔法师。靠近山顶位置出现两群岩羊，看样子它们也被低温虐待得萎靡不振，像刚从冷库里逃出来一样动作缓慢。不知道整个岩羊群在山里哪个区域过夜。

朝阳初升，岩羊从栖身的山岩下来，动作迟缓地走向水源，似乎还未从夜晚的冰冻中彻底苏醒过来。NIKON D300、AFS300mmf/4D、TC-14EII、F5.6、1/2000s、ISO400、-0.67EV

山脊斜坡上有大面积冰面，看样子那里有一处没完全封冻的泉眼，A群岩羊在冰缝间喝水，然后走了一条绝岭雄风般的路线消失在裸岩丛中。B群喝完水后占领了一处大岩壁，岩壁下有一个大山洞，看样子像是雪豹曾经的行宫。大羊们都循规蹈矩地走固定路线，有三只小羊像冒险家一样，在峭壁上玩耍着前进。看着它们身处迷宫样的裸岩丛林里，如果有雪豹埋伏在附近突然袭击，真是防不胜防。

我继续用望远镜扫描整个山脉，这里有很多洞穴，总是让我陷入迷思，经常有一两块石头跳出来捣乱，你知道，那么多石头里面总有看起来和雪豹很相像的。另外，在高原使用望远镜真不是看起来那么轻松，很累很喘，还好我能坐在车里完成这项工作。

中午12点53分，有29只岩羊下山觅食。山顶还有一个42只的岩羊群。

下午4点35分，西侧山脚靠近河岸有43只岩羊在采食，东侧山腰部有39只岩羊采食。这是一天中最温暖也是风力最弱的时段，车外温度零下5.2度，已经有岩羊开始卧在草甸上晒太阳休息了。大量的鼠兔冒出头来，在雪地里蹦跳着觅食，凸出的眼睛在阳光下闪着亮光，看它们圆滚滚胖嘟嘟的样子，我想它们在地下的日子一定过得不错，在这个季节，藏狐和猛禽是它们最大的天敌，只要进洞就万事大吉，高寒之地没有蛇类天敌。

下午5点54分，阳光依旧好，气温下降到零下11.7度，我已经做好了应对雪豹突然出现的准备，毕竟它就是在昨天的同一时间段展开攻击的。我甚至已经替它分析好了地形，今天的岩羊群都分布在视野开阔地带，很难形成有效的突袭。

晚上6点56分，气温继续下降到零下16.7度，雪豹没有如期出现，再等下去是无意义的，因为光线开始暗淡，即使雪豹出现也看不清楚了，我收工回到寺庙。寺里来了两位附近村子的牧民，布加贝和才让桑周，年轻僧人强巴江才在做牛肉面片汤，牛粪火烧得红通通的，屋子里很暖和。强巴告诉我，明天这里有个很重要的会议，附近的村民每家都要派个代表赶过来，大家选举乡一级的代表。布加贝和才让就是过来帮忙做准备的。

无论是雪豹还是岩羊，都拥有一流的保护色，这张图里确实有一只小岩羊，请来找找看，考考你的眼力。 NIKON D300、AFS300mmf/4D、TC−14EII、F11、1/1600s、ISO400、−1.00EV

第五节 峡谷探秘

11月9日 晴

中午12点30分，来开会的村民越来越多，几乎清一色都是男性，只有一位飒爽英姿的姑娘。我离开寺庙，沿着唯一的峡谷向北巡视，路面积雪很厚，很快发现有一大一小两只猫科动物的足迹，沿途石堆上还有尿液标记。九公里后走到峡谷尽头，东侧山坡有57只岩羊在采食。我遇见一位牧牛少年，他说这一带有棕熊活动，前天刚掏了他家的羊。我看了看满山的岩洞，很适合熊冬眠，所以山洞是不能乱闯的，如果里面有头熊就麻烦了。

边开车边想那个年轻人猎熊的故事：有个老猎人的猎熊技艺闻名四方，一天家里来了位年轻人请教猎熊的方法，老猎人说上山找到山洞后向里面扔块大石头，然后拿着枪站在洞口就可以了。三天后年轻人从山里回来，浑身上下缠满绷带猎枪断成两截，老猎人大惊，问是怎么回事，年轻人说我就是照你说的做的，扔了块石头后举枪站在洞口，没想到洞里冲出一列火车。

沿草原沙石路继续深入，下午3点38分发现11只藏原羚，海拔4589米。这一带很少见到藏原羚，不像不冻泉至曲麻莱沿线，几乎是藏原羚的天下。下午3点48分，就在我拐弯要过一条大河时，左侧山坡上出现了一只雪豹，确切地说是一块布满斑点的岩石，酷似雪豹的鼻子眼睛嘴栩栩如生，就像一只雪豹伏在那里注视我。

下午4点，来到一处高耸数十米的大岩壁，岩壁中部有个洞穴，观察不久，有草原雕飞至洞口钻了进去，原来是一处雕巢。晚上6点，气温零下5.4度，站在一处陡峭的山坡上，宽阔的河谷尽收眼底，这是三江源腹心之地，人烟稀少，我知道如果顺路继续深入下去，最终会到达长江上游通天河，这条穿越路线好像还没人走过，据说雨季时很困难，这次我的目标是雪豹，下次重返三江源会考虑穿越这条线路。

看天色将晚，我掉头顺原路返回。重新回到峡谷后，发现冰河东侧的山上有可疑洞穴，洞前的雪地上有脚印，而且一块倾斜的岩石上有雪被扫落的痕迹，个人感觉像是雪豹的踪迹。但山岩陡峭，而且有冰河阻挡，我无法过去探明究竟。北方几乎与山洞等高的山坡上，有15只岩羊慢慢移动过来，全部是顶着大角、腿部成深黑色的雄羊。

日落西山，西侧山岭的阴影终于淹没了东山上的洞口，冰河在不断降低的温度中发出膨胀的闷响，洞中如果真有雪豹，也该醒了。寒风渐起，这几天正是月圆之时，我多么希望一只雪豹走过山巅，映衬那一轮硕大的月亮啊。

东山明月升，雪豹隐岩中。

第六节　重返攻击现场

11月10日　晴

“开门，放烟！”我气喘吁吁地从睡袋里伸出脑袋向正在忙着生火扫地的强巴喊叫，尽管牛粪的浓烟被窗外透射进来的阳光雕刻成无比迷人的影调，但已经呛得苟延残喘的我没有产生半秒的留恋，不是我不爱牛粪，它绝对是与阳光并驾齐驱的高原之神，亲它一口咬它一口都没问题，但是这早晨的第一波牛粪烟火实在太浓郁了。

强巴看着我狼狈的样子笑了起来，掀起门帘斜搭在门上，又用扫帚顶住门，蓝天、阳光、白雪立刻充满了门框，和昨天一样，晴朗被一丝不差地复制着。前天的昨天就别提了，那个傍晚雪豹攻击仿佛还在眼前，但伤心的是从那以后我走遍附近的山沟，却再没见到它们的踪影。

47岁的布加贝老哥正嘴里念念有词地进行早晨的例行朝拜，和每晚临睡前在床上磕长头一样，累得气喘如牛，像刚跑完3000米，我从睡袋里向他伸出大拇指，对有虔诚信仰的人我是打心眼里尊重的。

上午十点多昂才管家回来了，我们这里是分寺，两天前他去县城附近的本寺办事。昂才告诉我，北京山水自然保护中心的人去囊谦了，如果天气好，不下大雪，他们可能20号左右来到这里，如天气不好则回京，明年5月再过来。我知道山水保护这几年在做雪豹的调研，工作很有效果令人佩服。原本我很期待他们的项目组能来到这里，一方面可以学习他们的经验，一方面我可以把拍摄到的雪豹视频、图片无偿地提供给他们。他们在囊谦也有雪豹观测点，我曾三次深入囊谦探秘，知道那里确实有雪豹存在。

下午2点45分，我重返“豹吻”，我们之间隔着冰河。徒步走过布满积雪的冰河，用GPS测量河宽约350米，冰河对岸海拔4592米。站在对岸回头观望，猛然发现在我过河路线东侧约50米远有两行几乎平行的大脚印，走下河岸陡坡凑近观察后吓了一跳，这是一头体格硕大的成年藏北棕熊的脚印，形状为前宽后窄，足有成年人的脸那么大，脚掌长25.3厘米，宽17.1厘米，脚后跟为最窄处，有5.5厘米。这头熊的体重惊人，距河岸两米处有被踩塌的冰窟，我全副武装后毛重超过150斤，站在被踩塌的冰层旁用力跺脚，冰层纹丝不动，而大熊仅仅轻描淡写地路过就将冰层踏出一个窟窿，这串长长的看起来很新的熊迹搞得我有些惊悚，而且我处的位置刚好在熊迹的上风口，我站在岸边吼了几声给自己壮胆，然后做数据记录和笔记拖延时间。一只猎隼惊叫着掠过山坡，但愿大熊识得我的气息后躲掉。

靠近河岸的土坡被阳光炙烤成湿润的泥地，雪豹足迹得以清晰呈现，那是几天前雪豹走过的路线。有一个足印中心刚好有一粒浑圆的闪着亮光的岩羊粪球，太有意思了，难道这是岩羊以泄私粪的形式对天敌雪豹进行抗议示威？我测量了雪豹足迹，这是典型的猫科动物画出的梅花，但比猫科巨无霸东北虎的足迹要小一圈，足迹长9.1厘米，宽8.8厘米。

走过两天前迷魂兔盘踞的地方，爬过积雪的山坡，我终于来到“豹吻”之内，来到两天前雪豹的攻击现场，海拔高度4652米，那条攻击线路有35米长，基本上处于雪豹的短距离爆发力控制之下。勘察了现场的每一个角落，没有找到任何捕猎后的痕迹，连一滴血都没有，这真是一个谜团，如果说两天前雪豹偷袭失手，为什么躲在裸岩丛里不再露面，而且没有对“豹吻”里没来得及逃跑的其他岩羊继续攻击？如果偷袭得手，为什么现场没有一点痕迹，难道真如传说的那样要先吸干猎物的血，然后把猎物转移？但我并没有看到拖拽猎物的痕迹，要知道一只成年岩羊至少有几十公斤重，雪豹转移猎物时会在地上留下痕迹。

转到“豹吻”东缘的岩石后，那里是雪豹偷袭之前的最后隐身地，十米外有个山洞，但洞内并未发现雪豹的毛发。洞口一侧有比较新鲜的足迹，看痕迹是跃上一块岩石向冰河对岸观察然后又跳了下来，而冰河对岸刚好是我停留的地方。其实我一直在猜想雪豹可能早就发现我了，并且在某块岩石后面窥视我，猫科动物的隐蔽能力是超一流的。继续在周边搜索，又发现了明显的雪豹足迹，而且足迹后面有明显的豹尾拖行痕迹，但是那行足迹很怪，在雪坡上突然停止消失，然后在90度横向一米多远外重新出现。唯一的可能是雪豹在行进中发现情况有变突然停止，以后肢支撑身体悬空转向左侧90度，跃向雪坡下方，这种动作对于雪豹而言易如反掌，它在峭壁上追杀岩羊时的技巧难度要大得多。

陡峭的山地跋涉导致我左小腿的老伤复发，疼痛难忍，干脆坐在雪坡上观察东侧山脊上的岩羊群。横看成岭侧成峰，置身裸岩丛中的感觉和置身山外的感觉完全不同，

◂一头成年棕熊的足迹穿过布满积雪的河床，我考察雪豹袭击现场结束，就踩着这串脚印回到河对岸，减轻了雪地跋涉强度，缓解了腿部扭伤的疼痛。NIKON D700、AFS70-200mmf/2.8G VRII、F8、1/4000s、ISO200

中间是棕熊的足印，左侧是我的鞋印，我的登山鞋是43码。这头熊的体重惊人，极易踩塌冰层。

河岸边，雪豹的足印。

山岩立刻变得生动起来，空间的挪移变化绝对是站在冰河对岸体会不到的。对面山腰处被三块峭拔的岩片切割成两条岩羊通道，各有一只岩羊哨兵站在那里久久凝视我，如果把通道立横向放倒来看，犹如三层的岩羊汉堡。

山谷里不时传来伐木般的闷响声，那是雄性岩羊互相撞击羊角的声音，是即将进入繁殖季节的前奏序曲，个别个体已经有爬跨动作了。北侧山顶上聚集了黑压压一片岩羊，成年雄羊聚在一起像乌云般飘在山顶，它们把所有的时间都用在采食补充能量上了，连抬头的时候都极少，似乎在集体服食壮阳药，唯恐谁少吃了一口会在激烈的求偶争斗中败下阵来，这种心照不宣、低头闷吃的沉默预示了即将到来的爆发。

下午5点25分，零下16.4度，我用独脚架当做拐杖，一瘸一拐地走下山，每走一步左小腿都剧痛难忍，为了减轻雪地跋涉的痛苦，我决定踏着熊的脚印回到冰河对岸。行至一半时，回身望见月光从山顶岩石缝隙透射出来，整个山谷笼罩在蓝幽幽的色彩里。我想，如果此时大熊突然出现，估计我的腿疼立刻就会好起来。

回寺庙的路上只能用右脚踩离合换档再踩油门，非常的别扭，一二档因为扭矩大，油、离衔接不上还能凑合，三档是真跟不上，转速掉得太快了。

稳定的岩羊种群和密布的裸岩，是雪豹生存环境的典型特征。时值11月，岩羊即将进入繁殖期。NIKON D300、AFS300mmf/4D、TC-14EII、F11、1/500s、ISO400、-0.33EV

第七节　六狗斗一熊

11月10日晚

深夜，炉子里的牦牛粪燃烧旺盛，今天有过路客借宿寺里，19岁的索南和爸爸去县城看病归来，天色晚了就住在寺庙，明天回家。我正和强巴、寺庙司机扎西喝茶聊天，猛然间外面狗叫声大作，且这叫声瞬间向远处飘去，说明狗群已经对某个目标发起冲击，僧人们立刻站起来冲出屋外但很快又冲了回来，一边找手电一遍喊“这（zhèi）姆这姆”，我知道这姆是熊的意思，也兴奋地跟着冲了出去。雪地映衬着满月的光辉，也映衬着几十米外一个巨大的黑影，一只棕熊正人立起来前掌搭在帐篷上，这家伙来寻找食物了。

众人观望之际，我快速返回屋内，将尼康D700上的AF-S 24mm f/1.4G取下，换上AF-S 70-200mmf/2.8G VRII，调整曝光设定为f4.5、ISO1600、曝光补偿——0.7eV，并确认VR处于开启状态，这套数据是预备车灯照明时使用的。跳上车打开启动开关，就听右前门和左后门“啪啪”地响，原来是藏族朋友扎西和索南要上车，正吭哧吭哧地和锁着的车门较劲，其实车的中控锁早就失灵了，那几个门一直是锁着的。我快速用头灯扫

深夜，几只藏狗将一头光临驻地的熊驱赶上山，我驾车追到山脚下，借助月光和雪地的反差拍下这个瞬间，相机高感能力、镜头VR防抖和低光照下AF侦测性能发挥了重要作用，后期提高亮度。 NIKON D700、AFS70-200mmf/2.8G VRII、F2.8、1/10s、ISO6400、-2.00EV

了一遍车内，让他俩看到车里实在没地方坐人了，等我向他们耸肩表示完歉意后，发动汽车、挂上四驱、打开远光灯、穿过积雪区、冲到帐篷那里，棕熊已经被六只藏狗逼上梁山了，车灯顿时无能为力。还好，山坡上的积雪提供了一些反差，能看见山腰处熊的模糊轮廓。

我跳下车将焦距推到200mm端，启动尼康D700液晶屏照明，将感光度调整为ISO6400、曝光补偿-2.00eV，然后举镜瞄准正在逃跑的大熊，在这种极限场景下，AF系统有些迟疑，但拉了一个风箱后，焦点还是咬在棕熊身旁的裸岩上，而此刻的拍摄距离已经达到百米开外了。为防止AF状态下焦点再次漂移，我将镜身控制钮调至MF状态，但连拍几张后发现快门速度过慢，只有1/4秒，无法定格正在被狗群追迫的大熊，索性将光圈开至f2.8。一番调整后快门速度提升到了1/10秒，按以往经验，我觉得这些设定几乎已经达到这个系统的极限了。

尽管我对尼康D700的ISO6400并不满意，但应付这种极限场景也是别无选择，拍下来是最重要的，景深和像质退居其次。深感欣慰的是DZP强悍的VR能力与f2.8时的锐度，此二者联手再次爆发威力。

大熊终于消失在山顶的黑暗中，惊心动魄的一幕过去了，我回到屋里准备睡觉。索南的爸爸是位威严的藏族大叔，看起来他对棕熊既熟悉又反感，因为棕熊总是偷吃牧民的牲畜并破坏家里的财产。棕熊和雪豹、高原狼不一样，雪豹和狼是纯粹的杀手角色，而熊属于打砸抢分子，它的破坏性要大得多，比如在牧民家的墙壁上掏个大洞，进屋后连吃带砸，把家里搞得一塌糊涂，一般情况下，损失惨重的牧民只能自己承担损失，熊是国家保护动物，不能私自伤害报复它们，而且棕熊的体型力量都很强大，牧民对它也没有更好的办法。

我知道国家也制定过相应的补偿政策，但在地广人稀的高原地区，执行起来并不那么容易，精确统计合理赔偿都是问题。联想到我在中蒙边界地区进行的草原狼调查，同样存在这个问题，我认为动物保护绝对是重要的，但不是制定个法律进行约束就可以了，后续有许多问题要面对要完善。比如大型食肉动物在法律保护下数量逐渐增多，和人类矛盾加剧后如何应对，数量是否需要控制，有没有一个科学的统计，牧民损失如何统计并有效赔偿，等等。索南的爸爸对我提出的问题很赞许，他认为我是站在牧民这头的，其实我希望的是人与动物的平衡相处。钻进睡袋，漫漫长夜里狗吠声不断，根据狗群叫声指向的方向和动态，我知道这次不再是棕熊，而是东山上的雪豹。

11日早晨8点，狗群突然向西侧山顶咆哮，我出门一看，那只大熊又回来了，狗群冲到山顶撵熊，根据熊逃跑的方向，我断定它一定是跑向山南边的宽阔河谷了，于是启动吉普车去包抄它。零下25度，一次启动成功，边开车边用手刮挡风玻璃上的白霜，驶出山口时看见巨大的圆月挂在山腰，马上就要沉入地平线，非常壮观。可惜棕熊已经跑到布满积雪的河谷了，两只大鵟站在路旁的土堆上，它们的翅膀似乎被彻夜低温冻僵了，在等待第一缕阳光的温暖。棕熊利用复杂的地形甩开了我的跟踪，为了再次找到它，我绕着整座大山转了一个大圈，穿越深雪跨越冰河，吉普车的低速四驱和MT轮胎再次助我脱离一个个困境，但大熊还是无影无踪。

之后数日，观测“豹吻”则几乎是每天的必修课，但雪豹再也没有出现。觉得自己有些傻，雪豹的习性是寻猎，通常会沿着比较固定的线路在自己领地内巡视，不会守在一个地方赶尽杀绝，岩羊群也不是傻子，被雪豹袭击后的一段时间，岩羊群极少再踏入“豹吻”了。雪豹一定是懂得狩猎规律的，它再回来的时候，一定是岩羊群忘掉那一幕情景的时候。

还有，小时候看书知道熊喜欢吃蜂蜜，我特意用蜂蜜火腿和果汁调制美味羹，企图诱惑棕熊在白天出动，但高原的低温和大风很不利于味道的扩散，除了我自己嗅到那怪怪的味道，几天内连个熊影都没见到。

零下25℃，大鵟在上午第一缕阳光的照耀下，振翅起飞。
NIKON D700、AF-S300mmf/4D、TC-14EII、F11、1/2000s、ISO800、-1.00EV

第八节　此情可待三江源

11月2日 阴晴交替 阵雪

今天，我要离开雪豹之地踏上归程，天空聚集了阴郁的云阵。再回首，满山遍野的褐色裸岩就像迷茫的森林，我已没有举起望远镜的冲动。雪花随风飘过，草原雕展开斑驳的翅膀滑向远方，远方的北方是“豹吻”，那里曾呈现了无比真实的一幕场景，甚至因为超越了梦寐以求而变得恍然如梦。我不再深入地去想什么，只知道一切刚刚开始。

告别寺庙继续向西南穿越。18公里后，在海拔4864米的垭口，遇见一匹孤独的草原狼，它的毛色丰满润泽就像它站立的那片黄草滩，经过一番纠缠，它摆脱我独行至远方山口并停下来回首，高原狼注视高原郎，一方冷漠一方深情。在我们的西南是另一条山谷，谷口山腰部有一处奇怪的岩石，中间镂空的洞孔正如一只巨型狼眼。雪野苍茫，我在记事本上写下四个字——狼眼垭口。

下午到达一个乡级建制的小镇，乡政府的小伙子们正在打篮球，他们说有两条路可以抵达青藏线109国道，但向北的路要穿越长江上游通天河，这季节的水量可能无法通过，于是我只能向西南穿越。时断时续的草原路证明这条线路确实少有人走，当仅剩一条摩托车小道后，非常难走的草包路甚至让我产生返回的念头。傍晚时分，在一处冰雪覆盖的险恶河道里，我再次沦陷冰河，吉普车像艘破冰船一样在河里往复冲撞，我穿上水裤下河用镐头破冰。力哥那时已经回北京睡上席梦思了，还好这条河的河床比东温河硬一百倍，最终我从河里成功退回河岸。那晚自己做了异常鲜美的咖喱蘑菇鸡块汤，晚上月亮升起时才发现车头刚好指向正东月升之地，好明亮好明亮的月光啊。

第二天上午，先是启动马达故障，车辆无法启动，原因是昨天泡在冰河里马达进水结冰，车上虽有备用马达可以更换，但我决定用燃气炉烘烤马达，钻到车底长时间烤了

▶ 三只藏野驴穿行在铺满积雪的洼地，背景是三江源腹地的辽阔旷野，有风云，有气势。我坐在车里，沏了一碗黑芝麻糊，看着我热爱的山河。 NIKON D300、AFS70-200mmf/2.8GVRII、F8、1/1600s、ISO200

两次，马达终于成功启动。过河后处于完全无路的状态，车只能在布满冰雪草包的荒原上扭动起伏，这样的穿越比羌塘无人区还要折磨人，如果接下来的一百多公里全是这种地形，即使能穿越至109国道我恐怕也早就疯了。终于有一条覆盖积雪的摩托车小道救了我，它将我引到一条大河旁，在岸边土坡观望地形时居然有几秒钟能接受到手机信号，“滴滴答答”地收了好几条家人和朋友的短信，心情瞬间好转。

但接下来该怎么走依然困惑，前方极远处突然射出一道耀眼的白光又瞬间消失，我举起望远镜察看，竟然有两辆大卡车顺着河岸开了过来，刚才的亮光是前挡风玻璃反射的阳光，但卡车是在河对岸。我干脆拿了张饼子，边吃边等卡车开过来，只要卡车能开过来就肯定有路。最终卡车在对岸驶了过去，我驾驶吉普车下到河道，尽管里面支流纵横，但成功穿越到对岸。然后一直寻找卡车印记前进，发现所谓的路基本就是与大河的纠缠，一会儿河南一会儿河北，拧着麻花在河道里蛇形前进，没完没了地过河，这几十公里的路如果放在雨季是极难通过的，我后来知道杨勇大哥带领的独立科考车队曾在这个区域遭遇多次陷车。

几十公里后再次见到中国电信的发射塔，车轮终于驶上了乡级简易砂石道，但这个多玛乡居然隶属西藏自治区。在路口遇见一位汉族人主动和我搭讪，我问他在两个乡之间为什么没有像样的道路，这里距离109国道并不遥远，修好道路对当地牧民出行、对促进经济都有好处。那哥们告诉我，我经过的最困难的那段路地处青海西藏两省交界，每年因为草场问题都会产生纠纷，多年未曾解决，修路的事情更是无从谈起。我苦笑了一声，边界问题还好解决，但草场纠纷的确比较复杂，牧民是极为看重草场利益的，搞不好会引发一系列问题，希望我们的父母官能尽快解决这个问题。多玛距离109国道只有121公里了，而且全部是砂石道路，我将在唐古拉山北侧到达109国道。

我称这里为狼眼垭口。 NIKON D700、AFS300mmf/4D、TC-14EII、F13、1/2000s、ISO400、-1.00EV

下午5点36分，终于穿越到109国道，柏油公路实在太幸福了，我翻出一些好吃的尤其是甜食放在副驾座椅上，准备让幸福更彻底一些，可惜没有音乐，车里的CD早被我拆了，iPod丢在阿尔金山了。黄昏的金色夕阳继续照耀我穿越可可西里，吉普车的影子被投射在青藏公路另一侧的荒原上，它终于和这片土地融为一体，它欢快并充满激情地紧紧贴着可可西里的表面飞驰而过，就像雪豹掠过布满积雪的山坡，它让我的梦想变得诗意般贴近现实。20多天前，我们也是经过这里去的那曲，因为我们要穿越羌塘，要朝拜无人区，而现在，硬盘里已经有了雪豹，尽管它的身影远远称不上锐利明晰。时间过得好快，那时候我和力哥还在高原反应呢。

晚上9点25分，五道梁，车外气温零下9.4度。曾和力哥吃饭的那家穆斯林餐厅打烊了，在对面的饭馆吃饭，车停门前，睡车里。

14日早8点45分，小雪，车外气温零下18.7度，补充燃油后上路。经过不冻泉时我向右侧望了一眼，十天1300多公里，我在三江源腹地画了一个不规则的完整对接的圆，圆点是雪豹，圆圈内还有15匹狼以及大棕熊、无数有蹄类食草动物和猛禽。

下午2点27分，海拔5118米，零下5.6度。云雾弥漫，玉珠峰顶部时隐时现，云影掠过完美的玉珠峰冰川，我跪在雪坡上面对万山之祖昆仑山完成最后的仪式：感谢上苍和佛祖的佑护，让我在刚刚过去的28天里完成了自己的两个梦想，如果说单车穿越无人区是现实的困境，那寻找雪豹就是虚幻的现实，除了幸运，我不知道还有什么词句能够解释刚刚过去的28天。

身后，可可西里方向乌云密布，我想它们一定是从更远的羌塘飘过来的。我是临时决定拐向玉珠峰的，雪后的玉珠峰之路只有我一辆车的痕迹，路两侧的荒原是成群

◂ 风云际会的玉珠峰冰川，顶峰如弯月般优美光洁，在这里，我结束雪豹之旅，告别三江源，后会有期。

NIKON D700、AFS70-200mmf/2.8G VRII、F8、1/2000s、ISO200、-0.67EV

的藏野驴。摄影包里还有很多120反转片，此行一张胶片未拍，内心十分渴望在夜晚长曝一张玉珠峰星空，从我跪拜的位置构图，那将是一幅完美的影像，但那时距离格尔木是如此的近，城市的吸引力居然战胜了冰川星空。我开始嘲笑自己一直标榜的回归荒野，我爱荒野，它是我的出口，没有它我会患抑郁症。但城市亦如原点，它像荒野一样等待我们的回归，所以我从来不说逃离城市，因为总要回来的，回到有各种问题的城市，并等待下一次启程。

后　续

2012年2月在北京国家会议中心，我遇到山水自然保护中心的宣传官员耿栋，他是国内优秀的野生动物摄影师，他那篇观鸟喇嘛的专题文章写得同样非常之精彩。耿栋告诉我在囊谦的观测点发生了雪豹袭击牧民的情况，那个地方我去过，所以我听了很惊诧，这是非常罕见的事情，说明雪豹的生存环境变得狭窄并复杂起来。耿栋还通过手机给我演示了一段红外相机拍摄的雪豹在夜间啃噬藏野驴尸体的视频，很梦幻的感觉。耿栋还说，我第一次拍雪豹就目击雪豹攻击岩羊群的经历给他们造成很大压力，同事经常拿这件事开他们的玩笑，因为他们跟踪调研了几年也没有这么好的运气。我听了哈哈大笑，和老耿说我这纯粹是搂草打兔子撞上雪豹了，在投入的精力和科研的深度上和他们相差太远了，实际上山水项目组已经用野外放置红外触发相机的方式拍摄了大量精彩的雪豹影像，并作了大量有深度的一线调查报告。在当今的中国，奚志农老师的野性中国工作室、吕植老师的山水自然保护中心、徐健老师的IBE生物影像调查所都持之以恒地在动物调查保护领域辛勤工作，并不断取得新成果，实在是国之幸事，并是我们学习的榜样。

我不奢望下一次去三江源依然有那么好的运气，但我肯定要重返雪豹的故乡。

后记

有多少六年可以重来

2012年8月，我和团队完成了“王者归来——朝拜格萨尔王之旅”活动。在去往松格玛尼石经城途中，我们在山上救了一匹危在旦夕的马。在即将到达马尼干戈的时候，目睹一只巨大的高山兀鹫在飞行中被汽车撞飞，我们把惨死的巨雕抬到路边，为其超度。生死皆一瞬，令人唏嘘感慨。这次活动伊始，我们在青海完整地环绕了阿尼玛卿雪山一周，结束近300公里的转山，告别阿尼玛卿神山时，刚好处在2006年8月我孤身单车被困阿尼玛卿沼泽地不远处。我和康巴汉子们向天空抛洒龙达膜拜神山，身后的康巴青年从胸膛里迸发出激越昂扬的吼声——“阿尼玛卿”！充满雄性的嘶鸣令我如饮烈酒，我把头上的牛仔帽摘下，狠狠地抛向空中，附在它上面的我的温度和记忆，随风飘向阿尼玛卿。

六年前被困沼泽无助守望冰雨夜，六年后朝拜追随格萨尔王的足迹步步动容。我知道人生没有所谓圆满，但瓜熟自会落地。就像这本拖沓了六年的书，虽不完美，但却有圆梦的感觉。计划用三本书来诠释我心中的藏地三部曲，第一本就用去了六年的光阴，念及故事里的人和写故事的人都会老去，有时会在深夜恐慌：夫天地者，万物之逆旅；光阴者，百代之过客，而浮生若梦，有多少六年可以重来？唯幸，文字与图片不老。

对于此书的出版，我要感谢很多人的帮助与支持。

首先感谢我的家人，对于我按照自己兴趣做出的选择，他们没有施加压力，始终给予理解和包容，这本书的每一个字、每一张图片都离不开家人的支持，爱和感激都在我心里。

感谢旅行中遇见的朋友们，感谢出现在镜头里的每一个人，纵使相逢短暂，但通过镜头和文字，我们彼此的记忆于书中得到珍藏。

感谢生活中的朋友们，他们来自越野圈、摄影圈、博客圈、媒体圈，大家的认可和鼓励给了我持久的动力，还有很多来自网络论坛上的朋友们，尽管素未谋面，但你们的鼓励同样令我感激。

感谢中国地图出版集团测绘出版社文化生活出版分社的赵强社长，作为一个专业经验丰富的出版人，他对做出高质量图书始终充满热情，充分尊重作者并能听取不同意见，开明且具有决断力，让我对合作充满信心。感谢参与此书编辑工作的陈超、付永涛、徐以达三位年轻人，他们为此书的出版做了很多工作。感谢萨拉次旺仁增先生提供

“长头”的藏文翻译。感谢设计师陈松海先生，这次的合作很愉快。

感谢马丽华、廖东凡、陈宗烈三位老师，我是带着一颗膜拜的心面对你们的，一如我膜拜高原。马丽华老师在繁忙的写作中抽出时间，在鼓励的同时提出了非常有针对性的意见和建议，令我感激万分。廖东凡老师尽管卧病在床，但他的系列藏地著作和对高原的无限热爱，将始终感动并鼓励着我。陈宗烈老师于20世纪50年代拍摄的藏地影像，在历史价值与艺术水平上，均堪称大师之作。已经81岁高龄的陈老说：“你我在不同年代毅然踏上青藏高原，而今有幸成为彼此交往的缘由。”作为学生，我在三位老师身上感受到一种传承的力量——对高原的深度热爱与持续关注记录。我深信在未来的日子里，我会带着这种力量，努力做得更好。

感谢鲍昆老师，11年前您在中央电视台-3主持《瞬间世界》，有幸结识，未来在摄影上肯定需要您的不断指导与教诲。感谢老狼老师，伴随我们成长的不仅仅是《睡在我上铺的兄弟》，近年来您在户外与环保领域的深度参与也为生活方式的选择作出了最佳诠释。感谢何亦红老师，作为《户外探险》的执行主编，您是最了解户外与旅行这门生活哲学的，您的耐心、理解与严谨，是众多《户外探险》作者的福利，感谢您多年来的肯定与支持。

最后，我要感谢青藏高原，她让我的梦想和热爱有了能够持之以恒的动力，同时也令我完成了精神上的回归——你始终是我的精神高地。

关山飞渡

2013年7月